LENA KIEFER

DON'T LOVE ME

LENA KIEFER

DON'T LOVE ME

cbj

Bei diesem Buch wurden die durch das verwendete Material und die Produktion entstandenen CO_2-Emissionen ausgeglichen, indem der cbj-Verlag ein Projekt zur Aufforstung in Brasilien unterstützt.
Weitere Informationen zu dem Projekt unter:
www.ClimatePartner.com/14044-1912-1001

FSC www.fsc.org
MIX
Papier aus verantwortungsvollen Quellen
FSC® C083411

Wir produzieren Klimaneutral
ClimatePartner.com/14044-1912-1001
Druckprodukt

Verlagsgruppe Random House
FSC® N001967

1. Auflage 2020

Umschlagkonzeption: Kathrin Schüler, Berlin
unter Verwendung eines Fotos von © Gettyimages (oxygen; Moment)
MP · Herstellung: AJ
Satz: GGP Media GmbH, Pößneck
Druck: CPI books GmbH
ISBN 978-3-570-16598-0
Printed in Germany

www.cbj-verlag.de
Dieses Buch ist auch als E-Book erhältlich.

Für Kira,
weil … ach, das wird zu lang, ich
schicke dir eine Sprachnachricht.

»In vain have I struggled. It will not do.
My feelings will not be repressed.
You must allow me to tell you how ardently
I admire and love you.«

Mister Darcy
STOLZ UND VORURTEIL (Jane Austen)

Prolog

Du hast keine Ahnung, wer er ist. Wozu er fähig ist.

Diese beiden Sätze drehten Runde um Runde in meinem Kopf, aber ich bewegte mich keinen Zentimeter. Ich war erstarrt. Nicht *wie* erstarrt, nein. Ich war tatsächlich erstarrt. Vollkommen reglos vor Schock und Schmerz. Mein Körper fühlte sich taub an. Mein Telefon rutschte mir fast aus der Hand, so sehr zitterten meine Finger. Ich musste mich zwingen, zu atmen, und hatte trotzdem das Gefühl, zu ersticken. Das konnte nicht wahr sein. Das konnte alles nicht wahr sein. Ich hatte ein Gespür für Menschen, für ihre Stärken genauso wie für ihre Abgründe. Ich war gut in so etwas, verdammt noch mal. Wieso hatte ich diesmal versagt?

Ich starrte ins Leere, sah aber nur die Mauer aus Lügen und Halbwahrheiten, die man vor mir errichtet hatte. Die *er* vor mir errichtet hatte, damit ich nicht sehen konnte, was dahinter lauerte: Wie dunkel, wie düster das war, was er mit sich herumtrug.

Du musst hier weg. Das war der Gedanke, der plötzlich meinen Kopf beherrschte. *Weg. Sofort.*

Endlich, als hätte mein Körper verstanden, was mein Hirn wollte, riss er sich aus der Schockstarre und setzte sich in Bewegung, erst langsam, dann schneller. Meine Sachen waren überall im Van verteilt – Klamotten, Kochutensilien, Schuhe. Hastig stopfte ich einiges davon in irgendwelche Klappen und Schubladen, aber es dauerte zu lange, also ließ ich alles andere liegen. Dann öffnete ich die Schiebetür und sprang hinaus, bevor ich sie wieder zuschob. Es knallte laut, als sie mit zu viel Wucht einrastete.

Ich riss das Stromkabel heraus, warf es zu Boden, griff nach dem Sichtschutz und zerrte ihn von der Windschutzscheibe. Beides landete im Fußraum neben dem Beifahrersitz. Ich wollte mir keine Zeit nehmen, das alles zu verstauen. Ich wollte nur aus dieser Stadt raus. Am liebsten hätte ich meinen Van stehen lassen, denn alles, wirklich alles darin erinnerte mich an *ihn*. Aber anders kam ich hier nicht weg. Und das hatte oberste Priorität.

Ich zog die Tür auf, sprang auf den Fahrersitz, rammte den Schlüssel ins Zündschloss und drehte ihn. Mit lautem Röhren sprang der Van an und ich trat aufs Gas. Viel zu schnell fuhr ich über die geschotterten Wege des Campingplatzes, der Vollbart von Parzelle 14 musste aus dem Weg springen, es tat mir nicht leid. Kurz sah ich das Gesicht von Drew, der aus der Rezeption schaute, aber ich rauschte einfach an ihm vorbei zur Ausfahrt. Die Schranke ging gerade noch rechtzeitig hoch, sonst wäre ich einfach hindurchgefahren.

Die Straße war leer, es regnete, genau wie bei meiner Ankunft. Ich beschleunigte, warf mein Handy auf das Armaturenbrett. Wie schnell konnte ich zu Hause sein? Sieben Stunden? Acht? Es waren 500 Meilen, wir hatten Samstag, wahrscheinlich war viel los. *Egal.* Je weiter ich Kilmore hinter mir ließ, desto weniger würde es wehtun. Bestimmt. Ganz sicher.

Hinter mir tauchte ein anderes Auto auf. Mein Magen krampfte sich zusammen, als ich sah, welcher Wagen es war: ein Aston Martin, schwarz. Ich wusste, wem er gehörte, aber garantiert saß jemand anders darin. *Er* war mir nachgekommen. Was bedeutete das? Er konnte doch gar nicht wissen, dass ich es wusste. Warum also kam er mir nach?

Ich fuhr rechts ran, ohne eine Ahnung, warum ich das tat. Vielleicht, weil ich Gewissheit wollte, obwohl es keinen Zweifel geben konnte. Aber mein verdammtes Herz interessierte das nicht. Es drängte mich dazu, aus dem Auto zu steigen und ihn zur Rede zu stellen. Und genau das tat ich: Ich packte mein Telefon und stieg aus, ging hinaus in den Regen.

Er hielt hinter mir am Straßenrand und verließ den Aston, kam auf mich zu, sah mich an, mit diesen verflucht dunklen Augen. Sie hatten mich von der ersten Sekunde an in ihren Bann gezogen, aber jetzt erinnerten sie mich nur daran, was man mir vor Wochen gesagt hatte: *Er ist der Teufel. Nimm dich vor ihm in Acht.*

Hätte ich doch nur darauf gehört.

Zwei Monate zuvor

1

Kenzie

»Wie wäre es denn hiermit?« Ich zog einen hübschen türkisblauen Stoff aus dem Regal und legte ihn vor mir auf den Tisch. »Die Farbe würde perfekt zu den Schrankfronten in Ihrem Wohnmobil passen. Wenn wir dann noch mit den hellen Kissen einige Akzente setzen, wirkt das Ganze absolut harmonisch.«

Mister und Mrs Colby musterten den Ballen, als wäre er ein Wesen von einem fremden Planeten. Ich ahnte nichts Gutes.

»Ja … also …« Mister Colby rieb sich seine Glatze. »Ich glaube, das ist nicht ganz das Richtige für uns.«

Seine Frau befühlte den beigefarbenen Stoff, der direkt neben meiner Empfehlung lag. »Der hier gefällt mir sehr gut. Den sollten wir nehmen.«

Ich konnte gerade noch verhindern, das Gesicht zu verziehen. »Für die Sitzgruppe oder auch für die seitliche Bank?«

»Für alles. Auch die Kissen.« Mrs Colby strahlte. »Dann ist es einheitlich.«

»Ja, einheitlich todlangweilig«, murmelte ich.

»Was haben Sie gesagt?«, fragte Mister Colby nach.

Jetzt war die Frage – sollte ich den Mund halten oder nicht? *Was soll's.* »Ich habe nur überlegt, ob Sie tatsächlich ein so einheitliches Design möchten«, sagte ich ehrlich. »Beige, das ist nun wirklich nicht gerade originell.«

Die beiden wechselten einen irritierten Blick. »Wir wussten nicht, dass ein Wohnmobil *originell* sein sollte«, antwortete Mrs Colby etwas spitz.

Himmel, wieso hatte ich diese Diskussion überhaupt angefangen? Warum hatte ich nicht gelächelt, genickt und die Bestellnummer des beigefarbenen Stoffs in das Formular eingetragen, so wie jeder Mitarbeiter meines Vaters es getan hätte? Ach ja, richtig. Weil ich seine Tochter war. Und er auch versucht hätte, diese eigentlich sehr netten Leute von dem Look *Fahrendes Seniorenheim* abzubringen.

»Wissen Sie«, startete ich mein Plädoyer für kräftige Farben, »ein Wohnmobil ist ja mehr als nur ein rollendes Haus. Es ist ein Lebensgefühl. Und –«

»Kenzie?« David, einer von Dads Leuten, streckte den Kopf in unseren Showroom. »Telefon für dich.«

»Kannst du die Nummer aufschreiben und ich rufe zurück?« Unauffällig deutete ich auf die Colbys. Wenn ich jetzt ging, hatten die Gebrüder *Langweilig & Beige* gewonnen, das stand fest.

»Es scheint dringend zu sein«, meinte David. »Ich kann hier für dich übernehmen.«

Sofort schnellte mein Puls in die Höhe, ohne dass ich ihn mit Vernunft daran hindern konnte. Kalter Schweiß kroch mir in den Nacken, meine Hände verkrampften sich. So war es immer: Wenn jemand davon sprach, dass ein Anruf dringend war, machte mein Körper eine grauenhafte Zeitreise – zu dem Tag, als ein solcher Anruf unserer Familie einen schweren Schlag versetzt hatte. Einen Schlag, von dem wir uns niemals erholen würden.

David schien mir anzusehen, woran ich dachte. »Oh Gott, nein«, sagte er schnell und berührte mich an der Schulter. »Es ist nur jemand von dieser Agentur … Olsen oder so. Nichts Schlimmes.«

Die Erleichterung schwemmte meine Panik weg, aber ihr Echo blieb. Tief atmete ich ein und nickte tapfer, brachte sogar ein Lächeln zustande. »Danke«, murmelte ich, dann entschuldigte ich mich bei den Colbys und verließ den Raum.

Quer durch die Halle waren es nur dreißig Meter bis zum Büro, sie reichten jedoch aus, um mich zu beruhigen. Olsen, das war die Londoner Agentur, in der ich den Sommer über arbeiten würde – eine wichtige Referenz, wenn ich nächstes Jahr die Chance haben wollte, einen Platz für *Interior Design* an der *University of the Arts* in London zu bekommen. Wahrscheinlich gab es noch irgendwelche Details zu klären.

In der Halle war es laut, aber die Mischung aus Radiomusik, dem Klang eines Trennschleifers und dem Kreischen der Tischkreissäge war für mich wie das Zusammenspiel eines Orchesters, dessen Schönheit nur wenige zu schätzen wussten – so wie ich. Das lag vermutlich daran, dass ich hier quasi aufgewachsen war.

Links von mir wurde gerade ein Van von Ford ausgebaut, rechts stand ein Pick-up und daneben ein US-amerikanischer Schulbus – das aktuelle Premiumprojekt meines Vaters. Ich lächelte, als ich sah, wie Dad mit seinem ältesten Mitarbeiter George über den Ausbau sprach und dabei wild gestikulierte. Als er mich entdeckte, verschwanden die Falten auf seiner Stirn und er grinste breit. Dann winkte er mich mit der Hand zu sich, aber ich gab ihm ein Zeichen, dass ein Anruf auf mich wartete, und eilte ins Büro.

Ich nahm den Hörer. »Hallo?«

»Ist dort Kenzie Stayton?«, fragte eine fremde, weibliche Stimme.

»Ja, genau, ich bin dran. Brauchen Sie noch irgendwelche Daten von mir wegen des Jobs?«

Stille am anderen Ende. *Uh-oh.*

»Nun …«, begann die Frau. »Mein Name ist Kendra Lancaster, ich bin die Assistentin von Mister Harrison, dem Leiter der Abteilung für Innendesign. Und ich muss Ihnen leider sagen, dass ein Fehler passiert ist. Die Stelle wurde zweimal vergeben.«

»Okay«, antwortete ich, obwohl das überhaupt nicht klang, als wäre es okay. »Und was bedeutet das für mich? Wenn jetzt nur ein Teilzeitjob drin ist, macht das nichts.« Schließlich brauchte ich nur ein oder zwei interessante Projekte. So wie dieses alte Schulhaus außerhalb von London, das von Olsen gerade in ein Tagungszentrum umgestaltet wurde. Oder die Kirche draußen in Harlow, aus der sie Wohnungen machen wollten. Ich hatte die aktuellen Aufträge genau studiert.

»Nein, leider ist es kein Teilzeitjob«, sagte da Kendra Lancaster. »Eigentlich ist es gar kein Job. Die andere Bewerberin steht der Familie der Olsens sehr nahe, daher müssen wir Ihnen leider absagen.« Sie räusperte sich. »Wir können Ihnen aber für das nächste Jahr eine Stelle anbieten, wenn Sie möchten.«

»Ist das Ihr verdammter Ernst?«, entfuhr es mir. »Dieser Job ist wichtig für mich!« Und irgendeine reiche Trulla mit Beziehungen hatte ihn mir weggeschnappt. Einen Job, den ich für meine Zukunft dringend brauchte, während dieses andere Mädchen sicher mit einem Fingerschnippen von Papi an jeder Uni unserer Welt angenommen wurde. Gott, wie ich das hasste.

»Es tut mir wirklich leid, Miss Stayton. Ich verstehe, dass Sie verärgert sind.« Miss Lancaster klang unangenehm berührt. Kein Wunder. Sie war vermutlich auch nicht einer dieser privilegierten Menschen, die alles bekamen, was sie sich wünschten.

»Nein, ich … mir tut es leid«, brachte ich heraus. »Sie können ja nichts dafür.« Dann kam mir eine Idee. »Könnte ich nicht einfach unbezahlt für Sie arbeiten? Oder zu ein paar Projekten mitkommen und zuhören? Mister Harrison würde mich gar nicht bemerken.« *Du bettelst? Bist du so verzweifelt, Kenzie?* Und wie.

»Das geht aus versicherungstechnischen Gründen leider nicht«, antwortete die Assistentin. »Wäre denn nicht nächstes Jahr eine Idee für Sie?«

»Nein, nächstes Jahr ist es leider zu spät für meine Bewerbung. Aber danke für das Angebot.« Ich atmete aus.

»Mister Harrison bedauert außerordentlich, dass es diese Überschneidung gegeben hat.«

Sicher. Ich bedankte mich für das Mitgefühl, von dem ich mir nichts kaufen konnte, murmelte eine Verabschiedung und legte auf. Dann lehnte ich mich im Stuhl zurück und sah an die Decke. Meine Augen begannen zu brennen, als mir klar wurde, dass mein Plan für den Sommer soeben zum Teufel gegangen war. Dieser Job war wie ein Sechser im Lotto gewesen, den ich nur mit sehr viel Glück und Hartnäckigkeit hatte ergattern können. Und es war Anfang Juli. Niemals würde ich innerhalb von zwei Wochen eine andere Stelle oder auch nur ein brauchbares Praktikum bekommen.

»Kenzie, ist alles in Ordnung?« Die Stimme meines Vaters schreckte mich auf.

»Nein, gar nicht.« Ich sah ihn an. »Mein Job für den Sommer ist geplatzt«, sagte ich und biss die Zähne aufeinander. Wut stieg mir in den Kopf. »Die haben jemand anderen vorgezogen. Irgendein reiches Gör, das bessere Beziehungen hat als ich.«

»Oh nein.« Er sah mich bestürzt an. »Das tut mir leid, Schatz. Kann man da wirklich nichts machen? Die hatten dir doch fest zugesagt.«

»Nope.« Ich schüttelte den Kopf. »Keine Chance.«

Mein Vater kam herein und setzte sich auf den Sessel gegenüber. »Es gibt bestimmt eine Lösung dafür«, lächelte er, und sein Blick fiel auf das Foto auf seinem Schreibtisch. Sofort erstarb sein Lächeln. Die Aufnahme war uralt, sicher zehn Jahre, aufgenommen an der Küste von Cornwall in einem unserer Urlaube. Wir waren alle nebeneinander aufgereiht, meine drei jüngeren Schwestern und ich, daneben mein Vater, der meine Mutter im Arm hielt. Ihre Haare, deren rötlich-hellbraunen Farbton ich geerbt hatte, flatterten im Wind und sie lachte aus vollem Hals. »Sie hätte eine Lösung gefunden«, murmelte Dad leise. »Ganz sicher.«

»Ist halb so wild«, sagte ich schnell. Eigentlich hätte ich gerne gejammert, die Ungerechtigkeit der Welt eine Weile verflucht und reiche Menschen und ihre guten Beziehungen noch ein bisschen mehr. Aber wenn mein Vater diesen Ausdruck im Gesicht hatte, dann war nicht der richtige Zeitpunkt dafür. »Zur Not werde ich eben die Colbys doch davon überzeugen, dass ihr Camper mit türkisblauen Sitzen besser aussieht. Dann nehme ich das für mein Portfolio.«

Dad lachte nur halbherzig, trotzdem hoffte ich, dass ich ihn aus seinem Tal herausgeholt hatte. Das war schließlich mein Job, und ich machte ihn schon seit sechs Jahren mehr oder weniger gut. »Vielleicht fällt uns noch etwas ein.«

»Ja, vielleicht«, sagte ich. Aber so richtig daran glauben konnte ich nicht.

Mein Vater stand auf, beugte sich vor und küsste mich auf den Scheitel, dann ging er zur Tür. »Wir überlegen gerade, wie wir die Aufteilung im Schulbus gestalten wollen. Willst du es dir mal anschauen?«

Ich stand auf. »Klar.« Ablenkung war nie verkehrt.

Zusammen mit meinem Vater verließ ich das Büro und steuerte den Bus an, vor dem George mit einigen Plänen stand. An der Wand der Halle hing eine große Uhr mit dem Logo der Firma. Sie zeigte kurz vor vier.

»Oh, Scheiße!«, rief ich. Mein Vater und George sahen mich fragend an.

»Was ist?«

»Ich muss Eleni von ihrer Probe abholen. Es ist Streik und der Bus fährt nicht.«

»Nimm doch den hier«, lachte George und zeigte auf das gelbe Ungetüm, neben dem wir standen. Ich streckte ihm die Zunge heraus und er lachte noch mehr. »Man könnte meinen, du wärst zehn Jahre alt und nicht zwanzig, Kenzie.«

Mein Vater schnaubte belustigt. »Wenn es nach mir ginge, hätte sie ewig zehn bleiben können. Und die anderen drei auch.«

Ich hob eine Augenbraue. Weder bei mir noch bei meinen Schwestern konnte er sich ernsthaft beschweren – wenn wir Mist bauten, dann immerhin so, dass er nichts davon mitbekam. Für Dad waren wir mustergültige Töchter mit ein paar pubertären Wutausbrüchen und dem einen oder anderen Jungen, der vor der Tür stand. Dramen hielt ich von ihm fern, so gut es ging. Das war besser für uns alle.

»Soll ich auf dem Heimweg einkaufen?«, fragte ich, ohne seine Worte zu kommentieren. »Oder machst du das?«

»Ich habe heute noch einen Termin wegen des Unimogs.« Der deutsche Mercedes-Lkw mit Wohnaufbau stand schon seit drei Monaten zum Verkauf, aber auch wenn Dutzende Leute sich meldeten und ihn sich ansahen, hatte bisher keiner zugeschlagen. »Das könnte bis neun gehen.«

Ich nickte. »Okay, dann erledige ich das.« Schnell schnappte ich mir im Showroom meine Tasche, verabschiedete die Colbys, die mit ihrem beigen Langweilerstoff bei David offenbar in guten Händen waren, und lief hinaus zu meinem Wagen. Wobei Wagen eigentlich ein viel zu schnöder Begriff dafür war. *Liebe meines Lebens* traf es eher. Oder *Weihnachts- und Geburtstagsgeschenk der nächsten zehn Jahre*. Je nachdem, ob man mich oder Dad fragte.

Die Grundlage für den Campervan mit dem Namen Loki

war ein Ford Kastenwagen gewesen, aber ich hatte ihn so verändert, dass viele das kaum noch erkannten. Nicht nur hatte ich ihn auf ein tiefes Mitternachtsblau umlackiert, sondern auch stylishere Scheinwerfer montiert, mit der Hilfe meines Dads Luken im Dach installiert und große Fenster eingebaut, vor allem in der Hecktür. So konnte man vor dem Einschlafen noch den Sternenhimmel bewundern und hatte Rundumsicht, wo immer man war. Auch den Innenausbau hatte ich selbst gemacht: Für die Arbeitsplatte in der Küche und die Akzente mit hauchdünnem Kirschholzfurnier, damit alles nicht zu schwer wurde und dennoch hochwertig aussah. Die Polster waren mit einem blattgrünen Strukturstoff bezogen, was perfekt zum Rest passte. Jedes Mal, wenn ich das Innere des Wagens sah, war ich neu verliebt.

… und vergaß die Zeit. Schnell startete ich den Motor. Die Schule war nur zehn Minuten von der Firma entfernt, aber meine Schwester wartete bereits davor, als ich auf dem Seitenstreifen hielt.

»Hey Leni«, sagte ich, als sie neben mir auf den Sitz sprang und mir zur Begrüßung einen Kuss auf die Wange drückte. »Sorry, dass ich zu spät bin.«

»Macht nichts.« Eleni war gerade dreizehn geworden und damit noch in dem Alter, wo sie mich mochte und nicht für die böse große Schwester hielt, die ihr so spaßige Sachen wie *Drogen nehmen* oder *nachts in versiffte Clubs gehen* verbot.

»Wie war deine Probe für das Theaterstück?«

»Gut«, antwortete sie, zog dabei aber die Nase kraus.

»Erzähl, was war los?« Ich blinkte, um mich in den Verkehr einzufädeln.

»Ach«, seufzte sie und drehte sich eine Strähne ihrer blonden Haare um den Finger. »Unser Mister Darcy macht Probleme.«

Ich unterdrückte ein Lachen, weil sie das so ernsthaft sagte, als wäre sie der CEO eines Multimilliarden-Unternehmens und nicht die Jane Bennet in einem Stück der städtischen Jugendtheatergruppe von High Wycombe. »Was für Probleme macht er denn?«

»Er will Millie Monroe nicht küssen. Du weißt schon, das Mädchen, das die Elizabeth spielt. Er sagt, sie riecht nach Salami.«

Nun musste ich endgültig lachen. »Im Ernst? Was hat er gegen Salami?«

»Er ist Veganer«, murrte sie.

»Veganer? Mit 13? Wow.« Manchmal fühlte ich mich wie eine alte Oma, wenn ich mitbekam, was Teenager für Ansichten hatten. Als ich 13 gewesen war, hatte ich mir über viele Dinge Gedanken gemacht, allem voran die Wahl der richtigen Klamotten und ob Foster O'Reilly mich auf meiner Geburtstagsparty endlich küssen würde, aber sicher nicht über moralisch einwandfreie Ernährung.

»Japp«, sagte Eleni. »Und da Millie meint, nur wegen seiner *Pflanzenfresserei* würde sie bestimmt nicht aufhören, Salami zu essen, überlegen sie nun, ob ich Elizabeth spielen soll. Weil ich Salami ja gar nicht mag.«

Ich hielt an einer roten Ampel und sah sie an. »Aber du willst das nicht?«

»Ich weiß nicht. Jane ist eine gute Rolle. Ich mochte sie bei *Stolz und Vorurteil* immer am liebsten.« Sie machte ein unglückliches Gesicht und wirkte plötzlich sehr klein auf dem Beifahrersitz. Was eine Leistung war. Eleni und Willa, die zweite in unserer Reihe, waren ziemlich groß und äußerst schmal – während meine dritte Schwester Juliet und ich eher mit einer durchschnittlichen Körperlänge leben mussten, dafür aber immerhin den Ansatz von Hintern und Brüsten hatten. Schlank waren wir jedoch alle. Mussten die Gene sein, denn auf Essen standen wir mehr als die meisten.

»Hm. Ich finde Elizabeth eigentlich cooler.« Ich fuhr wieder an.

»Klar findest du das.« Eleni warf mir einen langen Blick zu. »Lizzy interessiert sich nicht für die Meinung von anderen und sagt immer, was sie denkt. So wie du.«

»Ich bin nicht wie Lizzy Bennet«, widersprach ich. »Denn ich hätte diesen arroganten Idioten Darcy in die Wüste geschickt und ihn ganz sicher nicht geheiratet nach dem ganzen Mist, den er verzapft hat.«

»Wir schreiben das Stück nicht um, egal, wie oft du mir das sagst«, grinste Eleni.

»Schade eigentlich.«

Sie seufzte. »Was denkst du darüber, Kenz? Soll ich Elizabeth spielen?«

»Schwer zu sagen.« Ich lenkte mein Auto auf den Parkplatz des Supermarktes. »Du solltest dir überlegen, ob du gerne eine größere Rolle spielen möchtest. Und ob du Mister Darcy küssen willst, natürlich. Vielleicht riecht er nach Quinoa, ich weiß ja nicht, ob du das magst.« Ich sah grinsend zu ihr rüber und bemerkte die leichte Röte auf ihrem Gesicht. *Ah, jetzt kommen wir der Sache näher.* »Wer spielt ihn denn?«

Sie druckste herum. »Du wirst das doof finden.«

»Nein, werde ich nicht. Sag schon.«

»Cameron.«

»Cameron Harlow?«

»Ja.«

»Okay.« Ich atmete aus. Cameron war der jüngere Bruder von Miles, meinem Ex-Freund, den ich im letzten Winter abserviert hatte, nachdem er demonstriert hatte, dass man ihm weder trauen noch sich auf ihn verlassen konnte. Seither ignorierte ich ihn, wann immer wir einander in der Stadt begegneten.

»Ich wusste, du findest es doof.« Eleni riss mich aus meinen Gedanken.

»Das stimmt nicht. Cameron ist schließlich nicht sein Bruder. Wenn du ihn magst, ist das völlig in Ordnung für mich.« Ich drehte den Zündschlüssel und der Wagen ging aus. »Allerdings solltest du dir die Gelegenheit dann nicht entgehen lassen und die Elizabeth spielen. Denn es könnte ja sein, dass Cameron Millies Salamigeruch nur deswegen stört, weil er nicht *ihr* Mister Darcy sein will.«

»Meinst du?« Die Röte wurde noch stärker.

»Ja, meine ich.« Ich lächelte.

»Er sagt, ich rieche nach Sommer«, hauchte Eleni leise.

»Siehst du«, grinste ich, weil das echt kitschig war. »Er ist immerhin charmant. Das war sein Bruder nicht.« Ich packte den Griff der Tür. »Und jetzt auf zum Einkaufen. Was hältst du von Lasagne?«

Eleni sah mich erschrocken an. »Bist du irre? Da ist Knoblauch drin! Ich habe morgen wieder Probe!«

»Na und?«, fragte ich ungerührt und stieg aus. »Damit hat Cameron bestimmt kein Problem. Knoblauch ist schließlich vegan.«

2

Kenzie

Unser Haus bebte unter den Bässen eines Songs, den ich bereits als neuestes Werk von Eminem identifizierte, bevor ich auch nur in die Nähe der Tür gekommen war. Meine Schwester Juliet hatte momentan eine sehr eigenartige Phase, was ihren Musikgeschmack betraf. Aber erst letzte Woche hatte ich noch darüber gelästert, dass sie Justin Bieber hörte. Vielleicht war *ich* also an dieser Kehrtwende schuld.

»Wir sind zu Hause!«, brüllte ich ins Treppenhaus. Keine Reaktion. »Jules! Mach das leiser!« Wieder nichts. »Kannst du das einräumen?«, fragte ich Eleni, die gehorsam die Tüten in die Küche trug und den Kühlschrank öffnete. Ich schüttelte meine Sneakers von den Füßen und lief nach oben in den ersten Stock. Als ich die Tür aufriss, fiel meine Schwester fast von ihrem Stuhl.

»Kannst du nicht anklopfen?«, maulte sie.

»Als hättest du das gehört«, maulte ich zurück. Juliet war fünfzehn und damit anders als Eleni in dem, was die Leute ein *schwieriges Alter* nannten. Schon bei Willa hatte ich echte Kunststückchen aufführen müssen, um vor Dad zu verheimlichen, was sie so anstellte, aber Juliet toppte das noch. Erst letzte Woche hatte ich sie von einer Party im miesesten Viertel der Stadt abgeholt, und sie hatte so nach Gras gerochen, dass ich ihre Klamotten in die Mülltonne werfen musste. Sie bestritt zwar eifrig, selbst einen Joint geraucht zu haben, aber allein, dass sie mit Leuten rumhing, die das taten, machte mir Sorgen.

»Was ist denn?«, fragte Juliet mich.

»Du sollst die Musik leiser machen. Die Nachbarn kriegen sonst die Krise.«

»Ist mir egal.«

»Das ist schön, aber mir nicht. Oder Dad. Weil wir so etwas wie Rücksichtnahme kennen, okay? Mach es aus oder ich schmeiße den verdammten Laptop aus dem Fenster. Und ich öffne es vorher nicht.«

Juliet verdrehte die Augen, warf ihr langes dunkles Haar zurück – ihre Protestgeste Nr. 1 – und schaltete die Lautstärke an ihrem Computer leiser.

»Geht doch«, sagte ich. »Und jetzt geh runter, Leni und du seid heute mit dem Kochen dran.«

»Wieso kannst du das nicht machen? Du hast schließlich schon Ferien, während ich Aufgaben für diese dummen Zusatzkurse machen muss, zu denen du mich gezwungen hast.«

Ich funkelte sie an. »Erstens gehst du in diese Kurse, weil du stinkfaul bist und deine Noten in Englisch und Chemie beschissen sind. Und zweitens habe ich keine Ferien, sondern arbeite bei Dad.« Meine Kurse im Kunst- und Designstudium am örtlichen College von Aylesbury waren tatsächlich seit zwei Wochen beendet, aber deswegen hatte ich trotzdem genug zu tun. Ich zeigte zur Treppe. »Du bist dran. Also Abmarsch nach unten. Sofort.«

»Du bist eine blöde Sklaventreiberin!« Juliet schimpfte immer noch, als sie schon längst an mir vorbei war und hinunterstapfte. Ich atmete aus. Eigentlich kamen wir halbwegs miteinander aus, sogar in ihren schlimmen pubertären Phasen. Aber die Absage von Olsen hatte meinen üblichen Geduldsfaden aus Stahlseil zu einem dünnen Seidenfaserchen gemacht, das beim kleinsten Windhauch riss.

Ich ging kurz in mein Zimmer, das ich erst im Frühjahr mit dunkelgrüner Tapete und ein paar neuen goldenen Deko-Accessoires ausgestattet hatte, und schaute aufs Handy, um der winzigen Hoffnung zu folgen, dass Olsen es sich anders überlegt hatte. Aber das Postfach zeigte mir nur zwei Newsletter und mein WhatsApp die Nachricht einer Studienkollegin, die gerade im Auslandssemester in Kapstadt war und Fotos von einer Party in die Gruppe unseres Jahrgangs stellte. Ich seufzte, fast ein bisschen neidisch. So etwas hätte ich nie machen können. Nicht, weil uns das Geld dafür fehlte – Dads Betrieb lief sehr gut. Aber ich konnte ihm meine Schwestern nicht allein überlassen. Willa war zwar gerade achtzehn geworden und damit aus dem Gröbsten raus, Juliet jedoch brauchte jemanden, der ihr Grenzen setzte, und Eleni jemanden, der sie davon abhielt, so zu werden wie Juliet. Da waren längere Abwesenheiten nicht drin.

Ich löschte die Newsletter, dann schob ich das Telefon in meine Tasche und machte mich auf den Weg nach unten.

»Was kann ich helfen?«, fragte ich, als ich an dem großen Küchenblock zum Stehen kam. Juliet bedachte mich mit einem finsteren Blick, aber Eleni zeigte auf den Salatkopf.

»Kannst du den waschen?«

»Die Zwiebeln sind nämlich längst fertig«, sagte Juliet bockig und mit roten Augen. Ich war in der Familie die Einzige, die beim Zwiebeln schneiden nicht heulen musste. Das war irgendein evolutiver Witz, ein Erbe meiner Mutter, das einen guten Partytrick abgab. Und mich grundsätzlich dazu verdammte, in der Küche für die Zwiebeln zuständig zu sein.

Ich seufzte. »Jules, ich hatte einen Scheißtag, okay? Tut mir leid, dass ich dich so angefahren habe.«

»Nein, war meine Schuld. Ich bin genervt von den Kursen, sorry.« Sie hob die Schultern und wir grinsten beide schief, das Zeichen, dass wieder alles in Ordnung war. Dann schnappte ich mir den Salat und kramte die Schleuder aus dem Schrank, bevor ich ihn zerteilte. Eleni schwitzte derweil die Zwiebeln an und Juliet holte die Auflaufform aus dem Vorratsraum.

Wir Mädchen konnten alle kochen, eine Notwendigkeit, wenn der Vater einen Betrieb zu führen hatte und man nicht von Fertiggerichten leben wollte. Außerdem war Mum als Fotojournalistin auch vor ihrem Tod viel unterwegs gewesen und wir hatten uns arrangieren müssen. Mittlerweile war eine von uns vieren an einem festen Wochentag für die Mahlzeiten zuständig und Dad am fünften. Am Wochenende machten wir oft etwas zusammen oder gingen essen. Im Sommer waren wir zudem auch immer wieder campen, meist mit meinem Auto, in dem ich gemeinsam mit Eleni übernachten konnte – und dem großen Mercedes Actros von Dad, der mehrere Betten hatte.

»Wieso hattest du einen Scheißtag?«, fragte Juliet irgendwann und sah mich über den Küchenblock hinweg an.

»Ach, mein Job für den Sommer wurde kurzfristig abgesagt. Und jetzt weiß ich nicht, wie ich an interessante Projekte für meine Bewerbung kommen soll.«

»Die Bewerbung für London?« Eleni drehte sich am Herd zu uns um.

»Ja, genau.«

»Was für ein Mist. Kannst du nicht einfach die Projekte bei Dad nehmen? Campingautos auszustatten ist schließlich auch Innendesign. Und der Schulbus oder dieser Food-Wohntruck letzten Herbst sind doch megacool gewesen.«

Ich hob die Schultern. »Zur Not muss ich das so machen. Aber alle anderen, die zur *UAL* wollen, haben meist irgendwelche Praktika im Ausland gemacht. Deswegen wäre Olsen die beste Adresse gewesen, um halbwegs gleichzuziehen.«

»Außerdem hätte Kenzie den Sohn vom Olsen klarmachen können«, sagte Juliet. »Der ist nämlich echt heiß.«

Ich sah sie ungläubig an. »Woher weißt du das denn?«

»Das weiß jeder. Der Typ ist der begehrteste Junggeselle unter 25 in ganz London. Und du bist doch echt hübsch, Kenz. Bestimmt gefällst du ihm.«

»Ja, bestimmt«, lachte ich und sah an mir runter. Wie immer trug ich zerschlissene Jeans und dazu eines meiner langgeschnittenen schwarzen Shirts, das durch die vielen Wäschen längst ausgeblichen war und dessen kurze Ärmel genug Platz für mein Tattoo am Unterarm ließen. »Korrigiere mich, aber ich glaube nicht, dass reiche Schnösel auf Mädchen wie mich stehen.« Oder ich auf sie. Jungs in gebügelten Hemden und Lederschuhen waren für mich keine Kerle, sondern Ausstellungsstücke, bei deren Anblick meine Hormone komplett in Schockstarre verfielen. »Nein, danke. Ich verzichte.«

»Ich würde ihn nehmen«, sagte Juliet versonnen. Offenbar hatte sie die Gossip-Websites sehr gründlich nach dem Olsen-Sprössling durchforstet.

»Oh, er dich sicher auch, aber anders, als du denkst«, antwortete da Willa, die gerade zur Tür hereinkam und ihre Tasche abstellte. Sie jobbte, nachdem sie diesen Monat ihren Abschluss gemacht hatte, in einem Café in der Stadt und war oft als Letzte zu Hause – von Dad abgesehen.

»Willy!«, rief Juliet empört. »Sag so was nicht!«

»Wieso nicht, es ist doch wahr.« Willa runzelte die Stirn. Manchmal hätte ich den Leuten, die *mich* für undiplomatisch hielten, sehr gerne meine Schwester vorgestellt. Ihr fehlte jedes Gespür für vornehme Zurückhaltung. »Reiche Jungs in dem Alter wollen nicht mit dir in den Sonnenuntergang reiten, sondern nur reiten. Ohne Sonnenuntergang. Und ohne Pferd.«

Ich warf einen besorgten Blick zu Eleni, aber die rührte zufrieden die Soße und hörte gar nicht richtig zu.

»Das kannst du überhaupt nicht wissen«, murrte Juliet da.

»Ach Schätzchen«, seufzte Willa und tätschelte ihre Schulter. »Du musst noch viel über Jungs lernen.«

»Aber lass dir bitte Zeit damit«, sagte ich und warf den gewaschenen Salat in die bereitgestellte Schüssel. »Und tu mir einen Gefallen – mach einen Bogen um reiche Jungs. Ihr alle drei.« Auf Leute mit Geld war ich heute wirklich nicht gut zu sprechen. Vor allem, wenn sie Praktikumsplätze vor meiner Nase wegschnappten.

Willa stibitzte sich ein Salatblatt und sah mich an. »Auch um reiche Mädels? Ich bin da noch nicht ganz entschieden.«

»Auch um die. Und jetzt mach dich nützlich und deck den Tisch.« Damit scheuchte ich sie aus der Küche.

Das Essen verlief an diesem Tag ohne größere Dramen. Wir feierten sogar ein bisschen, weil Dad den Unimog tatsächlich endlich verkauft hatte – an einen verrückten Schweizer, der bisher nicht einmal einen Führerschein dafür hatte, aber trotzdem im nächsten Jahr nach Ostasien fahren wollte. Allein an dem erfolgreichen Geschäft lag es jedoch nicht, dass mein Vater die ganze Zeit aussah wie ein kleines Kind, dem man gesagt hatte, Schokolade sei gesund. Als wir fertig waren, schaute er mich fast schon feierlich an.

»Ich habe die Lösung für dein Problem.« Er strahlte stolz, als er sein Besteck zur Seite legte.

»Echt?« Ein wenig skeptisch sah ich ihn an. Meistens waren seine Lösungen, wenn es um uns Töchter ging, eher absurde Ratschläge mit geringen Erfolgsaussichten. In der Firma war er ein Garant für unlösbare Probleme, aber vier Mädchen von dreizehn bis zwanzig waren keine Kunden und auch keine Campingautos.

»Paula McCoy.« Mehr als diesen Namen sagte er nicht.

»Paula McCoy?«, wiederholte ich. »Die Freundin von Mum?«

Sie lebte noch in der Heimatstadt meiner Mutter oben in Schottland, mit ihrem Sohn Drew, der etwas älter war als ich. Beide hatten uns öfter besucht, als Mum noch am Leben gewesen war, und Drew und ich folgten einander auf Instagram. Seit der Beerdigung hatte ich jedoch weder ihn noch seine Mutter gesehen.

Mein Vater nickte. »Genau die. Du erinnerst dich vielleicht nicht, aber sie hat eine Agentur für Innendesign in Kilmore. Vielleicht kannst du ihr im Sommer über die Schulter schauen und ein paar interessante Projekte begleiten.«

»Interessante Projekte? In *Kilmore*?« Ich verzog das Gesicht. Die Heimatstadt meiner Mum war echt idyllisch, sie lag am Rande der Highlands direkt an einem See und hatte exakt den Charme, den man von einer schottischen Kleinstadt erwartete. Aber wenn Paula dort Aufträge hatte, dann nur das Aufhübschen eines Wohnzimmers oder die Ausstattung eines Ferienhauses. Das machte bestimmt Spaß, genau wie der Ausbau von Campern. Nur war es leider überhaupt nicht das, was ich für meine Mappe brauchte.

Dad ließ nicht locker. »Das ist eine tolle Stadt, sehr geschichtsträchtig und es kommen viele Touristen. Du weißt doch, dass Mum und ich uns dort im Supermarkt kennengelernt haben, oder?«

»Ich weiß«, lächelte ich. »Sie hat dich direkt vor den Kühlschränken mit den Getränken angesprochen und gefragt, wie schlecht dein Tag auf einer Skala von Cola bis Whiskey war.« Ich leierte die Worte herunter, weil ich sie schon so oft gehört hatte.

Mein Dad lächelte liebevoll und gleichzeitig traurig. »Und damit hatte sie mich.«

Es wurde kurz still am Tisch, und ich konnte förmlich sehen, wie sich Trauer über uns legte. Juliet schob die Reste ihrer Lasagne auf dem Teller herum, Eleni drehte ihr Wasserglas und Willa aß viel zu hastig die Salatschüssel leer. Weil ich diese stumme Melancholie hasste und sie nie lange aushielt, kam ich auf das ursprüngliche Thema zurück.

»Ich glaube nicht, dass Paula die richtige Idee ist, Dad. Das sind doch eher kleinere Jobs da oben im Norden.« Wahrscheinlich telefonierte ich morgen mal die Agenturen in London ab, vielleicht war irgendwo jemand kurzfristig abgesprungen. *Als ob.*

Wieder zeigte mein Dad dieses zufriedene Grinsen. »Im Gegenteil. Ich habe vorhin mit ihr gesprochen, und sie hat mir gesagt, dass sie einen großen Auftrag bekommen hat – die Innengestaltung eines Neubaus für das *Kilmore Grand*, das Hotel der Hendersons. Sie würde sich sehr freuen, wenn du kommst und ihr dabei hilfst.«

»Hendersons?«, fragte Willa kauend. »Das ist doch diese Familie mit den Hotels auf der ganzen Welt, oder? Ist das *Grand* nicht der Luxus-Schuppen in Kilmore? Dieses edle Gemäuer direkt am Loch?«

»Das *Grand* ist ein 5-Sterne-Hotel«, korrigierte Eleni. »Und eines der exklusivsten Häuser in ganz Europa. Hab ich mal gelesen, als ich Kilmore gegoogelt habe.« Sie konnte sich nicht an die schottische Stadt erinnern, denn sie war gerade sieben geworden, als Mum gestorben war, und wir waren vor ihrem Tod eine Weile nicht mehr in ihrer Heimat gewesen. »Das ist superschick, Kenz! Du musst da hingehen!«

»Siehst du«, sagte mein Dad zu mir. »Deine Schwester denkt auch, dass es eine gute Idee ist.«

Ich schüttelte den Kopf. »Nein, ich kann nicht über den Sommer weg.« Es klang zwar echt gut, denn auch mir sagte das *Kilmore Grand* etwas, und die Hotels der Hendersons waren so edel, dass ein solcher Auftrag sicherlich gut genug für eine Bewerbung an der *UAL* war. Aber Kilmore war knapp 500 Meilen entfernt, also sieben Stunden mit dem Auto.

»Es ist zu weit weg.« Das wäre ja das Gute an dem Job bei Olsen gewesen, dass ich von London die halbe Stunde nach Hause hätte pendeln können, um mich weiterhin um alles zu kümmern.

»Quatsch. Wir kommen auch mal zwei Monate ohne dich aus.« Dad zeigte voller Überzeugung auf meine Schwestern.

»Ach ja?«, fragte ich. »Wer fährt Eleni durch die Gegend?«

Mein Vater sah Willa an. »Das kann Willy machen, sie hat doch seit zwei Monaten den Führerschein.«

Ja, und sie fährt wie ein Hamster auf Koks, dachte ich. »Und was ist mit der Essensplanung?«

»Die mache ich«, sagte mein Vater.

»Okay, übernimmst du dann auch das Einkaufen? Die Wäsche? Den Haushalt? Nähst Elenis Kostüm für die Aufführung? Kümmerst dich um den Garten?« Wir teilten uns zwar alles an Arbeit auf, aber wenn ich es nicht organisierte, passierte gar nichts. »Ihr werdet hier im Chaos versumpfen, wenn niemand euch auf Trab hält.«

»Pffft.« Juliet nahm die Nase ein Stück höher. »Du tust so, als kämen wir ohne dich nicht klar.«

Ich nickte. »Ja, weil es die Wahrheit ist.«

»Ist es nicht. Und wir werden es dir beweisen.« Willa straffte die Schultern und meine anderen beiden Schwestern taten es ihr gleich. »Würdest du dieses Praktikum bei Paula machen, wenn es uns nicht gäbe? Sei ehrlich, Kenz.«

Ich dachte an die Bilder vom *Kilmore Grand*, die ich mal gesehen hatte, als ich neugierig auf ihrer Website nachgeschaut hatte, wie viel eine Übernachtung dort kostete. An die Gemälde, die Stoffe, die Tapeten. Einen Neubau für dieses Hotel auszustatten, war fast noch besser als die Kirche in Harlow.

»Ja«, gab ich Willa eine Antwort auf ihre Frage.

»Und bist du bereit, uns dafür einen Sommer zu verlassen?«

»Nein«, sagte ich genauso ehrlich. Es war ja nicht nur so, dass sie mich brauchten – meine Schwestern waren auch meine Freundinnen, und ich war es nicht gewohnt, von ihnen getrennt und allein zu sein. Drew und Paula hatte ich so lange nicht gesehen, dass sie kaum als Bekannte zählten. Und nur, weil Mum dort aufgewachsen war, bedeutete das nicht, dass Kilmore für mich so etwas wie Heimat war. Ich erinnerte mich kaum an den letzten Besuch dort, weil ich erst vier oder fünf gewesen war.

»Komm schon, Kenzie. Wir kriegen das echt hin.« Juliet sah mich unschuldig an. *Ja, sicher, weil du dann machen kannst, was du willst. Kommt gar nicht infrage.*

»Hört auf jetzt, die Diskussion ist beendet.« Ich ließ mich auch mit allen Beteuerungen nicht zu einer Zusage hinreißen, und bald darauf wechselten wir das Thema und redeten über Elenis Theaterstück. Erst beim Abwasch kamen wir zu der Kilmore-Frage zurück. Meine Schwestern waren schon im Wohnzimmer vor dem Fernseher, aber mein Vater räumte die Spülmaschine ein und ich trocknete die Pfanne ab, als er sich aufrichtete und mich musterte.

»Ich sehe es dir an«, sagte er lächelnd, »du willst gerne dorthin. Und deswegen wirst du auch fahren.«

»Dad, lass das. Es ist eine total blöde Idee.«

»Warum? Worüber machst du dir Sorgen? Du bist immer noch auf der Insel, du kannst in wenigen Stunden hier sein, wenn es brennt. Und niemand von uns wird verhungern oder verwahrlosen, solange du weg bist.«

Ich hob die Schultern. »Juliet ist zurzeit nicht einfach, und ich habe Sorge, dass sie Mist anstellt. Und Eleni fängt gerade an, sich für Jungs zu interessieren – aber Willy ist da sicher nicht die richtige Ansprechpartnerin. Und nichts gegen dich, Dad, aber du musst viel arbeiten, also kannst du das nicht übernehmen.« Ich stellte die Pfanne weg. »Alles funktioniert gut so, wie es ist. Mir macht es nichts aus, auf dieses Praktikum zu verzichten.«

»Das weiß ich. Aber glaub nicht, dass ich nicht wüsste, was du hier jeden Tag leistest.« Er seufzte. »Du warst erst vierzehn, als deine Mutter gestorben ist, und trotzdem hast du ab diesem furchtbaren Tag mitgeholfen, deine Schwestern großzuziehen. Und du hast dich nie darüber beklagt.«

»Doch, habe ich«, widersprach ich. »Oft sogar.«

Er lächelte wieder. »Nicht oft genug. Ich finde, dass jetzt der Zeitpunkt gekommen ist, wo du an dich denken darfst. Außerdem hätte es deiner Mum bestimmt gefallen, dass du den Sommer in Kilmore verbringst.« Plötzlich schien er sich an etwas zu erinnern und stand auf. »Warte mal kurz.« Er stieg die Treppe hinauf, ich hörte ihn die Luke zu unserem Dachboden öffnen und die faltbare Leiter herunterklappen. Neugierig ging ich hinterher und spähte durch die Öffnung, dann folgte ich ihm nach oben.

»Was suchst du?«

»Eine Schachtel. Sie war blau …« Er sah sich um und entdeckte in dem Chaos aus ausgemusterten Möbeln, unserem Weihnachtsschmuck und altem Spielzeug schließlich einen braunen Pappkarton. »Ich glaube, da ist sie drin.« Mit einem kräftigen Ziehen beförderte er den Karton aus seiner Ecke und klappte den Deckel auf. Dann hob er eine Holzschatulle heraus, so groß wie eine Schuhschachtel, bemalt mit einem leicht schielenden Monster von Loch Ness. Er stellte sie ab und hockte sich davor.

»Ist die von Mum?«, fragte ich und kniete mich auf den staubigen Boden.

»Das sind ihre Erinnerungen an Kilmore.« Mein Dad schluckte, als er einen Stapel vergilbter Fotos herausnahm und ihn durchsah. »Sie war zwar froh, als sie endlich reisen durfte und Schottland verlassen konnte, aber sie ist immer gerne dorthin zurückgekehrt. Sie hat gesagt, nichts hat sich für sie so sehr nach Heimat angefühlt wie diese Stadt.«

Gemeinsam sahen wir die Bilder an, die noch aus der Teenagerzeit meiner Mutter stammen mussten – auf den meisten war sie mit Paula zu sehen, auf vielen auch mit anderen Freunden. Erinnerten sie sich an sie, so wie wir es taten? Oder hatten sie sie vergessen?

Mir stiegen Tränen in die Augen, als ich ein Foto sah, auf dem meine Mum sich an meinen Vater schmiegte, im Hintergrund die Kühlschränke eines Supermarkts. Man sah, wie glücklich sie in dem Moment gewesen waren. Sie hatten vorgehabt, den Rest ihres Lebens miteinander zu verbringen, bis ins hohe Alter. Niemand hätte damit gerechnet, dass dieser Rest so kurz sein sollte – dass meine Mum mit nur sechsunddreißig Jahren sterben würde. Am wenigsten wohl sie selbst.

Ich hatte am Anfang nach ihrem Tod nicht sehr oft geweint. Ich war dazu übergegangen, die Trauer still zu ertragen, für meinen Dad und meine Schwestern – bis auf eine einzige Situation, von der niemand wusste. Und mittlerweile war es meine Strategie, nicht zu viel darüber nachzudenken, denn oft genug meldete sich dann Wut, weil sie uns verlassen hatte. Und dann schämte ich mich wegen meiner Wut, die ich wegschob, bis ich weder sie noch die Trauer spürte und weitermachen konnte. Aber selten, so wie jetzt, erlaubte ich mir einen Moment, an sie zu denken und sie einfach nur zu vermissen. Weil es mir fehlte, mit ihr zu reden oder von ihr in den Arm genommen zu werden.

Dad nahm mir das Bild aus der Hand. »Wer weiß, vielleicht würdest du sogar unerwartet deine große Liebe finden, wenn du nach Schottland fährst. In einem Supermarkt vor den Getränken.«

»Als würde das zweimal funktionieren«, antwortete ich und wischte mir über die Augen. »Hörst du die Statistik lachen?«

»Na, dann nutze die Zeit eben, um *nicht* die große Liebe zu finden. Ich schätze, nachdem du die Jungs in den letzten zwei Jahren in Scharen davongejagt hast, wird es Zeit, dass du dir mal selbst einen Korb holst«, sagte mein Vater ungerührt. »Irgendein Schotte eignet sich bestimmt dafür.«

Ich grinste. »Du wünschst dir eine Abfuhr für mich? Was bist du denn für ein Vater?«

»Einer, der glaubt, dass seine Tochter sich manchmal selbst im Weg steht.« Er warf mir einen liebevollen Blick zu. »Versteh mich nicht falsch, Kenzie, ein Teil von mir wünscht sich nur zu sehr, dass du dein Leben lang mein kleines Mädchen bleibst. Aber der andere macht sich Sorgen, dass du zu hart mit dem anderen Geschlecht ins Gericht gehst. Dass du Jungs zu schnell abstempelst.«

»Die meisten von ihnen sind Idioten.« Ich zuckte mit den Schultern und dachte an Miles, den blonden, sehr hübschen Basketballer aus meinem Jahrgang am College. Drei Monate hatte unsere Beziehung gedauert, bis ihm eingefallen war, dass mein *Anhang*, wie er meine Schwestern charmanterweise nannte, ihm doch ziemlich auf die Nerven ging – und er von mir gefordert hatte, ihn selbst ganz oben auf meine Prioritätenliste zu setzen. Und da war er nicht der Erste gewesen.

Jungs in meinem Alter wollten eine Freundin, die außer ihnen und vielleicht noch dem Studium keine Verpflichtungen hatte. Die jedes Wochenende um die Häuser ziehen konnte und selbstverständlich allzeit verfügbar für Sex war. Nur war mir meine Familie immer wichtiger als irgendein Kerl. Wenn Juliet mit Grippe im Bett lag oder Eleni Hilfe bei Mathe brauchte, ging ich nicht feiern. Und daran würde sich auch nie etwas ändern.

»Ganz sicher sind sie Idioten. Aber das heißt nicht, dass einer von ihnen nicht *dein* Idiot sein kann.« Mein Vater lächelte. »Ich war einer, und das hat deine Mutter nicht davon abgehalten, sich in mich zu verlieben.« Er legte die Bilder wieder in die Schachtel und schob sie mir zu. »Schätzchen, denkst du nicht, es ist an der Zeit, dass du deine Schwestern und mich mal ein bisschen uns selbst überlässt? Deine Mutter hatte früher eine Menge Spaß in Kilmore, die Leute sind wahnsinnig nett und die Natur ist geradezu gemacht für Campingausflüge.«

»Mit wem soll ich denn dort oben Ausflüge machen? Mit diesem Typen, der im Supermarkt auf mich wartet?« Ich hob eine Augenbraue.

»Mach dich nur darüber lustig. Du wirst schon noch irgendwann feststellen, dass es Gefühle gibt, gegen die nicht einmal du dich wehren kannst.« Mein Dad zeigte auf die Schachtel und sah mich an. »Also, was meinst du, Kenzie? Bist du bereit für ein Abenteuer?«

Eigentlich war ich es nicht, ganz und gar nicht. Aber etwas in mir rief nach dieser Auszeit. Nach zwei Monaten nur für mich. Und möglicherweise hatte Dad recht und meine Schwestern waren mittlerweile selbstständig genug. Vielleicht kamen sie wirklich für diese Zeit ohne mich zurecht. Und falls nicht, war ich schnell wieder da.

»Ja, könnte sein«, sagte ich und betrachtete das Monster auf der Schachtel.

»Siehst du.« Er lächelte mich an. »Am besten rufst du Paula noch heute Abend an. Sie erwartet deinen Rückruf.«

»Okay. Danke, Dad.« Ich umarmte ihn. »Du bist wirklich der Beste.«

»Ich danke *dir*, mein Schatz«, antwortete er und drückte mich fest.

Ich hätte beleidigt sein müssen, dass meine Familie es so eilig hatte, mich loszuwerden – denn schon eine knappe Woche später war Loki fertig gepackt für die Reise in den Norden.

Paula hatte zwar ein Gästezimmer, aber mir war es lieber, ihr nicht zur Last zu fallen. Außerdem war der Camper genauso ein Zuhause für mich wie mein Zimmer in High Wycombe, und ich wusste, wenn ich in Kilmore einen Rückzugsort brauchte, dann stand er bereit. Deswegen war es keine Frage gewesen, dass ich Loki nehme, als mir klargeworden war, dass ich tatsächlich den Sommer in Schottland verbringen würde.

Meine Schwestern standen vor dem Auto, um mich zu verabschieden. Mein Dad hatte das bereits erledigt, als er am Morgen in die Firma gefahren war. »Wenn irgendetwas ist …«, begann ich zum hundertsten Mal in der letzten halben Stunde.

»Dann kriegen wir das hin.« Willa drückte mich noch einmal an sich und schob mich dann resolut in Richtung meines Wagens. »Und jetzt hau schon ab, bevor wir alle noch zu heulen anfangen.«

»Halt!« Eleni zog etwas hinter ihrem Rücken hervor. »Wir haben dir was gebastelt, damit du uns immer dabeihast.« Sie gab mir einen Rahmen mit einem Bild darin. Es war ein Foto von uns fünfen, das wir am letzten Weihnachten aufgenommen hatten. »Es hat hinten einen Magnet, dann kannst du es an die Küchenzeile hängen.«

»Danke, Leni.« Ich umarmte sie fest. »Bitte pass auf die anderen auf, okay?«

»Okay.« Sie sah mich tapfer an, aber ich wusste, es war schwer für sie, dass ich so lange nicht da sein würde. Ich zog sie mit groß, seit sie in die Schule gekommen war, und ich war nie länger als zwei Wochen weg gewesen. »Ich bin so schnell wieder da, dass es dir wie Tage vorkommen wird. Wenn du als Elizabeth Bennet auf der Bühne stehst, sitze ich in der ersten Reihe.«

»Wehe nicht«, sagte sie und drückte mich noch einmal.

»Ich hoffe, du hast eine schöne Zeit da oben.« Juliet konnte besser verbergen, dass ich ihr fehlen würde. Wahrscheinlich war sie tatsächlich froh, dass ich eine Weile nicht jeden ihrer Schritte überwachte.

»Bau keinen Mist«, gab ich ihr daher mit auf den Weg, dann riss ich mich von ihnen los und stieg ins Auto. Die Tränen kamen ungefragt, als ich Loki von seinem angestammten Parkplatz lenkte und den dreien winkte. Und ich heulte auch noch, als ich High Wycombe längst verlassen hatte und auf die M40 einbog, die in den Norden führte. Erst als ich an Birmingham vorbei war, versiegte der Strom langsam.

Je mehr Meilen ich hinter mich brachte, desto aufgeregter wurde ich. Mir war immer noch nicht wohl bei dem Gedanken, meine Schwestern so lange sich selbst zu überlassen, aber ich spürte auch eine kribbelige Aufregung. Für mich, die eigentlich nie irgendwo allein hinging, war das hier ein Abenteuer. Fast fühlte ich mich wie meine Kommilitonen, die für ein Semester ins Ausland gingen, obwohl deren Ziele natürlich sehr viel exotischer waren als die schottischen Highlands.

Ich machte eine ausgedehnte Mittagspause in der Nähe von Kendal und fuhr dann weiter. Am späten Nachmittag passierte ich schließlich die Grenze zwischen England und Schottland – und ab diesem Zeitpunkt regnete es Bindfäden auf meine Frontscheibe. Ich dachte an die ganzen kurzen Sachen, die hinten in den Schränken verstaut waren – die Shirts und Shorts, die leichten Kleider und die Bikinis. Natürlich wusste ich, dass es in Schottland kälter war als bei uns im Süden. Aber ich hatte trotzdem gehofft, dass der Sommer mich willkommen heißen würde. Wenn das jedoch wettertechnisch so weiterging, brauchte ich wohl nur die dicke Fleecejacke, die mein Vater mir mit einem wissenden Blick gestern Abend in die Hand gedrückt hatte.

Genauso plötzlich, wie der Regen begonnen hatte, hörte er auch wieder auf. Das Navi zeigte noch zehn Minuten an, als ich das Schild eines Supermarktes an der Straße sah, kurzerhand den Blinker setzte und abbog. Der Campingplatz von Kilmore warb zwar mit einem kleinen Laden und Brötchenservice, aber es war garantiert günstiger, wenn ich mir vorher ein paar Dinge besorgte. Außerdem war es *Carson's* – der Ort, wo sich meine Eltern kennengelernt hatten – und dort gab es sicher eine Süßigkeit, die eigentlich nur nach Zucker schmeckte, für mich allerdings ein Teil der Kindheit mit meiner Mum war. Bestimmt konnte ich mich hier damit eindecken.

Es war recht leer in dem Laden, als ich hereinkam und den Besitzer, einen großen Mann mit schütterem Haar und kariertem Hemd, freundlich grüßte. Er kassierte gerade bei einer älteren Dame, die in Zeitlupe ihre Einkäufe auf das Band legte, und erwiderte meinen Gruß mit einem Lächeln. Schnell schnappte ich mir einen Korb und begann mit dem Streifzug durch die Lebensmittelwelt der Schotten. Ich packte einiges ein – wie Toast und Shortbread, Butter und Milch. Aber auch als ich die Regalreihen mehrfach abgelaufen war, fand ich trotzdem nicht das, weswegen ich hergekommen war.

»Suchst du etwas Bestimmtes?« Der Ladenbesitzer war offenbar mit der Omi fertig und rief mir über die Regale hinweg seine Frage zu.

»Haben Sie hier Edinburgh Rock?«, rief ich zurück.

»Aber sicher.« Er kam hinter der Kasse hervor und ging zu einem Aufsteller an der Seite, der mit der schottischen Flagge bedruckt war. »Hier haben wir alles, was typisch für unser Land ist. Aber Vorsicht, angeblich sind davon schon Zähne ausgefallen.«

»Danke für den Hinweis«, lachte ich und legte dennoch zwei Packungen in meinen Korb.

Er musterte mich aufmerksam. »Du kommst mir irgendwie bekannt vor. Auch wenn ich sicher bin, dass ich dich noch nie gesehen habe. Wie kann das sein?«

»Vielleicht kannten Sie meine Mutter«, sagte ich nach kurzem Zögern. »Kaleigh Dunbar?«

»Großer Gott, natürlich, die kleine Kaleigh!« Er strahlte. »Du siehst aus wie sie damals, nur hatte sie noch viel längere Haare. Was machst du in der Stadt? Ist deine Mutter auch hier?«

Ich atmete ein und schluckte gegen den Kloß in meinem Hals an. »Nein, sie … sie ist gestorben. Schon vor sechs Jahren. Es war ein Unfall.«

»Ach herrje, das tut mir furchtbar leid.« Mit tiefem Bedauern sah er mich an. »Ich habe sie nicht gesehen, seit … sie hier war, in irgendeinem Herbst vor sicher zehn Jahren, mit ihrem Mann. Sie hat gesagt, es wäre eine Tradition, dass sie bei jedem Besuch in Kilmore in meinen Laden kommen, weil sie sich hier kennengelernt haben. Aber sie hatten nicht viel Zeit, weil ihre Kinder im Wagen gewartet haben. Ich habe nur gehört, sie würde im Süden wohnen. Dass sie gestorben ist, wusste ich nicht.«

Ich hob ungelenk die Schultern und nickte nur. Noch nie hatte ich gut damit umgehen können, wie die Leute reagierten, wenn sie von dem Tod meiner Mutter erfuhren. Man gewöhnte sich einfach nicht daran, an die hilflosen Blicke, an das Mitleid – während sie meistens keine Ahnung hatten, wie es sich tatsächlich anfühlte, jemanden so Wichtiges zu verlieren. Aber ich würde vor diesem Fremden nicht zeigen, was ich fühlte. Ich hatte gelernt, das nicht zu tun.

»Ich bin Kenzie«, sagte ich, um den Moment zu überspielen, und streckte die Hand aus. »Die Älteste von uns vieren.«

»Und ich bin Eoghan Carson. Es freut mich sehr, Kenzie.« Er schüttelte meine Hand. »Bleibst du länger oder bist du auf der Durchreise?« Durch das Fenster deutete er auf Loki, der einsam auf dem Parkplatz stand.

»Ich bleibe über den Sommer und mache ein Praktikum bei Paula McCoy.«

»Oh, Paula, natürlich. Sie ist die Beste.« Er nickte mit Nachdruck. »Wenn du in der Zeit hier irgendetwas brauchst, dann melde dich, okay? Meine Frau und ich sind eigentlich immer im Laden.«

»Das ist echt lieb von Ihnen, vielen Dank.« Ich lächelte ihn an. Das war doch kein schlechter Einstieg in dieses Abenteuer. Ich hatte sogar die erste Frage nach meiner Mutter halbwegs unbeschadet überstanden. Und vielleicht erinnerten sich ja gar nicht so viele hier an sie.

Die Tür schwang auf und jemand kam herein, deswegen ließ Mister Carson mich allein und ging nach vorne. Ich atmete tief ein, schob die Trauer beiseite, und machte mich dann daran, die schwierige Entscheidung zwischen Schokocreme und Marmelade zu treffen.

3

Lyall

Der Wagen wurde langsamer. Ich hatte den Fuß zwar nicht bewusst vom Gaspedal genommen, aber etwas in mir schien verhindern zu wollen, dass ich weiterfuhr. Ich hörte darauf, hielt am Rand des Grünstreifens und legte die Arme auf das Lenkrad. Regen prasselte auf das Glas der Windschutzscheibe und verschleierte mir die Sicht auf die Bäume dort draußen. Außer mir war niemand auf der Straße.

Hier war ich also wieder. Die gleiche Stadt, die gleichen Menschen, das gleiche Wetter wie vor drei Jahren. Aber diesmal schrie alles in meinem Kopf mich an, umzudrehen und zurück zum Flughafen zu fahren. Oder zumindest in eine andere Stadt als diese hier. Irgendeine Stadt, in der mich nicht jeder einzelne Bewohner hasste.

Besuchen Sie Kilmore, verhöhnte mich das Schild an der Straße, *die letzte Zuflucht vor den Toren der Highlands.*

Die letzte Zuflucht? Ich lachte trocken. Für mich war es wohl eher der letzte Kreis der Hölle. Und ich musste hindurch, wenn meine Zukunft nicht ein schwarzes Loch sein sollte.

Ein Klingeln brachte mich dazu, meine Starre aufzugeben. Ich griff nach dem Handy und nahm den Anruf an.

»Lyall?«, ertönte die Stimme meiner Tante Moira. »Bist du schon auf dem Weg hierher?«

»Sozusagen«, antwortete ich vage. Schließlich wusste ich nicht, wie lange ich noch an der Straße stehen und darüber nachdenken wollte, wieder umzudrehen. Was genau genommen der einzige Grund gewesen war, warum ich selbst fahren und mich nicht vom Fahrer des Hotels hatte abholen lassen wollen. Dieser simple, nach Lavendel-Duftbaum riechende Mietwagen mit dem Lenkrad auf der falschen Seite war alles, was mir das Gefühl gab, nicht komplett ausgeliefert zu sein.

»Dann hol doch bitte bei Carson noch unsere Bestellung für morgen ab«, sagte Moira. »Er hat alles vorbereitet und weiß Bescheid.«

»Carson? Ist das dein Ernst?« Schließlich hatte ich darauf gehofft, dem fackeltragenden Mob erst in ein paar Tagen begegnen zu müssen – und mich vorher im *Grand* zu verkriechen.

»Mein voller Ernst. Je eher die Leute merken, dass du nicht mehr der Gleiche bist wie vor drei Jahren, desto schneller kehrt Normalität ein.«

Beinahe hätte ich gelacht. Normalität. In Kilmore. In Bezug auf mich. Moira musste den Verstand verloren haben.

Trotzdem gab ich klein bei. Schließlich hatte ich keine Wahl. »In Ordnung. Ich fahre dort vorbei.«

»Gut. Er soll dir die Rechnung mitgeben. Oh, und Lyall? Leg diesen Akzent ab, solange du hier bist. Es hilft wohl kaum bei deinem Vorhaben, wenn du klingst wie ein US-Amerikaner.«

Ich biss die Zähne aufeinander. Am liebsten hätte ich ihr gesagt, dass ich nun mal seit drei Jahren in Chicago lebte und sie sich den verdammten schottischen Akzent sonst wo hinschieben konnte, aber ich hielt mich zurück. Das war schließlich meine Aufgabe für die nächsten acht Wochen.

Tief atmete ich ein.

»Ist es besser so?«, fragte ich meine Tante dann in breitestem Schottisch.

»Viel besser.« Moira ließ sich nicht von mir provozieren. »Bis später. Fahr vorsichtig.« Ein melodisches Geräusch sagte mir, dass sie das Gespräch beendet hatte.

Nur eine halbe Minute später fuhr ich auf den Parkplatz von *Carson's Supermarkt.* Er lag etwas außerhalb der Innenstadt, war aber der einzige Laden für Lebensmittel in Kilmore. Um diese Zeit allerdings – es war schon nach acht – waren die meisten Leute längst zu Hause.

Gut für mich.

Ich parkte neben dem einzigen anderen Auto – einem dieser Campervans, mit denen jetzt jeder herumfuhr, der jung und hip sein wollte und eine Allergie gegen Komfort hatte. Das nachtblaue Modell wirkte recht neu und modern, mit Blenden aus Chrom und silbernen Felgen. Aber das täuschte nicht darüber hinweg, dass diese Dinger furchtbar eng waren und man die Sitzgruppe am Abend zum Bett umbauen musste. Keine zehn Pferde hätten mich dazu gebracht, in so einem Teil zu übernachten. Da konnte man sich ja gleich auf den Parkplatz legen.

Ich wappnete mich innerlich, dann stieg ich aus und ging zur Tür des Ladens. Dahinter roch es genauso, wie ich es in Erinnerung hatte: nach Obst, der erdigen Note von Kartoffeln und irgendeinem Putzmittel, das Carson nach Ladenschluss wohl eimerweise auf den Fußboden leerte, damit der Geruch um diese Uhrzeit immer noch in der Luft hing.

Als ich an den Tresen trat, der sich neben den Kassen befand, kam Carson höchstpersönlich aus dem Verkaufsraum. Sein Gesichtsausdruck war freundlich, zumindest für drei Sekunden. Dann erkannte er mich. Sofort hoben sich die buschigen Brauen, bevor sie sich zusammenzogen.

»Lyall Henderson«, knurrte er. »Was willst du denn hier?«

»Ich soll die Bestellung für meine Tante Moira abholen«, sagte ich in dem harmlosesten Tonfall, den ich zustande brachte. Es half nichts.

»Nicht, was du in meinem Laden willst. Sondern hier in der Stadt.«

Oh, was hätte ich jetzt ausholen können. Vom Familienrat, der meinetwegen mehrfach getagt hatte. Von den heftigen Diskussionen, die dabei geführt worden waren. Oder von meiner Großmutter, die verlangt hatte, dass ich nach Kilmore kam und meinen Ruf wiederherstellte. *Es kann nicht sein, dass der Junge am Stammsitz unserer Familie eine persona non grata ist*, hatte sie gewettert. Und da Grandma nicht die Sorte Oma war, die Kekse backte und ihren Enkeln einen Zehner zusteckte – sondern die Sorte, die ein Milliarden-Hotelimperium unter ihrer Fuchtel hatte und unsere Treuhandfonds verwaltete, hatten alle eingewilligt. Sogar ich. Schließlich hatte ich einen Plan, der weit über das hier hinausging. Der, wenn er funktionierte, die Machtverhältnisse in unserer Familie umkehren würde. Seit zwei Jahren arbeitete ich daran. Kilmore würde mich nicht davon abhalten, ihn umzusetzen, und ein unfreundlicher Supermarktbesitzer erst recht nicht.

»Ich bin über den Sommer hier«, *zwangsverpflichtet worden*, »zu Gast.« Mit etwas Mühe schaffte ich ein Lächeln, das Carson aber nur noch misstrauischer machte.

»Zu Gast?«

»Ja, richtig.«

Carson knurrte wieder. »Ich schwöre dir, wenn du auch nur eine meiner Töchter schief anschaust«, sagte er drohend. »Dann mache ich Gulasch aus dir, ganz egal, wer deine Familie ist. Verstanden?«

Ich sparte mir den Hinweis, dass keine seiner Töchter auch nur ansatzweise mein Interesse erregen konnte – geschweige denn irgendwas anderes – und nickte nur artig. »Natürlich,

Sir.« *Gar nicht so schlecht. Das jetzt noch ungefähr sechzig weitere Tage, und es ist vorbei.*

»Ich hole die Sachen für Mrs Henderson.« Carson wandte sich ab und verschwand im Lager hinter der Tür. Ich wartete nicht an der Theke, sondern ging in Richtung der Regale. Es hatte sich wirklich nichts verändert: Die Schokoriegel, die wir damals in Massen gekauft hatten, lagen an der gleichen Stelle wie früher, und die Getränke waren immer noch in den ratternden Energieklasse-Z-Kühlschränken untergebracht, wie in meinem ersten Sommer. Man hätte dennoch meinen können, dass es sich anders anfühlen musste, wieder durch diese Gänge zu laufen. Ich hatte gedacht, es wäre leichter, hier zu sein. Aber ich spürte die gleiche Schwere wie beim letzten Mal, als ich auf Kilmores Boden gestanden hatte. Als wäre kein Tag dieser drei Jahre vergangen.

»Hey«, machte jemand rechts von mir. Ich war so in Gedanken gewesen, dass ich gar nicht gemerkt hatte, wer noch im Laden war. »Na, wie schlecht war dein Tag auf einer Skala von Cola bis Whiskey?«

Ich drehte mich um und sah ein Mädchen vor mir stehen. Ein Mädchen mit karamellbraunen Augen, die einen Farbton heller waren als ihre rotbraunen, schulterlangen, welligen Haare. Ein Lächeln lag auf ihren Lippen, ihre Hände steckten in engen Jeans, das schwarze Top war halb unter einer dunklen Sweatjacke verborgen. Ich brauchte keine Sekunde, um zu bemerken, wie heiß sie war. *Verflucht noch mal.* Es musste ein Scherz sein, dass ausgerechnet ein Mädchen wie sie mir hier begegnete. Oder Rache des Schicksals. Vielleicht auch beides.

»Was ich bräuchte, ist legal leider nicht zu haben«, gab ich endlich eine Antwort auf ihre Frage. Sie lachte und sah dabei noch hübscher aus als ohnehin schon.

»Oha, so schlimm?« Ihr Akzent war eindeutig englisch und

nicht schottisch. Ich erinnerte mich an den Campervan vor der Tür. Vermutlich war es ihrer.

»Du hast ja keine Ahnung.« Ich lächelte. Es wäre besser gewesen, es nicht zu tun, aber ich konnte nicht anders.

»Verstehe. Du bist also ein schwerer Fall.« Sie warf einen Blick in den Korb aus Metalldraht, den sie über dem Arm trug. »Dann bleibt wohl nur das hier.« Sie drückte mir eine Schachtel Edinburgh Rock in die Hand – buntes, bröckeliges Zuckerzeug, das bereits mit dem ersten Bissen Diabetes verursachte. Dass es diese Süßigkeit nur in Schottland gab, war sicher kein Zufall.

»Du hast recht, das ist garantiert nicht legal.« Trotzdem nahm ich die Packung entgegen. »Danke. Vielleicht ist ein Zuckerkoma genau das, was ich jetzt brauche.«

»Ja, und falls einem das Kokain ausgeht, kann man das Zeug immer noch zerpulvern und es sich in die Nase ziehen«, nickte sie ernst.

Ich sah sie belustigt an. »Mach das lieber nicht. Das brennt wie die Hölle.«

»Sag nicht, du hast …?«, fragte sie und lachte wieder. Himmel, wie konnte ein so simpler Laut derartig sexy klingen?

»Einmal«, gab ich zu. Mein Cousin Finlay und ich hatten im Sommer vor fünf Jahren eine Menge Unsinn angestellt – Rock in die Nase zu ziehen war eines der harmloseren Dinge gewesen. »Aber das ist Jahre her. Ich war jung und dumm, wenn du das als Ausrede gelten lässt.«

»Dann bist du jetzt vernünftiger? Sonst nehme ich es dir wieder weg.« Ein strenger Blick traf mich, aber ihr Lächeln verriet sie.

»Viel vernünftiger«, versprach ich. »Zumindest, was Süßigkeiten angeht.«

»Und wobei nicht?«

Ich merkte, wie die Stimmung sich änderte, aber ich verhinderte es nicht. Sie war nur auf der Durchreise. Keine Gefahr. »Willst du das wirklich wissen?«, fragte ich und schaute ihr direkt in die Augen.

Sie lächelte immer noch, aber jetzt war es nicht mehr belustigt, sondern interessiert. Mehr als interessiert. »Unbedingt«, sagte sie dann.

Wir sahen einander an und mein Blick glitt über ihr Gesicht, um erneut an ihren hellbraunen Augen hängen zu bleiben. Keiner von uns sagte etwas, keiner rührte sich von der Stelle, stattdessen spürte ich, wie sich Hitze in mir ausbreitete. Es passierte nicht selten, dass mich eine Frau so ansah wie sie. Aber es geschah selten, dass in mir etwas darauf derartig reagierte. *Oh ja, definitiv Rache des Schicksals.*

»Hier.« Carson unterbrach uns und drückte mir unsanft eine große Kiste mit Lebensmitteln in die Arme. Argwöhnisch sah er zwischen dem Mädchen und mir hin und her, dann deutete er mit dem Kinn zum Tresen. »Die Rechnung habe ich da vorne.« Abwartend sah er mich an und machte keinen Hehl daraus, dass er nicht verschwinden würde, bis ich mit ihm kam.

»Sei vorsichtig mit dem Zeug«, sagte ich mit einem Wink auf die Süßigkeiten. Unter Carsons strengem Blick wagte ich kein Lächeln, sondern nickte nur knapp und wandte mich ab.

»Klar doch«, antwortete sie und *ihr* Lächeln blieb, auch wenn das Verhalten des Ladenbesitzers sie zu irritieren schien. Dann nahm sie ihren Korb und ging in die andere Richtung davon. Vermutlich, um sich eine neue Packung Edinburgh Rock zu holen.

Ich folgte Carson zum Tresen. Dort angekommen, funkelte er mich feindselig an. »Kaum bist du wieder hier, machst du da weiter, wo du damals aufgehört hast? Ist das dein Ernst? Hast du etwa nicht schon genug Schaden angerichtet?«

Als er das zu mir sagte, griff eine dunkle Schwärze nach mir und presste meinen Brustkorb zusammen. Sofort verfluchte ich dieses Gefühl, diese Stadt und ihre Bewohner. Drei Jahre war ich ganz gut damit zurechtgekommen – ein bisschen Ablenkung, ein bisschen Reue und sehr viel Verdrängung. Aber kaum war ich wieder hier, fühlte ich mich wie ein Schwerverbrecher.

»Klar«, murmelte ich. »Euer Urteil steht fest.«

»Glaub mir eins, Henderson.« Carson sah mich finster an. »Wir werden nicht zulassen, dass so etwas wie vor drei Jahren noch einmal passiert, darauf kannst du dich verlassen. Du wirst kein nettes Mädchen mehr in den Abgrund reißen.«

Ich hätte gern widersprochen, aber ich wusste, es war ihm egal. Er und die anderen hatten sich ihre Meinung gebildet. Und ich musste dafür sorgen, dass sie es vergaßen, wenn mein Plan nicht scheitern sollte. Also blieb mir nur die Flucht nach vorne.

»Keine Sorge«, hörte ich mich sagen, »die Kleine ist nicht mein Typ. Sie ist hübsch, aber Mädchen wie sie interessieren mich schon lange nicht mehr.« Die Lüge kam mir ohne Zögern über die Lippen, die Worte waren abfällig ausgesprochen. Ich wusste mittlerweile, wie man schauspielerte. Ich hatte es gelernt.

»Das sah aber anders aus.« Carson musterte mich skeptisch.

»Ich wollte nur höflich sein«, schob ich so gelangweilt wie möglich nach. »Oder legt ihr auf so etwas in Kilmore keinen Wert mehr?« Was ich sagte, wirkte – Carsons Gesicht entspannte sich etwas. Die Schwärze in mir zog sich zurück und ich atmete auf.

»Ich behalte dich im Auge, Henderson.«

»Tun Sie das ruhig, Mister Carson«, gab ich zurück. Dann warf ich die Rechnung auf die Lebensmittel, nahm die Kiste und verließ so schnell wie möglich den Laden.

4

Kenzie

Die Kleine ist nicht mein Typ. Sie ist hübsch, aber Mädchen wie sie interessieren mich schon lange nicht mehr.

Ich hatte keine Ahnung, wieso diese Sätze mich so ärgerten. Trotzdem rotierten sie unaufhörlich in meinem Kopf, während ich meine Einkäufe bezahlte und sie zum Van trug. Man konnte nicht jedermanns Typ sein, das wusste ich, und es hatte mich nie gestört. Aber als der Fremde es gesagt hatte, da waren mir die Worte schmerzhaft in den Magen gefahren. *Mädchen wie sie.* Als wäre ich nicht gut genug für jemanden wie ihn.

Dabei hatte ich mir nur einen Spaß machen wollen. Als ich den Kerl vor den Kühlschränken gesehen hatte, war mir das Gespräch mit meinem Dad in den Sinn gekommen – und sein lächerlicher Vorschlag, bei *Carson's* die große Liebe zu finden. Um das zu widerlegen, war ich zu dem Fremden gegangen und hatte ihn mit genau dem blöden Spruch angequatscht, den meine Mum verwendet hatte. Mit allem danach hatte ich allerdings nicht gerechnet.

Schon von Weitem war mir aufgefallen, dass der Typ gut aussah. Aber als er sich zu mir umgedreht hatte, war mir erst bewusst geworden, wie *unfassbar* gut. Es lag nicht nur an seinen klassischen Gesichtszügen, auch nicht an seiner Größe, der athletischen Statur oder an den tiefbraunen Haaren. Nein, was mich umgehauen hatte, waren seine Augen gewesen. Dunkle, nahezu schwarze Augen, die mich mit einer solchen Intensität gemustert hatten, dass mir kurz die Luft weggeblieben war. Dazu dieses Lächeln, ein bisschen schief, ein bisschen träge und damit wahnsinnig sexy. Und schließlich sein »Willst du das wirklich wissen?« in einer Tonlage, mit der man eindeutig jemanden in Schwierigkeiten bringen wollte. Himmel, ich hatte für einen Moment echt geglaubt, da wäre etwas – während er sich nur gedacht hatte, dass ich unter seinem Niveau war. *Ich wollte nur höflich sein.* Das war seine Begründung für unser Gespräch gewesen. Wie hatte ich mich so irren können? Normalerweise hatte ich ein besseres Gespür.

Ich öffnete den Kühlschrank meines Campers und legte Butter und Eier unsanfter hinein, als ihnen guttat. Vielleicht hatte der Typ recht. Vielleicht war ich nicht seine Liga. Aber es stank mir gewaltig, dass er das so herumposaunte. Und dann hatte er nicht einmal den Anstand, sich direkt als Snob zu outen – sondern stand in seinem schlichten schwarzen Shirt und Jeans da und flirtete mit mir, als wäre er ein normaler, netter Kerl mit Humor. Ein netter, verflucht heißer Kerl mit Humor. Gefährliche Mischung.

Als ich aus der Seitentür des Vans stieg, um zur Fahrerseite zu laufen, sah ich mich nach ihm um – er war jedoch längst weg, nachdem er aus dem Laden gegangen war, ohne mich auf dem Lauschposten zu bemerken. Gut so. Kilmore war klein, aber so klein auch wieder nicht. Wenn ich schon nicht das Glück hatte, ihm nie wieder zu begegnen, dann doch wenigstens die Chance, ihm aus dem Weg gehen zu können.

Mein Navi zeigte mir eine Fahrzeit von acht Minuten bis zu Paulas Haus an, und kaum saß ich im Auto, beruhigte sich mein Kopf und die verletzenden Worte des Fremden verabschiedeten sich aus der Endlosschleife. Das war das Magische an diesem Wagen – sobald man losfuhr, hatte man ein Gefühl von Ruhe und Frieden. Vor allem, wenn man durch diese Landschaft fuhr, die wilder und irgendwie gewaltiger war als bei uns im Süden. Die Hügel waren höher, der Wald dichter und es roch auch anders. Ich öffnete das Fenster und atmete die feuchte, frische Luft ein, während ich in einer Lücke zwischen den Bäumen einen Blick auf den nahe gelegenen Loch Lair und die dahinter beginnenden Highlands erhaschte. Sehnsucht zog an meinem Herzen, als ich die tiefgrünen Wälder und das dunkelblaue Wasser sah. All das erinnerte mich an meine Mum. Ich hoffte so sehr, dass ich tatsächlich Gelegenheit dazu bekam, in die Highlands zu fahren und dort zu übernachten.

Erst einmal führte mich meine Tour jedoch durch Kilmore hindurch. Die Stadt war nicht groß, sie hatte nur etwa 5000 Einwohner, aber der Kern war ein Magnet für Touristen: Kleine, typisch schottische Häuser mit Steinfassaden von rötlich bis grau – und Geschäfte mit farbig gestrichenen, holzvertäfelten Schaufenstern und Eingängen. Ich sah das *Old Arms*, den ältesten Pub in der gesamten Gegend, dann den Spielzeugladen *The Sparkling Unicorn*, mehrere Klamottenläden, die Kiltschneiderei von Evan McDougal, dann den Buchladen *Books in Love* sowie einige Souvenirshops. Wenn ich an die Fotos und die Erzählungen von Mum dachte, hatte sich hier nicht viel verändert. Ich würde in den nächsten Tagen dringend eine Runde drehen müssen. Mein letzter Besuch in Kilmore war lange her und meine Erinnerungen kaum mehr als Bruchstücke.

Jetzt fuhr ich weiter, denn mein Ziel war ein hübsches Haus etwas außerhalb der Innenstadt. In einer ruhigen Seitenstraße hielt ich an und stieg aus, um zu dem hölzernen Tor zu gehen. Beeindruckt sah ich mich um. Unmengen an Rosen wuchsen im Vorgarten, die Sprossenfenster passten mit ihrem Creme-Ton perfekt zum Naturstein der Fassade, genau wie der Zaun.

Es war stilvoll und schick, aber nicht allzu spießig. Vielleicht konnte ich von Paula McCoy doch etwas lernen.

»Kenzie?« Die Tür war aufgegangen. Im Rahmen stand ein hünenhafter, dunkelblonder Typ in meinem Alter.

»Drew?«, fragte ich erstaunt zurück. »Wow. Du bist groß geworden.«

»Ganz im Gegensatz zu dir«, grinste er, dann ging er die Stufen hinunter und umarmte mich kurzerhand zur Begrüßung. Ich genoss den Moment von Wärme in der feuchten Kühle, die durch den Regenschauer in der Luft hing. Drew hatte ich von der ersten Begegnung an gemocht. Nicht auf eine Art, die unsere Mütter hoffen ließ, wir würden eines Tages heiraten. Aber ich war immer gerne mit ihm zusammen gewesen und hatte es ihm hoch angerechnet, dass er als Teenager zur Beerdigung meiner Mum mitgekommen war.

»Das ist nicht wahr.« Meine Beschwerde kam mit Verzögerung. »Ich bin garantiert zehn Zentimeter gewachsen, seit wir uns das letzte Mal gesehen haben.« Was im Gegensatz zu Drew immer noch winzig war. Mit meinen 1,73 wirkte ich neben ihm wie ein Zwerg. »Wie groß bist du, zur Hölle?«

Er verneigte sich leicht. »1,94, Ma'am. Aber ich verspreche, ich wachse nicht mehr.«

»Worüber seine Mutter sehr froh ist.« Paula erschien in der Tür. »Kenzie, es ist so schön, dich zu sehen.« Auch sie umarmte mich herzlich zur Begrüßung. Ich nahm den Duft von Jil Sanders *Sun* wahr, und ein Haufen Erinnerungen überfiel mich, ohne zu fragen. Schnell ließ ich Paula los und trat einen Schritt zurück.

»Ja, geht mir genauso.«

Sie hatte sich kaum verändert – immer noch die gleichen blonden Haare und die gleiche elegante Kleidung, wie eine schottische Martha Stewart. Ich hatte meine Mutter als Kind einmal im Flüsterton gefragt, ob Paula eine Lady war, weil sie so adelig auf mich gewirkt hatte. Vor allem im Gegensatz zu Mum, die eher wie eine Mischung aus exzentrischer Künstlerin und verrückter Outdoor-Fanatikerin dahergekommen war. Trotzdem waren die beiden seit Kindertagen gute Freundinnen gewesen. Nachdem Mum in Südengland gelandet war, hatten sie sich nicht mehr so oft gesehen, aber regelmäßig telefoniert.

»Komm rein, die Fahrt war doch sicher lang.« Paula sah zu meinem Auto. »Und du bist sicher, dass du lieber im Wagen schlafen willst? Wir haben ein großes Gästezimmer.«

»Oh, das ist echt lieb, aber ich bleibe bei dem Plan«, sagte ich. »Der Campingplatz ist ja direkt in der Nähe, und Loki hat alles, was ich brauche.«

Drew nickte anerkennend in Richtung meines Wagens. »Fancy, das Teil. Wieso heißt es Loki?«

»Das war Elenis Idee. Als ich ihn fertig umgebaut hatte und wir die erste Tour gemacht haben, hat sie gemeint, es würde nicht mit rechten Dingen zugehen, was alles in den Wagen hineinpasst. Und dass jemand getrickst haben muss, deswegen müsse er Loki heißen. Obwohl ich glaube, sie fand den Namen einfach cool, nachdem sie Thor gesehen hatte.« Ich ging nach den beiden ins Haus und streifte die Schuhe ab.

»Ich habe dir übrigens eine erstklassige Parzelle auf dem Campingplatz reserviert.« Drew wuchs noch ein Stückchen. »Und ich habe sie sogar gegen die Morrisons verteidigt, obwohl die jedes Jahr kommen und immer auf diesem Platz stehen. Ich hoffe, sie lassen dir dafür nicht die Luft aus den Reifen.«

Ich grinste. »Das heißt, du arbeitest im Sommer immer noch auf dem Platz?« Das tat er schon, seit er zehn Jahre alt war. Am Anfang nur für den morgendlichen Brötchen-und-Zeitungsdienst, später als eine Art Hausmeister-Gärtner-Hybrid. Ich wusste das von Mum und von Instagram, wo er manchmal Bilder teilte. Eigentlich studierte er Medizin in Glasgow, aber er war in den Ferien immer in Kilmore.

»Japp. Aber früher war ich Mädchen für alles, dieses Jahr schmeiße ich den Laden. Hank Ferguson hat nämlich eine kranke Mutter in Florida und ist für mehrere Wochen weg.«

»Er lässt dich damit allein?«, spottete ich. »Hat er sich das gut überlegt?«

»Das hoffe ich doch. Und du solltest dich nicht darüber beklagen, denn wenn er da wäre, hättest du sicher nicht den Morrison-Platz bekommen.« Drew wackelte mit dem Finger. Ich gab mich geschlagen.

»Dir ist meine ewige Dankbarkeit sicher, oh großer König der Campingländereien«, sagte ich und verneigte mich leicht.

»Geht doch.« Er lachte.

Paula wedelte aus der Küche mit der Hand. »Setzt euch, das Essen ist fertig.«

Ich sah neugierig zum Herd. »Gibt es Haggis?«

Sie schnaubte. »Gott bewahre, nein. Wenn du das willst, musst du ins *Old Arms*. Bei mir gibt es heute das Lieblingsessen deiner Mum: Lachs in Blätterteig. Ich musste das jedes Mal für sie kochen, wenn sie hier war. Sie meinte, der Lachs im Süden könne mit dem aus dem Loch Lair nicht mithalten. Ich glaube eher, sie war zu faul, um den Blätterteig selbst zu machen.« Paula lachte.

Als sie von meiner Mutter sprach, als wäre sie immer noch lebendig, überkam mich erneut eine Welle aus Traurigkeit. Wurde das jetzt zur Gewohnheit? »Da könntest du recht haben. Sie hat nie besonders gerne gekocht.« Ich stülpte ein Lächeln über meine Rührung. »Kann ich noch kurz ins Bad? Ich muss mir die Hände waschen.«

»Klar.« Drew zeigte in den Flur. »Gleich da vorne, zweite links.«

Ich folgte dem Hinweis und schloss die Tür hinter mir, lehnte den Rücken an die Wand und atmete den Kloß in meinem Hals weg. Nie hätte ich gedacht, dass mich der Besuch in Kilmore so mitnehmen würde. Natürlich war mir jeden Tag bewusst, dass meine Mum nicht mehr da war. Und wir vermieden es in der Familie auch nicht, über sie zu sprechen. Aber dieser Ort war ihre Heimat gewesen, und ich hatte das Gefühl, dass meine Anwesenheit etwas in mir aufwühlen würde, das ich zu Hause unter meinen zahlreichen Projekten begraben konnte. Ich war froh, wenn bald die Arbeit begann. Ablenkung würde mir helfen, nicht ständig daran zu denken.

Schnell wusch ich mir die Hände und holte noch einmal tief Luft, dann kehrte ich zum Tisch zurück. Drew und Paula saßen bereits dort. Ich warf einen kurzen Blick in das Esszimmer und stellte fest, dass Paula wirklich gut in ihrem Job war. Die Einrichtung wirkte klassisch, aber total stimmig.

»Wie geht es deinen Schwestern?«, fragte sie mich, während sie uns etwas von dem Lachs auftat.

»Gut, allen dreien. Eleni wächst jeden Tag einen halben Meter, Willa fährt mittlerweile Auto und Juliet steht heute auf Harry Styles und morgen auf Drake. Aber sie ist fünfzehn, also ist das wohl normal.«

Paula lächelte. »Es ist schön, dass ihr alle so gut zurechtkommt. Dein Vater hat mir erzählt, dass du ihm sehr viel geholfen hast in den letzten Jahren.«

»Wir haben alle mitgeholfen.« Ich nahm meine Gabel und besah sie, als wäre die Anzahl ihrer Zinken unglaublich interessant. »Und Dad hat auch einen guten Job gemacht. Es war mehr Teamwork, wenn man es genau nimmt.« *Können wir jetzt bitte über etwas anderes sprechen?*

Ein Signalton erklang und Drew angelte mit seinem langen Arm nach dem Smartphone auf der Küchentheke.

»Oh nein.« Er sah auf sein Display. »Das kann doch nicht wahr sein.«

»Drew, keine Telefone beim Essen«, mahnte Paula.

»Das hier willst du wissen, Mum, glaub mir.«

»Wieso, was ist denn los?«

»Lyall Henderson ist los.« Drew zog die Augenbrauen zusammen. »Amy hat mir gerade geschrieben, dass sie gesehen hat, wie er zum *Grand* gefahren ist.«

Paula hob die Schultern. »Es war doch klar, dass er irgendwann wieder auftauchen würde. Es gibt in der Stadt sogar Wetten darauf, wie du weißt. Was sind das jetzt, drei Jahre? Damit gewinnt wahrscheinlich Tilly Langston.«

»Er hätte nie wieder herkommen müssen«, murrte Drew. »Die haben schließlich Luxus-Hotels auf der ganzen Welt und sind reicher als die Queen. Er kann überallhin, wieso also kommt er her?«

»Ich weiß es nicht. Aber ich habe morgen den Termin mit Moira, dann werde ich sie mal unauffällig darauf ansprechen. Sicher ist sie auch nicht begeistert davon.«

Ich kam nicht ganz mit. »Wer ist Lyall Henderson? Einer von den Hotel-Hendersons?« Ich sah von Drew zu Paula. Sie nickte.

»Er ist der Sohn von Dora, der zweitjüngsten der vier Geschwister, sie arbeitet für die Hotelgruppe im Ausland. Moira ist die Älteste und leitet das *Grand.*«

»Und was ist so schlimm daran, dass dieser Lyall hier ist?« Neugierig sah ich sie über meine Gabel mit dem Lachs an. Er schmeckte fantastisch, aber dramatische Geschichten in Ungnade gefallener Hotelerben fand ich spannender. Allein schon wegen Juliet, die sich brennend für so etwas interessierte.

»Er ist ein Idiot.« Drew presste wütend die Kiefer aufeinander. »Einer, der sich für was Besseres hält und deswegen Leute schlecht behandelt. Eigentlich dachte ich, wir wären ihn los, nachdem er vor drei Jahren richtig Mist gebaut hat. Aber offenbar haben wir diesen Sommer nun doch wieder das Vergnügen.«

Moment mal. Bei seinen Worten klingelte etwas. Ich ließ das Besteck sinken. »Ist er groß, dunkelhaarig und arrogant?« Das *verdammt gut aussehend* sparte ich mir. Dieses Label hatte er eindeutig verspielt.

»Ja, das ist er«, nickte Drew. »Wieso, kennst du ihn? Sag bitte Nein.«

»Nein«, sagte ich schnell. Das konnte man nun wirklich nicht behaupten. »Ich bin ihm nur kurz vorhin bei Carson im Supermarkt begegnet.«

Drews Augenbrauen zogen sich gefährlich stark zusammen. »Hat er dich angemacht oder so? Wenn ja, dann schwöre ich –«

»Spar dir den Schwur«, unterbrach ich ihn. »Es war eher das Gegenteil.« Ich erzählte ihm in knappen Worten, was im Supermarkt passiert war, ohne diesen einen Moment zwischen uns zu erwähnen – oder die Details unseres Gesprächs davor.

»Sei froh, dass er das gesagt hat«, stieß Drew aus. »Wenn du nicht sein Typ bist, ist das nur gut für dich.«

»Scheint so.« Obwohl es mich immer noch ärgerte, *wie* er das gesagt hatte.

»Nein, im Ernst, Kenzie.« Drew sah zu mir. »Lyall Henderson ist ein schlechter Mensch, einer von der Sorte, die anderen wehtun, ohne sich um ihre Gefühle zu scheren. Er ist der Teufel. Nimm dich vor ihm in Acht.«

Ich lachte bei dieser dramatischen Beschreibung. »Keine Sorge, nach der Begegnung heute werde ich da kaum in Gefahr geraten.«

»Eben, und alle anderen Hendersons sind wirklich in Ordnung«, lächelte Paula. »Wenn du mich morgen zu Moira begleitest, wirst du das merken.«

Das Handy von Drew klingelte erneut. Er nahm es und las die Nachricht.

»Ein Notfall. Im Männer-Duschraum läuft mal wieder das Wasser nicht ab.« Drew sprang auf und küsste seine Mutter flüchtig auf die Wange. »Sorry, Mum, ich muss los. Kenzie, findest du allein den Weg zum Platz? Sonst hole ich dich nachher ab.«

»Nein, Quatsch, ich habe ein Navi«, nickte ich. »Bis später.«

»Bis dann.« Er stürmte aus der Tür und zog sie hinter sich zu.

»Gut, dass es nicht der Frauen-Duschraum ist«, sagte ich leichthin und sah durchs Fenster, wie er zu seinem Jeep ging.

Paula grinste. »Wenn ich mich richtig erinnere, sind die Abflüsse generell ein Problem. Wie gesagt, das Angebot mit dem Gästezimmer steht.« Sie nahm noch eine Portion Lachs. »Aber es ist gar nicht so schlecht, dass er schon gefahren ist, dann können wir beide über dein Praktikum reden. Soll ich dir etwas über die Aufträge der nächsten Wochen erzählen?«

Ich nickte und nahm meine Gabel erneut zur Hand. »Unbedingt. Deswegen bin ich schließlich hier.«

5

Lyall

»Du hast hoffentlich nicht vor, so etwas auch in den nächsten Wochen zu tragen.« Meine Tante Moira sah über den Tisch hinweg zu mir und zupfte an ihrer gestärkten Bluse, um zu zeigen, dass sie mein Shirt mit dem Logo des *School of the Art Institute of Chicago* meinte.

»Ich habe nichts anderes dabei«, sagte ich. Tatsächlich besaß ich in Chicago nur T-Shirts und Jeans, weil ich in den letzten Jahren nichts anderes gebraucht hatte. Keine öffentlichen Veranstaltungen, keine Fototermine bis auf den im letzten Oktober für das jährliche Familienbild, bei dem man uns die Kleidung eh immer stellte … und für mein Architekturstudium waren normale Sachen völlig ausreichend. In der Zeit vor Chicago hatte ich Unmengen schicker Klamotten gehabt, aber sie waren mir zu klein geworden und ich hatte sie nicht ersetzt. Warum auch? Momentan gab es keinen Grund dafür.

»Dann ist es ja gut, dass ich dir Kleidung von Evan habe kommen lassen. Sie liegt oben bereit, du kannst dir einige Stücke aussuchen und den Rest Isla geben, sie bestellt dann einen Kurier.«

»Danke«, ich nickte brav, obwohl mir eher nach einer Grimasse zumute war. Ich konnte mir denken, was sie ausgesucht hatte – klassische Hemden und Anzughosen, also genau den konservativen Scheiß, den Henderson-Männer trugen, damit sie an der Seite ihrer erfolgreichen Frauen eine gute Figur abgaben. Ich hasste Hemden und Anzüge und ganz besonders Krawatten. Aber ich musste mitspielen, also wehrte ich mich nicht dagegen.

»In deiner Suite liegt außerdem eine Mappe mit den Plänen für den Neubau und eine Terminliste. Wir erwarten morgen Nachmittag Paula McCoy für das erste Gespräch zum Thema Innengestaltung. Bis dahin solltest du dich eingearbeitet haben.«

»Paula McCoy?« Ich sah Moira überrascht an. »Wieso macht Mum das nicht?« Sie war schließlich eine der besten Interior Designerinnen der Welt und stattete alle unsere Hotels aus.

»Weil dieses Haus kein Corporate Design braucht, sondern jemanden, der etwas von Tradition versteht.«

»Du meinst, jemanden mit einem verstaubten Stil. Sag das doch gleich.« Ich fragte mich, ob Mum davon wusste. Aber wahrscheinlich interessierte es sie nicht. Schließlich hatte sie es damals kaum erwarten können, diesen Ort endlich zu verlassen – und kam für maximal eine Woche am Stück zurück, weil sie sonst Moos ansetzte, wie sie behauptete. Dementsprechend war sie von der Ansage ihrer Mutter an mich wenig begeistert gewesen. Aber was Grandma sagte, war in dieser Familie Gesetz. *Noch.*

Moira schenkte mir einen Blick voller Missfallen. »Paulas Stil ist nicht verstaubt, er ist klassisch. Genau das, was wir hier brauchen. Unser Haus ist keines der neuen Hotels, für die deine Mutter zuständig ist. Das *Grand* ist der Inbegriff von Klasse. Und dafür wollen wir jemanden wie Paula McCoy.«

Nein, das Grand ist der Inbegriff für die Ansichten dieser Familie, dachte ich bitter und überlegte, ob ich die Spitze gegen Mum kommentieren sollte. Aber dann fiel mir etwas ein, das Moira davor gesagt hatte – *in deiner Suite.*

»Wieso bekomme ich eigentlich eine Suite?«, fragte ich. Das Haus von Moira stand nur hundert Meter vom Hotel entfernt und war riesig. Wer immer aus der Familie in Kilmore zu Besuch war, übernachtete dort. Es war schlechter Stil, ohne Grund im eigenen Hotel abzusteigen und damit Zimmer zu belegen, die man auch an zahlende Gäste vergeben konnte. Das war ein Henderson-Grundsatz. Warum also bekam ich für acht lange Wochen mitten in der Hauptsaison eine der Suiten, die pro Nacht an die 1000 Pfund kosteten, während Moiras Gästezimmer leer blieben?

»Wir halten es für besser, wenn du im Hotel wohnst«, sagte meine Tante nur und fixierte irgendeinen Punkt hinter mir.

Ich schnaubte, als ich verstand. »Ernsthaft? Du willst, dass mich die Angestellten im Auge behalten?« Allen voran sicherlich Isla, die junge und ambitionierte Concierge des *Grand*. Wenn es in der Stadt einen Anti-Lyall-Club gab, dann war sie die erste Vorsitzende.

»Es wird dir helfen, die Regeln einzuhalten.« Moira reckte das Kinn.

»Die Regeln, natürlich«, echote ich. »Wie sehen die aus?« Ich konnte es mir denken.

Sie zählte auf. »Du wirst an dem Neubau-Projekt mitarbeiten und keinen einzigen der Termine verpassen. Du wirst dich in jeder Sekunde, die du in dieser Stadt bist, angemessen verhalten, freundlich zu jedermann sein, keine Partys feiern und dich auf keinen Fall mit irgendeinem Mädchen einlassen. Verstanden?«

Ich spürte den Stich, als ich an meinen letzten Sommer in Kilmore vor drei Jahren dachte, aber ich ließ es mir nicht anmerken. Es war besser, ich tat vor Moira und allen anderen aus der Familie so, als wäre das Vergangenheit. Schließlich hatte ich die Erinnerungen gut verdrängt, seit ich gegangen war.

Wäre ich nicht zurückgekommen, hätte ich das sicher auch weiter durchziehen können. Aber so?

»Keine Partys, keine Mädchen, kein Spaß«, wiederholte ich. Acht Wochen. Zwei Monate und ich war meinem Ziel ein ganzes Stück näher. Das würde ich schon aushalten.

»Oh je, er darf niemanden flachlegen?«, stänkerte da meine Cousine Fiona auf der anderen Seite des Tisches. Sie hatte das ganze Abendessen kaum etwas gesagt. »Wie soll er das denn überleben?«

»Witzig, Fi«, lächelte ich. »Aber mach dir keine Sorgen. Irgendwann beschafft Grandma dir sicher einen bedauernswerten Ehemann, der mit dir ins Bett geht. Damit du endlich weißt, was wir normalen Leute an Sex finden.«

Sie funkelte mich wütend an. »Nicht alle von uns wollen sich durch die Weltgeschichte schlafen, um zu vergessen, dass sie völlig beziehungsunfähig sind.«

»Als könntest du das vergessen. Oder hattest du irgendwann mal eine Beziehung, von der ich nichts weiß?«

Fionas Gesicht wurde rot vor Zorn. »Du blöder Ar-«, hob sie an.

»Schluss damit«, beendete Moira unseren Schlagabtausch. »Lyall, es ist mein Ernst: Du weißt, wie empfindlich die Leute hier auf dich reagieren – und erst recht auf dich in irgendeiner weiblichen Begleitung. Also wirst du wie ein verdammter Mönch leben oder ich betrachte diese Sache als gescheitert. Und ich muss dir sicher nicht sagen, was das bedeutet.«

Es bedeutete, ich würde in der *Henderson Group* keine Rolle spielen, niemals. Nie eines der Projekte umsetzen, von denen ich träumte, seit ich zum ersten Mal daran gedacht hatte, Architektur zu studieren. Und noch viel wichtiger als das: Ich würde nie etwas an den Strukturen ändern können, die nicht nur mich an unsichtbare Ketten legten – an Ketten aus Vorschriften, Regeln und Entscheidungen gegen die Vernunft und jedes Gefühl. Jemand musste sie sprengen. *Ich* musste sie sprengen.

»Verstanden.«

Wenn ich dafür also ein Mönch sein musste, dann war ich dazu bereit.

Meine Suite im obersten Stock des *Kilmore Grand* hatte eine unglaubliche Aussicht auf die Landschaft rund um das Hotel. Vor allem, wenn wie heute der frühe Nebel noch in den Bäumen hing und in Schwaden über den Loch Lair zog. Früher hatte ich es geliebt, im Sommer herzukommen, um mit den Jugendlichen aus der Stadt am Ufer zu sitzen, das zu grillen, was *Carson's* hergab, die Hälfte der Getränke beim Kühlen im See zu verlieren und ganze Nächte draußen zu sein. Die Ferien waren die beste Zeit des Jahres gewesen, denn den Rest war ich im englischen Eton aufs Internat gegangen – noch eine Vorgabe meiner Großmutter, die von allen männlichen Nachkommen den Besuch der Elite-Schule verlangte, damit wir neben Mathe, Literatur und Physik auch lernten, dass wir Schotten den Engländern überlegen waren. Das war die offizielle Version. Ich glaubte eher, dass sie die Henderson-Jungs einfach gerne ins englische Exil schickte, während die Mädchen nach Strathallan gingen, eine schottische Privatschule in der Nähe.

So war das nämlich in dieser Familie: Wenn man ein Mädchen war, dann hatte man es leicht, als Junge musste man um seinen Platz kämpfen. Aber wir alle unterlagen den Vorgaben der Familie, einem Regelwerk, das – würde man es aufschreiben – vermutlich mehrere dicke Wälzer ergeben hätte. Die Highlights? Zugriff auf unser Treuhandvermögen bekamen wir erst im Alter von dreißig Jahren und nach der entsprechenden Laufbahn, ob im Unternehmen oder woanders. Öffentliche Skandale wurden nicht nur mit Enterbung geahndet, sondern auch mit einer Kontaktsperre der restlichen Familie. Und unsere Partner durften wir nicht selbst wählen. Da Grandma Wert darauf legte, dass die Zukunft der Familie und des Unternehmens in weiblicher Hand blieben, war die Auswahl einer passenden Partie für die männlichen Erben des Vermögens ihre persönliche Angelegenheit – und sie griff dabei knallhart ein.

Aber nicht einmal die Frauen in der Familie durften selbst aussuchen, mit wem sie zusammen waren. Die Ehe meiner Eltern war das beste Beispiel dafür: Arrangiert von Grandma, hatte meine Mum einen Olympiaschwimmer geheiratet. Eine super Idee, weil sie davon ausgegangen war, mein auf Fotos sehr präsentabler Vater würde ohnehin nie Fuß in der Firma fassen wollen. Eine Weile war dieses Arrangement gut gegangen, bevor Dad doch Ambitionen entwickelte und damit abblitzte. Daraufhin hatten meine Eltern angefangen, einander zu betrügen und sich am Ende nicht einmal mehr in die Augen sehen wollen. Die Scheidung war erst vor fünf Jahren amtlich geworden, aber die Beziehung bereits lange vorher vorbei gewesen. Wir sahen Dad höchstens zweimal im Jahr, meine Schwester Edina und ich. Sofern er sich von seiner neuesten, sehr jungen Freundin losreißen konnte. *Vielen Dank für nichts, Grandma.*

»Lyall?« Moira klopfte an der Tür. »Bist du fertig? Wir sind in zehn Minuten mit Paula im Konferenzraum verabredet.«

»Ja, ich bin gleich da.« Ich riss mich vom Anblick der Highlands los, dann nahm ich eines der Hemden, die Evan geliefert hatte, und zog es über. Es war hochwertig gefertigt, wie alles, was der Schneider in der Stadt machte. Aber obwohl es perfekt passte, fühlte es sich an wie eine Zwangsjacke.

Moira sah das anders, als ich sie an der Treppe nach unten traf. »Du siehst wieder wie ein Mensch aus, sehr schön. Hast du dir die Unterlagen angeschaut?«

»Natürlich. Allerdings muss ich sagen, dass ich immerhin beim Grundriss etwas mehr Moderne erwartet hätte.« Ich ging neben ihr den Flur entlang und bemerkte wie schon bei meiner Ankunft, dass sich hier nie etwas änderte. Das *Kilmore Grand* war sehr geschmackvoll eingerichtet – Antiquitäten, schwere Teppiche, passende Vorhänge, teure Gemälde. Viele Gäste schätzten diese Aufmachung, mir war sie zu erdrückend, es gab zu wenig Luft zum Atmen. Die hellen, lichtdurchfluteten Gebäude, die in Städten und Ferienregionen das Bild der Henderson-Hotels bestimmten, gefielen mir viel besser. So etwas wollte ich bauen. Kein Mausoleum wie der Neubau, den Moira hier plante.

»Es ist ein neues Gebäude, aber wir können keinen Stilbruch riskieren«, sagte meine Tante. »Die Gäste sollen nicht reihenweise verweigern, im neuen Teil zu wohnen. Und du weißt, wie traditionell unsere Stammkundschaft ist.«

»Traditionell oder wie vor dem Krieg?« Ich verdrehte die Augen. »Komm schon Moira, die Raumaufteilung in der Lobby des Neubaus ist seit fünfzig Jahren tot. Machen wir es etwas luftiger und offener. Dann kommen vielleicht auch Leute, die nicht auf das alte Zeug stehen.«

»*Das alte Zeug* sind unbezahlbare Familienerbstücke und Raritäten. Junge Leute wie du sind echte Banausen.« Sie verengte die Augen. »Wir reden später darüber. Und bitte, tu mir einen Gefallen und erwähne das alles nicht vor Paula.«

Wir bogen um die Ecke und steuerten den Konferenzraum an, der für dieses Meeting gebucht war. Paula war bereits da. Ich ließ Moira den Vortritt, um sie zu begrüßen. Aber schnell fiel ihr Blick auf mich.

»Lyall, sieh an.« Ich konnte erkennen, wie sehr sie sich um ein Lächeln bemühte. »Ich wusste gar nicht, dass du hier bist.«

Oh, natürlich wusstest du das. Der Kleinstadtfunk in Kilmore funktionierte nämlich besser als das Handynetz – und garantiert hatte Carson direkt nach meinem Besuch alle informiert, dass sie ihre Türen verschließen, die Jagdgewehre laden und ihre Töchter festketten sollten, weil der Teufel zurück in der Stadt war.

»Paula. Es ist schön, dich zu sehen.« Ich versuchte es mit einem charmanten Lächeln. Früher hatte ich sie damit mühelos um den Finger gewickelt, genau wie alle anderen.

»Ja, wirklich schön«, antwortete sie steif, und ich wusste, sie hätte das nicht gesagt, wenn meine Tante nicht im Raum gewesen wäre.

In dem Moment kam noch jemand herein, einen Musterkoffer in der Hand. Ich drehte mich um und erstarrte: Es war das Mädchen aus dem Supermarkt. Das Mädchen, das mir immer noch besser gefiel als erlaubt – und von der ich gedacht hatte, dass sie sich nur auf der Durchreise befand. Offenbar war das nicht der Fall. *Fuck.*

Sie streifte mich mit einem wenig freundlichen Blick, bevor sie sich meiner Tante zuwandte. Hatte man ihr etwa schon von mir erzählt? Ich konnte mir denken, was sie gesagt hatten. *Halte dich von ihm fern, er ist gefährlich.* Wenn die wüssten.

»Moira, darf ich dir Kenzie Stayton vorstellen?«, sagte Paula da. »Sie will nächstes Jahr an die *UAL* und macht in diesem Sommer ein Praktikum bei mir. Du erinnerst dich bestimmt noch an Kaleigh Dunbar, oder? Kenzie ist ihre Tochter.«

Ich hielt mich im Hintergrund und hatte deswegen Zeit, etwas zu bemerken, das mir gestern nicht aufgefallen war: Da *Kenzie* heute keinen Pullover übergezogen hatte, konnte ich sehen, dass sie ein großflächiges Tattoo besaß, das sich um ihren Unterarm wand und aus schmaleren und breiteren Strichen zu bestehen schien, unterbrochen von kleinen Symbolen. Normalerweise mochte ich Tattoos nicht besonders – vor allem, weil mittlerweile jeder damit herumrannte –, aber zu Kenzie passte es.

»Es freut mich sehr, Miss Stayton«, sagte meine Tante. »Natürlich erinnere ich mich an Ihre Mutter.« Sie sah Kenzie mit tiefem Bedauern an. »Mein Beileid zu dem, was mit Kaleigh passiert ist. Wie lange ist es jetzt her?«

»Sechs Jahre.« Kenzie nickte höflich, aber ich sah in ihren Augen, dass es ihr schwerfiel, darüber zu reden. »Danke, Mrs Henderson. Und sagen Sie bitte Kenzie, das reicht völlig.«

»Gut, dann Kenzie. Es ist schön, dass du hier bist. Deiner Mutter hätte das sicher gefallen.«

»Ja, bestimmt.« Kenzie lächelte tapfer, und ich spürte, wie mein Herz bei diesem Lächeln schmerzte.

»Wusstest du, dass Kaleigh früher hier ausgeholfen hat, wenn wir große Feiern hatten?«, fragte Moira weiter. »Niemand hat höhere Trinkgelder bekommen als sie. Sie war so unglaublich nett und herzlich.«

Ich warf meiner Tante einen warnenden Blick zu. Merkte sie denn nicht, dass es Kenzie wehtat, über ihre Mutter reden zu müssen? Aber Moira ignorierte mich einfach. »Und sie hat immer diese Partys am Loch organisiert, wo –«

»Haben wir wirklich Zeit für diese alten Geschichten?«, warf ich ein. Kenzie schien ohnehin eine schlechte Meinung von mir zu haben, und mir war es in diesem Moment wichtiger, sie vor Moiras Geplapper zu schützen, als das zu korrigieren.

»Das ist mein Neffe, Lyall«, stellte Moira mich vor. »Er studiert Architektur in Chicago und wird an diesem Projekt mitarbeiten.« Ich streckte die Hand aus. Kenzie zögerte nicht und ergriff sie fester, als es von einer zierlichen Person wie ihr zu erwarten gewesen war.

»Du bist also Lyall Henderson.« Sie hob das Kinn. »So sieht man sich wieder. Ich hoffe, es ist nicht unter deiner Würde, mit einem *Mädchen wie mir* zusammenzuarbeiten.«

Ich hob eine Augenbraue, als sie mir das einfach vor den Latz knallte. Sie hatte mich also bei *Carson's* gehört? *Verdammt.* Das erklärte einiges. »Ganz und gar nicht«, gab ich zurück und hielt ihren Blick.

Moira merkte auf. »Ihr kennt euch?« Der Tonfall klang alarmiert. Als wäre ich trockener Alkoholiker und Kenzie eine Flasche Scotch.

»Nein«, antwortete ich eilig und hoffte, sie würde es schlucken.

»Wir sind uns nur gestern zufällig über den Weg gelaufen und waren uns direkt sympathisch«, ergänzte Kenzie sarkastisch.

Paula warf mir einen warnenden Blick zu und beinahe hätte ich die Augen verdreht. Was dachten die denn? Dass ich Kenzie in der nächsten halben Stunde in meine Suite locken würde, damit wir übereinander herfallen konnten? *Ich habe sie offenbar längst vergrault. Entspannt euch.*

»Wollen wir dann beginnen?«, fragte Moira und beendete damit den Moment unangenehmer Stille.

»Sehr gern.« Paula setzte sich an den Konferenztisch und klappte ihren Laptop auf. »Ich habe bereits ein Konzept erstellt und glaube, es könnte dir gefallen, Moira.«

Meine Tante dunkelte den Raum ab, und während Paula über Stoffe, Tapeten und Möbel sprach – alle vollkommen langweilig und nichtssagend – hielt ich meinen Blick von Kenzie fern, die mir gegenübersaß. Sie hatte also mitbekommen, was ich zu Carson gesagt hatte? Das war gut.

Denn damit war sie keine Gefahr mehr für mich.

6

Kenzie

Natürlich war ausgerechnet Lyall Henderson bei diesem Termin dabei. Und natürlich arbeitete er an dem Projekt mit, das für mich die Eintrittskarte in die *UAL* sein sollte. Ich hatte bei solch filmreifen Verwicklungen echt eine astreine Trefferbilanz.

Heute sah er allerdings völlig anders aus als bei unserer letzten Begegnung: Das lässige Outfit war verschwunden, stattdessen trug er ein dunkelgraues Hemd, dessen Ärmel er aufgeschlagen hatte, und eine schwarze Hose aus teurem Stoff. Die Klamotten passten viel besser zu den Worten, die er so abfällig über mich geäußert hatte. Genau wie diese unsensible Bemerkung, als seine Tante über meine Mutter geredet hatte. *Blöder Schnösel.*

Dabei hatte der Tag gut angefangen. Der Platz, den mir Drew reserviert hatte, war so schön wie versprochen: mit Sicht auf den Loch und die Berge dahinter, ein Traum vor allem am frühen Morgen. Ich hatte mich mit einem Kaffee aus der French Press vor Lokis Kühlerhaube gesetzt, den missbilligenden Blick der Morrisons auf der Parzelle neben mir ignoriert und einfach nur die Aussicht genossen. Dann hatte ich mit meinen Schwestern telefoniert, war mit Drew zusammen zu Paulas Büro gefahren und mit ihr zum *Kilmore Grand*, diesem beeindruckenden historischen Bau aus grauem Stein, der mit seinen Türmen und dicken Mauern den Eindruck machte, als wäre er für alle Zeiten unzerstörbar. Sechsundvierzig Zimmer und zwölf Suiten hatte das exklusive Hotel nur, und jeder der Räume war unterschiedlich ausgestattet. Ich hatte kaum erwarten können, es von innen zu sehen.

Meine Freude über die liebevolle Gestaltung der Holzvertäfelung oder die Auswahl der Blumenarrangements hatte allerdings hinter der Tür zum Konferenzraum ein abruptes Ende gefunden. Denn dort wartete Lyall Henderson, Neffe der Chefin, unhöflichster Supermarktbesucher des Jahres und – wenn man Drew glauben durfte – Satan höchstpersönlich. Wobei man bei diesem Vergleich vorsichtig sein musste, seit *Lucifer* auf Netflix lief.

Glücklicherweise gab er seinem Verhalten keine Fortsetzung. Im Gegenteil, er tat einfach so, als hätte es den gestrigen Tag nicht gegeben, wehrte sogar meine Anspielung auf seine Worte Carson gegenüber mit völliger Gelassenheit ab. Natürlich, solche Leute sagten schließlich nie direkt, was sie dachten. Stattdessen taten sie so, als wären sie nett und freundlich, um sich dann hinterrücks das Maul zu zerreißen.

Immerhin konnte ich ihn die Präsentation über ignorieren, während der ich mir ein paar Notizen machte und erst wieder woanders als auf die Leinwand sah, nachdem Paula fertig war.

»Diese Ideen sind wirklich alle sehr schön. Vor allem die Gestaltung des Speisesaals ist unheimlich gelungen.« Moira Henderson nickte Paula lächelnd zu. Ich kam nicht umhin, die Hoteldirektorin beeindruckend zu finden – sie war so unglaublich aufrecht und strahlte eine Autorität aus, die trotzdem nicht kalt oder hart wirkte. Obwohl sie die roten Haare in einen strengen Knoten geschlungen hatte und eine Bluse trug, die vermutlich auch ohne ihre Hilfe stehen würde, hatte sie etwas Herzliches an sich. Außer, wenn sie ihren Neffen ansah. »Lyall, was denkst du?«

Er hob die Schultern. »Es ist sicherlich ein stimmiges Konzept«, sagte er, und ich ahnte, dass da noch mehr kommen würde. »Allerdings bin ich nicht ganz sicher, ob es der richtige Weg ist, den Neubau ebenso auszustatten wie das Haupthaus.« Er deutete auf den holzvertäfelten Konferenzraum mit den Tartan-Vorhängen, in dem wir saßen. »Diese Räume leben davon, dass sie Geschichte atmen. Dazu passt der Stil, mit dem sie eingerichtet wurden. Aber ich finde die Bauweise des neuen Gebäudes nicht nur sehr altbacken mit all den massiven Zwischenwänden, sondern auch die Pläne, wie es von innen aussehen soll. Sie haben keinerlei eigene Handschrift oder auch nur einen Hauch von Innovation. Das Konzept kopiert nur den Stil des Stammhauses.«

»Lyall, bitte.« Moira schoss ihm einen strengen Blick zu und Paula kräuselte pikiert die Lippen. Nur ich vergaß für einen Moment, wer er war, und erlaubte mir ein winziges Lächeln. Seine Überlegungen waren genau meine gewesen, als Paula mir gezeigt hatte, was sie für das Henderson-Projekt plante. Das war alles kein bisschen originell oder modern. Klar, dass man bei einem Traditionshaus keine weißen Hochglanzmöbel und Pop-Art-Bilder verwenden konnte. Aber ein bisschen Pepp wäre schön gewesen.

»Du wolltest doch meine Meinung hören, oder nicht?« Lyall sah in Richtung seiner Tante, und ihr Blick sagte mir, dass sie mit *Meinung* wohl eher *Zustimmung* gemeint hatte.

»Sie ist hiermit registriert. Und bevor wir weiterreden, wäre es bestimmt sinnvoll, wir würden den Rohbau besichtigen, um uns einen Eindruck zu verschaffen.« Moira stand auf. »Was hältst du davon, Paula?«

Sie nickte und erhob sich ebenfalls. »Sehr gern.« *Und ich hoffe, dein Neffe bleibt hier*, schien sie im Subtext zu sagen.

Aber der ließ sich nicht irritieren, sondern folgte beiden zur Tür. Ich nahm meine Tasche und ging hinterher.

Auf dem Weg ins Erdgeschoss führten Tante und Neffe ein Gespräch, das aus zischenden Lauten ihrerseits und dumpfen Widerworten seinerseits bestand. Ich lief neben Paula her und musterte Lyalls Rücken.

»Er ist echt nicht beliebt hier, oder?«, sagte ich leise.

»Wundert dich das etwa?«, fragte Paula zurück.

»Überhaupt nicht.« Ich hatte zwar registriert, dass er ehrliche Worte finden konnte, aber ansonsten drang dem Typen die Reicher-Junge-Arroganz wirklich aus jeder Pore. Während wir hinausgingen und über den akkurat gestutzten Rasen zum dreistöckigen Neubau liefen, fragte ich mich, ob man automatisch so wurde, wenn man in einer wohlhabenden Familie mit viel Einfluss aufwuchs. Die üblichen Selbstzweifel, die man in unserem Alter hatte, gab es da vermutlich nicht.

»Hier entlang.« Wir betraten das neue Gebäude durch die Eingangstür, deren Scheiben mit Plastikfolie vor Kratzern geschützt wurde. Der Boden im Erdgeschoss bestand noch aus nacktem Beton, es war staubig und dreckig, irgendwo hörte man das Kreischen einer Säge und das Klopfen eines Hammers. Ich merkte, dass ich lächelte. Ich liebte es einfach, wenn etwas Neues erschaffen wurde, mit Dreck und Schweiß und Hartnäckigkeit.

Als ich hochsah, bemerkte ich, dass mich Lyall Henderson musterte. Aber nicht auf seine arrogante Art, sondern fast ein bisschen wie in dem Moment, als ich ihn bei *Carson's* angesprochen hatte – mit diesem intensiven Blick aus seinen schwarzen Augen, der meinen Atem kurz hatte stocken lassen. Aber nur eine Sekunde später setzte er wieder seine unbeeindruckte Miene auf. Beinahe hätte ich geschnaubt.

Ja, das passt zu dir, Mister Darcy, dachte ich. Schon gestern war mir der Vergleich mit dem Jane-Austen-Charakter eingefallen, als Lyalls unhöfliche Worte Kreise in meinem Kopf gezogen hatten. Er hatte geklungen wie die Hauptfigur in *Stolz und Vorurteil*, dessen Text ich mit Eleni durchgegangen war: *Sie ist recht passabel. Aber nicht schön genug, um mich zu reizen.* Was für ein Idiot. Im Gegensatz zum Rest der Welt hatte ich Darcy mit seiner stolzen, überheblichen Art nie leiden können. Wenn es nach mir gegangen wäre, hätte er bleiben können, wo der Pfeffer wächst – und Lizzy Bennet wäre einfach mit einem eigenen Buchladen glücklich geworden oder so.

»Hier in der Lobby wird der Empfangsbereich sein«, referierte Moira. »Die Gäste werden zwar im Haupthaus einchecken, aber deswegen möchten wir trotzdem einen Concierge haben, der für alle Wünsche zur Verfügung steht.«

»Und dort plant ihr den Frühstücksraum?« Paula hatte ihr Tablet dabei, auf dem sich die Grundrisse befanden.

»Nicht, wenn ich es verhindern kann«, murmelte Lyall neben mir. Bei jedem anderen hätte ich über diese Bemerkung gegrinst, aber ihm gegenüber verzog ich keine Miene. Nur weil wir beide Paulas Planungen für antiquiert hielten, waren wir noch lange keine Verbündeten. Ich verbündete mich grundsätzlich nicht mit Snobs.

»Wir werden Trockenbauwände ziehen, hier und dann noch da drüben.« Moira zeigte Paula die Markierungen auf dem Boden. »Damit haben die Gäste sowohl beim Frühstück als auch in der Lobby und am Concierge-Tresen ihre Ruhe.«

»Ja, und sie haben außerdem das Gefühl, sie sitzen im Knast«, meldete Lyall sich zu Wort. »Wieso gestalten wir die Lobby nicht offener? Der Raum für das Frühstück ist zu klein, und hat außerdem nur eine Seite in Richtung Loch.«

»Weil die Gäste dann keine Ruhe zum Essen haben«, sagte Paula.

»Und mit Ruhe meinst du Totenstille, richtig?«

Moira sah Lyall streng an. »Hatten wir nicht gesagt, wir reden später darüber?«

»Nein, *du* hattest das gesagt«, gab er ungerührt zurück.

»Ich glaube nicht, dass Paula oder Kenzie mit den architektonischen Streitigkeiten des Neubaus belästigt werden möchten.«

»Also, mich interessiert das schon.« Ich spürte drei Augenpaare auf mir und erkannte, dass mein Mund schneller gewesen war als mein Verstand. »Ich meine … rein aus der Sicht des Innendesigns ist es doch wichtig, wie die Räume aufgeteilt sind.« Da mich Lyalls Blick etwas unruhig machte, drehte ich mich in Richtung Lobby. »Natürlich sollten die Gäste Ruhe beim Essen haben. Und wenn nun jemand von einem Spaziergang zurückkommt, möchte er natürlich nicht den anderen Leuten in die Teetasse schauen. Aber es gibt ja noch etwas zwischen Gefängnisatmosphäre und Abflughallencharme.«

Niemand unterbrach mich und ich nahm das als Aufforderung.

»Was, wenn man statt der Wände in der Lobby auf Raumteiler setzen würde?«, schlug ich vor, jetzt in Fahrt. »Man könnte die so gestalten, dass sie das Flair der Gegend aufgreifen – mit Naturtönen, Holz und Lederelementen. Auch das Tartan-Karo könnte man dort einbringen, in kleineren Applikationen. Und das Design könnte man in den Zimmern wieder aufgreifen.«

»Ich weiß nicht –«, begann Paula.

»Das ist eine echt gute Idee«, unterbrach sie Lyall. Er richtete seine dunklen Augen auf mich. »Genau das, was ich mir auch gedacht habe: ein Weg, die Tradition zu erhalten und trotzdem nicht in der Vergangenheit hängen zu bleiben. Und es ist umsetzbar, wenn man den Grundriss leicht verändert und den Raum entsprechend akustisch dämmt.«

»Vor allem, wenn man den schottischen Stil neu interpretiert.« Ich nickte zustimmend. »Es gibt großartige Möglichkeiten, alte Stoffe und modernes Design zu kombinieren, ohne die traditionsbewussten Gäste zu vergraulen.«

»Besser hätte ich es nicht sagen können.« Lyall lächelte mich an, und für einen Augenblick vergaß ich, wie wenig ich ihn mochte, und lächelte zurück.

»Nun«, hob Moira an und wechselte einen Blick mit Paula, »wir bräuchten sicherlich ein Beispiel für dieses Design, um feststellen zu können, ob es sich für den Neubau eignet.« Sie sagte es freundlich, aber ich war misstrauisch. Suchte sie nur nach einem Weg, meine Vorschläge für einen moderneren Look abzubügeln? Oder meinte sie es ehrlich?

»Ich mache gern ein paar Zeichnungen oder ein Mood-Board«, schlug ich dennoch vor. Ich würde sie schon überzeugen. Solche Sachen waren schließlich genau mein Ding.

»Ja, lass sie das machen«, bestärkte mich Lyall. Ich sah auf, aber er blickte an mir vorbei zu seiner Tante, und in der nächsten Sekunde war sein Lächeln verschwunden. Seine Haltung wurde steif, sein Blick kühl, und er wieder ganz der Typ, für den ich unter seiner Würde war. Und dann schaute er zu Paula und setzte noch eins drauf. »Sie braucht schließlich eine Beschäftigung, oder?«

Ich sah ihn wütend an und spürte Enttäuschung – weil ich für einen Moment geglaubt hatte, er wäre doch kein arroganter Idiot. »Ist das dein Ernst?« Ich holte Luft, um ihn wissen zu lassen, was ich von seinem herablassenden Gelaber hielt. Aber Paula kam mir zuvor.

»Kenzie, du kannst gerne einige Zeichnungen oder eine Sammlung anfertigen, wenn du das möchtest«, sagte sie zu mir, und ich hatte den Verdacht, sie tat es nur, weil sie mich an einer bissigen Antwort hindern wollte.

Ich nickte. »Sehr gern.«

Moira Henderson war einverstanden und erlaubte mir sogar, das Lager mit den ausgemusterten Stücken des *Grand* für das Sammeln von Materialien aufzusuchen. Lyall hingegen sagte nichts mehr, bis sein Handy klingelte, er sich entschuldigte und ging, bevor die Besprechung zu Ende war. Ich war erleichtert, als er verschwand.

Für den Abend hatte mich Drew ins *Old Arms* eingeladen, damit ich seine Freunde kennenlernen konnte. Also saß ich nach meinem ersten Tag als Paulas Praktikantin an einem alten Holztisch in dem urigen Pub und studierte die Speisekarte.

»Wie war es mit Mum?«, fragte Drew.

»Interessant. Vor allem der Termin im *Grand*. Das Hotel ist unglaublich beeindruckend.« Paula hatte mich zum Glück nicht zurechtgewiesen, weil ich ein moderneres Lobbydesign vorgeschlagen hatte, sondern mich sogar für den nächsten Vormittag freigestellt, damit ich Material suchen und die Skizzen entwerfen konnte.

»Ich hoffe, sie lässt dir ein bisschen Freizeit. Mum ist ein echtes Arbeitstier.«

»Na, da trifft es sich doch gut, dass ich das auch bin.« Ich grinste.

»Heute Abend jedenfalls nicht.« Drew wedelte streng mit dem Finger. Dann sah er zur Tür, und sein Gesicht hellte sich auf, als eine kleine Brünette mit kinnlangen Haaren hereinkam. »Da ist sie ja.«

»Sorry, Leute, mein Grandpa hatte heute seine Ärztetour, und ich musste mit, damit er auch versteht, was die Weißkittel ihm alles sagen.« Die Brünette küsste Drew zur Begrüßung und er wandte sich dann mir zu.

»Kenzie, das ist meine Freundin Amy. Sie studiert mit mir Medizin in Glasgow, aber sie kommt auch von hier. Amy, das ist Kenzie, sie macht ein Praktikum bei meiner Mum. Ihre Mutter ist in Kilmore aufgewachsen.«

»Freut mich sehr, Amy.« Ich gab ihr die Hand. »Ich bin immer der Fahrdienst für meine Schwestern. Also teile ich dein Leid.«

Nur zwei Minuten später kamen eine hübsche Blondine und ein auffällig ähnlich aussehender junger Mann mit dunkleren Haaren zu unserem Tisch. Es gab viele Umarmungen und Ausrufe, dazu Fetzen von Gesprächen und Händeschütteln, bei dem ich erfuhr, dass ich es mit Mara und Tamhas zu tun hatte – Geschwistern, die ebenfalls aus Kilmore kamen. Sie studierte Umweltwissenschaften in Melbourne und er machte eine Ausbildung in Edinburgh zum Buchhändler. Als beide sich gesetzt und etwas zu trinken bestellt hatten, sah Amy ihre Freundin erwartungsvoll an.

»Schon gehört? Der-dessen-Name-nicht-genannt-wird ist wieder in der Stadt.«

»Nicht dein Ernst!«, sagte Mara. »Wieso weiß ich das nicht?«

»Weil du heute erst aus Australien zurückgekommen bist?« Amy hob eine Augenbraue. »Wann hätte ich dir das mitteilen sollen?«

»Direkt als ich am Flughafen gelandet bin.« Mara strich ihre Haare zurück. »Und, hat ihn schon jemand von euch gesehen?«

»Sieht so aus, als kämen wir jetzt alle gleichzeitig zu dem Vergnügen.« Tamhas deutete auf den Eingang.

Ich sah zur Tür und erkannte, dass Lyall Henderson himself gerade den Pub betreten hatte. Er ging zum Tresen und sagte mit freundlicher Miene etwas zum Wirt, während die Gespräche im Gastraum immer mehr verstummten, als hätte jemand den Lautstärkeregler heruntergedreht. Dann begann das Getuschel. Unfreundliches, zischendes Getuschel, das mir die

Nackenhaare aufstellte. Niemand sagte direkt etwas zu ihm, aber viele sahen ihn feindselig an, als wäre allein seine Anwesenheit eine Zumutung.

Er ignorierte es, sah starr geradeaus und sein Gesicht wirkte so, als würde ihm diese kollektive Ablehnung nichts ausmachen. Da war jedoch etwas in seiner Haltung, das mich daran zweifeln ließ. Seine Schultern waren hart, die Arme angespannt, sein Kinn einen Hauch zu weit oben. Ich fragte mich, wie er es sich wohl mit allen Bewohnern Kilmores verscherzt haben mochte. Wie viele Hunde musste man überfahren, um sich solchen Hass zuzuziehen?

Endlich kam der Wirt mit einer Tüte zurück, die er auf den Tresen stellte. Der ungebetene Gast bedankte sich, bekam aber keine Antwort darauf. Als er sich umdrehte und hinausging, fiel sein Blick kurz auf mich, er zeigte jedoch kein Erkennen, sondern wandte sich schnell ab. In der nächsten Sekunde war er schon verschwunden – und alle im Pub nahmen ihre Gespräche wieder auf, als wäre er nie da gewesen.

Merkwürdiger Auftritt.

Mara pfiff durch die Zähne. »Irre ich mich oder ist er *noch* heißer als früher?«

»Sag das lieber nicht laut.« Amy warf ihr einen warnenden Blick zu.

»Meine Liebe, ich bin nicht in Gefahr. Ich habe ungefähr fünf Jahre lang eisern jeden Anfall von Lyallitis ferngehalten, ich fange jetzt nicht damit an.«

»Lyallitis?« Ich sah sie an. »Was soll das denn sein?«

»Schlimme Krankheit.« Amy nickte. »Immer am Anfang des Sommers, wenn Lyall und seine Cousins hier eingefallen sind, wurden die meisten Mädchen davon infiziert. Einige hatten auch Finlayitis oder Loganitis, aber den Hauptteil hat Lyall abgekriegt. Obwohl die Jungs alle heiß sind. Die Hendersons haben ziemlich gute Gene.«

Ich drehte mein Glas. »Dann war er früher wohl netter, nehme ich an.«

»Er war nie *nett*«, sagte Drew abfällig. »Die Hendersons sind eine große Bande von arroganten Wichtigtuern. Und die Mädchen in dieser Stadt waren dumm genug, darauf reinzufallen.«

»Nur die Mädchen?«, zog ihn Tamhas auf. »Du hast Edina Henderson selbst zwei Sommer lang hinterhergehechelt, Drew.«

»Nur einen!«, hielt er gegen. »Es war nur einer. Und ich habe nicht gehechelt, wir haben uns nur ziemlich gut verstanden.«

Mara lehnte sich zu mir. »Das ist eine bessere Beschreibung für *Ich wurde gefriendzoned*«, flüsterte sie.

Ich grinste und tat dann ganz unschuldig, als Drew mich ansah. »Was?«

»Ich bereue nichts«, sagte er mit gespielter Ernsthaftigkeit, »das waren tolle Sommer. Zumindest bis …« Der Rest des Satzes blieb aus.

»Bis was?«, fragte ich.

»Ach, nichts. Es gab Stress mit Lyall, aber das sind alte Kamellen.« Tamhas winkte ab. »Kleinstadtgerede, du weißt schon.«

Wenn ich mir Drews Gesicht so ansah, dann waren diese Worte eine echte Untertreibung. Ich senkte meine Stimme. »Na los, raus damit. Was hat er angestellt?«

Tamhas und Drew wechselten einen Blick. »Er«, begann Letzterer zögernd, »er hatte vor ein paar Jahren etwas mit einem Mädchen von hier. Ist nicht gut ausgegangen. Und da sie der Liebling der Stadt war, hassen ihn nun alle.«

»Weil er einem Mädchen das Herz gebrochen hat?«, fragte ich ungläubig. Das war ein Grund, um jemandem das Auto zu zerkratzen oder ihm beim Schwimmen am See die Klamotten zu klauen. Aber doch nicht für so etwas. Diese Abneigung, die ihm entgegenschlug, war echt gewaltig gewesen. Als hätte er etwas Unverzeihliches getan.

Mara schüttelte den Kopf. »Nein, nicht deswegen. Da war noch was anderes.«

»Was meinst du damit?« Ich sah sie irritiert an.

»Gar nichts«, ging Amy dazwischen und lächelte mich an. »Vergiss es einfach. Das sind alte Geschichten, bei denen niemand weiß, ob sie überhaupt wahr sind. Genau wie die vom alten Dougal, der behauptet, im Winter 92 hätte ein Einhorn auf seiner Veranda gestanden. Lass dir nichts erzählen.«

Drew musterte mich ernst. »Trotzdem sage ich es noch einmal: Mach lieber einen Bogen um ihn.«

»Und ich sage es dir noch einmal«, antwortete ich geduldig. »Für diesen Rat gibt es keinen Grund. Er war heute so unhöflich wie gestern und wird morgen nicht netter zu mir sein. Ich bin nicht in Gefahr einer … wie habt ihr es genannt … *Lyallitis.*«

»Das sagst du jetzt«, grummelte Drew.

»Schluss damit, ihr wisst, die Hendersons wollen nicht, dass darüber geredet wird«, sagte Tamhas. »Außerdem habe ich Hunger.«

Ich gab mich geschlagen, auch wenn die dürftigen Antworten nur noch mehr Fragen aufgeworfen hatten, und nahm stattdessen die Speisekarte. Was interessierte es mich schon, was der Typ gemacht hatte, um in Ungnade zu fallen? Damit musste schließlich er leben.

»Was isst du, Kenzie?«, wollte Amy wissen.

»Auf jeden Fall Haggis.«

»Haggis?«, lachte Tamhas. »Im Ernst? Du bist doch aus dem Süden.«

»Schon, aber meine Mum kam von hier. Und sie hat Haggis als Kind gehasst und später lieben gelernt, also will ich schauen, ob es mir auch so geht. Als ich es das letzte Mal gegessen habe, war es kein besonders schönes Erlebnis. Weder für mich noch für den Teppich im Camper meines Dads.«

Ich bemerkte erst, was ich gesagt hatte, als mich Tamhas mit unsicherem Blick anschaute. »Deine Mutter *kam* von hier?«, fragte er nur.

»Ja, sie … sie lebt nicht mehr.« Der Lärmpegel des Pubs half dabei, es auszusprechen, aber ich spürte trotzdem das Gewicht der Trauer auf meiner Brust. Ich senkte den Blick auf die Tischplatte. Hatte *sie* auch hier gesessen, mit ihren Freunden? Etwas gegessen und getrunken, gelacht, Gerüchte ausgetauscht – nicht wissend, dass ihr Leben knapp zwei Jahrzehnte später enden würde? Nicht wissend, dass sie einen Mann und vier Töchter zurücklassen würde, die auch sechs Jahre nach ihrem Tod noch damit zu kämpfen hatten? Mein Hals zog sich zusammen und ich rang nach Luft, aber sie fühlte sich stickig an.

Wie durch Watte drangen die bestürzten Worte der anderen zu mir durch.

»Oh nein, wie schrecklich.«

»Das tut mir ehrlich leid, Kenzie.«

»Was ist denn passiert?«

Ich fand keine Antworten auf die Fragen, die man mir in den letzten Jahren so oft gestellt hatte. Dabei war es eigentlich zum Automatismus für mich geworden, die immer gleichen Sätze zu sagen: *Sie war Naturfotografin für große Magazine und wollte eine bestimmte Felsenformation in Tasmanien ablichten. Auf dem Rückweg nach unten hat sich ein Haken gelockert und sie ist abgestürzt.* Aber jetzt bekam ich kein Wort raus. Vielleicht, weil Kilmore ein Teil von ihr gewesen war. Weil sie mir hier näher zu sein schien als jemals in den letzten Jahren. Genau wie der Schmerz, der mir die Kehle zudrückte.

Mein Stuhl kratzte über den Boden, als ich aufstand. »Ich muss mal kurz an die Luft«, stieß ich hervor. Dann war ich auch schon auf dem Weg nach draußen, schob mich durch die Tür, landete schließlich auf dem Gehsteig vor dem Pub. Aus der Hosentasche kramte ich mein Handy und rief die Nummer an, die unter »Am häufigsten kontaktiert« ganz oben stand. Es klingelte nur kurz.

»Hi, Kenzie!«, klang es aus dem Telefon. »Wir haben gerade über dich gesprochen – ob die Schotten nett sind und wie kalt es bei dir ist.«

»Hey, Leni«, ich lächelte erleichtert. »Sie sind nett, zumindest die meisten. Und es ist kälter als bei uns, aber ich muss wenigstens nicht frieren. Was macht ihr gerade?«

Im Hintergrund fluchte jemand lautstark. Eleni lachte. »Willy hat versucht, Mars-Riegel zu frittieren, und nun muss sie die Fritteuse putzen, bevor Dad heimkommt und das Chaos sieht. Oh, und wir gucken *Sabrina*. Hast du schon die fünfte Folge gesehen?«

»Noch nicht.« Ich spürte, wie ich mich entspannte, als ich den ganz normalen Wahnsinn von zu Hause mitbekam. Die Welt drehte sich weiter. Auch wenn in Kilmore die Erinnerungen an Mum an die Oberfläche drängten, war ansonsten alles wie immer. Ich holte tief Luft »Also kommt ihr gut ohne mich klar?«

»Na ja, wir haben die Wäsche noch nicht gemacht und … aua! Jules, hau mich nicht!«

»Was haben wir dir gesagt, was du antworten sollst, wenn sie dich das fragt?«, hörte ich Juliet im Hintergrund.

»Dass alles super läuft«, seufzte Eleni.

Ich grinste. An ihrer Geheimhaltung mussten sie definitiv noch arbeiten. Aber ich kannte meine Schwestern, ich wusste, es ging ihnen gut. »Okay, dann lege ich auf, im Pub wartet eine Portion Haggis auf mich.«

»Igitt«, kommentierte Eleni. »Wenn du dich übergeben musst, dann kotz bitte nicht Loki voll.«

»Versprochen«, lachte ich. »Grüß die anderen. Ich ruf wieder an.«

Damit legte ich auf und ging zur Tür, die gerade von Drew aufgestoßen wurde.

»Alles klar? Tut mir leid, ich habe ihnen nichts von deiner Mum gesagt, ich –«

»Kein Thema«, unterbrach ich ihn. »Alles bestens.«

Wir würden sehen, wann mich meine Gefühle das nächste Mal einholten. Aber fürs Erste hatte das Gespräch mit Eleni sie wieder dahin verbannt, wo sie hingehörten – in den hintersten Winkel meines Herzens.

7
Lyall

Der Spießrutenlauf nahm kein Ende. Nachdem mich unsere Concierge Isla noch am Abend ins *Old Arms* geschickt hatte, um irgendeine besondere Gewürzmischung für den Koch des *Grand* zu holen, erteilte Moira mir am nächsten Morgen den Auftrag, nachmittags zum Bürgermeister zu gehen, um die Genehmigung für die Highland Games in sechs Wochen zu beantragen. Natürlich gab es für solche Aufgaben Boten im Hotel. Aber offenbar hatte man entweder eine diebische Freude daran, mich zu quälen – oder meine Tante glaubte tatsächlich, dass meine Wiedereingliederung so funktionieren würde. *Als ob.* Wenn ich an die Welle aus Ablehnung dachte, die mir im Pub entgegengeschlagen war, wurde mir klar, dass es schon ein Wunder brauchte, um die Leute vergessen zu lassen, was passiert war. Meine bloße Anwesenheit schien sie wieder in die Zeit vor drei Jahren zurückzuversetzen – und mich gleich mit. Allerdings konnte ich nichts anderes machen als zu lächeln und so zu tun, als würde mir das nichts ausmachen. Denn auch wenn ich durchaus in der Lage war, mir auf andere Weise Respekt zu verschaffen, war das hier leider völlig fehl am Platz. Ich hasste es mit jeder Faser meines Körpers, dass ich nach Grandmas Pfeife tanzen musste.

Bis zum Nachmittag hatte ich immerhin Schonfrist, um

etwas zu tun, das ich tatsächlich mochte: arbeiten. Ich setzte mich an meinen Schreibtisch, nahm die Kopfhörer und startete das aktuelle Album der *Twenty One Pilots*. Dann begann ich, die Pläne des Neubaus mit Anmerkungen zu versehen, falls Moira auf mich hören sollte und einige der Trockenbauwände nicht ziehen würde. Und wie immer, wenn ich an einem Grundriss arbeitete, entspannte sich etwas in mir. Berechnungen, Linien, Strukturen, geordnete Kreativität, das alles beruhigte mich. Als ich zwei Stunden später von den Plänen aufsah, fühlte ich mich fast wie ich selbst.

Und hungrig.

Ich hätte die Concierge Isla anrufen können, um mir etwas zu essen zu bestellen – am besten mit breitestem US-Akzent, um sie richtig auf die Palme zu bringen. Früher hätte ich genau das getan. Aber zum einen war Moira im Haus und würde mir dann einen Vortrag halten, dass zu Kilmores Bewohnern auch die Angestellten des Hotels zählten. Und zum anderen hatte ich das Bedürfnis, mich zu bewegen.

Der Gang im obersten Stock war menschenleer, obwohl das *Grand* zu dieser Zeit im Juli nahezu ausgebucht war. Suite-Gäste trieben sich einfach nicht auf den Fluren herum. Ich lief in Richtung Seitentreppe, um in meinem Jeans-und-Shirt-Look niemandem zu begegnen. Aber als ich gerade abbiegen wollte, fiel mir eine offene Tür auf: die zum Dachgewölbe des Hotels, wo sich unsere Lagerräume befanden. Eigentlich ging keiner außer Domhnall dort hoch, der Hausmeister des *Grand* – einer der Menschen, die mich auch nach allem, was passiert war, noch gemocht hatten. Ich hatte ihn noch gar nicht gesehen, seit ich hier war. Also ignorierte ich meinen knurrenden Magen und stieg die ausgetretenen Holzstufen hinauf.

Oben flirrte Staub in den dünnen Strahlen der Sonne, die durch die Ritzen im Gebälk hereinfiel. Ich schob die Tür zum Lager auf und spähte auf der Suche nach dem Hausmeister in den dämmrigen Raum. Es war jedoch nicht Domhnall, der dort zwischen zwei Regalen stand und den prüfenden Blick über die Gegenstände darin schweifen ließ.

Es war Kenzie.

Sie hatte mir den Rücken zugewandt, aber ich erkannte sie an den rotbraunen Haaren, die das Licht der schwachen Glühbirne an der Decke reflektierten, und an ihrem auffälligen Tattoo. Sie streckte sich nach etwas, das auf dem obersten Brett lag, und ich starrte für einen Moment auf die nackte Haut, die dadurch an ihrem Rücken zum Vorschein kam. *Verschwinde lieber, bevor du auf dumme Gedanken kommst.* Ich hörte nicht auf die Stimme in meinem Kopf. Stattdessen trat ich noch einen weiteren Schritt in den Raum hinein, so laut, dass sie es hören musste.

»Hey, brauchst du vielleicht Hilfe?«, fragte ich.

Kenzie fuhr erschrocken herum, fing sich aber schnell wieder.

»Von dir?« Sie sah mich abweisend an. »Nein.«

»Das sieht aber anders aus.«

Ihre Augen verengten sich weiter. »Ich bin durchaus in der Lage, einen Ballen Stoff von einem Regal zu holen, vielen Dank.« Sie sagte es bissig und der Hinweis war deutlich: Es war Zeit, den Rückzug anzutreten. Und trotzdem bewegte ich mich nicht vom Fleck.

Als Kenzie das bemerkte, ließ sie von ihrem Vorhaben ab und verschränkte die Arme. »Sag mal, hast du nichts Besseres zu tun? Ich dachte immer, Snobs wie du machen in ihrer Freizeit so wahnsinnig aufregende Dinge. Golfen zum Beispiel. Mit Supermodels schlafen. Auf niedliche Tiere schießen. Oder Geld zählen.«

Ich hob eine Augenbraue und unterdrückte ein Lachen. »Jagen und Geldzählen, ernsthaft? Das 20. Jahrhundert hat angerufen, es will seine Klischees zurück.«

»Ach, dann willst du das etwa leugnen?«

»Allerdings«, sagte ich und lehnte mich gegen eines der Regale. »Wenn du wüsstest, wie mies ich golfe, würdest du das sofort zurücknehmen. Und ich habe noch nie auf Tiere geschossen oder mein Geld gezählt.«

»Schade, denn dann wärst du wenigstens bis in alle Ewigkeit beschäftigt«, raunzte sie und ließ keinen Zweifel daran, was sie von Leuten wie mir hielt. Moment mal. War das nicht meine Masche gewesen?

»Hat da etwa jemand Vorurteile, Miss Bennet?« Der Name der Figur aus *Stolz und Vorurteil* war mir einfach so in den Sinn gekommen, aber als ich ihn aussprach, sah Kenzie beinahe ertappt aus. Der Ausdruck war jedoch sofort wieder verschwunden.

»*Du* hast Jane Austen gelesen?«, fragte sie skeptisch.

»Ich war in Eton. Natürlich habe ich Jane Austen gelesen.«

»Und dir gleich Mister Darcy als Vorbild genommen, wie es scheint«, schnaubte sie. Wenn sie diese steile Falte zwischen den Augenbrauen bekam, sah sie wirklich umwerfend aus. »Aber das passt ja. Leute wie ihr müsst andere Menschen offenbar nicht mit Respekt behandeln.«

Ihr Vorwurf traf mitten ins Ziel. Ich richtete mich auf und sah sie ernst an. »Ich habe das bei *Carson's* nicht gesagt, um dir wehzutun, Kenzie.«

»Ach nein?« Sie schien noch mehr sagen zu wollen, biss dann aber die Zähne aufeinander. Ich ahnte, warum – sie wollte mir nicht zeigen, dass meine Worte sie tatsächlich verletzt hatten. Und das bedeutete, unsere Begegnung hatte sie nicht kaltgelassen. Ein Teil von mir frohlockte darüber … während ein anderer genau wusste, das hier war zum Scheitern verurteilt. *Vollkommen* zum Scheitern verurteilt.

»Nein«, sagte ich trotzdem. »Das war nicht meine Absicht. Ich dachte, du würdest nicht hören, was ich zu ihm sage.«

Kenzie schnaubte wieder, und ich merkte, dass sie meine Worte völlig falsch verstanden hatte. Ich atmete ein, wollte es berichtigen … und stockte. *Lass das! Je näher du ihr kommst, desto schwieriger wird es, sie auf Abstand zu halten.* Und das musste ich um jeden Preis. Also blieb ich stumm. Und Kenzie trat passenderweise einen Schritt zurück.

»Vielleicht solltest du dann lieber gehen. Sonst kommt wieder jemand vorbei, und du sagst nochmal etwas, das mich nicht verletzen soll.« Sie verdrehte die Augen, wandte sich ab und ging wieder zu dem Regal, das immer noch viel zu hoch für sie war. Ich wollte mich umdrehen und sie allein lassen, aber als sie sich nach etwas umsah, auf das sie steigen konnte, gab ich mir einen Ruck. Es würde mich nicht in Gefahr bringen, ihr kurz zu helfen.

Schließlich hatte ich sie erfolgreich daran erinnert, dass ich kein netter Kerl war.

8

Kenzie

Es tat so *unglaublich* gut, Lyall stehen zu lassen, nachdem er mir erneut die ganze Bandbreite seines einnehmenden Wesens präsentiert hatte. Er hatte also gedacht, ich würde ihn bei *Carson's* nicht hören? Das machte es ja so viel besser. Und dann seine Antwort mit den Klischees, als würde ich nicht merken, dass er die Supermodels in seiner Aufzählung ausgelassen hatte. *Ja, du bist heiß, ich habe es verstanden. Aber deswegen bist du trotzdem ein Arsch.*

Der Ballen mit Tartan-Stoff, den ich eben für Lyall verlassen hatte, lag immer noch ganz oben auf dem Regal, als ich zu ihm zurückkehrte. Vielleicht konnte ich auf einen der alten Stühle steigen. Oder diese Kommode dort drüben herschieben …

»Jetzt sei nicht so stur und lass mich dir helfen«, erklang es hinter mir.

Ich schob bockig das Kinn vor. »Ich sagte doch, ich schaffe das schon.«

»Wenn dir nicht demnächst zwei Meter lange Arme wachsen, dann wohl eher nicht.« Seine schwarzen Augen musterten mich streng. »Und falls du denkst, du könntest dich auf einen der Stühle stellen – vergiss es. Die sind morsch und halten dich nicht aus.«

Moment, hatte er gerade gesagt, ich wäre zu schwer? »Und ich dachte, du könntest nicht *noch* charmanter werden«, sagte ich.

»Ich muss nicht charmant sein, um dich an einer blöden Idee zu hindern. Du wirst hier nicht verunglücken, während ich in der Nähe bin. Das fällt nur auf mich zurück. Falls es dir entgangen ist, diese Stadt steht nicht besonders auf mich.«

»Woher das wohl kommt, wo du doch so ein höflicher junger Mann bist«, sagte ich sarkastisch. »Unvorstellbar, dass dich jemand nicht leiden kann.«

Sein Gesicht verhärtete sich, und ich hatte plötzlich das Gefühl, ihn tatsächlich verletzt zu haben. Aber dann nickte er nur.

»Wenn du mich einfach kurz helfen lässt, verschwinde ich, und du musst dich nicht mehr mit mir abgeben. Also?«

Da war etwas Wahres dran, deswegen trat ich einen Schritt zur Seite und gab ihm damit mein Einverständnis.

»Ich brauche den Ballen dort, den in Folie.«

Er schob sich zu mir in die Nische und reckte sich nach oben, um den Ballen auf dem obersten Regal zu erreichen. Mein Blick fiel auf die angespannten Muskeln seiner Arme, und ich spürte, wie ungefragt Hitze in mir aufstieg. *Wow*, spottete ich über mich selbst. Kaum stand ein unhöflicher, aber dummerweise gut aussehender Kerl vor mir, überließ mein Verstand den niederen Instinkten das Feld? Lyall Henderson war in der Tat der Teufel.

»Hab ihn.« Er zog den Ballen mit einem Ruck vom Regal herunter. Die Plastikfolie war jedoch zu glatt und rutschte ihm plötzlich durch die Finger. Ich streckte die Hände aus, um danach zu greifen, aber das Ding war verflucht schwer und schmierte ab. Lyall packte mich und brachte uns beide aus der Schusslinie, bevor der Ballen neben uns auf den Boden knallte.

»*Hatte* ihn«, korrigierte sich Lyall trocken. »Alles okay bei dir?«

»Ja, klar«, antwortete ich atemlos.

Ich war ihm sehr nahe, meine Hände lagen auf seinen Armen, ich spürte die warme Haut unter meinen Fingern. In mir wehrte sich etwas dagegen, loszulassen, aber dann nahm ich die Hände herunter. Dabei streiften sie seine und ich hielt die Luft an – aber nicht, weil die Berührung unangenehm war. Im Gegenteil. Meine Fingerspitzen kribbelten, als wären wir beide elektrisch aufgeladen. Ich schaute auf, sah Lyall direkt in seine dunklen Augen …

… und machte einen Schritt zurück, ohne es bewusst entschieden zu haben. *Verdammt. Was war das denn gewesen?* Es hatte sich angefühlt, als würde etwas anderes mich steuern, eine Macht, die viel stärker war als meine Vernunft. Ich holte Luft und drängte das Gefühl beiseite.

»Also, das hätte ich auch geschafft«, sagte ich dann und deutete auf den Ballen, der auf den staubigen Holzdielen lag.

»Nein, hättest du nicht. Schließlich wärst du nie an das Ding herangekommen, um dich dann davon erschlagen zu lassen.« Lyalls Stimme klang belustigt, und als ich aufsah, bemerkte ich, dass, was auch immer ich eben noch in seinen Augen gesehen hatte, verschwunden war. Da ich aber im Moment auch keine Arroganz entdeckte, beschloss ich, ihn nicht gleich wieder zum Teufel jagen zu wollen – sondern seine Muskeln lieber für meine Zwecke zu nutzen. *Nein, nicht so.*

»Wo du gerade davon sprichst«, begann ich unschuldig. »Glaubst du, dass du mir den Ballen vielleicht bis ins Büro eures Hausmeisters tragen könntest? Dann kann ich mir dort ein Stück Stoff abschneiden.«

Er sah mich zweifelnd an. »Dazu musst du in Domhnalls Büro? Hat er die einzige Schere in diesem Gebäude? Wenn ja, muss ich dringend meine Tante fragen, ob das *Grand* finanzielle Probleme hat.«

Ich sah ihn an. »Täusche ich mich oder versuchst du nur, dich vor dem Tragen zu drücken?« Dann schlug ich mir in gespielter Erkenntnis vor die Stirn. »Natürlich! Mister Darcy hat für so etwas selbstverständlich Personal. Dumm von mir. Lass den Ballen einfach liegen, ich bitte jemand anderen um Hilfe.«

»Nicht nötig.« Schon hatte Lyall sich heruntergebeugt und den Stoffballen mit Leichtigkeit auf seine Schulter gewuchtet. »Siehst du, alles bestens.« Dann deutete er zur Tür. »Nach Ihnen, Miss Bennet.«

»Vielen Dank.« Ich knickste, schritt voran durch die Lagertür und stieg die schmale Treppe hinunter. Lyall, durch die sperrige Last gehandicapt, folgte mir langsamer.

»Wofür brauchst du den Stoff eigentlich?«, fragte er, während er vorsichtig die steile Stiege hinabkletterte.

»Für meinen Entwurf. Ich habe beschlossen, ein Moodboard zu erstellen, um deine Tante und Paula zu überzeugen. Skizzen und 3-D-Modelle sind ja nett, aber ich wollte auch etwas zum Anfassen.« *Kenzie, könntest du aufhören, so normal mit ihm zu reden? Er ist ein unhöflicher Idiot, schon vergessen? – Er trägt gerade einen mehrere Kilo schweren Stoffballen für mich, also muss ich ihn ja wohl bei Laune halten.*

»Gute Idee«, antwortete Lyall. »Ich weiß zwar nicht, ob man Moira diesen altmodischen Unfug austreiben kann, aber einen Versuch ist es wert.«

»Dass du von Paulas Entwurf nicht viel hältst, habe ich schon gemerkt«, sagte ich zu Lyall. »Warum? Willst du ihr einfach nur widersprechen, oder meinst du ernst, was du sagst?«

Er runzelte die Stirn.

»Ich meine es ernst, ich halte nichts von Stillstand. Natürlich ist das *Grand* etwas anderes als unsere sonstigen Hotels, aber Moira hat einfach keinen Sinn für Innovation. Sie ist das personifizierte *Das-haben-wir-schon-immer-so-gemacht.*«

»Warum arbeitest du dann an dem Projekt mit? Es gibt doch sicher zig andere Neubauten auf der Welt, wo man deinen Sinn für Innovation besser gebrauchen könnte.« Außerdem konnte er sein unvergleichliches Wesen dann woanders zur Verfügung stellen.

Lyalls entspannter Gesichtsausdruck verschwand und seine Miene verschloss sich augenblicklich. »Ich hatte keine Wahl.« Es klang so düster, dass ich nicht wagte, nachzufragen. Also schwiegen wir.

Ich bog neben Lyall in den Gang ein, an dem die Suiten mit ihren breiten, doppelflügeligen Holztüren lagen. Wie gerne hätte ich da mal reingeschaut. Die Suiten des *Grand* waren legendär, ich hatte die Bilder auf der Website genau studiert. Aber es war einfach etwas anderes, die Materialien tatsächlich zu sehen und zu befühlen – oder zu betrachten, wie sie sich im Licht verhielten.

Lyall musste meinen sehnsüchtigen Blick bemerkt haben, denn er blieb stehen.

»Du schaust wie ein Kind vor dem Süßigkeitenregal. Was ist?«

»Ach«, winkte ich ab. »Ich dachte nur daran, dass ich gerne mal in eine der Suiten schauen würde. Sie müssen unglaublich toll ausgestattet sein.«

Er hob die Schultern. »Geschmackssache, schätze ich. Aber wenn du sie sehen willst …«, er zögerte kurz. »Man hat mich in einer davon einquartiert. Und du wirst es nicht glauben, aber ich habe sogar eine Schere in meiner Suite.«

»Was, im Ernst?« Ich nickte beeindruckt. »Direkt neben deiner Briefmarkensammlung?«

Er schüttelte den Kopf. »Nein, sie haben verschiedene Schubladen. Sonst fangen die beiden Streit darüber an, mit wem ich mehr Mädchen rumgekriegt habe.«

Nun grinste ich, obwohl mir nach wie vor die Worte durch den Kopf geisterten, die er Carson gegenüber geäußert hatte. Aber wenn Lyall so vor mir stand, mit diesem Lächeln im Gesicht, war ich bereit, das für einen Moment zu vergessen. Vor allem, weil er den Schlüssel für eine der Suiten hatte.

»Gut, du hast gewonnen und darfst deine Muskeln schonen.« Ich nickte gnädig. »Ich muss nur schnell meine Tasche mit den Entwürfen von unten holen, ich habe sie bei Mister Adair im Büro gelassen.«

»Okay. Dann ...« Lyall drehte sich mit dem Ballen auf der Schulter um und deutete den Gang entlang. »Es ist Zimmer 412, das letzte links. Klopf einfach.«

Ich nickte und machte mich dann auf den Weg ins Erdgeschoss, wo neben der Lobby die Büroräume des Personals lagen. Währenddessen gingen mir die letzten zehn Minuten durch den Kopf. Wie waren Lyall und ich von Arroganz und bissiger Ablehnung zu *Klopf einfach* gekommen?

Ich hatte keine Ahnung.

Aber mit der Aussicht auf Mustertapeten und Polstermöbel interessierte mich das gerade auch nicht.

9
Kenzie

Meine Tasche lag noch dort, wo ich sie gelassen hatte – auf dem Stuhl im Büro des Hausmeisters. Er selbst war nicht da, also schrieb ich ihm einen Zettel, auf dem ich mich bedankte und ihm sagte, dass ich alles gefunden hatte. Danach ging ich zurück zu dem schmucklosen Personalaufzug, in dem ich gemeinsam mit Mister Adair hinaufgefahren war. Als er sich öffnete, waren bereits zwei Zimmermädchen mit ihren Wagen darin. Sie schienen ein paar Jahre älter zu sein als ich.

»Wo willst du hin?«, fragte die Blonde freundlich.

»Ganz nach oben, in die Etage mit den Suiten.«

»Da müssen wir auch hin. Du bist aber kein Gast, oder? Sonst müssten wir dich nämlich rauswerfen, damit du in einem der schicken Aufzüge fährst.« Die andere mit den kurzen dunklen Haaren grinste.

Ich schüttelte lächelnd den Kopf. »Nein, bin ich nicht. Ich arbeite für die Innendesignerin, die den Neubau ausstattet.«

»Ah, klar, Paula.« Die Blonde nickte. »Und ich dachte schon, du willst zu Lyall Henderson.«

Ich bemühte mich, mir nichts anmerken zu lassen. »Wieso sollte ich zu ihm wollen?«

Die Schwarzhaarige hob die Schultern. »Früher hat er die Mädels immer über den Personalaufzug ins Hotel geschmuggelt. Natürlich erst, nachdem er sich ein unbelegtes Zimmer ausgeguckt hatte.«

Ich lachte etwas lahm. »Ach ja? Klingt so, als hätte er einiges zu tun gehabt.«

»Oh ja.« Sie nickte. »Die haben Schlange gestanden für ihn. Obwohl sie genau wussten, dass er nicht länger als ein paar Tage Interesse an ihnen hat. Das ging aber nur so lange gut, bis –«

»Sei jetzt mal still, Jacky«, sagte die Blonde schnell. »Du weißt, was die Chefin davon hält, wenn wir über ihn reden. Wir wären nicht die Ersten, die wegen so etwas gefeuert werden.«

Jacky biss sich auf die Lippen und nickte dann. In der nächsten Sekunde stoppte der Aufzug und die Türen glitten auf. Wir waren auf der richtigen Etage angekommen, und die beiden verabschiedeten sich von mir, bevor sie mit ihren Wagen davongingen. Mit gemischten Gefühlen blieb ich zurück. Hatte Lyall mich deswegen in sein Zimmer eingeladen? War dieses Arroganz-Getue seine Tour, um jemanden rumzukriegen? Nein, sicher nicht. Ich hatte selbst gesagt, ich wolle die Suite sehen. Das war vollkommen harmlos. *Ach, genau wie dieser Moment vorhin?*

Ich ließ mir Zeit, die richtige Tür zu finden, bevor ich nach links und rechts sah und dann leise klopfte.

»Hey.« Lyall öffnete. »Komm rein. Ich hatte leider keine Zeit, um aufzuräumen.«

Ein Scherz, ganz offensichtlich, denn in dem großen Wohnbereich der Suite war es wahnsinnig ordentlich. Zwar sah man, dass hier jemand lebte – ein Shirt und Jeans lagen über dem Sessel, ein Tablet auf dem Sofa, Armbanduhr und Portemonnaie auf der Konsole neben der Tür, aber sonst war nichts zu sehen. Keine leeren Chipspackungen, Socken, Sportklamotten, Bonbonpapiere oder was ich sonst alles in den Zimmern meiner Schwestern fand. »Haha. Dann lade mich bitte nie ein, wenn es aufgeräumt ist.« Ich stellte meine Tasche ab, um die Einrichtung auf mich wirken zu lassen – als ich von den großen Fensterfronten abgelenkt wurde.

»Wow, das ist ja der Wahnsinn.« Alleine der Blick war die fast vierstellige Summe wert, die man hinblättern musste, um hier die Nacht zu verbringen. Man konnte über die Parkanlage des Hotels bis zum Loch Lair sehen, der im Licht der Sonne glitzerte. Dahinter erhoben sich die sattgrünen Hügel der Highlands. »Wie kommst du hier überhaupt zum Arbeiten?« Denn dass er das tat, sah man an dem Laptop auf dem Schreibtisch und den zahlreichen Dokumenten drum herum – Ausdrucke von Plänen und Grundrissen, wahrscheinlich vom Neubau.

Lyall hob die Schultern. »Das ist wie mit allem – man gewöhnt sich daran. Und ich war jeden Sommer hier, also …«

»Du bist nicht hier aufgewachsen?«, fragte ich und riss mich von der Aussicht los, um stattdessen die hellgrünen Tapeten genauer in Augenschein zu nehmen. Sie passten mit ihren dezenten Ornamenten perfekt zu dem dunklen Holz und den traditionellen Stoffen der Möbel und Vorhänge. Ich fuhr vorsichtig mit den Fingern darüber und spürte die feine Struktur. »Wo dann?«

Lyall schob die Hände in die Taschen. »Überall und nirgends. Wenn deine Mutter Geschäftsführerin eines Hotelimperiums ist, dann bleibst du nicht lange an einem Ort, sonst siehst du sie nie.« Bedauern machte sich plötzlich auf seinem Gesicht breit. »Oh fuck, tut mir leid.«

»Was ist los?«, fragte ich irritiert.

»Na, ich rede hier über meine Mum, während deine …« Richtig, er hatte ja gestern gehört, was Moira gesagt hatte. »Es tut mir sehr leid, dass du sie verloren hast. Ist sicher nicht einfach, dass hier alle über sie reden.«

»Nein.« Ich wich seinem Blick aus und schluckte. »Ich hätte nicht gedacht, dass es mir so viel ausmacht, die alten Geschichten von ihr zu hören.« Die meisten in Kilmore kannten irgendeine Anekdote über meine Mum – ob der Bäcker gestern Morgen oder die Frau, die den Buchladen betrieb. Und jedes Mal meldete sich tiefe Traurigkeit, die ich in dieser Intensität nicht mehr gewohnt war.

»Dann musst du den Leuten vielleicht klarmachen, dass es dir wehtut.«

»Ja, vielleicht.« Ich nickte nur, mehr wollte ich nicht sagen. Ich redete ja schon nicht mit meiner Familie darüber, wie ich mich mit Mums Tod seit meiner Ankunft in Kilmore fühlte, da wäre es völlig falsch, mit jemandem darüber zu sprechen, den ich kaum kannte. *Und der dich echt blöd behandelt hat, Kenzie*, fügte meine innere Stimme hinzu.

»Sollte meine Tante je wieder über sie reden, gib mir einfach einen Wink.« Lyall sah mich ernst an.

Was? Überrascht erwiderte ich den Blick. Also hatte er sich deswegen eingeschaltet? Nicht, weil Empathie für ihn ein Fremdwort war, sondern weil er mich aus dieser unangenehmen Situation befreien wollte? Damit hatte ich nicht gerechnet.

»Das wäre aber gar nicht Mister Darcys Art«, scherzte ich, um meine Verlegenheit zu überspielen.

»Mister Darcy ist mehr Gentleman, als du ihm zugestehst.« Lyall lächelte. »Außerdem … du hast hoffentlich nicht vergessen, wie das Ganze mit den beiden endet, oder?« Er hob eine Augenbraue, und es sah nicht so unschuldig aus, wie er wohl glaubte.

Ich ging auf das Spielchen ein, legte nachdenklich den Kopf schief und schüttelte ihn dann bedauernd. »Ich fürchte, das habe ich tatsächlich vergessen. War das nicht so, dass sie ihn am Ende verschmäht, damit sie allein in den Sonnenuntergang reiten kann?«

»Das ist wohl eher die moderne Fassung für emanzipierte Frauen.« Jetzt grinste er. »Willst du den Rest der Suite sehen?«

»Auf jeden Fall.« Ich folgte ihm in das angrenzende Schlafzimmer, das farblich an das Wohnzimmer angeglichen war – hier waren es allerdings tannengrüne Tapeten mit goldenen Ornamenten, die alles etwas dunkler machten, aber auch gemütlicher. Das riesige Bett mit langen Pfosten war aus edlem Walnussholz, ebenso wie das Beistelltischchen neben dem grünen Sessel am Fenster. Die Vorhänge passten perfekt zu den Bezügen der Polstermöbel und dem Teppich. Es war alles wunderbar stimmig eingerichtet – wenn auch für meine Begriffe etwas zu altertümlich. Ich hatte auf verschiedenen Blogs tolle Interpretationen schottischer Klassiker gesehen, die traditionell und trotzdem modern waren. Das hier war *nur* traditionell, genau wie Lyall in dem Meeting gesagt hatte.

»Und, gefällt es dir?«, fragte er hinter mir. Ich drehte mich zu ihm um.

»Es passt sehr gut hier rein.« Ich nickte. »Aber ich weiß, was du meinst, wenn du sagst, für den Neubau wäre es zu altbacken.«

»Vollkommen.« Lyall verschränkte die Arme. »So ist das eben in Kilmore – alles hier ist einfach völlig hinter der Zeit zurück.«

Ich musste grinsen, als ich merkte, dass seine Arroganz etwas Amüsantes hatte, wenn *ich* nicht ihr Opfer war. »Dann ist es ja gut, dass wir jetzt hier sind, oder?«

»Wir?« Er sah mich an. »Soll das etwa bedeuten, du und ich sind auf einmal so was wie Verbündete im Kampf gegen die Tradition?«

Sein Tonfall war vertraulich und neckend – und sorgte dafür, dass das Kribbeln vom Dachboden sich mit voller Wucht zurückmeldete.

Auf keinen Fall, dachte ich. »Vielleicht?«, war jedoch das, was ich sagte. Offenbar hatte der Teil von mir, der sich von diesem Kerl angezogen fühlte, plötzlich die Regie übernommen. Aber was sollte ich machen, wenn er mich so ansah – als würden ihm unzählige Dinge einfallen, die wir miteinander anstellen konnten?

»Nur vielleicht?« Er schlenderte noch einen Schritt näher, die Hände in den Hosentaschen, und auf sein Gesicht stahl sich ein Lächeln, das man nicht als unwiderstehlich betiteln konnte, sondern musste.

»Ja, vielleicht«, wiederholte ich. »Schließlich weiß ich bisher nicht genug über deine Pläne, um das beurteilen zu können.« Mein Blick glitt über seinen Körper nach oben zu seinem Gesicht, bevor ich lächelte. Ich hätte nicht darauf eingehen sollen, aber ich konnte nicht anders. Es war wie ein Sog, der jede Vernunft schachmatt setzte.

»Ist das etwa eine Aufforderung, Miss Bennet?«, fragte er mich, und seine Stimme klang noch eine Nuance tiefer. Dann hob er die Hand und strich mir mit der Rückseite seiner Finger eine meiner Haarsträhnen zurück.

»Keineswegs, Mister Darcy«, antwortete ich leise. »Nur eine Feststellung.« *Hör sofort auf, mit ihm ein solches Gespräch zu führen,* versuchte mein Verstand es ein letztes Mal, *hast du vergessen, was Drew über ihn gesagt hat?* Aber der Rest von mir hörte nicht darauf, wollte nicht darauf hören. Ich kam Lyall noch näher, so nah, dass mein Magen vibrierte. Als ich seinen Atem auf meinem Gesicht spürte, war mir jede Vorsicht egal.

»Mister Lyall?«

Nur eine Sekunde später zerriss ein Klopfen die aufgeladene Stille zwischen uns.

Wir schreckten zurück, als hätte man uns bei etwas Verbotenem erwischt. Dann trat Lyall von mir weg, ging aus dem Zimmer und hinüber in den Wohnbereich. Ich strich mir währenddessen die Haare nach hinten und atmete durch. War ich ihm gerade viel zu nah gekommen, zum zweiten Mal innerhalb einer Viertelstunde? Ohne dass ich ihn überhaupt mögen wollte? Meine Güte, Schottland tat mir echt nicht gut.

»Domhnall«, hörte ich Lyall sagen, nachdem er die Tür geöffnet hatte. »Wir haben uns ja noch gar nicht gesehen, seit ich zurück bin.«

»Mister Lyall«, ertönte die basslastige Stimme des Hausmeisters. »Wie schön, dass Sie wieder hier sind.« Ich ging hinüber und sah, wie der alte Mann ihm ehrlich erfreut die Hand schüttelte. Lyall lächelte ihn warm an.

»Und es ist schön, Sie zu sehen, Domhnall. Ich hatte schon gedacht, wir wären keine Freunde mehr.« Er sagte es, als hätte es ihm wirklich etwas ausgemacht, die Gunst dieses Angestellten zu verlieren. Das klang gar nicht nach dem arroganten Typen, den alle in Kilmore – mich eingeschlossen – in Lyall sahen. Meine Verwirrung erreichte langsam schwindelnde Höhen.

»Wir werden immer Freunde sein. Sie wissen doch, was ich von dieser Sache halte.« Domhnall entdeckte mich und lächelte erneut. »Miss Kenzie, wie praktisch, dass Sie auch da sind. Hier sind die Aufnahmen, nach denen Sie gefragt haben.« Er reichte mir eine vergilbte Aktenmappe. »Aber passen Sie gut darauf auf, es sind die Originale.«

Ich nahm die Mappe entgegen und legte sie auf meine Tasche. Ich würde sie mir später ansehen. »Vielen Dank, Mister Adair. Sie sind ein Schatz.«

»Ich sagte Ihnen doch, Sie sollen mich Domhnall nennen, Miss Kenzie.«

»Nur, wenn Sie nicht mehr Miss sagen.«

Der alte Mann schien zu überlegen. Schließlich schüttelte er den Kopf. »Nein, das geht nicht.«

»Dann bleibe ich bei Mister Adair«, sagte ich lächelnd.

»Widersprechen Sie ihr lieber nicht, Domhnall.« Lyall sah mich an. »Kenzie lässt sich nur schwer von etwas abbringen.« Seine Mundwinkel zuckten zu einem schnellen Grinsen und erinnerten mich an das, was vor nicht einmal fünf Minuten beinahe passiert wäre.

Der Hausmeister lachte. »Das will ich Ihnen mal glauben. Ich muss dann auch weiter. Wenn Sie mögen, kommen Sie doch auf einen Tee bei mir vorbei, Mister Lyall. Und Sie, Miss Kenzie – behalten Sie die Aufnahmen, so lange Sie möchten.«

Ich bedankte mich noch einmal, und Mister Adair verschwand, die Tür hinter sich zuziehend. Er ließ uns in unschlüssigem Schweigen zurück.

»Willst du dir meinen Entwurf für die Lobby mal anschauen?«, fragte ich, bevor die Stille sich zu sehr ausdehnte. Besser, wir kamen nicht wieder auf dumme Gedanken. *Wieso denn nicht?,* fragte eine Stimme, die verdächtig nach Willa klang. *Jetzt ist doch genau die richtige Zeit für dumme Gedanken.*

»Klar.« Lyall ging vor zu der Sitzgruppe mit zwei Sofas im Wohnzimmer, und ich schnappte mir meine Tasche, um das Skizzenbuch herauszunehmen. Auf dem Weg zur Couch suchte ich die richtige Seite heraus, setzte mich neben Lyall und hielt ihm dann das Buch hin. Er nahm es entgegen und musterte eingehend meine Zeichnung.

»Das ist echt gut. Vor allem die Kombination aus Möbeln und Fläche. Das ist genau das, was Paulas Konzept nicht berücksichtigt – dass man die Weite der Gegend hier aufgreifen müsste, nicht die engen Räume irgendwelcher Burgen von früher.« Er stand auf und holte einen seiner Pläne. »Hier, sieh dir das an. Die zwei Wände würde ich gerne weglassen. Stattdessen würde ich diesen Bereich um den Frühstücksraum weniger starr abgrenzen und den Fitnessraum in den ersten Stock verlegen.«

»Uh, Fitnessräume.« Ich verzog das Gesicht. »Der Endgegner jedes Innendesigners. Diese Geräte sehen einfach immer hässlich aus.«

Lyall nickte. »Das stimmt. Aber man könnte deine Raumteiler aus der Lobby auch dort verwenden, um die Geräte vor den Blicken zu verstecken. Zeig mal her.« Ich schlug eine andere Seite im Skizzenbuch auf und schob es zu ihm. Er beugte sich darüber und kam mir dabei wieder näher, diesmal unabsichtlich, denn er war völlig vertieft in den Entwurf. Ich konnte erkennen, dass diese Sache ihm wirklich etwas bedeutete, und es half nicht, meinen Herzschlag zu beruhigen. Genauso wenig wie der dezente Duft nach teurem Shampoo und seiner Haut, der mir in die Nase stieg.

»Du solltest dir überlegen, diese Streben senkrecht zu setzen«, sagte er schließlich zu mir. »Das streckt die Optik und passt besser zu den Kanten der Tischchen, die für den Bereich vorgesehen sind. Wenn du dann noch die Fächer auf gleicher Höhe platzierst statt versetzt, gibt das etwas mehr Durchsicht und Ruhe.« Er nahm ein leeres Blatt und zeigte mir mit wenigen Strichen, was er meinte. Und es war exakt auf den Punkt. Für einen Moment war ich sprachlos.

»Wieso verstehst du so viel davon? Ich dachte, du bist Architekt, was hast du mit Innendesign zu tun?« Überrascht sah ich ihn an.

»Was ich mit Innendesign zu tun habe?« Er hob wieder eine Augenbraue, diesmal amüsiert. »Weißt du, wer meine Mutter ist?«

Paula hatte ihren Vornamen beim Essen gesagt – Dora. Moment. Dora wie … »Theodora Henderson.« Mein Mund klappte auf. Die Verbindung hatte ich gar nicht gezogen. Ich hatte gewusst, dass sie die Hotels der Gruppe ausstattete, aber nicht, dass sie Lyalls Mutter war. »Kein Scheiß?«

»Kein Scheiß«, wiederholte er grinsend meine Worte.

»Sie ist die Größte!« Ich sah ihn begeistert an. »Sie hat Polstersessel wieder salonfähig gemacht, indirekte Lichtkonzepte auf eine neue Ebene gehoben und die Benutzung von Dekortapeten völlig revolutioniert. Und sie hat Hunderte Preise dafür gewonnen. Deine Mutter ist unglaublich!« Ich hatte zig Interviews mit Theodora Henderson gelesen, und in jedem sprach sie mit völliger Hingabe von ihren Ideen. Sie war eine echte Ikone.

»Ja, und das weiß sie auch, glaub mir«, seufzte Lyall.

»Ich bin gerade so was von neidisch auf dich.« Was hätte ich dafür gegeben, nur fünf Minuten mit ihr reden zu können? Und er konnte sie einfach jederzeit anrufen und mit ihr quatschen.

Lyall lächelte. »Sie kommt bestimmt im Sommer irgendwann her – spätestens zu den Highland Games –, dann kann ich dich vorstellen, wenn du willst.«

»Im Ernst? Das würdest du machen?«

»Da muss ich nicht viel machen, meine Mum riecht Gleichgesinnte auf zehn Meilen gegen den Wind. Erzähl ihr dann auf jeden Fall, dass du zur *UAL* willst. Sie unterrichtet dort immer wieder als Gastdozentin, bestimmt gibt sie dir gerne ein paar Tipps für die Aufnahme.«

Ich strahlte, und mein Herz klopfte fast genauso stark wie vorhin, nur auf ganz andere Art. Ich würde Theodora Henderson treffen! Allein dafür hatte sich der Trip in den Norden schon gelohnt.

Lyall sah mich an, und in seinem Gesicht sah ich einen Ausdruck, den ich nicht deuten konnte. Schnell dämpfte ich mein Lächeln.

»Ja, ich weiß, meine Begeisterung ist albern.« Ich hob die Schultern.

»Nein, ist sie nicht«, widersprach er. »Es gibt nichts Interessanteres als einen Menschen, der für etwas brennt. Und der auch noch Talent dafür hat.« Er zeigte auf meine Entwürfe und ich zog verlegen die Schultern hoch.

»Und bei dir ist das die Architektur?«, lenkte ich ab. Er nickte und ich runzelte die Stirn. »Verzeih mir die Frage, aber warum nicht Innendesign wie deine Mutter? Du scheinst ein gutes Gespür für Ästhetik zu haben.«

Er hob die Schultern. »Ich weiß nicht, wann es war, aber zu irgendeinem Zeitpunkt habe ich gemerkt, dass mich Gebäude als Ganzes faszinieren. Wie die richtige Raumaufteilung den Eindruck von Weite oder Enge erzeugen kann, von Behaglichkeit oder Kühle. Innendesign unterstützt das alles und ich beschäftige mich gerne damit. Aber mein Ding sind größere Strukturen.« Er lächelte mich an, mit einem Funkeln in den Augen – und ich hatte das Gefühl, gerade den echten Lyall zu sehen. Wärme sammelte sich in meinem Magen, als ich es bemerkte. Er hatte recht: Es gab nichts Interessanteres als einen Menschen, der für etwas brannte.

»Du –«, begann ich, kam jedoch nicht weit.

Es klopfte erneut an der Tür, aber diesmal trat jemand in der gleichen Sekunde ein, ohne darauf zu warten, hereingebeten zu werden. Wir sahen auf.

»Lyall, hast du schon wegen der Genehmigung mit … oh.« Eine hochgewachsene Rothaarige Mitte zwanzig – eindeutig mit Henderson-Genen gesegnet – schaute uns überrascht an. »Sieh an, du hast Besuch.«

»Ja, habe ich«, knurrte Lyall.

»Wie schön. Willst du mich nicht vorstellen?«

»Nein, will ich nicht.« Er sah sie feindselig an.

Die Rothaarige blieb von seinem finsteren Blick unbeeindruckt, obwohl er jeden normalen Menschen wohl in die Flucht getrieben hätte. Dann kam sie auf mich zu und streckte die Hand aus. »Ich bin Fiona Henderson, Moiras Tochter und Teil der Geschäftsführung des *Grand.*«

Lyall schnaubte, als wäre diese Bezeichnung vollkommen lächerlich. Ich warf ihm einen fragenden Blick zu und besann mich dann auf meine Manieren.

»Kenzie Stayton, freut mich.« Ich schüttelte ihre Hand. »Ich mache ein Praktikum bei Paula McCoy.«

»Ah, natürlich, der Neubau.« Fionas Blick wanderte von mir zu ihrem Cousin. »Als Bestandteil des Führungsteams bin ich selbstverständlich darüber unterrichtet, wie es vorangeht.«

Ich lächelte höflich. »Es ist sicher toll, schon so jung mitentscheiden zu dürfen.«

»Sehr.« Fiona sah erneut zu Lyall. »Es ist natürlich harte Arbeit, auf die nicht jeder Lust hat. Manche von uns haben eben Ambitionen und andere wollen lieber ihren Spaß.«

Lyall warf ihr einen tödlichen Blick zu. »Manche von uns«, ahmte er ihre Worte nach, »setzen sich auch einfach ins gemachte Nest, während andere tatsächlich hart arbeiten müssen, um sich ihren Platz zu verdienen.«

Okay, wow. Die konnten sich echt nicht leiden. Ich kam mir vor wie bei einem Tennismatch, das schon mehrere Jahre andauerte.

»Wir wissen doch, was das Einzige ist, woran du wirklich hart arbeitest.« Fiona sah nicht gerade unauffällig zu mir. »Und offenbar gibst du dabei wieder einmal dein Bestes. Ich dachte, man hätte dir klar gesagt, dass du nicht mit den falschen Leuten gesehen werden solltest.«

Ich starrte sie fassungslos an und fragte mich, ob man noch herablassender schauen konnte als Moiras Tochter. Aber dann veränderte sich Lyalls Gesichtsausdruck und ich wusste: ja, konnte man.

»Ich habe Kenzie nur einen Gefallen getan«, sagte er mit einem unbeteiligten Schulterzucken. »Sie war bei der Gestaltung der Raumteiler unsicher, also habe ich ihr einen Rat gegeben. Außerdem wollte sie unbedingt eine der Suiten von innen sehen. Da konnte ich ja wohl schlecht Nein sagen, oder?«

Wow. Es waren nur ein paar Sätze, und trotzdem erzählten der Tonfall, die Haltung und sein Blick eine viel ausführlichere Geschichte: die von jenem Lyall Henderson, der sich für Mädchen wie mich schon lange nicht mehr interessierte und nur höflich sein wollte. Er stellte es hin, als hätte ich um seine Hilfe gebettelt. Und plötzlich verstand ich, was hier los war. Wahrscheinlich war ich gut genug für eine Nummer in seiner Suite, wenn keine Alternativen zur Verfügung standen. Da die ganze Stadt ihm misstraute, blieb ja niemand außer der Fremden aus England, die auf ein bisschen Süßholz reinfiel. Das raspelte man aber nur, solange keiner da war, der das missbilligen konnte. Offiziell durfte man mit jemandem wie mir natürlich nicht gesehen werden. *Er verarscht dich. Und du machst auch noch mit.*

»Lyall hat recht«, fügte ich in Fionas Richtung hinzu und packte ruppig mein Skizzenbuch und die Mappe von Mister Adair. Dann nahm ich die Schere vom Tisch, öffnete die Folie um den Ballen und schnitt mir einen halben Meter Stoff ab. »Ich war nur hier, weil ich einen Rat von ihm wollte. Er würde sich nämlich bestimmt eher den Arm abhacken, als mit den *falschen Leuten* gesehen zu werden.«

Fionas Telefon klingelte, und mit einem letzten Blick auf mich verließ sie die Suite, um den Anruf anzunehmen. Ich hörte, wie sie sich sprechend entfernte, und wandte mich zu Lyall um – erwartete wohl irgendwie eine Erklärung für sein Verhalten. Aber Fehlanzeige. Seine Miene blieb undurchdringlich.

»Es ist besser, wenn du jetzt gehst, Kenzie«, sagte er.

Ich nickte. »Gut, dass du das sagst. Sonst wäre ich echt nie auf die Idee gekommen, dass ich unerwünscht bin.« Wie hatte ich denken können, nur wegen diesem einen … okay, zwei

Momenten und einer halben Stunde entspannter Unterhaltung hätte sich etwas an seiner Haltung geändert?

»Du verstehst nicht –«, hob er an.

»Doch, ich verstehe sehr gut«, unterbrach ich ihn. »Ich verstehe, dass du nur nett und charmant bist, wenn du ein bisschen Spaß willst. Aber wehe, es kriegt jemand mit, dann bist du ganz schnell wieder du selbst.« Gott, ich war echt sauer, aber vor allem auf mich. Ich hätte es besser wissen müssen. Seit wann war ich so dämlich?

»Du weißt nicht das Geringste darüber, wie ich bin«, sagte Lyall in kühlem Ton und seine Augen wurden schmal. »Und du hast null Ahnung, was in meinem Leben abgeht.«

»Oh ja, du bist bestimmt echt arm dran.« Meine Stimme triefte vor Spott. »Eine geniale Mutter, eine Familie mit Luxushotels an jedem schönen Ort dieser Welt und sicher ein fetter Treuhandfonds obendrauf. Das muss unfassbar hart sein.«

»Du hast die Stadt vergessen, in der jeder Bewohner mich hasst.«

Was er sagte, kam ziemlich ernst heraus. Aber ich dachte nur daran, wie er vor seiner Cousine mit mir geredet hatte – und dass es mich so unglaublich wütend machte, wie ich auf sein nettes Getue hereingefallen war, als wäre ich ein dummes Huhn ohne Verstand.

»Schon mal überlegt, dass du das verdient hast?«, warf ich ihm an den Kopf.

Lyall zuckte zusammen, als hätte ich ihm eine schallende Ohrfeige gegeben. Er trat einen Schritt zurück.

»Ja«, sagte er bitter. »Wahrscheinlich habe ich das.«

Er ging zur Tür und hielt sie mir demonstrativ auf, ein unmissverständlicher Rauswurf. Ich nahm meine Sachen und stürmte hinaus.

Als ich halb auf dem Weg zum Aufzug war, hörte ich, wie sie hinter mir lautstark ins Schloss fiel.

10

Lyall

Ich erledigte alle Aufgaben in den nächsten Tagen ohne Murren, schenkte dem Bürgermeister mein Sonntagslächeln – so wie jedem anderen in der Stadt – und sah keine Frau zwischen 18 und 80 länger als zwei Sekunden an. Doch es änderte nichts. Niemand behandelte mich zwar so offensichtlich unfreundlich wie Carson, aber das heimliche Getuschel und die vielen feindseligen Blicke begleiteten mich auf Schritt und Tritt. Bis zu einem gewissen Grad konnte ich das verstehen, schließlich hatte ich damals wirklich Mist gebaut. Aber dass sie so taten, als wäre ich der Inbegriff des Bösen, kotzte mich trotzdem an.

Irgendwie ging die erste von acht Wochen in Kilmore trotzdem herum, und als Samstag war, ließ es mich aufatmen, dass ich endlich mal niemandem begegnen musste. Ich würde einfach in meiner Suite bleiben, zeichnen und planen, später Sport machen und dann was zu essen aus der Hotelküche holen, um mir einen Film anzusehen.

»Lyall, bist du da?« Es klopfte. Ich wollte öffnen, aber da kam Fiona bereits herein, ein süffisantes Grinsen im Gesicht und eine Mappe in der Hand. »Mum lässt ausrichten, du sollst zu Gavina, um den Auftrag für die Wilson-Hochzeit in drei Wochen durchzugehen.«

Ich verdrehte die Augen und senkte den Blick wieder auf den Laptop mit den Plänen vor mir.

»Dann richte du doch deiner Mutter aus, dass Blumen nicht mein Ding sind und sie Gavina einfach anrufen soll.«

Fiona spitzte die Lippen. »Würde ich ja echt gerne, aber ich habe mitbekommen, dass Grandma morgen per Telefonkonferenz im Rat über dich sprechen will. Und sie würde doch wirklich *total* ungerne hören, wie wenig ernst du diese Ich-werde-ein-besserer-Mensch-Sache nimmst.«

Am liebsten hätte ich ihr den Hals umgedreht, aber stattdessen nahm ich ihr die Mappe aus der Hand. »Okay«, murmelte ich. Wenn der Rat über mich reden wollte, hatte ich keine andere Wahl. Schließlich war mein Ziel, so bald wie möglich Teil davon zu werden.

Fiona war aber noch nicht fertig.

»Oh, und was dieses Mädchen angeht, das neulich bei dir war …« Meine Cousine verzog das Gesicht. »Das ist hoffentlich nicht dein Ernst. Nicht einmal du kannst so dämlich sein, deine Zukunft für jemanden aufs Spiel zu setzen, der so *gewöhnlich* ist.«

Ich maß Fiona mit einem unterkühlten Blick, während es in mir kochte. »Wie ich dir schon sagte, sie war hier wegen ein paar Tipps zu ihrem Entwurf. Sonst nichts.«

Fiona lachte auf. »Ja, sicher. Ich habe vielleicht nicht so eine beeindruckende Statistik wie du, Cousin, aber ich erkenne trotzdem, wenn du ein Auge auf jemanden wirfst. Du hast niemanden mehr so angesehen, seit Ada –«

»Wehe, du sagst auch nur ein Wort mehr«, unterbrach ich sie drohend.

»Warum denn nicht?« Fiona sah mich interessiert an. »Weil du vergessen willst, was du getan hast? Oder weil du glaubst, diese Kenzie könnte dich davon heilen?«

Weder noch. Aber ich sagte nicht, dass ich nie vergessen

würde, was passiert war. »Kenzie ist kein Thema für mich.« Nach unserer letzten Begegnung war das keine Lüge.

»Weiß sie das auch? So, wie sie dich angeschmachtet hat, bin ich mir da nicht so sicher. Ich habe ja erwartet, dass du keine acht Wochen durchhältst. Aber schon am dritten Tag, Lyall?« Fiona schnalzte mit der Zunge. »Sei mir lieber dankbar, dass ich vorbeigekommen bin und dich vor einer Dummheit bewahrt habe. Allerdings bin ich sicher, wir haben trotzdem bald das Vergnügen, dich aus dem Stammbaum zu streichen.«

Ich schnaubte. »Klar. Darauf wartest du doch nur. Schließlich musst du uns *alle* aus dem Stammbaum streichen, damit du die Klügste am Tisch bist.«

Fiona wurde rot vor Wut. Diese Sorte Anspielungen trieb sie immer zur Weißglut. »Irgendwann fliegt dir diese Sache mit Ada um die Ohren«, zischte sie. »Und dann werde ich in der ersten Reihe stehen und applaudieren. Was denkst du, wie toll es ist, wenn nicht einmal deine Schwester mehr mit dir reden darf?«

Ihr Zorn sprang bei der Erwähnung von Edina auf mich über wie ein Funke. Drohend machte ich einen Schritt auf sie zu, und obwohl Fiona eine beeindruckende Größe hatte, musste sie zu mir aufsehen.

»Vorsicht, Fi«, sagte ich schneidend, »es wird der Tag kommen, an dem du und ich herausfinden werden, wer von uns skrupelloser sein kann. Und glaub mir, wenn es so weit ist, wird niemand auftauchen, um dich zu retten. Nicht deine Mum. Nicht Grandma. Da werden nur wir beide sein, und du wirst feststellen, dass es eine richtig beschissene Idee war, dich mit mir anzulegen.« Das unsichere Flackern in Fionas Augen war Antwort genug, also trat ich zurück. »Verschwinde. Komm nie wieder in dieses Zimmer, ohne dass ich es dir erlaube. Und rede *nie wieder* über Ada.«

Fiona holte Luft, aber der Ausdruck in meinen Augen ließ sie verstummen. Wir Hendersons konnten gnadenlos sein, das galt für mich noch mehr als für sie. Und der Plan meiner Cousine war es zwar, mich zu ärgern, aber sicher nicht, mich zu ihrem Feind zu machen. Deswegen würde sie auch nichts über dieses Gespräch zu Moira sagen, da war ich sicher. Die Blöße, mich auf diese Weise zu verpfeifen, gab sie sich nicht.

Sie warf mir einen letzten tödlichen Blick zu und ging. Nachdem sie verschwunden war, trat ich ans Fenster, lehnte meinen Kopf dagegen und atmete durch. In dieser verfluchten Stadt zu sein, schaffte mich. Ich schlief schlecht, seit ich hier war, aber es war nicht nur, weil ich in Kilmore ständig daran denken musste, was mit Ada geschehen war – auch die Möglichkeit, in diesem Sommer auf mehr als eine Art zu scheitern, schnürte mir die Luft ab. Zwar arbeitete ich seit Jahren im Verborgenen daran, den Kurs dieser Familie zu ändern, aber die Anfeindungen in Kilmore setzten mir mehr zu, als ich erwartet hatte. Was, wenn ich es nicht schaffte, sie zu überzeugen? Wenn in sieben Wochen das Urteil fiel, dass ich meine Chance nicht genutzt hatte? Den Gedanken konnte ich kaum ertragen.

Und was Kenzie anging … *Schon mal überlegt, dass du das verdient hast?* Die Erinnerung an ihre Worte ließ gleichermaßen Zorn und Scham in mir aufsteigen. Unsere Auseinandersetzung geisterte ständig durch mein Hirn, ohne dass ich sie klären konnte. Denn auch wenn ein Teil von mir es wollte – es war *die* Gelegenheit, Abstand zwischen uns zu bringen.

Ich hatte den fatalen Fehler begangen, sie in meine Suite einzuladen. Beinahe hatte ich alles riskiert, nur weil mich dieses Mädchen so wahnsinnig anzog. Dieser Moment, als sie direkt vor mir gestanden und mich angesehen hatte … sie hatte wahrscheinlich keine Ahnung, wie verlockend ihr Blick, ihr Lächeln oder ihre leise ausgesprochenen Worte gewesen waren. Obwohl ich die Störung in dem Augenblick verflucht hatte, ich musste Domhnall dankbar sein – denn wenn er nicht aufgetaucht wäre, hätte ich garantiert nicht widerstehen können.

Mir war völlig klar: Das durfte nicht noch einmal passieren. So unerträglich Fiona war, sie hatte mich gerade wieder daran erinnert, dass hier viel mehr auf dem Spiel stand als nur *meine* Zukunft.

Mein Handy auf dem Schreibtisch klingelte. Als ich sah, wessen Gesicht auf dem Display zu sehen war, griff ich eilig danach.

»Edina«, seufzte ich aus tiefstem Herzen. »Kannst du Gedanken lesen?«

»Natürlich«, antwortete meine Schwester fröhlich. »Deswegen weiß ich auch, dass du dein Exil heute besonders scheiße findest, und dachte, ich rufe an, statt dir nur Bilder vom Strand zu schicken.«

Ich musste lachen. »Dein Feingefühl ist legendär. Wie ist es auf den Bahamas?«

»Ach, du weißt schon. Sand, Palmen, blaues Meer, eine Mutter, die im Kreis rennt … das Übliche.«

»Ich dachte, ihr wolltet Urlaub machen.« Meine Schwester hatte gerade ihren Schulabschluss in Strathallan gemacht, und weil sie Jahrgangsbeste geworden war, hatte unsere Mutter versprochen, mit ihr zwei Wochen wegzufahren.

Edina schnaubte. »Du kennst doch Mum. Sie kann in keinem ihrer Hotels sein, ohne etwas zu arbeiten. Wenn es wenigstens dieser Barkeeper wäre, an den sie Hand anlegen würde –«

»Zu viel Info, Edie«, unterbrach ich sie.

»… dann wäre es ja okay.« Meine Schwester redete weiter, als hätte ich nichts gesagt. »Aber stattdessen sind es Kissen und Gemälde und Beistelltische. Und alles ist unmöglich arrangiert, wie können die nur, haben die denn überhaupt kein Gespür für Ästhetik, alles muss man selbst machen, blabla. Ich schätze aber, in ein oder zwei Tagen hat sie die Belegschaft genug in den Wahnsinn getrieben und kommt ein bisschen runter.«

Ich spürte, wie mein Herz leichter wurde, nur weil ich Edina am Hörer hatte. Normalerweise verbrachten wir unsere Sommer zusammen, aber dieses Jahr nicht. Der Familienrat hatte vorsorglich verfügt, dass weder meine Schwester noch mein Cousin Finlay längere Zeit in Kilmore sein sollten. Die Begründung war, dass es die Bewohner an frühere Ferien erinnern würde und ich es damit schwerer haben würde, sie vom Gegenteil zu überzeugen. Vielleicht stimmte das sogar, aber ich merkte, wie sehr mir die zwei fehlten. Wenn potenzielle Freunde die eigenen Geheimnisse am Ende doch an die Presse verkauften und die meisten Verwandten immer auch Konkurrenten waren, brauchte man Verbündete – und diese beiden waren genau das. Mit Edina hatte ich meine Kindheit verbracht, mit Finlay die Zeit danach, weil er mit mir in Eton gewesen war. Sie liebten mich, wie ich war, genau wie umgekehrt. Und oft brauchten wir gar nicht viel zu sagen, um einander zu verstehen.

»Du hast in den letzten Tagen nicht zufällig mit Fin gesprochen, oder?«, fragte ich meine Schwester.

»Wir reden nicht oft, das weißt du doch.« Sie klang plötzlich etwas weniger fröhlich. »Aber er wird einfach in New York bei seinem Praktikum so viel zu tun haben, dass er nicht dazu kommt. Hast du gar nichts von ihm gehört?«

»Er schickt mir manchmal Bilder von irgendwelchen Gebäuden, aber sonst nichts. Ich vermisse seine ellenlangen Sprachnachrichten fast ein bisschen.« Finlay neigte dazu, bei so etwas auszuschweifen.

»Na, er weiß ja, wo du bist. Das heißt, er wird sich bald melden.« Edina schwieg einen Moment, und ich ahnte, was jetzt kam. »Wie geht's dir, Lye? Wie sehr setzen die dir zu?«

Ich antwortete nicht sofort. Sollte ich es herunterspielen, damit Edie sich keine Sorgen machte? Oder ehrlich sein, so wie sonst auch?

»Es ist auszuhalten«, wählte ich einen Mittelweg.

»Du meinst, solange du nicht in die Stadt musst oder Fiona vor deiner Tür steht?«

Mir entfuhr ein bitteres Lachen. »Die war vor fünf Minuten noch hier und hat genervt. Zum Glück ist sie lange nicht so tough, wie sie immer tut.«

»Hast du ihr gedroht? Sei lieber vorsichtig. Wenn sie zu Moira geht –«

»Keine Sorge, ich habe sie nur ein bisschen eingeschüchtert«, wiegelte ich ab. »Sie wird nicht petzen, dann müsste sie ja zugeben, dass sie nicht allein zurechtkommt.«

»Deswegen kann sie dich trotzdem hinter deinem Rücken sabotieren, Lyall. Und du kannst dir keine Feinde leisten. *Wir* können uns das nicht leisten.«

Edina klang nicht wie meine achtzehnjährige Schwester, sondern eher wie die Stabschefin einer Supermacht. Aber so weit entfernt war das gar nicht. Wenn unser Vorhaben gelang, würden wir in ein paar Jahren nicht nur das Sagen in unserer Familie, sondern auch in der *Henderson Group* haben. Für Edina war es fast noch wichtiger als für mich, dass sich etwas änderte. Deswegen war sie meine wichtigste Verbündete in diesem Krieg, der momentan noch im Geheimen stattfand.

»Ich kriege das hin«, sagte ich. »Vertrau mir.«

»Das tue ich. Aber ich weiß auch, dass du dazu neigst, dir Feinde zu machen. Und das ist in Kilmore eine echt schlechte Idee.« Edina holte Luft. »Was tut denn der fackeltragende Mob?«, fragte sie dann in leichterem Ton. »Sind sie schon vor dem *Grand* aufmarschiert und haben deinen Kopf gefordert?«

»Nicht öffentlich, nein. Aber die warten nur darauf, dass ich all ihre Vorurteile bestätige. Moira behauptet zwar dauernd, sie wollen eigentlich daran glauben, dass ich ein anderer bin, aber ich weiß es besser. Sie lauern förmlich auf eine Wiederholung. Oder ein Geständnis.« So nett die Bewohner von Kilmore waren – und das konnten sie wirklich sein – so unerbittlich zeigten sie sich, wenn man es sich mit ihnen verscherzte.

»Dann gib ihnen keinen Grund.« Edina war pragmatisch wie immer.

»Ich gebe mir alle Mühe.«

»Alle Mühe?«, horchte sie auf. »Was soll das heißen?«

»Gar nichts, Edie.« Klar, ich hätte ihr erzählen können, was Kenzie in mir auslöste – wie sie allein durch ihre bloße Anwesenheit etwas geweckt hatte, das sehr tief vergraben gewesen war. Aber warum hätte ich das tun sollen? Die Sache war erledigt.

»Ich glaube dir kein Wort«, holte mich meine Schwester aus den Gedanken. »Aber völlig egal, wer sie ist, lass die Finger von ihr. Du weißt, dass Grandma dich sonst bis ans Ende ihrer Tage dafür bestraft. Und sie wird in ihrem Testament verfügen, dass dich danach jemand anders bis ans Ende *deiner* Tage bestraft. Vermutlich die Ehefrau, die sie noch zu Lebzeiten für dich ausgesucht hat.«

»Mach dich locker«, bremste ich sie. »Ich arbeite seit über zwei Jahren an unserer Freiheit, okay? Ich werde das sicher nicht riskieren.«

»Gut so«, sagte sie. »Es sind schließlich nur acht Wochen. Jetzt sogar nur noch sieben. Und danach darfst du zurück nach Chicago und deine Durststrecke hat ein Ende. Wie heißt diese Brünette noch mal, mit der du die Laken zerwühlst? Sarah? Seila? Sienna?«

»Alles richtig«, sagte ich lapidar. »Seila ist allerdings nicht brünett. Zumindest glaube ich das.«

»Haha.« Meine Schwester klang sarkastisch. »Das ist so stereotyp, Lye.«

»Was soll ich machen, wenn Grandma mir keine Wahl lässt«, gab ich zurück. Wobei das nicht die ganze Wahrheit war. Es lag nicht an den Familienstatuten, dass ich mich von allem fernhielt, das Gefühle beinhaltete. Es lag vor allem an mir. An dem, was der letzte Versuch mit mir gemacht hatte. Ich gab das vor Edina nicht zu, aber ich hatte eine Scheißangst davor, dass es wieder so endete. Deswegen waren mir die gelegentlichen Bettgeschichten ohne Bedeutung nur recht. Man kam auf seine Kosten, ohne groß etwas investieren zu müssen.

»Das hat ja hoffentlich bald ein Ende. Noch drei Jahre, maximal vier, dann bin ich mit dem Studium fertig und wir können loslegen.« Meine Schwester sagte es wie ein Mantra. Ich wusste, wie sehr sie darauf hoffte, dass die aktuellen Herrschaftsverhältnisse sich änderten. »So lange müssen wir noch durchhalten.«

Ich nickte. »Das werden wir schon.« Dann fiel mir etwas ein, um das ich sie vor dem Urlaub gebeten hatte. »Hast du Mum eigentlich wegen Jamie gefragt?«

»Ja, gestern. Sie hat ein bisschen rumgedruckst, weil sie ihn schon vor einer Weile aus den Augen verloren hat. Moira hat Verdacht geschöpft, dass sie ihn sucht, und sie darauf angesprochen.«

»Fuck«, stieß ich aus. »Und weiter?«

»Nichts weiter. Mum hat sich rausgeredet, dass sie nur wissen wollte, ob Jamie noch lebt. Schließlich sei er ihr Bruder, und auch wenn sie keinen Kontakt zu ihm haben dürfe, mache sie sich trotzdem Sorgen um ihn. Du weißt, wie Mum reden kann, sie hat das geregelt. Aber seitdem ist es schwierig geworden, an Jamie dranzubleiben, weil Grandma ihr auf die Finger guckt.«

Ich seufzte. »Sobald Finlay sich meldet, rede ich mit ihm. Er hat sicher eine Idee, wie wir Jamie helfen können, ohne dass es jemand merkt.«

»Ja, mach das.« Edina sagte es neutral, fast schon unbeteiligt. Aber bevor ich fragen konnte, wie es ihr momentan ging, rief sie jemandem was zu und sprach dann wieder in den Hörer. »Mum hat sich doch tatsächlich von ihren Glasvasen losreißen können, dass ich das noch erleben darf. Kann ich dich allein lassen?«

»Klar«, beruhigte ich sie. »Mach dir keinen Kopf.«

»Okay. Aber wenn nicht, dann ruf mich an. Oder fahr nach Edinburgh und reiß irgendwas auf.«

Ich lachte. »Das ist genau der Tipp, den meine kleine Schwester mir geben sollte.«

»Ach komm schon, seit ich dich im letzten Winter bei dem Benefiz-Turnier in St. Lucia mit dieser Tennisspielerin erwischt habe, ist mir nichts mehr heilig, Bruderherz. Du kannst froh sein, dass ich nicht schwer traumatisiert vom Anblick deines nackten Hinterns bin.«

»Oh ja, das war sicher schlimm für dich.« Ich musste grinsen. »Vor allem, weil du den nur gesehen hast, weil du selbst auf der Suche nach einem ungestörten Ort warst. Mit dem *Verlobten* einer anderen Spielerin, wenn ich das richtig erinnere.«

»Ich glaube nicht, dass die Beziehung sonderlich ernst war. Sie sollten mir dankbar sein, dass ich sie zerstört habe, bevor sie viel Geld für den Scheidungsanwalt ausgeben mussten.« Edina lachte.

»Du solltest eine Geschäftsidee daraus machen, so oft, wie das vorkommt.« Ich schüttelte den Kopf über die Vorliebe meiner Schwester für vergebene Leistungssportler. Dann erinnerte ich mich daran, dass unsere Mutter auf sie wartete. »Grüß Mum von mir, Edie.« Ich atmete aus. »Und danke, dass du angerufen hast.«

»Jederzeit, Lye. Ich hab dich lieb.« Damit legte sie auf.

Kaum war die Verbindung getrennt, schrieb ich Finlay eine Nachricht, denn das mit meinem Onkel Jamie machte mir Sorgen. Dann stand ich auf, tauschte Pullover und Jeans gegen meine neue Uniform aus Hemd und Anzughose und machte mich bereit für eine weitere Runde *Wer-hasst-Lyall-am-meisten*. Es half schließlich nichts, es aufzuschieben.

Die Stadt war mehr als belebt. Touristen schoben sich gemächlich durch die Sträßchen und die Bewohner machten ihre Besorgungen. Ich merkte, wie ich mit jedem Blick, der mich traf, angespannter wurde, aber ich hielt dennoch beharrlich auf die Tür von Gavinas Geschäft zu.

Wie immer, wenn ich einen Laden betrat, wurde es still, so auch heute. Aber die Blumenhandlung war besonders schlimm, denn schließlich hatte *sie* in dem verhängnisvollen Sommer hier gearbeitet – *Ada*. Das Mädchen, wegen dem mir das kollektive Misstrauensvotum sicher war. Ich straffte die Schultern und bemühte mich um ein freundliches Lächeln.

»Guten Morgen, Gavina.«

»Hallo, Lyall.« Sie zwang sich ebenfalls zu einem Lächeln. Klar, kaum jemand hier wagte es, mich direkt und vor aller Augen abstrafen. Dazu hatte man zu viel Respekt vor dem, was mein Nachname in dieser Stadt bedeutete. Aber trotzdem war Gavinas Blick voller Unbehagen, vielleicht sogar Angst. Wenn ich daran dachte, dass sie mir früher immer Blumen für meine Mum geschenkt hatte … es machte mich traurig und wütend, wie schnell man ein Urteil über mich gefällt hatte, ohne die ganzen Fakten zu kennen.

»Ich bin im Auftrag des *Grand* hier, wegen der Wilson-

Hochzeit in drei Wochen«, sagte ich und hielt die Mappe in meiner Hand hoch.

Gavina winkte rasch ab. »Nicht nötig, ich werde mit Moira einfach später telefonieren.«

Ich unterdrückte ein Seufzen. »Gavina, können wir das bitte einfach durchgehen? Es dauert auch nicht lange.« Wenn ich ohne bestätigten Auftrag zurück ins Hotel kam, hieß es wieder, ich würde mich nicht genug anstrengen. Himmel, wie ich es hasste, von Moiras Wohlwollen abhängig zu sein. Oder die Rolle des in Ungnade gefallenen, nun geläuterten Prinzen zu spielen, der das Volk milde stimmen sollte. Ich war immer stolz darauf gewesen, authentisch zu sein. Aber nun war ich nur noch eine Spielfigur, von deren nächstem Zug alles abhing.

»Hey, Henderson«, sagte jemand hinter mir drohend. »Sie hat gesagt, sie ruft deine Tante an. Hast du das nicht gehört?«

Ich drehte mich um. »Das wird dich wundern, Delaney, aber meine Ohren funktionieren ausgezeichnet.« Natürlich war es Aaron Delaney, Sohn des örtlichen Immobilienmaklers und selbst ernannter Beschützer von Witwen und Waisen. Keiner außer ihm wäre so dumm gewesen, mich in aller Öffentlichkeit anzugehen.

»Warum machst du dann nicht einen Abgang? Niemand will dich hier.«

Oh, du hast keine Ahnung, wie gerne ich das tun würde. Einfach den nächsten Flug buchen und verschwinden, um diese ganze Scheiße hinter mir zu lassen. Aber das konnte ich nicht sagen. Ich durfte nicht unfreundlich sein. Und ehrlich schon gar nicht.

»Musst du nicht zu irgendeiner Wohnungsbesichtigung, Delaney?«, fragte ich gelangweilt. Wieder ging das Getuschel los, leise und zischend, als würde irgendwo im Blumenladen ein Schlangenkorb stehen.

»Nein, gerade nicht. Ich passe lieber auf, dass du dir kein neues Opfer suchst.«

Ich sah ihn spöttisch an, mein Vorsatz, nicht unfreundlich zu werden, wackelte bedenklich. »Oh, ich bin sicher, Gavina ist sicher vor mir.«

»Gavina vielleicht.« Aaron ließ nicht locker. Er verschränkte die Arme und baute sich vor mir auf, was lächerlich wirkte, weil er beinahe einen Kopf kleiner war und definitiv nicht oft zum Sport ging. Nur wusste er, ich würde ihn nicht angreifen. Nicht hier vor allen Leuten. »Aber andere nicht.«

Als wäre es ein einstudiertes Theaterstück und kein Zufall, sah ich in diesem Moment durch das seitliche Schaufenster und entdeckte dort Kenzie auf der gegenüberliegenden Straßenseite. Ich hatte keine Ahnung, was man in meinem Blick lesen konnte, aber als ich wieder zu Aaron schaute, war sein Gesichtsausdruck noch misstrauischer als vorher.

»Glaub mir, ich habe kein Interesse an ihr.« Immerhin war Kenzie diesmal nicht dabei, als ich diese Worte sagte – zum wiederholten Mal, als würden sie wahr, wenn ich sie nur oft genug aufsagte.

»Das will ich dir auch geraten haben«, antwortete Aaron abfällig. »Sie hat schließlich ihre Mutter verloren. Wenn sie etwas nicht brauchen kann, dann jemanden, der ihr auch noch den Rest ihres Lebens versaut.«

Zustimmendes Gemurmel folgte diesen Worten, Wut sammelte sich in mir, aber ich drückte sie mit aller Gewalt weg. Selbst als ich Adas getuschelten Namen hörte, blieb ich stumm, obwohl alles in mir die Leute so gerne angebrüllt hätte, ob sie eigentlich wüssten, was die Wahrheit war. Aber stattdessen holte ich Luft und wandte mich in ruhigem Ton an die Blumenhändlerin. »Gavina, wir sollten jetzt wirklich den Auftrag durchgehen.« Dann konnte ich immerhin verschwinden, bevor die Situation eskalierte.

Gavina widersprach nicht, offenbar spürte sie, dass es die beste Idee war, der Anspannung so schnell wie möglich zu entkommen. Ich trat an den Tresen und reichte ihr die Mappe. Da hörte ich in meinem Rücken, wie Delaney jemandem leise etwas zuflüsterte.

»Wenn du mich fragst, sollte er im Knast sitzen. Oder in der Klapse. Da gehören Typen wie er nämlich hin.«

Ich erstarrte und drehte mich dann langsam zu ihm um, fixierte ihn mit meinem Blick.

»Sag das noch mal«, forderte ich ihn leise auf.

Delaney sah mich an, in seinen Augen flackerte Angst. Trotzdem hob er das Kinn. »Ich sagte, Leute wie du gehören hinter Gitter.«

»Ach ja?« Ich neigte nicht zu körperlicher Gewalt, mir reichten Worte meistens aus. Aber in diesem Moment wollte ich nichts anderes tun, als mich auf ihn zu stürzen und ihm seine dumme Visage zu vermöbeln. Ich hatte längst einen Schritt auf ihn zugemacht, um diesen Plan in die Tat umzusetzen, da ertönte die Türglocke.

»Wow, das ist ja voll hier. Gibt es heute was umsonst?«

Ausgerechnet Kenzies Stimme war es, was die zum Bersten gespannte Atmosphäre zerriss. Sie stand in der Tür, ein unbekümmertes Lächeln auf dem Gesicht – aber in ihren Augen sah ich genau, dass sie nicht zufällig hier reingekommen war.

Es war einige Tage her, dass wir uns gesehen hatten, aber sie hatte nichts von ihrer Wirkung auf mich verloren. Auch jetzt reagierte mein Körper extrem auf sie, so als würde alles um uns herum verschwimmen, sobald sie in meiner Nähe war. Ich wusste nicht, warum, aber das war in diesem Moment auch vollkommen egal. Ich musste hier weg, so schnell wie möglich. Bevor irgendjemand es bemerkte.

Blindlings stürmte ich aus dem Laden um die nächste Ecke und rannte dabei fast Schneider Evan um, der gerade in die

Straße einbog. Eine gemurmelte Entschuldigung, ohne hinzusehen, dann lief ich weiter. Bis mich ein Ruf in meinem Rücken bremste.

»Lyall!«

Ich wollte weiterlaufen, aber die ehrliche Sorge in Kenzies Stimme hielt mich an Ort und Stelle, ohne dass ich daran etwas ändern konnte.

»Alles in Ordnung?«

Ich drehte mich um und sah sie an – und wusste, jedes einzelne Augenpaar dieser Stadt war im Moment auf uns gerichtet. Wenn etwas noch verbotener war, als uns im Hotel zu erwischen, dann war es, mit Kenzie hier gesehen zu werden, wo jeder Passant, Ladenbesitzer und Bewohner nur darauf lauerte, dass genau so was passierte.

»Alles bestens«, sagte ich daher so abweisend wie möglich. »Kümmere dich einfach um deinen eigenen Mist, okay?« Dann drehte ich mich um und verschwand um die nächste Ecke.

Ich begann zu rennen, beschleunigte, sobald ich auf dem Pfad abseits der Einkaufsstraße war, und lief wie der Teufel durch das Waldstück zum Hotel. Viele der Gäste saßen im Park, daher machte ich einen Umweg und ging über die Seitentür hinein. Vier Treppen, dann konnte ich die rettende Zimmertür hinter mir schließen. Wobei rettend relativ war – es würde keine halbe Stunde dauern, bis Moira hier auftauchte, um zu fragen, was zur Hölle passiert war. Also zog ich hastig meine Klamotten aus und Laufsachen an, machte mir nicht die Mühe, meine Sportschuhe zu öffnen, sondern schlüpfte einfach hinein, und war nach zwei Minuten wieder draußen vor der Tür.

Ich war längst warm von der Flucht aus der Stadt, also legte ich an Tempo zu und lief von Kilmore weg in Richtung Wald, wo ein verschlungener Weg den Loch Lair entlangführte. Er war mein Ziel, wenn auch eher auf Umwegen. Denn das war es, womit ich mich am besten auspowern konnte: laufen und schwimmen. Glücklicherweise gab es dafür in Kilmore ideale Bedingungen, denn bis zum Loch waren es nur ein paar Hundert Meter, und die Laufstrecke am Ufer war nie besonders stark frequentiert. Keine Stadtbewohner, keine missbilligenden Musterungen, keine Erinnerungen an Ada, keine Kenzie, nur wilde Natur, mein Körper und mein Geist.

Wenn ich mit dieser Runde fertig war, würde ich so erschöpft sein, dass mir alles egal war – sogar die Standpauke meiner Tante. Wenn ich nur lange genug lief und schwamm, mich so sehr anstrengte, bis ich all meine restliche Kraft dazu brauchte, um aufrecht zu stehen, dann endlich, *endlich* würden die Gedanken Ruhe geben.

11

Kenzie

Es ist Samstag. Und ich habe frei.

Das waren meine ersten Gedanken, als ich aufwachte und an Lokis Dachhimmel sah. Draußen war es sonnig, nach den letzten wechselhaften Tagen hatten sie gutes Wetter gemeldet, und ich musste weder den Großeinkauf erledigen noch für die Uni lernen, jemanden irgendwo hinfahren oder mir um das Abendessen Gedanken machen. Ich hatte einfach nur frei, das erste Mal seit Ewigkeiten. Ich konnte tun, was ich wollte – oder auch gar nichts. Wie himmlisch.

Während ich mir einen Kaffee machte und mich mit etwas zu lesen wieder ins Bett verkrümeln wollte, fiel mein Blick auf mein Skizzenbuch, das ich auf der Arbeitsfläche abgelegt hatte … und ich dachte unweigerlich an Lyall.

Es war mehrere Tage her, seit wir diese Auseinandersetzung gehabt hatten, und seither hatte ich Wut im Bauch und ein schlechtes Gewissen – abwechselnd oder auch gleichzeitig. Manchmal dachte ich, meine Worte wären die angemessene Antwort gewesen für Lyalls arrogantes Verhalten vor Fiona, aber eigentlich wusste ich, dass ich übers Ziel hinausgeschossen war. Das war nicht typisch für mich. Ich war zwar ehrlich und direkt, aber ich versuchte grundsätzlich, niemanden zu verletzen. Und ich hatte gewusst, dass es ihn verletzen würde, wenn ich ihm an den Kopf warf, dass er den Hass von Kilmore verdiente. Genau deswegen hatte ich es ja gesagt.

Eigentlich klärte ich so etwas gerne. Aber wir waren uns seither nicht begegnet – und die Tatsache, dass er nicht weniger ätzend gewesen war als ich, hinderte mich daran, an die Tür seiner Suite zu klopfen. Vielleicht auch der Gedanke, dass ich immer in diese spezielle Gefahr geriet, wenn wir allein waren. Ich war hier, um mich auf mein Praktikum zu konzentrieren. Und Lyall bedeutete Ärger, so oder so. Deswegen hielt ich mich lieber fern, solange es ging.

Meine Lektüre lenkte mich von den Gedanken an ihn ab, aber irgendwann hatte ich keine Lust mehr zu lesen, wenn draußen schönstes Sommerwetter auf mich wartete. Also schnappte ich meinen Duschbeutel und machte mich auf den Weg zu den Waschräumen. Da es an diesem Morgen nicht geregnet hatte, standen die nicht unter Wasser, und mit Drews endlosem Vorrat an Duschmünzen ging meine Morgentoilette fast als Wellnessbehandlung durch. Währenddessen machte ich mir einen Plan, was ich heute tun wollte. Neben *nichts* war da noch die Idee, den im Nachbarort gelegenen *Scone Palace* zu besichtigen – das Krönungsschloss der schottischen Könige und garantiert ein Hort an Inspiration für meine Entwürfe. Dann wollte ich meinen Schwestern in der Stadt noch etwas von dem leckeren Karamellkonfekt kaufen, das Paula mir diese Woche mitgebracht hatte, und endlich ein Care-Paket losschicken, das bereits ein paar Souvenirs, ein *Outlander*-Geschirrtuch und eine Miniatur von Nessi enthielt – Juliet mochte so etwas, obwohl sie es nie zugegeben hätte.

Auf dem Weg zurück zu Loki grüßte ich die Morrisons, denen ich gestern meine Parzelle abgetreten hatte, um ihr beleidigtes Camperherz doch noch für mich zu erwärmen, und zog mich dann an. Endlich konnte ich eine meiner kurzen Shorts aus dem Fach befreien, dazu nahm ich ein locker fallendes Top ohne Ärmel. Wenn es mal über 20 Grad hatte, musste man das ausnutzen.

In der Stadt war einiges los, und im *Kilmore Sweets* stand ich etwas an, bis ich an der Reihe war. Als ich den Laden schließlich verließ – diesmal ohne eine neue Geschichte über meine Mum, denn Ladenbesitzerin Annabeth war erst vor fünf Jahren hergezogen – überlegte ich, noch zum Buchladen zu gehen. Bestimmt hatte das *Books in Love* eine hübsche Schmuckausgabe von *Stolz und Vorurteil*, die ich Eleni schicken konnte.

Auf dem Weg dorthin klingelte mein Handy und ich zog es aus der Tasche. *Willa* stand auf dem Display. Ich schob mir den Henkel der Einkaufstüte über die Schulter und nahm den Anruf an.

»Willy? Ist etwas passiert?«

Meine Schwester stöhnte genervt auf. »Kannst du nicht einmal mit einem ganz simplen *Hallo* drangehen, so wie normale Leute auch? Sei doch nicht so eine verdammte Glucke, Kenz.«

Sie hatte recht. Ich war gerade mal eine Woche weg und hatte trotzdem ständig Angst, dass zu Hause alles den Bach runterging. »Hallo, Willy«, zwang ich mich zu einem zweiten Versuch. »Was gibt es?«

»Geht ganz schnell. Eleni hat heute Dad gefragt, ob sie endlich die Reitstunden nehmen darf, die er ihr schon vor Monaten versprochen hat. Und er meinte, sie soll das mit dir abklären. Ich rufe nur deswegen an, weil sie Angst hat, dass du Nein sagst.«

Jetzt hätte *ich* fast gestöhnt. Ich hatte gehofft, dass Eleni das längst vergessen hatte. Und warum Dad es ihr versprochen hatte, verstand ich bis heute nicht. Er wusste genauso gut wie ich, dass sie einfach keinen guten Gleichgewichtssinn hatte. Bei ihrem letzten Reitversuch vor ein paar Jahren war sie gestürzt und hatte danach einen Huf abgekriegt. »Die Angst hat sie zu recht, denn ich sage Nein. Sie soll sich irgendeinen anderen Sport aussuchen. Vorzugsweise einen, bei dem keine Fluchttiere beteiligt sind.«

»Okay, richte ich aus. Stell dich aber auf ein paar bettelnde Textnachrichten ein. Ihre Freundin Clara reitet nämlich neuerdings auf einem Hof in Downley und will sie mitnehmen.«

»Leni wird es überleben. Eigentlich stehen die Chancen dafür sogar besser, wenn sie sich *nicht* auf ein Pferd setzt.«

»Ich sag's ihr«, seufzte Willa. »Miles war übrigens neulich hier, als er seinen Bruder vorbeigebracht hat. Er wollte wissen, wie es dir geht und was du so machst.«

»Oh, klasse.« Das machte er nur, weil er wusste, dass ich nicht da war. Sonst hätte er sich das niemals getraut. »Wenn er mal wieder da ist, kannst du ihm ausrichten, er soll in der Hölle schmoren. Nackt.«

»Langsam muss ich mir Notizen machen«, sagte Willa sarkastisch.

Ich wollte ihr gerade eine passende Antwort geben, als mein Blick auf den Blumenladen von Gavina fiel, der auf der anderen Straßenseite lag. Hinter der Scheibe entdeckte ich Lyall. Sofort ging mein Puls nach oben.

»Kenz? Bist du noch dran?« Willas Stimme klang blechern aus dem Telefon in meiner Hand. Ich hatte gar nicht bemerkt, dass ich es vom Ohr genommen hatte.

»Ja, klar«, murmelte ich, während mein Gefühl mir sagte, dass da irgendetwas nicht stimmte. Bei Gavina war es selten so voll – und Lyall nicht gerade der Liebling der Stadt. Was machte er dort?

»Starrst du gerade einen gut aussehenden Schotten im Kilt an oder hast du ein Einhorn gesehen?«, zog mich meine Schwester auf.

»Er trägt keinen Kilt«, sagte ich automatisch und wusste sofort, ich hatte einen Fehler gemacht.

»Ohh, du hast also keine Zeit vergeudet, finde ich gut«, sagte Willa begeistert. »Du solltest echt ausnutzen, dass dir gerade keiner von uns auf die Nerven geht.«

Ich grinste. »Ihr geht mir nicht auf die Nerven, Willy.«

»Ach komm, wir wissen beide, dass du lügst. Schließlich mache ich gerade deinen Job und die beiden Quälgeister nerven mich ganz furchtbar.« Willa lachte. »Erzähl mir was von dem ominösen Fremden. Ist er heiß? Hast du ihn schon im Kilt gesehen? Und wenn er jetzt gerade keinen trägt, bedeutet das, er ist nackt?«

»Ja, nein und nein«, antwortete ich und behielt den Blumenladen im Blick. Lyall redete mit einem anderen Typen, der ebenso wenig freundlich dreinschaute wie er. »Und da läuft rein gar nichts, denn er ist zwar heiß, aber auch ein arroganter Idiot.« Von dieser unglaublichen Anziehung zwischen uns wollte ich Willa lieber nichts erzählen. Eigentlich redeten wir immer über Jungs, aber es war besser, wenn ich nicht weiter daran dachte, was Lyall Henderson in mir auslöste – in jeder Hinsicht.

»Kenzie, so fangen die besten Liebesgeschichten an, das ist dir klar, oder?«

»So fangen nur total dämliche Liebesgeschichten an«, murrte ich. »Und meine garantiert nicht.«

»Schade. Sonst hättest du endlich rausfinden können, ob die Schotten was drunter tragen.«

»Das weißt du längst, weil Mum es uns erzählt hat.« Das war eine sehr denkwürdige Episode in unser aller Leben gewesen, als Willa mit elf Jahren am Esstisch erklärt hatte, sie hätte da eine wichtige Frage.

»Ja, ich dachte nur, du könntest das mal verifizieren«, antwortete meine Schwester unschuldig. »Vielleicht bei diesem arroganten Idioten.« Sie betonte die Beleidigung, als wäre sie etwas Unanständiges. *Wenn du wüsstest.*

»Sobald ich irgendeinen Mann im Kilt treffe, werde ich ihn lüften und dir dann Bescheid sagen.« Ich grinste, aber nur, bis ich mich wieder zu Gavinas Laden drehte, den ich aus den Augen gelassen hatte. Hinter den großen Scheiben konnte ich deutlich erkennen, wie Lyall mit wütendem Ausdruck auf den kleineren Typen zuschritt. *Oh, verdammt.* »Ich rufe wieder an«, beendete ich das Gespräch und lief dann eilig zur Tür von Gavinas Geschäft.

»Wow, das ist ja voll hier«, sagte ich, als ich drin war, und lächelte, als hätte ich keine Ahnung, was vor sich ging. »Gibt es heute was umsonst?«

Lyall fuhr in seiner Bewegung herum und sah mich an, in seinem Blick so viele verschiedene Regungen, dass ich keine Ahnung hatte, was gerade tatsächlich in ihm vorging. Aber bevor ich noch etwas sagen konnte, war er längst aus dem Laden gestürmt. Ich folgte meinem ersten Impuls und lief hinterher.

»Lyall!«, stoppte ich ihn, als er schon an der Schneiderei vorbei war. »Alles in Ordnung?«

Er blieb stehen, aber es war, als würde er es nicht freiwillig tun. Dann drehte er sich zu mir um. »Alles bestens«, sagte er unfreundlich. »Kümmere dich einfach um deinen eigenen Mist, okay?« Damit ließ er mich stehen und verschwand um die nächste Ecke.

»Alles klar«, murmelte ich leise und sah ihm nach, maximal verwirrt. Eigentlich hätte ich diesen kurzen Wortwechsel als eindeutigen Hinweis verstehen müssen, keinen Gedanken mehr an ihn zu verschwenden. Aber selbst, wenn das möglich gewesen wäre … sein Gesichtsausdruck hätte es verhindert. Lyall hatte gehetzt ausgesehen, fast so, als habe er einen Geist gesehen. Es war beunruhigend gewesen, ihn, der nie etwas anderes als souverän auf mich gewirkt hatte, in einem solchen Zustand zu erleben. Und ich hätte unseren Streit für den Moment vergessen, um ihm zu helfen – wenn er mich gelassen hätte. Aber er war noch schneller verschwunden als vor ein paar Tagen, als ich ihm vor den Latz geknallt hatte, er würde den Hass dieser Stadt verdienen.

Meine Einkaufstüten waren noch im Blumenladen, also ging ich dorthin zurück und platzte mitten in eine heftige Diskussion, die jedoch sofort verstummte, sobald man mich bemerkte.

»Was war denn los?«, fragte ich beiläufig. »Hat Henderson irgendwas angestellt?«

Hinter mir schnaubte jemand und ich drehte mich um. Es war der junge Mann, auf den Lyall beinahe losgegangen war. »Ich habe ihm die Meinung gesagt«, sagte er im Brustton der Überzeugung. »Sonst traut sich das hier ja niemand.«

»Aaron.« Gavinas Art, seinen Namen auszusprechen, klang nach einer Warnung.

»Ach, hör doch auf!«, rief Aaron verärgert. »Ihr kuscht alle vor denen, obwohl ihr das Gleiche denkt wie ich: Lyall hat hier nichts verloren. Wir müssten dafür sorgen, dass er verschwindet und ihm nicht auch noch den roten Teppich ausrollen!« Er zeigte auf mich. »Sollte jemand wie sie nicht gewarnt werden, was für ein Monster er ist?«

Monster? Lyall? Ich war verwundert. Er war sicher kein Freund von Diplomatie und bisweilen unerträglich arrogant, aber der Begriff *Monster* wäre mir nicht eingefallen.

»Was meinst du damit?«, fragte ich.

»Gar nichts«, schaltete sich Gavina ein und sah Aaron streng an. »Du weißt, was die Hendersons davon halten, wenn Gerüchte in Umlauf gebracht werden.«

Aaron verdrehte die Augen. »Ja, weil wir deren Leibeigene sind oder was? Nur weil die verdammte Uroma ihr Familienschloss zum Hotel umgebaut hat und dabei alle Stadtbewohner mitgeholfen haben, sind sie doch nicht unsere Lehnsherren.« Er schaute zu mir. »Lass dich von seinem Aussehen nicht täuschen, Kenzie. Lyall Henderson ist eine echte Gefahr für Mädchen wie dich. Wenn du klug bist, hältst du dich von ihm fern«

Wäre die Situation nicht so ernst gewesen, hätte ich mit einem scherzhaften »Ja, Dad« geantwortet, aber so blieb ich stumm zurück, während Aaron den Laden verließ und die Tür hinter sich geräuschvoll zuschlug.

»Wow«, sagte ich schließlich und sah zu, wie sich alle anderen Kunden auch verdrückten, bis Gavina und ich die Einzigen im Laden waren. Geschäftig begann sie, ihren Tresen abzuwischen.

»Gavina?«, fragte ich. »Was sind das eigentlich für Gerüchte? Du weißt schon, die über Lyall?« Sie hatte mich in der letzten Woche auf meine Mum angesprochen, also hoffte ich darauf, dass sie mir ein paar Infos gab – jetzt, wo wir unter uns waren.

»Das war eine schlimme Geschichte, es ist jedoch nichts, was dich kümmern muss, Schätzchen.« Sie legte ihre schwielige Hand auf meine und lächelte freundlich. Ich fragte mich, was Lyall verbrochen hatte, dass er sich als *Monster* betiteln lassen musste. Aber wenn mir niemand etwas sagte, würde ich das wohl nie erfahren.

»Es geht um dieses Mädchen, oder?«, schoss ich ins Blaue.

Gavina sah mich überrascht an. »Du hast davon gehört?«

»Nicht viel.« Ich zuckte mit den Schultern.

»Das ist auch besser so.«

»Komm schon, sag es mir. Es bleibt doch unter uns.« Bittend schaute ich sie an.

Gavina blieb eisern. »Es geht nicht, Schätzchen, tut mir leid. Wir sind hier alle abhängig von den Hendersons, und sie wollen nicht, dass im Ort darüber getratscht wird.« Sie tätschelte mir die Hand. »Wir werden schon dafür sorgen, dass

Lyall Henderson dir nicht zu nahekommt, versprochen. Vergiss ihn einfach.«

Ein Kunde kam herein, um nach Rosen zu fragen, und ich wusste, von Gavina würde ich keine Informationen bekommen, daher verabschiedete ich mich. In Gedanken versunken verließ ich das Geschäft und lief zurück zum Campingplatz. Den gesamten Weg über dachte ich darüber nach, was es wohl sein könnte, das Lyall getan hatte. Und ob ich dem nachgehen sollte. Vielleicht wusste der Hausmeister etwas oder ich bekam aus Drew was heraus. Aber sollte ich das wirklich tun? Wollte ich die Wahrheit kennen? Vielleicht war es das Klügste, das Ganze ruhen zu lassen. Lyall aus dem Weg zu gehen, ihn zu ignorieren. Das große Geheimnis zu vergessen, das um ihn gemacht wurde. Es wäre wahrscheinlich die beste Idee.

Wenn da nur nicht dieses Gefühl gewesen wäre.

Das Gefühl, dass ich ihn nicht vergessen wollte.

Zwei Stunden später nahte endlich Ablenkung von meinen Gedanken – Paula hatte einen spontanen Termin vereinbart und schrieb mir eine Nachricht, ob ich mitkommen mochte. Also fand ich mich bald nach dem Besuch bei Gavina in einem der Ferienhäuser direkt am Loch Lair ein.

»Die Aussicht ist unglaublich«, sagte ich, als ich an dem Fenster stand, das zum Wasser hinausführte. Der See glitzerte unterhalb der Terrasse in einem filmreifen Dunkelblau, das zum Grün der Bäume am anderen Ufer passte, als hätte man es so arrangiert. »Warum wurde es verkauft?«

Paula trat neben mich, ihr Telefon in der Hand. »Der Eigentümer ist verstorben.«

»Oh nein, wirklich? War es jemand aus der Stadt?«

»Nein, ein Geschäftsmann von außerhalb, er hatte es als Wochenendhaus. Die wenigsten dieser Häuser gehören einem von uns. Wieso auch? Der Loch ist ja direkt in der Nähe.«

Ich sah mich um. Die Möbel hatte man längst ausgeräumt, genau wie alles andere, sodass man gut sehen konnte, wie der Zustand des Hauses war: nicht allzu gut. Der Putz an den Wänden war alt und der Boden ziemlich verkratzt. Auch das Bad musste gemacht werden – die Handwerker würden hier eine Menge zu tun haben. Ich seufzte in mich hinein. Was hätte ich darum gegeben, es selbst renovieren zu dürfen? Ein Haus wie das hier war nach meinem eigenen Camper der nächste große Traum auf der Liste.

»Ah, da sind ja die Käufer.« Paula lächelte und öffnete die Terrassentür, denn kein Mensch betrat diese Häuser durch den Vordereingang. Wir schüttelten die Hände des Pärchens in mittlerem Alter, das sich dieses Schmuckstück direkt am Loch Lair gekauft hatte und es nun renovieren lassen wollte, am liebsten im Landhausstil.

Während Paula mit den beiden über ihre Vorstellungen und die Aufteilung im Wohnbereich sprach, wurde mein Blick nach draußen gezogen – zum Ufer des Loch. Dort kam nämlich in diesem Moment ein Schwimmer aus dem Wasser und ließ sich auf den Streifen Gras davor fallen.

Ich sah, wie er sich auf den Rücken drehte, einen Arm über dem Gesicht. Erst, als er ihn wegnahm, erkannte ich, dass es Lyall war. Also schaute ich genauer hin.

Sein nackter Oberkörper wäre in jedem Fall einen Blick wert gewesen, denn es war völlig klar, dass er regelmäßig Sport machte. Aber als ich mich von seinen Bauchmuskeln losreißen konnte, fiel mir etwas anderes auf – sein Brustkorb bewegte sich pumpend und viel zu schnell, so als hätte Lyall sich vollkommen verausgabt. Kein Wunder, das Wasser im Loch war trotz des Sommerwetters kalt und er schien nur in Shorts schwimmen gewesen zu sein. Etwa wegen der Sache im Blumenladen?

»Kenzie? Hast du überhaupt zugehört?«

Ich drehte mich um. Paula warf mir einen fragenden Blick zu.

»Ich … nein, entschuldige.« Ich war mir sicher, dass jemand nach Lyall sehen sollte, aber ich konnte Paula nicht darum bitten und es in ihrer Gegenwart auch nicht selbst tun. Schließlich schienen alle in der Stadt sehr genau darauf zu achten, dass ich ihm nicht zu nahekam.

»Was ist denn da?« Sie trat neben mich, und ich sah, dass sie die falschen Schlüsse zog. Pikiert verzog sich ihr Gesicht. »Ah, verstehe.«

Nein, sie verstand nicht. Ich hatte nicht einen halb nackten Typen angestarrt, der da gemütlich am Ufer in der Sonne lag. »Ich mache mir Sorgen«, sagte ich, »er sieht aus, als ob –«

»Mit ihm ist alles in Ordnung«, unterbrach mich Paula. »Siehst du?« Sie zeigte nach draußen, und ich erkannte, dass Lyall sich aufrappelte und ein klatschnasses Shirt über seine Schulter warf, bevor er sich auf den Weg in Richtung Hotel machte. Etwas an diesem Anblick zog an meinem Herzen, genau wie heute Vormittag auf der Straße. *Schon mal daran gedacht, dass er dein Mitgefühl nicht verdient? Und dass er dich bei nächster Gelegenheit wieder so abblitzen lassen würde wie bei den letzten Malen?*, fragte eine boshafte Stimme in meinem Kopf. *Ja sicher*, antwortete ich ihr. Aber langsam beschlich mich das Gefühl, dass hinter seinem Verhalten etwas anderes steckte als nur Überheblichkeit oder der Plan, mich für eine schnelle Nummer in sein Bett zu kriegen. Diese zwei Seiten, da passte etwas nicht zusammen. Und ich wollte wissen, warum.

Das Gefühl blieb und meldete sich auch noch hartnäckig, als ich längst wieder auf dem Campingplatz war. Ich nahm meinen Laptop, warf Google an und gab »Henderson Familie« ein. Sofort tauchten unzählige Ergebnisse auf, die meisten drehten sich um die Hotels. Fast an jedem angesagten Ort der Welt gab es ein Haus der *Henderson Group*, ausschließlich

Luxushotels mit höchsten Standards – entweder als Stadthotel oder Ferienresort. Begonnen hatte das Imperium tatsächlich in Kilmore, als die Urgroßmutter von Lyall das Familienschloss zu Beginn des 20. Jahrhunderts in ein Hotel umgewandelt hatte. Ihre Töchter Agatha und Honoria hatten dann nach dem Zweiten Weltkrieg stark expandiert – und Agathas Töchter Moira und Theodora sowie die Schwiegertochter Patricia leiteten die milliardenschwere Gruppe jetzt, während Agatha weiterhin die inoffizielle Herrschaft darüber hatte. Auch Honoria hatte Kinder, zwei Söhne, die offensichtlich nichts zu sagen hatten, dafür aber ihre Frauen, die hohe Posten im Marketing bekleideten. Das Hotelimperium war fest in weiblicher Hand. Mehrere Artikel schrieben über diese ungewöhnliche Art von Führung, bei der es wichtiger zu sein schien, wen die männlichen Nachkommen heirateten – als das, was sie selbst zustande brachten. *Was für eine fürchterliche Vorstellung.*

Ich klickte mich weiter zur Bildersuche und fand schließlich eine Aufnahme der gesamten Familie. Agatha saß wie die Queen in der Mitte des Bildes auf einem gepolsterten Stuhl, aufrecht und streng, mit eisernem Blick und grauer Hochsteckfrisur. Rechts und links daneben reihte sich der Rest der Familie auf. Moira erkannte ich sofort, zusammen mit Fiona und einer jüngeren Ausgabe von ihr, die ihre Schwester sein musste. Die platinblonde Patricia saß neben Agatha und sah fast so streng aus wie sie. Neben ihr stand ein groß gewachsener rotblonder Mann mit einem freundlichen Gesicht, der seine Hände auf die Schultern zweier junger Männer gelegt hatte – einer rothaarig und ihm wie aus dem Gesicht geschnitten, der andere mit blonden Haaren und charmantem Lächeln. Der Mann musste Eric sein, der Sohn von Agatha und Vater von Logan und Finlay, wie ich der Bildunterschrift entnahm.

Mein Blick wanderte auf die andere Seite, wo Theodora Henderson in einem weich fließenden blauen Seidentop aus der Masse an Hemden und Blusen herausstach. Auch neben ihr standen ihre Kinder – Lyall, der sie um einen halben Kopf überragte und dessen dunkle Augen mich sogar von diesem Foto aus zu mustern schienen. Und ein Mädchen, das vielleicht zwei oder drei Jahre jünger war als er. Lange, dunkelbraune Haare im gleichen Farbton wie die ihres Bruders fielen ihr filmreif über die Schultern, sie hatte das Kinn genau so weit gehoben, dass es selbstbewusst, aber nicht arrogant wirkte. Um ihren Mund spielte jedoch ein kaum wahrnehmbares Lächeln, das mir verriet, wie sie über diesen ganzen Zirkus dachte. Was hatte Tamhas gesagt – Drew hätte Edina Henderson zwei Sommer lang hinterhergehechelt? Ich verstand, wieso.

Aber es schien keinen Mann neben Theodora zu geben, keinen Vater ihrer Kinder. Ich hatte mich für ihr Privatleben nie interessiert – bis jetzt. Also öffnete ich ein neues Fenster und gab »Theodora Henderson Ehemann« ein. Viele Treffer erschienen, vor allem auf Gossip-Websites und Blogs über die Superreichen. ALLES AUS ZWISCHEN HOTELERBIN UND SCHWIMMLEGENDE titelte die britische *Sun*, SCHEIDUNG BEI DEN HENDERSONS – WAS BEKOMMT ER LAUT EHEVERTRAG? schrieb eine US-amerikanische Seite. Ich rief den fast fünf Jahre alten Artikel auf und wusste sofort, warum Lyall und Edina die einzigen mit dunklen Haaren auf dem Familienfoto waren: Ross Henderson war nicht nur der Inbegriff eines attraktiven Mannes seines Alters, er hatte seine tiefbraunen Haare auch an seine Kinder vererbt – an Lyall sogar seine Augen, denn die von Edina schienen hell zu sein.

Ich begann zu lesen.

> WAS ALS GROSSE LIEBE NACH DEN OLYMPISCHEN SPIELEN BEGANN, ENDET NUN VOR GERICHT: THEODORA UND ROSS HENDERSON HABEN DIE SCHEIDUNG EINGEREICHT.

Um die Zahlung von Unterhalt und das Sorgerecht kümmern sich jetzt die Anwälte. Ross Boyd, der 1996 Silber über 200 Meter Freistil in Atlanta holte, musste bei der Hochzeit nicht nur den Namen seiner Frau annehmen, sondern auch einen umfassenden Ehevertrag mit Verschwiegenheitsvereinbarung unterschreiben – und dürfte sich dafür einige Zugeständnisse gesichert haben. Für die Kinder der beiden, Lyall (16) und Edina (13), wird sich jedoch nicht viel ändern – sie gehen ohnehin auf Internate im Vereinigten Königreich.

Leise schnaubte ich. Was dachten diese Idioten denn? Dass es Kinder nicht kümmerte, wenn ihre Eltern sich trennten – nur weil sie nicht dauerhaft bei ihnen lebten? Das war doch bescheuert. Aber bevor ich noch mehr Klatsch las, wollte ich dringender etwas anderes wissen.

»Lyall Henderson Kilmore Skandal« gab ich als Nächstes ein. Es gab viele Treffer, aber die meisten drehten sich um irgendwelche Gerüchte über andere Angehörige der Henderson-Familie. Ich fand einen Drogenskandal um Jamie Henderson, den jüngsten Bruder von Moira und Theodora, aber kein Wort über Lyall, der lediglich irgendwo am Rand erwähnt wurde. Ich suchte mich durch zwei Seiten an Ergebnissen, wurde allerdings trotzdem nicht fündig. Ja, er war offenbar öfter mal mit seinem Cousin Finlay um die Häuser gezogen und hatte in dem einen oder anderen Club Station gemacht, es gab jedoch nichts über ihn, Kilmore und das, was Tamhas erwähnt hatte. Also konnte es wohl nicht so schlimm sein, oder? Wenn es etwas Ernstes gewesen wäre, dann hätten es diese Gerüchte doch bis ins Netz geschafft.

Ich fuhr damit fort, die Treffer zu durchforsten, und eine Stunde später, nachdem ich viel mehr über die Hendersons, aber immer noch nichts von dieser ominösen Sache erfahren hatte, lehnte ich mich zurück – kein bisschen schlauer und dennoch irgendwie erleichtert. Offenbar bauschten die Bewohner von Kilmore hier etwas auf, das gar nicht so dramatisch war, und Lyall war nicht das, was sie über ihn sagten.

Und was bedeutet das für dich?, fragte die kleine Stimme in meinem Kopf.

Ich gab ihr keine Antwort.

12

Lyall

Es war, wie ich erwartet hatte – kaum war ich bis auf den Grund meines Seins erschöpft, hörten die Gedanken auf, die Sorgen, auch die Vorwürfe. Im kalten Wasser des Loch Lair war nichts außer mir, nichts außer meinem Körper. Weder der ganze Ballast, den ich über die Jahre angesammelt hatte, noch die Schuld oder all die Erinnerungen, die mich, seit ich zurück war, jede Nacht aufweckten. Da war keine Zukunft, keine Vergangenheit, keine Fehler. Nur ich.

Also machte ich es zur Morgenroutine, meine Runde zu drehen – nicht die vom Samstag, als ich vor Erschöpfung kaum heil zurück ins Hotel gekommen war, sondern eine etwas kürzere, die mir genug Kraft aus den Knochen zog, um mich auf Kurs zu halten. Natürlich war die Episode in Gavinas Laden bis zu Moira vorgedrungen. Aber nach ihrer Standpauke hatte sie eingesehen, dass diese Botengänge nicht ihren Zweck erfüllten. Nun wollte sie warten, bis sie mit Grandma und dem Rat gesprochen hatte, um eine neue Strategie zu entwickeln. Und ich hatte so lange meine Ruhe.

Zumindest fast. Denn die Meetings wegen des Neubaus fanden trotzdem statt und nachdem ich mit dem Bauleiter, dem Denkmalbeauftragten der Stadt und diversen anderen Leuten gesprochen hatte, stand am Dienstag wieder ein Treffen mit Paula an – und daher auch mit Kenzie. Sie hatte ihre Entwürfe dabei und erntete dafür einiges an Lob.

»Das ist wirklich beeindruckend«, sagte Moira. »Ich hätte nicht gedacht, dass man mit wenigen Umstrukturierungen so ein Ergebnis erreichen könnte. Kompliment, Kenzie.«

»Ich war das nicht allein.« Sie sah zu mir herüber. »Lyall hat mir echt hilfreiche Tipps gegeben, was die Gestaltung angeht. Und die Änderungen am Grundriss, die Sie hier sehen, waren allein seine Idee.«

Jetzt schauten mich Moira und Paula so prüfend an, dass meine Verwunderung über Kenzies Worte sofort verpuffte. »Ihr habt gemeinsam daran gearbeitet?«, fragte meine Tante.

»Wir haben uns nur kurz getroffen und ich habe meinen Senf dazugegeben«, spielte ich das Ganze herunter. Wenn Fiona ihrer Mutter nicht gesagt hatte, dass Kenzie bei mir in der Suite gewesen war, würde ich es ihr sicher nicht auf die Nase binden. Schon deswegen nicht, weil Kenzie nach unserem Streit und meiner Abfuhr am Samstag trotzdem noch so anständig war, keine fremden Lorbeeren einheimsen zu wollen.

Moira schien mit dieser Antwort zufrieden zu sein. »Wir werden das auf jeden Fall intern besprechen, auch was die Grundrissänderungen angeht. Die Raumteiler gefallen mir außerordentlich gut.«

»Ich kann Ihnen ein Muster bauen, wenn Sie möchten.« Kenzie saß plötzlich sehr aufrecht in ihrem Stuhl. Ich merkte, wie mein Mund sich zu einem Lächeln formen wollte. Da mich Paula jedoch im Blick hatte, verzog ich keine Miene.

»Bauen? Du selbst?« Nun war Moira ernsthaft überrascht. Und auch zu mir drang die Bedeutung der Worte erst jetzt durch. Ich hatte schon bei der Baustellenbegehung bemerkt, wie wohl sich Kenzie dort gefühlt hatte. Aber ich war nicht davon ausgegangen, dass sie tatsächlich handwerklich begabt war. *Wenn Mum dich je kennenlernt, wird sie dich sofort adoptieren wollen.*

Kenzie nickte selbstbewusst. »Das wäre kein Problem, wenn ich das Material irgendwo bekommen kann. Ich habe so etwas schon häufig gemacht.«

»Unser Hausmeister, Mister Adair, könnte dir sicher helfen. Ihr kennt euch doch bereits, oder?«

»Er hat mir den Dachboden gezeigt und die Aufnahmen von früher gegeben, die ich zur Inspiration benutzt habe.«

»Dann sage ich ihm, dass du wegen des Materials auf ihn zukommst.« Moira lächelte, Kenzie erwiderte es, und diesmal konnte ich nicht verhindern, es ebenfalls zu tun.

Als wir nach einer Stunde fertig waren, gingen Paula und Moira hinaus und Kenzie und ich blieben allein. Ich wusste, dass ich mich am besten auch direkt verabschiedet hätte, aber stattdessen sprach ich sie an.

»Das war anständig von dir«, sagte ich. »Das mit den Grundrissänderungen, meine ich.«

Sie hob die Schultern. »Fremde Federn stehen mir nicht.«

Ich holte Luft, um noch mehr zu sagen, denn ich wollte nicht, dass dieses Gespräch schon endete. Vor allem, wenn sie so vor mir stand und ich an nichts anderes denken konnte als diesen Moment in meiner Suite, als ich sie unbedingt hatte küssen wollen. Aber da tauchte Moira wieder auf und maß mich mit einem strengen Blick.

»Lyall? Kommst du? Die Denkmalkommission wartet auf uns.«

Ich stieß die Luft lautlos aus. »Klar.« Nur sehr kurz zuckte mein Mund zu einem Lächeln, dann ließ ich Kenzie allein.

»Ich hoffe, du weißt, dass die Leute in der Stadt ein sehr genaues Auge auf Kenzie haben«, sagte Moira, als wir zum Speisesaal des *Grand* gingen. »Es wäre besser, wenn du außerhalb der Meetings nicht mit ihr sprichst.«

Ich presste die Lippen aufeinander. »Ist das ein offizieller Befehl oder nur ein Ratschlag von dir?«

»Es ist beides.« Sie blieb stehen und seufzte. »Lyall, es wirkt vielleicht anders, aber ich bin nicht gegen dich. Ich will, dass es hier für dich funktioniert.«

Doch, du bist gegen mich, dachte ich. *Du bist gegen mich, ohne es zu merken. Und das ist das Schlimmste daran.*

Aber ich nickte nur ergeben. »Ich verspreche, ich halte mich von Kenzie fern«, sagte ich, so glaubhaft ich konnte. Nicht nur, um Moira zu überzeugen.

Sondern auch mich selbst.

Es war höllisch früh, als ich ein paar Tage danach im Morgengrauen auf meine Tour ging und eine Stunde später aus dem See kam. Kalt war es zudem – der Nachteil am *Aquathlon* war, dass man nass laufen musste, in meinem Fall wenigstens bis zum Hotel. In Chicago hatte ich einen Neoprenanzug dafür, aber ich hatte ihn nicht mitgenommen und wollte mir auch keinen neuen besorgen. Der Anzug hielt nur die Kälte ab, die mir sehr gelegen kam, denn sie machte meinen Kopf klar.

Vor mir tauchte der Campingplatz auf, und ich bog ab, um an der vordersten Reihe der Parzellen entlangzulaufen. Jeden Tag war ich ein bisschen näher an dem mitternachtsblauen Campervan vorbeigejoggt, der fast direkt am Ufer stand. So als wüsste ich nicht, dass es für mich eine verbotene Zone war. Trotzdem hatte ich Kenzie nie gesehen. Und auch heute würde ich sicher kein Glück haben, schließlich war es gerade mal sieben Uhr.

Ich hielt auf das Ende des Weges zu, als eine Bewegung rechts von mir mich ins Stocken brachte: Es war die Tür zu einem Camper, die sich öffnete. Eine blaue Tür. Ich blieb stehen und sah, wie Kenzie herauskam, in eine dicke Strickjacke gewickelt, die Haare zu einem unordentlichen Knoten gebunden, einen dampfenden Becher in der Hand. Mein Magen machte eine freudige Drehung, aber ich wehrte mich in diesem Moment nicht dagegen. Ich schaute sie einfach nur an und genoss es, dabei ausnahmsweise nicht kritisch beäugt zu werden.

Als Kenzie mich bemerkte, froren ihre Bewegungen kurz ein, dann griff sie sich auf den Kopf, als wolle sie checken, wie sie aussah. Schließlich lächelte sie vorsichtig.

»Hey«, sagte sie.

»Hey«, machte ich.

Sie zögerte.

»Willst du vielleicht auch Kaffee?«, fragte sie dann und hielt ihren Becher hoch. Ihr Blick war unsicher, als wüsste sie nicht, ob ich dieses Friedensangebot verdiente. Oder ob es klug war.

Sag Nein. Sag um Himmels willen Nein, wenn dir deine Zukunft irgendetwas wert ist.

»Ja, gerne.« Ich erwiderte das Lächeln und ging zu ihr auf den Stellplatz, der von ein paar niedrigen Büschen umgeben war.

»Okay, dann komm lieber rein. Es ist kälter hier draußen als gedacht.« Sie stieg die Stufe zu ihrem Camper hinauf, und ich folgte ihr zögernd, nicht ohne vorher einen Blick in die Umgebung zu werfen, ob mich doch jemand sah. Ich hasste es, dass so was nötig war.

Aber kaum hatte ich einen Fuß auf die Schwelle gesetzt, nahm ich ihn wieder herunter. »Sorry, ich bin total nass. Es ist besser, ich bleibe draußen.«

»Sei nicht albern, du holst dir noch den Tod.« Kenzie reichte mir ein großes Handtuch. »Das ist ein Camper, kein schickes Hotelzimmer. Der hält das aus.«

Ich grinste, nahm das Tuch und streifte meine Schuhe von den Füßen, bevor ich ihr ins Innere folgte. Dort sah ich mich um.

Die einzigen Wohnmobile, die ich kannte, waren mit blassen Nicht-Farben ausgestattet gewesen und erinnerten eher an fahrende Altenheime als an Camping. Das von Kenzie war völlig anders. Kräftig grüner Stoff war auf alle Polster gezogen, die Arbeitsfläche war hochwertig furniert und die Fronten weiß lackiert. Das Innere des Wagens war zudem größer als gedacht – obwohl ich fast 1,90 war, konnte ich aufrecht stehen. Es gab ein kleines Bad, eine Küche neben der Sitzecke und sogar ein fest eingebautes Bett, auf dem eine ordentlich gefaltete Decke und zwei Kopfkissen lagen. Ich war beeindruckt. Als ich das Auto zum ersten Mal gesehen hatte, war ich überzeugt gewesen, es wäre weder komfortabel noch wohnlich.

»Wow. Irgendwie bin ich immer davon ausgegangen, Camper wären Rentnermobile mit unbequemen Betten und ohne jeglichen Komfort, aber das hier … Ich hätte nicht gedacht, dass ein Campingauto so cool sein kann.«

»Danke«, sagte Kenzie ein bisschen stolz. »Es ist eine Eigenproduktion von uns.«

»*Uns?* Das heißt, du hast es selbst ausgebaut?« Aber offenbar nicht allein. Gab es da etwa einen Freund, so einen Handwerkertypen mit Holzfällerhemd und Werkzeuggürtel, mit dem sie dieses Bett sofort nach Fertigstellung eingeweiht hatte? *Sag mal, hat da vielleicht jemand zu viele Pornos gesehen?*

»Mit den Leuten meines Dads«, sagte sie und machte damit alle Horror-Fantasien zunichte. »Er hat eine Firma für den Ausbau von so was, also habe ich ihm in den Ohren gelegen, noch bevor ich überhaupt einen Führerschein hatte. Und zum siebzehnten Geburtstag stand dann dieses Ding in der Halle.« Kenzie strahlte. »Natürlich nicht so, wie er jetzt aussieht. Warte mal kurz.« Sie hantierte mit ihrer French Press und reichte mir dann einen Metallbecher mit *Born-to-be-wild*-Aufdruck. »Hier.«

Als ich ihn entgegennahm, streiften ihre Finger meine und wir hielten beide inne. Ich sah sie an, sie erwiderte den Blick – und da war er wieder, dieser Sog, der uns zueinander zog. Er traf mich mit voller Wucht, scherte sich nicht um das, was zwischen uns stand, um den Streit, meine Worte oder ihre. Er war einfach da und flüsterte mir zu, das alles zu vergessen und ihm nachzugeben.

Ich wusste nicht, wie lange wir einander in die Augen sahen, aber dann senkte Kenzie den Blick und ging etwas auf Abstand. Halb erleichtert, halb enttäuscht trank ich einen Schluck von meinem Kaffee, der stark und aromatisch meinen leeren Magen wärmte. Kenzie tippte währenddessen kurz auf ihrem Handy herum und zeigte mir schließlich das Bild eines unscheinbaren weißen Kastenwagens. Als sie wieder näher kam, stieg mir ihr Geruch in die Nase, aber ich riss mich zusammen – und der Sog blieb unter Kontrolle.

»Das war dieses Auto?« Ich sah überrascht auf. »Du verarschst mich.«

»Niemals. Das war mein Van, ich schwöre es.«

Sie scrollte durch ihre Bilder und ein paar Videos, während sie mir erklärte, was sie wann an dem Camper umgebaut hatte – die Fenster, das Dach und den kompletten Innenausbau. Ich verfolgte den Fortschritt im Zeitraffer, stellte einige Fragen und war echt beeindruckt. Von meiner Mutter wusste ich, wie schwierig es war, Räume so zu gestalten, dass sie funktional *und* einladend waren. Wenn man nur ein paar Quadratmeter hatte, wurde das noch schwieriger.

»Krass, wie du alles auf so wenig Platz untergebracht hast.« Ich sah mich mit ganz neuem Respekt in Kenzies Van um. Jeder Zentimeter war sinnvoll genutzt, ob in der Küche oder woanders.

»Das Problem ist eigentlich eher, dass der ganze Kram auch da untergebracht ist, wo man ihn braucht. Ich hatte zum Beispiel meine Klamotten erst da vorne.« Sie zeigte auf die Klappen über dem kleinen Tisch, zu dem die Vordersitze umgedreht waren. »Das war super, wenn man sich mal schnell umziehen wollte – und allen Leuten draußen eine kostenlose Peepshow geliefert hat.«

»Ich weiß nicht, was daran ein Problem ist«, grinste ich.

»Nicht frech werden, Henderson.« Kenzie stieß mich neckend an und schauderte, als sie merkte, dass mein Shirt klatschnass war. »Du brauchst was zum Anziehen«, sagte sie, und ihr Tonfall war plötzlich weich und nah. Ich spürte, wie meine Körpertemperatur ein paar Grad anzusteigen schien – und das hatte nichts mit dem Kaffee zu tun. »Ich müsste noch … irgendwo …« Schon zog sie eine der Stauklappen auf und wühlte darin, bis sie einen Sweater fand, der für sie einige Nummern zu groß war. Entschlossen reichte sie ihn mir. »Hier.«

Ich nahm das graue Kleidungsstück entgegen und hielt es unschlüssig in der Hand. »Von deinem Freund?«, fragte ich subtil.

»Nein«, sagte sie und ihr Mundwinkel zuckte. »Von meinem Ex. Er hat ihn hier vergessen.«

»Dann ist er ein Idiot.« Ich ließ offen, ob ich damit seinen Status als Ex oder das Vergessen seines Pullovers meinte.

»Oh ja, allerdings«, schnaubte Kenzie. »Aber seine Klamotten machen einen nicht ebenfalls zum Idioten, ich habe es getestet. Also zieh ihn ruhig an.«

Ich stellte den Becher weg und zog mein nasses Shirt über den Kopf. Als ich es kurzerhand aus dem geöffneten Fenster nach draußen warf, damit es nicht den Boden volltropfte, musterte Kenzie mich und holte lautlos Luft. Irgendwie genoss ich es zu sehen, dass mein Anblick sie nicht kalt ließ. Das war nur gerecht. »Danke«, sagte ich und zog den Pullover über. »Für den Pulli, meine ich.«

»Kein Problem«, sagte sie, und ihre Stimme war ein bisschen höher als gewöhnlich. »Du bist also Schwimmer?«

Schön, dass wir beide so subtil waren. Ich unterdrückte ein Lächeln.

»Ich schwimme und laufe. Es ist eine Kombination aus beidem, nennt sich *Aquathlon.*« Ich schob die Ärmel hoch, dann nahm ich wieder meinen Becher.

»Scheint eine gute Kombination zu sein«, stellte sie fest und musterte mich eindringlich. »Weißt du, was ich nicht kapiere? Wieso benimmst du dich manchmal wie ein totales Arschloch und bist dann wieder so wie jetzt?« Sie fragte es geradeheraus, und mit einem Schlag war der Sog wieder da, stärker denn je. Kenzie hatte so etwas Zartes, aber auch ungeheuer Starkes an sich – eine Mischung, die mich anzog wie ein Magnet. Ein Mädchen, das mich interessierte, *wirklich* interessierte, war nicht auf der Suche nach einem Typen, der ihr die Welt erklärte, sondern wollte selbst herausfinden, wie sie funktionierte. Kenzie Stayton war so ein Mädchen. Und deswegen war das hier so gefährlich für mich. Denn wenn ich nicht aufpasste, dann geriet mir diese Sache außer Kontrolle.

»Du hast es ja mitbekommen«, antwortete ich dennoch, »die Leute in dieser Stadt haben nicht die beste Meinung von mir.«

»Ja, das habe ich bemerkt. Und deine Strategie dagegen ist, dass du dich benimmst wie ein Arsch?« Sie sah mich zweifelnd an.

»Nein.« Ich schüttelte langsam den Kopf und schaute ihr erneut in die Augen. Dann holte ich tief Luft und beschloss, ehrlich zu sein. »Meine Strategie ist, auf keinen Fall zu zeigen, was du in mir auslöst.«

13

Kenzie

Meine Strategie ist, auf keinen Fall zu zeigen, was du in mir auslöst.

Etwas in mir machte einen Satz, als er das sagte und mich dabei auf diese Lyall-Art ansah, die keinen Zweifel daran ließ, wie er es meinte. Ich merkte, dass mein Magen anfing zu flirren, und die Spannung, die bereits mit ihm in den Camper gestiegen war, schraubte sich im Sekundentakt nach oben. Ich dachte daran, wie er ohne Shirt vor mir gestanden hatte mit diesem verflucht perfekten Körper, und plötzlich war es viel zu heiß in meinem Wagen. Aber trotzdem verringerte ich den Abstand zwischen uns, bis ich direkt vor Lyall stand.

»Und, wie läuft das so für dich?«, fragte ich leise und schaute ihm in seine unendlich dunklen Augen.

»Beschissen«, antwortete er ehrlich.

Unsere Blicke verflochten sich miteinander, und plötzlich war völlig klar, dass wir das Gleiche wollten, ohne auf irgendeine Stimme der Vernunft zu hören. Lyall beugte sich zu mir herunter, ich kam ihm entgegen, und in der nächsten Sekunde trafen seine Lippen auf meine. Als wäre es unausweichlich gewesen, als hätte er nicht mehr widerstehen können. Dabei war ich es, die keinen weiteren Moment mehr hätte warten können, um genau das hier zu tun.

Lyall musste meinen Mund nicht um Einlass bitten, denn ich öffnete ihn ohne Gegenwehr. Da war kein Moment von Zurückhaltung, von Zaudern oder Zögern. Ich legte meine Arme um seinen Hals, er schlang einen um meinen Körper, umfasste mit der anderen Hand meinen Nacken. Ich spürte seine feuchten Haare auf meiner Haut, als er mich erneut küsste, und wieder, und wieder. Unsere Zungen verschlangen sich ineinander, und mir entfuhr ein Laut, den ich von mir noch nie gehört hatte. Er brachte Lyall dazu, mich so eng an sich zu ziehen, dass ich jeden einzelnen seiner Muskeln spüren konnte. Wirklich jeden.

»Kenzie ...«, raunte er leise, aber ich verschloss seinen Mund erneut mit einem Kuss. Meine Hände glitten aus seinem Nacken, denn ich wollte ihm näher sein, so nah wie nur möglich. Mit den Fingern fand ich den unteren Saum des Pullovers und schob sie darunter. Lyall strich mir die Haare aus dem Gesicht, seine Zunge vertiefte sich erneut in meinen Mund und ich fuhr mit den Händen über harte, angespannte Bauchmuskeln unter kühler, glatter Haut. Lyall stöhnte leise auf und revanchierte sich, indem er mir die Strickjacke über die Schultern herunterzog und seine Finger unter meinem Shirt die Wirbelsäule hinaufschickte.

»Dafür komme ich so was von in die Hölle ...«, murmelte er an meinen Lippen.

»Ich komm mit«, keuchte ich atemlos. Er lachte dunkel, bevor er mich wieder küsste, auf diese gekonnte, ungezähmte Art, die mich jetzt schon hoffen ließ, er würde nie wieder damit aufhören. Im Gegenteil. Bei dem Gedanken, wie das hier weitergehen könnte, sammelte sich glühende Hitze in der Mitte meines Körpers und verteilte sich überall dort, wo er mich berührte.

Lyall hielt inne, dicht vor meinem Gesicht, strich mit dem Daumen über meine Unterlippe. »Sicher, Miss Bennet?«, flüsterte er, und es war wohl das Verführerischste, was ich je gehört hatte.

»Todsicher, Mister Darcy«, lautete meine prompte Antwort. Ich hatte längst aufgegeben, klar zu denken. Das war unmöglich mit Lyalls Mund auf meinem und seiner Haut unter meinen Händen. Ich wollte mehr davon, viel mehr. Scheißegal, ob es klug war oder nicht.

»Kenzie?« Eine Stimme drang von sehr weit entfernt an mein Ohr. Aber es war nicht Lyalls. *Jetzt nicht*, dachte ich. »Kenzie, bist du wach?«

Es klopfte plötzlich an den Van, laut und blechern. Ich schrak auf wie aus einem Traum, sah Lyalls Gesicht direkt vor mir, seine schwarzen Augen, die nichts, absolut nichts außer dem gleichen Verlangen zeigten, das ich in jeder Faser meines Körpers spürte. Aber dann wurde es getrübt – von Erkenntnis. Der Erkenntnis, dass das hier vorbei war.

Es klopfte wieder, Lyall machte einen Schritt zurück, zog den geliehenen Pullover an seinen Platz und strich sich die Haare zurück. Ich traute meinen Knien nicht, als ich zur Seite trat und versuchte, irgendeinen klaren Gedanken zu fassen. *Was für ein Kuss.* Ein Kuss, der mehr Sex gewesen war als jeder Sex in meinem bisherigen Leben. *Wow.*

»Aufstehen, du Schlafmütze!«, rief es von draußen. Im gleichen Moment schob mir Lyall die Strickjacke eilig wieder über die Schultern und brachte dann so viel Platz zwischen uns, wie es im Inneren von Loki möglich war. Das beruhigte meinen Atem aber nicht. Oder sonst irgendetwas in mir.

»Ich bin schon wach!«, rief ich zurück.

»Super! Ich habe Frühstück dabei.« Die Schiebetür klackte und Drew schob sie einen Spalt auf. Erst sah er mich und winkte mit einer Papiertüte. Dann fiel sein Blick auf Lyall und sein Gesicht wurde hart vor Abneigung. »Was hast *du* denn hier zu suchen?«, fragte er unfreundlich.

»Hör auf damit, Drew«, sagte ich, bevor Lyall antworten konnte. »Das hier ist immer noch mein Camper. Wer sich darin aufhält, entscheide ich.«

»Und es ist *mein* Campingplatz.« Drew sah ihn feindselig an. »Auf dem du ab sofort Hausverbot hast, Henderson.«

Ich schob mich vor Lyall und verschränkte die Arme. »Hat er nicht.«

»Oh doch. Und ich werde es durchsetzen, wenn er nicht verschwindet.«

»Na, das will ich sehen«, meinte Lyall.

»Kannst du.« Drew setzte drohend einen Fuß auf die Schwelle, aber ich ging dazwischen.

»Vergiss es, keine Prügeleien im Van.«

»Dann soll er verschwinden«, knurrte Drew.

»Das wird er n–«, begann ich, aber Lyall unterbrach mich.

»Lass gut sein, Kenzie. Ich bin schon weg.« Er berührte kurz meinen Arm und lächelte mich an, aber nur für den Bruchteil einer Sekunde. So, als würde er das eben bereuen. »Wir sehen uns.« Damit stieg er aus meinem Wagen, stieß Drew mit der Schulter zur Seite und war im nächsten Moment außer Sicht.

Wir sehen uns. Nach diesem Kuss war ein *Wir sehen uns* alles, was ich bekam? Vielleicht sogar für alle Zeiten, wenn ich Lyalls Blick richtig gedeutet hatte. Langsam zog sich die Hitze in meinem Körper zurück und machte Platz für kalte Wut. Ich sah Drew an, der nach wie vor mit seiner Brötchentüte in der Tür stand.

»Spinnst du eigentlich?«, fuhr ich ihn an. »*Hausverbot?* Was haben sie dir denn heute Morgen in den Kaffee geschüttet?« Paulas Sohn war einer der friedfertigsten Menschen, die ich kannte. Nur wenn er auf Lyall Henderson traf, war er plötzlich wie ausgewechselt.

Drew funkelte mich an. »Du solltest mir dankbar sein, statt mich anzumaulen.«

»Dankbar? Was haben wir, 1840?« Ich schnaubte. »Falls es an dir vorbeigegangen ist, eine exklusive Info für dich: Man muss Frauen heute nicht mehr retten. Und mich schon gar nicht!«

»Wieso bist du so sauer? Hast du etwa mit ihm was am Laufen?« Er schaute mich aufmerksam an. »Oh Gott, hast du wirklich! Ich weiß, wie man aussieht, wenn man was mit Lyall Henderson hat – und du siehst genau so aus.«

»Ich habe nichts mit ihm!«, wehrte ich ab und fragte mich, ob man mir wirklich ansah, dass ich Lyall gerade geküsst hatte, als wäre es mein letzter Tag auf Erden. Und dass es vielleicht nicht dabei geblieben wäre, wenn Drew nicht geklopft hätte. Unauffällig griff ich mir in die Haare, um sie zu glätten.

»Aber nur, weil ich vorbeigekommen bin, oder?« Drew schien mir die Wahrheit vom Gesicht abzulesen. »Himmel, was hat der Typ nur an sich, dass jede Frau sofort ihr Gehirn abschaltet, wenn er auftaucht? Ist das sein Name oder das Bankkonto?«

Mein Ärger kochte erneut hoch. »Hältst du mich für so oberflächlich? Seit wann interessieren mich Geld oder irgendwelche Namen?«

»Seit seine Mutter eine der berühmtesten Innendesignerinnen der Welt ist? Und du an die *UAL* willst?«

Ich starrte ihn an. »Du solltest jetzt besser gehen, Drew«, sagte ich wütend. »Wenn du ernsthaft glaubst, dass ich mit irgendjemandem ins Bett gehe, nur weil er gute Beziehungen hat, dann haben wir beide uns echt nichts mehr zu sagen.«

»Tut mir leid, das war nicht so gemeint. Es ist nur …« Drew sank auf die Sitzbank und sah mit einem Mal sehr blass aus. Blass und besorgt. »Ich mache mir Sorgen um dich, Kenzie. Der Typ ist keiner von den Guten, okay? Wenn man sich mit ihm einlässt, dann kann das richtig übel enden.«

Genervt stöhnte ich auf. »Ja, ich weiß. Lyall Henderson ist

der Inbegriff des Bösen, er reißt nette Mädchen in den Abgrund, blabla. Das habe ich alles schon zigmal gehört. Aber ich bin keine Jungfrau in Nöten, Drew. Ich brauche euren Schutz nicht, ich kann gut selbst auf mich aufpassen.«

»Er ist ein verdammter Psychopath, dem andere Menschen völlig egal sind!«, beharrte Drew, und bei der Betonung des Wortes *Psychopath* bekam ich kurz eine Gänsehaut.

»Das ist doch totaler Quatsch«, hielt ich trotzdem dagegen. Lyall war psychisch völlig in Ordnung, das sagte mir mein Gefühl. Sicher nicht einfach, sicher nicht immer freundlich, aber geistig vollkommen gesund.

»Ist es nicht.« Drews Stimme war plötzlich ganz leise. »Das letzte Mädchen, mit dem er zusammen war, hat man danach nie wieder gesehen.«

Ich starrte ihn an. »Was meinst du damit?«, brachte ich heraus.

»Glaubst du, dass ganz Kilmore ihn hasst, nur weil er jemanden abserviert hat?« Drew lachte bitter. »Nein. Vor drei Jahren, da … ist dieses Mädchen verschwunden. Lyall war in dem Sommer mit ihr zusammen, bevor sie als vermisst gemeldet wurde. Deswegen sind alle so. Weil wir wissen, dass er etwas damit zu tun hat. Auch wenn wir es nicht beweisen können.«

Ich versuchte seine Worte zu verdauen. »Ihr denkt, er hat ihr … etwas angetan?« Ein kalter Schauder wanderte über meinen Rücken, genau an der Stelle, wo Lyall mich vor fünf Minuten noch berührt hatte.

»Denk doch mal nach«, beschwor mich Drew. »Ein nettes, normales Mädchen verliebt sich in einen reichen Typen, der eigentlich nicht ihre Liga ist, sich aber komischerweise trotzdem für sie interessiert. Eine kurze Weile geht alles gut, aber bald fangen sie an, viel zu streiten, er betrügt sie, sie will ihn trotzdem nicht aufgeben – und eines Tages, nach einem richtig üblen Krach, verschwindet sie spurlos. Wie sieht das für dich aus?«

Ich schüttelte den Kopf und stemmte mich gegen das, was Drews Worte in mir auslösten. »Das kann hunderttausend Gründe haben. Vielleicht war es ihr hier in der Provinz zu langweilig, vielleicht hat sie jemand anderen kennengelernt und ist mit ihm durchgebrannt. Für mich klingt das nach Kleinstadtgewäsch. Wieso machst du dabei mit?«

»Weil ich sie kannte!«, fuhr Drew mich an. »Ich kannte sie, und ich weiß, dass sie nicht von hier wegwollte. Im Gegenteil, sie war gerne in Kilmore, sie kam aus Pitlochry und wollte hierherziehen, wenn sie erst genug Geld für eine Wohnung zusammen hätte. Und sie war furchtbar in Lyall verliebt, während der sie nur wie Dreck behandelt hat.« Er holte Luft. »Warum verteidigst du diesen Mistkerl? Du hast mir selbst gesagt, dass er unmöglich über dich geredet hat, als ihr euch das erste Mal begegnet seid.«

»Das ist meine Angelegenheit.« Seit heute hatte ich eine Ahnung, wieso er sich mir gegenüber so benahm, wenn andere Leute dabei waren. Und es hatte nichts damit zu tun, dass er ein schlechter Mensch war. Woran ich einfach nicht glauben wollte, schon gar nicht nach dem, was vorhin zwischen uns passiert war. »Gibt es eigentlich Beweise für deine Anschuldigungen? Irgendetwas, das bestätigt, dass Lyall mit ihrem Verschwinden zu tun hat?«

Drew sah mich unglücklich an. »Ich habe keine Beweise. Niemand hier hat welche. Dafür haben die Hendersons gesorgt.«

»Du meinst, die Familie hat etwas vertuscht? Bist du jetzt auch noch Verschwörungstheoretiker?«

»Kenzie, mach die Augen auf! Die Hendersons sind nicht nur eine der einflussreichsten Familien der Welt, sie sind auch für Kilmore unwahrscheinlich wichtig. Niemand hier darf es sich mit ihnen verscherzen. Ich dürfte dir eigentlich nicht einmal etwas darüber sagen, aber ich kann nicht zulassen, dass du die Nächste bist.« Ich konnte erkennen, dass Drew glaubte, was er sagte, und dass er mich um jeden Preis vor Lyall beschützen wollte. Aber wollte *ich* es auch glauben? Jetzt, wo ich deutlich merkte, dass ich drauf und dran war, Lyall Henderson näher an mich heranzulassen? Wo ich spürte, wie gefährlich er tatsächlich war, aber auf völlig andere Art, als Drew meinte?

Es hatte mich völlig überrollt – dieses Verlangen danach, ihm die Klamotten herunterzureißen und mit ihm Sachen zu machen, die sonst erst nach ein paar Dates und sehr viel mehr Kennenlernen angesagt waren. Ich war nicht unerfahren, was Sex anging, schließlich hatte ich in den letzten Jahren zwei Beziehungen gehabt. Und es war gut gewesen, mit Arthur und später mit Miles, ich hatte gedacht, so fühlt sich Leidenschaft an. Aber seit heute wusste ich: Das war der größte Irrtum aller Zeiten.

»Bitte, du musst mir vertrauen«, sagte Drew eindringlich. »Lyall Henderson benutzt Frauen wie die Handtücher des *Grand* und wirft sie dann auf den Müll. Bei der anderen hat es genauso angefangen wie bei dir. Er sucht nicht mehr nach denen, die sich ihm eh an den Hals werfen, sondern ist auf jemanden aus, der nicht so leicht zu haben ist. Sonst ist es keine Herausforderung für ihn. Dann zieht er seine komplette Heiß-Kalt-Show ab, ist mal abweisend, dann wieder charmant, gibt dir das Gefühl, dass er sich nicht von dir fernhalten kann … und sobald du dann ein paarmal mit ihm schläfst, serviert er dich ab. Nur nicht auf normale Art. Er nimmt alles, was du ihm bis dahin anvertraut hast, und macht dich damit richtig fertig. Ada hat das nicht stillschweigend hingenommen und am gleichen Abend ist sie verschwunden. Und weißt du, wer zuletzt mit ihr gesehen wurde? Lyall.« Drew holte Luft.

»Er hat einen Psycho-Knacks, Kenzie, auch wenn er es sehr gut versteckt. Lass dich von ihm nicht blenden.«

Ich starrte Drew an, während seine Worte in mein Bewusstsein sickerten. Konnte es sein, dass Lyall wirklich der Teufel war, wie alle behaupteten? Sein Wechsel vom arroganten Snob zum normalen netten Kerl, war das etwa Ausdruck eines gestörten Geistes? Nein, er hatte das nur gemacht, damit niemand dachte, er hätte Interesse an mir. *Ja, aber warum hat er das?,* gab eine zweifelnde Stimme in meinem Kopf zu bedenken. *Warum interessiert er sich ausgerechnet für dich? Du passt doch gar nicht zu einem Typen wie ihm.* »Wer war sie?«, fragte ich, weil ich mich in meinen Gedanken verhedderte. »Dieses Mädchen, das verschwunden ist?«

»Sie hieß Ada Warner, aber mehr kann ich dir dazu nicht sagen. Meine Mum ist auf den Auftrag bei den Hendersons angewiesen. Ich will nicht, dass sie Ärger bekommt.«

Ich schwieg und meine Gedanken rannten weiter, ich suchte Parallelen zu meinen Begegnungen mit Lyall ... und wurde fündig. Ich war schließlich keine Frau, der *Schlaf mit mir und vergiss mich danach* auf die Stirn geschrieben stand. Und sein widersprüchliches Verhalten war exakt das, was Drew beschrieben hatte. Wir hatten diesen Moment im Supermarkt gehabt, er hatte mich danach auf Abstand gehalten, wieder an sich herangelassen, wir hatten gestritten, er hatte mir erklärt, warum er sich so verhielt ... und mich dann geküsst. Etwas, das allein bei der Erinnerung daran erneut meine Knie weich werden ließ. Nur dass es jetzt kein angenehmes Gefühl mehr war.

Was wusste ich schon über Lyall? Über das, was er im Sinn hatte? Ich war sicher gewesen, dass wir das Gleiche fühlten, diese unglaubliche Anziehung zwischen uns, die sich auch mit viel Willenskraft nicht in Schach halten ließ. Aber alles, was Drew gesagt hatte, warf auf Lyall ein völlig anderes Licht, das verdammt grell war und mir Angst machte. Angst, dass meine Menschenkenntnis mich bei ihm im Stich ließ.

»Versprich mir, dass du dich nicht auf ihn einlässt, Kenzie«, beschwor mich Drew. »Ich weiß, dass du echt tough bist, sonst hättest du den Tod deiner Mum niemals so gut weggesteckt. Aber Ada … die war auch tough. Und deswegen glaub mir: Er kann sogar dich zerstören. Bitte gib ihm keine Gelegenheit dazu.«

Ich wusste nicht, was ich noch sagen sollte, also nickte ich. »Okay«, brachte ich heraus.

Dabei war rein gar nichts okay.

14

Lyall

Eine kalte Dusche. Das war es, was ich jetzt brauchte. Zumindest versuchte ich an nichts anderes zu denken, während ich draußen vor dem Camper meine Schuhe anzog und dann mein Shirt vom Boden aufsammelte. Trotzdem drängten sich die Bilder in meinen Kopf, die Erinnerung daran, wie ich Kenzie geküsst hatte und sie mich. Wie in mir endgültig etwas aufgewacht war, von dem ich vergessen hatte, dass es da war – ein Verlangen, das so viel weiter ging als alles, was ich kannte. Ich wollte nichts anderes als wieder da reingehen, Drew hochkant rauswerfen und verdammt noch mal zu Ende bringen, womit Kenzie und ich angefangen hatten. Egal, ob es die schlechte Idee des Jahrhunderts war, egal, was es für Folgen hatte. In diesem Moment wollte ich nur sie. Und es hätte mir eine Scheißangst machen müssen, dass dieses Mädchen mich in kürzester Zeit an den Punkt gebracht hatte, alles aufs Spiel zu setzen. Aber das Gegenteil war der Fall. Ich hatte mich seit Ewigkeiten nicht so gut gefühlt wie jetzt.

Zumindest, bis ich Drews Stimme durch das geöffnete Fenster hörte.

»Ich mache mir Sorgen um dich, Kenzie. Der Typ ist keiner von den Guten, okay? Wenn man sich mit ihm einlässt, dann kann das richtig übel enden.«

»Ja, ich weiß«, sagte sie genervt. »Lyall Henderson ist der Inbegriff des Bösen, er reißt Mädchen in den Abgrund, blabla. Das habe ich alles schon zigmal gehört. Aber ich bin keine Jungfrau in Nöten, Drew. Ich brauche euren Schutz nicht, ich kann sehr gut auf mich aufpassen.«

Was sie sagte, entlockte mir ein Lächeln – und das Gefühl in meinem Bauch wurde stärker. Aber es blieb nicht lange.

»Er ist ein verdammter Psychopath, dem andere Menschen völlig egal sind!«

Drews Worte waren wie ein eiskalter Schwall Wasser. Mein Magen zog sich zusammen und das gute Gefühl verschwand. Das dachten die Leute also über mich, nicht nur Delaney. Sie hielten mich für psychisch gestört, für nicht ganz richtig im Kopf. Weil ich diesen einen Fehler gemacht hatte.

»Junger Mann?«, lenkte mich eine Stimme von der Nebenparzelle ab. »Was machen Sie denn da?« Ein weißhaariger Rentner spähte mit strengem Blick über die Hecke.

»Ich habe nur etwas gesucht.« Zum Beweis hielt ich das nasse Shirt hoch. Am liebsten hätte ich es nach dem Wohnmobilrentner geworfen, weil ich seinetwegen Kenzies Antwort nicht gehört hatte. Aber stattdessen lächelte ich freundlich.

Er blieb skeptisch. »Wir Camper passen aufeinander auf. Wenn Sie also der netten jungen Dame dort drüben nachsteigen, dann habe ich ein Auge auf Sie.«

Fast hätte ich gelacht. »Stellen Sie sich hinten an«, sagte ich jedoch nur trocken, ließ ihn stehen und machte mich auf den Weg zum Hotel. Mit Kenzie konnte ich jetzt eh nicht reden. Ich musste es später noch mal versuchen oder irgendwie an ihre Nummer kommen. Auch wenn sie mir nach Drews Vortrag nicht mehr zuhören wollte, ich konnte es nicht dabei belassen. *Ach, und was dann? Du kennst die Regeln. Du darfst mit keinem Mädchen hier etwas anfangen.*

»Scheiß doch auf die Regeln«, murmelte ich, obwohl ich es besser wusste. Aber ich ertrug den Gedanken nicht, dass dieser Kuss alles gewesen sein sollte. Dass wir nicht mehr voneinander bekommen würden als das.

Das Treppenhaus war wie immer leer, als ich nach oben lief. Meine Suite jedoch nicht. Auf dem Sessel im Wohnbereich fläzte sich ein blonder, grinsender Kerl in meinem Alter. Perplex blieb ich stehen.

»Hey, King Lye«, sagte mein Gast und setzte sich auf. »Na, wie läuft deine Rehabilitation?«

»Mäßig«, antwortete ich.

»Ja, ich hörte davon. Deswegen bin ich hier.«

»Im Ernst?« Ich grinste schief. »Solltest du nicht in New York sein? Wie läuft dein Praktikum?«

»Schlechter als deine Rehabilitation, glaub mir. Diese Kanzlei sollte nicht *Louis, Harvey & Smith* heißen, sondern *Lahmarschig, Humorlos & Schnarchnasig.* Deswegen bin ich da auch weg.« Er lachte. »Aber was soll's. Wenn ich ein Praktikum schmeiße, interessiert das keine Sau. Das ist schließlich das einzige Privileg, was wir den Mädels in der Familie gegenüber haben.«

Eigentlich hätte ich ihm jetzt eine Standpauke halten müssen, dass er sich gefälligst mehr anstrengen sollte, damit er in zwei Jahren seinen Platz am Tisch und damit eine Stimme im Familienrat bekam. Aber ich sparte es mir. Jeder wusste, dass dieser Kerl mit einem Lächeln alles bekommen konnte und im Gegensatz zu mir eine weiße Weste hatte. Grandma hielt ihn für harmlos und würde ihm den Zugang nicht verwehren, egal ob er ein Praktikum durchzog oder nicht.

Außerdem hasste ich es, ihm die Meinung zu geigen. Das lag wahrscheinlich daran, dass ich kaum einen Menschen mehr mochte als Finlay Henderson, meinen Cousin und besten Freund in Personalunion. Als er jetzt aufstand und mich zur Begrüßung umarmte, fühlte es sich an, als gäbe es doch so etwas wie einen Gott – und als hasste er mich weniger als gedacht.

»Woher weißt du eigentlich, wie es hier läuft?«, rief ich kurz darauf ins Wohnzimmer hinüber, während ich frische Sachen aus dem Schrank kramte. Finlay und ich hatten schließlich kaum Kontakt gehabt, seit ich hier war.

»Von Edina«, antwortete er und kam mir nach, lehnte sich gegen den Türrahmen. »Sie hat mich angerufen und gesagt, du brauchst dringend Schützenhilfe. Ich kann nicht lange bleiben, du weißt schon, wegen Grandma. Aber ein paar Tage sind erlaubt, meinte Edie. Sie hat das geregelt.«

»Ihr habt gesprochen?« Ich sah Finlay an. »Alles okay?«

Er hob die Schultern. »Sicher. Was haben wir auch für eine Wahl?« Kurz huschte Dunkelheit über sein Gesicht, dann knipste er die Lampe wieder an. »Jedenfalls meinte sie, du musst hier mal raus. Irgendwohin, wo man dich nicht kennt oder zumindest nicht für die Ausgeburt Satans hält.«

Die Fürsorge meiner Schwester ließ mich lächeln. »Ja, das klingt ganz nach ihr.« Ich warf eine dunkle Jeans und ein schwarzes Shirt aufs Bett. Als ich jedoch den Pullover über den Kopf zog, kam der Gedanke an Kenzie zurück und der Hauch guter Laune löste sich in Luft auf.

Meinem Cousin entging das nicht. »Alter, was ist? Sag bitte nicht, dass es hier wirklich ein Mädchen gibt, das dich in Gefahr bringt. Ich dachte, das wäre ein Witz von Edie.«

Auch das hatte meine Schwester offenbar nicht verschwiegen, dabei hatte ich ihr eigentlich gar nichts gesagt. Das hatte man davon, wenn es Menschen gab, die einen so gut kannten. Ich schüttelte den Kopf. »Da ist kein Mädchen.«

»Lye, erzähl mir keinen Mist, okay?« Finlay sah mit einem Mal sehr ernst aus. »Du vergisst, mit wem du hier redest. Dass ich dich besser kenne als du dich selbst – und es mich trotzdem nicht daran hindert, mein Praktikum zu schmeißen und aus New York herzufliegen, weil du einen Freund brauchst. Ich liebe dich, Mann. Du musst mich nicht anlügen.«

»Du *wolltest* dieses Praktikum schmeißen, Fin.« Ich warf ihm einen skeptischen Blick zu.

»Richtig. Aber für niemanden hätte ich es lieber getan als für dich. Dafür schuldest du mir ein paar Runden in einem Pub deiner Wahl. Und die Wahrheit.«

»Ich habe diese Sache im Griff«, sagte ich und wusste, es war gelogen. Mein Körper hatte auf Kenzies Berührungen reagiert, als hätte ich jahrelang überhaupt keine Frau geküsst, geschweige denn mehr. Ich war weit davon entfernt, diese Sache im Griff zu haben. Ungefähr so weit, wie Finlay für mich geflogen war.

Ich atmete aus und gab nach. »Sie ist nicht von hier, sie kennt die Geschichte nicht. Oder kannte sie nicht, denn McCoy hat sie ihr heute sicher auf die Nase gebunden, nachdem er mich bei ihr erwischt hat.«

Finlays Augen weiteten sich. »Er hat dich bei ihr *erwischt*? Alter, du bist gerade mal zwei Wochen hier! Hast du so viel Bock darauf, dir alles zu versauen, dass du ihn nicht einmal vierzehn Tage in der Hose lassen kannst?«

»Ich habe nicht mit ihr geschlafen«, widersprach ich.

»Aber du willst mit ihr schlafen«, stellte er fest.

Gott, ja. »Das tut nichts zur Sache. Es wird nicht passieren.«

»Warum, weil sie dich nicht will?« Finlay hob eine Braue. »Wenn das so ist, dann *muss* ich sie kennenlernen. Niemand hätte mehr damit gerechnet, dass eine Frau existiert, die dich verschmäht. Das ist eine Sensation. Ich sollte eine Familien-Rundmail schreiben.«

»Wehe.« Es klopfte an der Tür der Suite und ich blieb Finlay eine längere Antwort schuldig. Isla stand davor und hielt einen gefalteten Zettel in ihrer Hand.

»Eine Nachricht für Sie.« Mit missbilligender Miene sah sie auf meinen nackten Oberkörper.

»Von wem?«

»Das weiß ich nicht. Sie wurde in Ihr Fach gelegt, während ich nicht an der Rezeption war.«

»Okay. Danke.« Ich schloss die Tür, klappte den Zettel mit einem mulmigen Gefühl im Magen auf und begann zu lesen. Mit jedem Wort wurde ich wütender.

Das ist eine Warnung. Ich weiß mehr über Ada als die meisten anderen in der Stadt. Wenn du Kenzie Stayton nicht in Ruhe lässt, werde ich ein paar Leuten stecken, was du getan hast. Vielleicht sogar der Presse. Also sorg dafür, dass sie dich vergisst. Oder du hast ein Problem.

Finlay trat neben mich und las mit. Wir hatten uns in Eton ein Zimmer geteilt und kannten seitdem so etwas wie Privatsphäre nicht mehr. »Ich rufe Zara an«, sagte er sofort und nahm mir den Zettel aus der Hand. Zara McLean war die Frau, die in der *Henderson Group* für die schmutzige Wäsche zuständig war. Wenn jemand von uns ein Problem hatte, das eine unkonventionelle und vielleicht nur halb legale Lösung brauchte, dann rief man Zara an. Aber in diesem Fall war das nicht nötig.

»Nein, wirst du nicht.« Ich holte mir die Nachricht zurück und riss sie in kleine Fetzchen, bevor ich sie in den Papierkorb beförderte.

»Bist du verrückt?«, fragte Finlay. »Jemand droht dir, der Presse etwas über Ada zu verraten. Was meinst du, was passiert, wenn das rauskommt? Zara muss checken, von wem diese Nachricht kommt.«

»Das muss sie nicht. Ich weiß, von wem sie ist.«

Finlay besah sich das zerfetzte Papier im Müll. »Und?«

»Drew McCoy. Er war mit Ada befreundet und hat sich über die Jahre sicher einiges zusammengereimt. Außerdem kennt er Kenzie wohl schon länger und will sie beschützen.« Dafür wollte ich ihm am liebsten eine reinhauen, aber Zara war nicht die Richtige, um dieses Problem zu lösen.

»Der McCoy vom Campingplatz, der hinter Edie her war?« Das Gesicht meines Cousins verfinsterte sich. »Und was willst du machen, wenn du Zara raushalten möchtest?«

»Ich kümmere mich selbst um ihn«, sagte ich grimmig.

»Hier in Kilmore? Super Idee. Kommt sicher gut, wenn du den Goldjungen der Stadt vermöbelst.« Finlay schüttelte den Kopf.

»Mir fällt schon was ein, das mich nicht ins Gefängnis bringt. Erst mal brauche ich aber eine Dusche.« Meine Sachen waren längst getrocknet, aber ich fror und musste nachdenken. Das konnte ich am besten, wenn ich meinen Kopf unter einen heißen Wasserstrahl hielt.

»Okay, dann gehe ich solange Fiona ärgern.« Finlay stand auf. »Zieht der Jungfrauen-Kram noch?«

»Immer«, versprach ich. »Aber am besten redest du einfach mit ihr darüber, wie wir letztes Jahr nach dieser *Victorias-Secret*-Aftershow-Party mit der Brasilianerin und der Schwedin im Hotelpool waren. Das wird sie zur Weißglut treiben.«

»Ah, die Engel.« Finlays Gesichtsausdruck wandelte sich zu einem breiten Grinsen. »Alles klar. Und heute Abend fahren wir nach Edinburgh.«

»Keine Einwände. Ach, und Fin?«

»Hm?« Er blieb in der Tür stehen.

»Tut verdammt gut, dass du hier bist.«

»Immer, Mann. Weißt du doch.« Damit war er auch schon weg. Ich riss meinen Blick von den Schnipseln im Papierkorb los und ging ins Bad. Als ich meine restlichen Klamotten ausgezogen hatte und die Tür zur Dusche öffnete, merkte ich, dass Kenzies Duft noch an mir haftete. Nur ganz leicht, aber mir wurde schlagartig wieder heiß. Drews Drohung hatte die Erinnerung an unseren Kuss vielleicht verdrängt, aber auf keinen Fall vertrieben. *Fuck.*

Wahrscheinlich war es doch besser, ich duschte kalt.

Edinburgh an einem Freitagabend war immer einen Besuch wert. Aber heute war es ein bisschen wie Freigang nach zwei Wochen im Knast. Als wir aus Finlays *Aston Martin* stiegen – was Autos anging, war mein Cousin das absolute Klischee eines reichen Erben –, hatte ich das Gefühl, zum ersten Mal wieder durchatmen zu können.

»Hast du eigentlich was wegen Jamie gehört?«, fragte ich Finlay, während wir durch die Straßen mit ihren rußgeschwärzten Fassaden liefen. Es war nach neun und die Sonne bereits weg, aber dunkel war es noch nicht.

»Nicht viel. Meine Kontakte haben zwar herausgefunden, dass er sich in Spanien aufhält, aber auf Genaueres warte ich noch. Er ist gut darin geworden, unterzutauchen. Es könnte dauern, bis wir ihn finden.«

Ich nickte, aber spürte gleichzeitig einen vertrauten Schmerz im Magen. Jamie war früher meine wichtigste Vertrauensperson gewesen, der typische coole Onkel, der einen großen Teil von Edinas und meiner Kindheit mit uns verbracht hatte und auch danach immer für mich dagewesen war. Bis vor drei Jahren, als nicht nur mein Leben eine harte Kehrtwende genommen hatte, sondern zuvor auch seins. Und der Kontakt abgerissen war.

»Mach dir keine Sorgen, Lye«, sagte Finlay und lächelte. »Wir finden ihn schon.«

»Ja, fragt sich nur, was wir dann machen, wenn keiner von uns mit ihm Kontakt haben oder ihm Geld geben darf«, murmelte ich. Das war wohl die schlimmste der berühmten

Henderson-Regeln: Wer einen öffentlichen Skandal produzierte, wurde restlos aus der Familie getilgt. Niemand der anderen durfte Kontakt aufnehmen, Unterstützung anbieten oder Geld weitergeben, sonst war er ebenfalls raus. In einem Moment, in dem man dringend Hilfe brauchte, wurde man einfach im Stich gelassen, nur weil man den Namen Henderson beschmutzt hatte. Auch deswegen brauchten wir den Führungswechsel. Damit so etwas nie wieder jemandem passierte.

»Über die Brücke gehen wir dann, wenn wir da sind.« Finlay war wie immer 80 Kilo purer Optimismus. »Ich warne dich übrigens lieber vor. Lahmarschig & Partner haben mir nicht gerade viel Raum für Spaß gelassen. Ich muss einiges nachholen.«

»Kein Problem.« Ich grinste. »Tu, was du tun musst, ich passe auf, dass du keinen Mist anstellst.«

»Was soll das denn heißen? Alter, du bist nicht in Kilmore, hier gelten Moiras bescheuerte Regeln nicht.« Finlay stieß mich an. »Zeit, dass *du* mal wieder Mist anstellst. Und mit Mist meine ich Sex, falls du das nicht verstanden haben solltest.«

Ich musste lachen. »Glaub mir, ich habe es verstanden. Aber du weißt, das hier ist Edinburgh und nicht L. A. oder Paris, oder? Du wirst Schwierigkeiten haben, dein Beuteschema zu finden.« Denn das bestand bei Finlay vor allem aus Models, je mehr Topdesigner in der Vita, desto besser. Er saß am liebsten in der Front Row bei irgendwelchen Fashion Shows und machte danach die Afterpartys unsicher. Noch so ein Klischee. Aber da ich wusste, warum er in diesen Dingen so oberflächlich war, zog ich ihn damit nicht auf.

»Es geht ja auch um dich, mein Freund«, sagte er. »Und du stehst doch auf die bodenständigen Mädels, also wirst du sicher fündig. Hier schickt dir schließlich keiner Drohbriefe, nur weil du mit jemandem rummachst.« Er blieb stehen. »Weißt du eigentlich schon, wie du McCoy deinen Standpunkt klarmachen willst, ohne die Stadt noch mehr gegen dich aufzubringen?«

Ich schüttelte den Kopf. »Noch nicht. Aber ich bezweifle ohnehin, dass der Typ seine Drohung tatsächlich wahr macht. Er ist vielleicht Samariter des Jahres, aber er ist nicht dumm. Seine Mutter hat viel zu verlieren, wenn er mich gegen sich aufbringt. Wahrscheinlich reicht es, ihn daran zu erinnern.«

Finlay bog in eine Seitenstraße ab und steuerte die Tür eines Pubs an. »Also wirst du dich nicht von dieser Kenzie fernhalten?« Es klang lauernd, als warte er auf eine bestimmte Antwort.

Ich atmete tief ein. »Es wäre besser, ich würde es tun.« Ich hatte den gesamten Nachmittag darüber gegrübelt, aber ich war zu keiner anderen Lösung gekommen. Zum einen, weil ich gegen die Regeln verstieß, wenn ich nicht den Rückzug antrat, und riskierte, dass man mich dabei erwischte. Und zum anderen wegen Kenzie. Ganz Kilmore bedrängte sie, redete ihr ein, dass ich nicht gut für sie war, und ich konnte ihr nicht einmal das Gegenteil versichern, denn sie durfte die Wahrheit über Ada nicht erfahren. Niemals. Wenn sie nach ihrem Gespräch mit Drew also nicht ohnehin einen Bogen um mich machte, musste ich das meinerseits tun.

»Lye?«, fragte Finlay, als hätte er meine Gedanken gelesen. »Du wirst doch nicht alles für ein Mädchen riskieren, das du kaum kennst, oder?«

Ich schüttelte den Kopf. »Keine Sorge. Ich weiß, was ich zu tun habe.«

Das war mir jetzt klar: Wenn ich nicht alles aufs Spiel setzen wollte, dann musste ich aufhören, nach Kenzie Ausschau zu halten. Ich musste aufhören, an sie zu denken oder daran, wie verflucht krass es mich zu ihr hinzog. In einer anderen

Zeit oder einem anderen Leben hätte ich nicht gezögert, um dafür zu sorgen, dass aus dieser Anziehung zwischen uns mehr wurde. Viel mehr. Alles.

Aber so musste ich diesen Sog zwischen uns unterdrücken, alle Tore schließen und darauf hoffen, dass die Barriere hielt.

15
Kenzie

Edinburgh war unglaublich. Ich hatte die Stadt schon früher besucht, als Kind mit unseren Eltern, aber damals hatte ich nur mit meinen Schwestern um die Wette gejammert und lautstark nach einem Eis verlangt. Jetzt konnte ich sie genießen, diese Metropole voller Geheimnisse, mit den alten Bauwerken, den moosbedeckten Felsen mitten im Herzen der Stadt und ihrer Lebendigkeit, die durch die Straßen pulsierte. Ich kannte und mochte London, aber Edinburgh hatte eine ganz eigene Magie. Ich wusste nicht, ob es an den dunklen Mauern lag, von denen die Gassen gesäumt wurden, an den geheimnisvollen Brücken oder der Gewissheit, dass es hier Katakomben gab, wo es spuken sollte. Eins war jedoch klar: Obwohl meine Laune zu wünschen übrig ließ, war ich bezaubert.

»Du musst unbedingt noch einmal am Tag herkommen«, sagte Amy neben mir. »Ein Abend reicht nicht, um alles zu sehen.« Sie war es gewesen, die vorgeschlagen hatte auszugehen – vermutlich, ohne zu wissen, was am heutigen Morgen passiert war. Ich hätte am liebsten abgesagt und mich in meinem Camper verkrochen, nachdem ich den ganzen Nachmittag damit zugebracht hatte, Paula beim Aussuchen von Tapeten zu assistieren. Aber in Kilmore erinnerte mich alles an Lyall, an das Gefühl seines Atems auf meinem Gesicht, seinen

Lippen auf meinen. Und an das, was Drew über ihn gesagt hatte. *Er ist ein verdammter Psychopath, dem andere Menschen völlig egal sind. Er kann sogar dich zerstören. Bitte gib ihm keine Gelegenheit dazu.*

»Kenzie, hörst du überhaupt zu?«

»Sorry«, murmelte ich. Drew und Tamhas gingen einige Schritte vor uns und lachten über etwas. Da nutzte ich meine Chance. »Amy? Was weißt du eigentlich über Lyall Henderson?«

Sie kam kurz ins Stocken, lief dann aber weiter. »Nicht mehr als alle anderen«, sagte sie ausweichend.

»Ist er wirklich das, was man in Kilmore behauptet?«

Sie hob die Schultern. »Schwer zu sagen, was er ist.«

»Aber du kennst ihn doch von früher, oder?«, bohrte ich weiter. Sie stammte schließlich aus Kilmore, und Lyall hatte dort seine Sommer verbracht, seit er nach Eton gegangen war.

»Ja, schon.« Amy warf einen Blick zu Drew, aber dann sprach sie weiter. »Wir haben früher in den Ferien zusammen abgehangen, die Jugendlichen aus dem Ort und die Hendersons. Damals war Lyall echt in Ordnung. Er hatte immer einen hohen Verschleiß, was Mädchen anging – aber wenn man jede haben kann, will man vielleicht auch jede haben, keine Ahnung.« Sie hob die Schultern. »Aber in seinem letzten Sommer in Kilmore war er anders, irgendwie extremer in allem, hat härter gefeiert, sich nicht um die Gefühle anderer geschert. Und dann diese völlig verkorkste Beziehung zu Ada … ich weiß bis heute nicht, was die beiden voneinander wollten.« Amy seufzte. »Nach dem Sommer war jedenfalls nichts mehr wie vorher. Manchmal denke ich, das gilt für uns alle.«

»Aber –«

»Wo bleibt ihr denn?«, rief weiter vorne Tamhas und winkte uns zu sich. So kam ich nicht noch einmal dazu, Amy nach Ada zu fragen – oder warum das mit ihr und Lyall so verkorkst gewesen war. Aber obwohl sie mir andere Infos gegeben hatte als Drew, war ich nicht schlauer. *Lass es endlich gut sein*, sagte mir eine wohlmeinende Stimme. *Du hast zum ersten Mal in deinem Leben einen Sommer nur für dich. Vergeude ihn nicht an jemanden, der dir mit großer Wahrscheinlichkeit wehtun wird.*

Ich nickte, als wollte ich mich selbst daran erinnern. Als könnte ich mit diesem Nicken Lyall einfach aus meiner Erinnerung streichen. Aber immerhin für den heutigen Abend würde ich es versuchen. Ich würde Edinburgh genießen, genau wie die Zeit in Schottland. Weil ich das verdient hatte, verdammt noch mal.

Tamhas führte uns in einen der Pubs in der Innenstadt. Es war brechend voll, aber er schien den Chef zu kennen und irgendwie bekamen wir einen kleinen Ecktisch, an den wir uns zu viert quetschten. Als wir zwei Stunden später im *Liquid Room*, dem angeblich angesagtesten Club der Stadt, landeten, waren wir gut gestärkt für eine lange Nacht. Über die Gespräche und das Gelächter vergaß ich, wie der Tag begonnen hatte, und folgte ganz meinem Credo, diese Nacht auszukosten. Und es funktionierte fantastisch. Ich tanzte mit Amy und Tamhas, ich lachte mich über die Besonderheiten der schottischen Sprache kaputt und bekam einen Gin Tonic von einem Australier namens Riley spendiert, der hier ein Auslandssemester machte. Als er mich später auf die Tanzfläche lotste und dort an sich zog, ließ ich es zu, denn alles andere wäre gegen meine Prinzipien für den heutigen Abend gewesen.

»Wo bleibst du eigentlich heute Nacht, Brit Girl?«, fragte Riley irgendwann frech, die Hände auf meinen Hüften.

»Bei meinem Kumpel«, antwortete ich unschuldig. »Oder hast du etwa eine bessere Idee?«

»Eine? Hundert.« Er raunte es in mein Ohr und mein Körper reagierte sofort darauf. Als er sich zu mir beugte und seine

Lippen auf meine drückte, wurde das Gefühl stärker. Aber es war nicht mehr als ein harmloser Flirt, also lachte ich nur, drehte mich von ihm weg – und mein Herz blieb stehen.

Etwa zehn Meter von mir entfernt an der Bar stand Lyall.

Er hatte ein Glas in der Hand und einen vollkommen unergründlichen Ausdruck auf dem Gesicht. Ich konnte nicht sagen, ob er verärgert war, sich wunderte oder es ihm völlig egal war, was er gerade gesehen hatte, denn er verbarg jede Emotion vor mir. Wir sahen uns einen Moment in die Augen, dann wandte er sich ab und redete mit dem blonden Typen neben sich, der mir vage bekannt vorkam. Ich war immer noch wie erstarrt, aber Lyall sah kein weiteres Mal her.

»Kenzie?« Riley berührte mich am Arm. »Brauchst du was?«

»Frische Luft!«, rief ich ihm zu, weil ich nicht wusste, wie ich sonst hier wegkommen sollte.

»Soll ich mitgehen?«

»Nein, nicht nötig. Ich bin gleich wieder da.« Ich lächelte flüchtig, drängte mich durch die tanzende Menge und gelangte nach viel Schieberei zur Treppe und schließlich zum Ausgang. Kühle Nachtluft schlug mir entgegen und ich ließ die pumpende Musik hinter mir.

Tief atmete ich ein, dann schnorrte ich eine *Pall Mall* von einem Grüppchen neben mir, zündete sie an und erinnerte mich beim ersten Zug wieder daran, dass ich Rauchen hasste. Genervt schnippte ich die Zigarette aus und warf sie in den Rinnstein. Automatisch ballten sich meine Hände zu Fäusten.

Warum brachte Lyalls Anwesenheit mich so aus der Fassung? Er und ich hatten uns nur geküsst, nicht die ewige Liebe geschworen. Wieso also machte es mir etwas aus? *Weil da etwas zwischen euch ist. Du solltest dringend die Finger von ihm lassen, aber du willst es nicht. Ganz egal, was man über ihn sagt.*

Oder gerade deswegen.

Gerne hätte ich behauptet, dass ich gegen so etwas gefeit war. Gegen den Drang, die Warnungen anderer zu ignorieren und das zu tun, wonach mein Gefühl verlangte. Klar, ich war in den letzten Jahren echt vernünftig gewesen, ich hatte es sein *müssen*. Aber konnte ich nicht selbst entscheiden, ob ich das Risiko einging? War es nicht meine Sache, wen ich mochte oder nicht? Doch. Vielleicht würde ich es bereuen, vielleicht würde er mir das Herz brechen. Aber ich konnte nicht mit irgendwelchen Australiern tanzen und mich von ihnen küssen lassen, wenn in meinem Kopf Lyall war – und dass ich *ihn* küssen, ihn berühren wollte. Nur ihn. Noch nie in meinem Leben hatte ich so etwas gefühlt wie am heutigen Morgen. Ich wollte nicht, dass es schon endete, ich wollte mir vertrauen. Und meinem Gefühl.

Entschlossen drehte ich mich um und lief zurück in den Club. Ich würde einfach mit ihm reden, ihn nach Ada fragen und was mit ihr passiert war. Sehen, wohin das führte. Ich würde mir nicht von den Ängsten anderer meine eigenen diktieren lassen.

Bevor ich in den Bereich mit der Bar ging, wollte ich mir schnell die Hände waschen, also schlug ich den Weg zu den Toiletten ein. Der Gang, der dorthin führte, war in Clubs traditionell eng und versifft, und ich musste mich an einigen Jungs vorbeischieben, um zum Frauenwaschraum zu gelangen. Zumindest glaubte ich, dass er dort lag, aber das war ein Irrtum – der Flur endete in einer Sackgasse. Als ich mich umdrehte, um zurückzugehen, hörte ich die Stimmen zweier Leute, die sich offenbar in einem schmalen Seitenflur unterhielten. Der Klang der einen ließ mich stocken, und ich blieb stehen, um zu lauschen.

»Ich frage dich jetzt zum letzten Mal: Was machst du heute Abend ausgerechnet in diesem Laden?« Das war eindeutig Drew, und er war nicht nur angetrunken, sondern auch so unfreundlich, wie ich ihn am heutigen Morgen zuletzt gehört hatte. Daher überraschte es mich nicht, wer ihm antwortete.

»Ich bin zufällig hier, nichts weiter«, sagte Lyall ruhig.

»Ach, erzähl mir doch keinen Scheiß!«, rief Drew aggressiv. »Es gibt unzählige Clubs in Edinburgh und du kommst zufällig in den *Liquid Room*? Ich habe dich gewarnt, Henderson. Wenn du Kenzie nicht in Ruhe lässt, dann –«

»Du solltest lieber vorsichtig sein, wem du drohst, McCoy«, unterbrach Lyall ihn knurrend, und ich hörte plötzlich einen deutlichen US-Akzent. Verstellte er sich etwa, wenn er in Kilmore war? Warum? »Du weißt, das kann böse enden.«

»Ach ja?«, fragte Drew. »Weil du mich dann auch verschwinden lässt? Oder deine stinkreiche Familie bittest, *mir* Geld zu bezahlen, damit ich die Klappe halte? So wie Adas Mutter? Vergiss es. Ich lass mich nicht kaufen.«

»Vielleicht nicht, nein. Aber deine Mum will doch wahrscheinlich ihren Auftrag bei uns behalten, oder nicht?«

Ich schnappte auf meinem Lauschposten nach Luft. Drohte Lyall ernsthaft damit, Paula den Job zu entziehen? Kälte kroch mir den Rücken hinauf und sammelte sich in meinem Nacken.

»Das wagst du nicht«, keuchte Drew.

»Ach nein? Wenn man dir glaubt, wage ich doch so ziemlich alles.« Lyalls Stimme war beherrscht, aber der Ton bescherte mir eine Gänsehaut. Gerade klang er tatsächlich so, wie Drew gesagt hatte – wie jemand, dem andere Menschen völlig egal waren. »Unsere Familie ist sehr empfindlich, was die Sache mit Ada angeht. Vor allem, weil Vollidioten wie du so tun, als wüssten sie Bescheid.«

»Ich weiß auch Bescheid, ich weiß alles darüber!«, regte sich Drew auf. »Ich habe mich um sie gekümmert, nachdem du mit ihr fertig warst! Sie hat mir erzählt, was du zu ihr gesagt, wie du mit ihr Schluss gemacht hast. Sie war so ein tolles Mädchen, aber dann war sie völlig kaputt, Lyall. Deinetwegen!«

»Du hast überhaupt keine Ahnung, wie sie war!«, rief er.

»Schwachsinn! Ich kannte sie viel länger als du, sie war nett und freundlich und ein guter Mensch, bis sie auf dich getroffen ist. Und wer weiß, was du mit ihr angestellt hast, damit sie die Klappe hält!« Drew holte hörbar Luft. »Und jetzt ausgerechnet Kenzie? Findest du nicht ein anderes Mädchen, das du um den Verstand vögeln und dann wie Scheiße behandeln kannst?«

»Großer Gott, ist das dein Ernst? Da hat der Goldjunge aber tief in die Kiste mit den bösen Worten gegriffen.« Lyall lachte abfällig. »Sag mir doch, Drew, warum hast du so ein Problem damit, *dass* es Kenzie ist? Ist dir Amy inzwischen zu langweilig geworden? Ich könnte es verstehen.«

Ein dumpfer Schlag ließ mich zurückfahren, aber obwohl ich wusste, dass ich verschwinden sollte, machte ich drei Schritte nach vorne. So sah ich, dass Drew vermutlich den ersten Treffer gelandet hatte, Lyall ihn jedoch nun an die Wand drückte, den Arm unter sein Kinn gepresst. Drew war zwar etwas größer, aber er konnte sich nur mit Mühe befreien, bevor Lyalls Schlag ihn traf. Er taumelte und stürzte sich dann auf seinen Gegner, riss ihn zu Boden. Ich sah für einen Moment völlig perplex zu, wie die beiden sich prügelten. Dann schritt ich ein.

»Hört auf!«, rief ich laut und trat auf die beiden zu. Zwar war es absurd, sie trennen zu wollen, aber ich wusste, ich musste es versuchen. Es war jedoch nicht nötig. Mein Ausruf stoppte den Kampf abrupt und sie ließen voneinander ab. Drew war sein Schreck deutlich anzusehen, aber Lyalls Blick zuckte nur kurz zu mir, bevor er seinen Gegner wieder am Kragen packte.

»Ich warne dich zum letzten Mal, McCoy«, zischte er. »Hör auf, Scheiße über mich zu erzählen, oder du wirst es bereuen. Und drohe mir. Nie. Wieder.« Damit ließ er ihn los und kam auf mich zu. Ein ganzes Sammelsurium an Ausdrücken zeigte sich auf seinem Gesicht, wie im Zeitraffer sah ich Wut, Bedauern und dann nur noch eisige Kälte. Bevor ich allerdings einen Pieps von mir geben konnte, war er schon vorbeigelaufen und verschwand um die Ecke. Ich blieb zurück – mit Drew und diesem grässlichen Gefühl in meinem Bauch. Ob es an der Drohung gegenüber Paula lag, an Drews Worten über Ada oder Lyalls kaltem Blick, konnte ich nicht sagen. Aber es fühlte sich furchtbar an, zu merken, dass alles, was ich mir überlegt hatte, gerade einen grausamen Tod gestorben war. Lyall war offenbar nicht der, für den ich ihn hielt. Er war der, für den ihn *alle anderen* hielten.

Und offenbar wollte er das nicht einmal mehr vor mir verbergen.

16

Lyall

Ich stützte meine Arme gegen die Duschwand und schauderte, als das eisige Wasser auf meinen Kopf traf. Aber obwohl es sich anfühlte, als hätte man mich direkt ins Polarmeer gebeamt, hatte die Kälte einen angenehmen Effekt: Mein Schädel fühlte sich nur noch halb so groß an. Vielleicht konnte ich ihn ja jetzt wieder zum Denken benutzen.

Dunkel zogen die Ereignisse des vergangenen Abends an mir vorbei. Finlays und mein Essen im Pub, der *Liquid Room*, Kenzie, die ausgerechnet auch dort aufgetaucht war und mich damit in Bedrängnis gebracht hatte. Natürlich hatte ich gewusst, dass mein Vorsatz, mich von ihr fernzuhalten, ins Wanken geraten würde, wenn ich ihr wieder begegnete. Aber dass es mich so rasend machen würde, sie mit einem anderen zu sehen, hatte ich nicht erwartet. Nur mit allergrößter Mühe war ich an Ort und Stelle geblieben, um ihr nicht nach draußen zu folgen – oder den Typen, der sie auf der Tanzfläche geküsst hatte, einen Kopf kürzer zu machen. Finlay hatte es bemerkt und vorgeschlagen, die Location zu wechseln, aber auf dem Weg zur Toilette war dann Drew aufgetaucht, hatte mich in den nächsten dunklen Gang gezerrt und zur Rede gestellt. Mir war das nur recht gewesen, schließlich wäre es in Kilmore deutlich schwerer geworden, ihm klarzumachen, wer von uns die Regeln in diesem Spiel bestimmte. Und mit meiner Wut war ich bei ihm an der richtigen Adresse gewesen. Die Erinnerung an die Prügelei verschaffte mir ein ungewohntes Gefühl von Genugtuung. Eins war sicher: McCoy wusste jetzt, dass er mir nie wieder zu nahekommen durfte.

Genau wie Kenzie.

Ich drehte mich um und ließ mir das kalte Wasser über den Rücken laufen. Wahrscheinlich hätte ich froh sein sollen, dass es mir so einfach gemacht wurde. Ich hatte Kenzies Blick gesehen: Es war der von jemandem gewesen, der begriffen hatte, dass nichts war wie gedacht. Dass *ich* nicht war wie gedacht. Sie würde nach dem, was sie gehört hatte, sicher Abstand halten – und damit war mein Problem gelöst.

Nur fühlte es sich nicht danach an.

Ganz im Gegenteil.

Ich stellte das Wasser ab und verließ die Dusche, um mich abzutrocknen. In dem Moment ging die Badezimmertür auf und jemand kam herein.

Richtig, da war ja noch was.

Etwas sehr Hübsches, wie ich bemerkt hatte, nachdem ich vorhin aufgewacht war. Als ich mich bewegt hatte, um auf mein Handy zu sehen, hatte sie sich mit einem Laut beschwert, der wahnsinnig niedlich klang und mir trotzdem ein unwohles Gefühl im Magen beschert hatte. Daraufhin war ich aufgestanden und unter die Dusche gegangen, um es wieder loszuwerden. Vergeblich.

»Hey«, sagte mein nächtlicher Gast lächelnd, und ich sah in schöne grüne Augen. »Ich habe gar nicht gemerkt, dass du aufgestanden bist.«

»Ich wollte dich nicht wecken«, sagte ich mit einem müden Lächeln.

»Na, jetzt bin ich wach, also …« Sie öffnete die Kordel ihres Bademantels und ließ ihn fallen. Dann kam sie auf mich zu.

»Dios mio, bist du kalt«, fluchte sie, schmiegte aber trotzdem ihren warmen Körper an meinen eiskalten und ließ ihre Hand über meine Bauchmuskeln nach unten gleiten. Ich atmete ein, als sie die Region erreichte, mit der sie sich in der letzten Nacht ausgiebig beschäftigt hatte.

Auch daran erinnerte ich mich – wie Finlay und ich den Club verlassen hatten, gemeinsam mit ein paar Models, die mein Cousin aufgetrieben hatte, und wie ich mit einer von ihnen in diesem Zimmer gelandet war. Weil ich wenigstens eine Nacht vor meinen ständigen Gedanken hatte fliehen wollen. Mit Roja. Nein, Rita. *Verdammt.* Was sagte es über mich aus, dass ich mit ihr geschlafen hatte und nicht einmal ihren Namen wusste? *Dass du Ablenkung gebraucht hast, Mann,* sagte Finlays Stimme in meinem Kopf. Da hatte er recht. Aber deswegen fühlte ich mich trotzdem beschissen. Und das lag nicht nur an meinem Kater.

»Hey, wo bist du mit deinen Gedanken? Bei mir jedenfalls nicht.« Das Roja-Rita-Mädchen grinste, dann reckte sie ihren Kopf nach oben und küsste mich. Mein Körper war längst der Ansicht, zusätzliche Ablenkung würde nicht schaden, also stieg ich darauf ein und erwiderte den Kuss. Aber als ich merkte, ich fühlte nichts von dem überwältigenden Wunsch nach mehr, ging ich auf Abstand.

»Entschuldige. Ich glaube, ich muss hier mal raus.« Je mehr ich nachdachte, desto unerträglicher war die Vorstellung, noch länger in ihrer Nähe zu sein.

»Auch gut. Wir können drüben weitermachen.« Das Model lächelte und hob die Schultern, bevor sie nach der Türklinke griff.

»Nein, geh ruhig duschen«, sagte ich schnell. »Ich ziehe mich nur an und bin dann auch schon weg.«

»Oh«, machte sie nur.

»Sorry. Es liegt nicht an dir.« Ich lächelte. »Das heute Nacht war wirklich unglaublich, aber ich habe einen frühen Termin und muss mich beeilen.« Das war zwar größtenteils gelogen – ich hatte keinen Termin und der Sex war so gut gewesen, wie er nach einer zufälligen Begegnung sein konnte, aber nicht unglaublich. Es gab jedoch keinen Grund, das zu sagen und ihr damit vielleicht wehzutun.

»Schon verstanden.« Sie schien nicht allzu enttäuscht zu sein. »Ich habe in zwei Wochen ein Shooting in der Gegend. Falls du Lust auf eine Wiederholung hast, ruf mich an. Meine Agentur hat die Nummer.«

Ich nickte, obwohl ich wusste, dass ich sie nicht anrufen würde, dann zog ich mich an und sagte ihr, dass sie so lange bleiben könne, wie sie wollte. Als ich die Zimmertür hinter mir zuzog, war ich erleichtert.

»Wo bist du?«, fragte ich Finlay eine Minute später am Handy.

»Zimmer 143«, antwortete er wacher als erwartet. Als er mich ein Stockwerk tiefer reinließ, war er allein.

»Was ist schiefgelaufen?« Ich sah ins Bad, aber auch das war leer. Und das Bett sah nicht danach aus, als wäre Finlays Nacht ähnlich verlaufen wie meine.

»Nichts«, gähnte mein Cousin und fuhr sich durch die blonden Haare. »Ich habe doch gesagt, dass es um dich geht, nicht um mich.«

Ich warf ihm einen skeptischen Blick zu. »Und trotzdem hing die blonde Schönheit an *deinem* Hals, als wir hergekommen sind. Also?« Finlay antwortete nicht, sondern zog seinen Pullover über den Kopf. Als sein Gesicht wieder sichtbar wurde und ich den Ausdruck darauf sah, wurde mir klar, worum es hier ging. Oder eher, um *wen*. »Wann hat sie dich angerufen?«

Er schien zu überlegen, ob er es leugnen sollte, aber dann atmete er aus. »Als ich gerade hier angekommen war. Sie wollte einfach hören, wie es läuft, also habe ich Sandy mein Zimmer überlassen und mich in ein anderes verzogen. Und dann haben wir die halbe Nacht geredet.«

»Fin, das ist nicht gut für euch«, sagte ich ernst. »Es ist nicht gut für uns alle. Wenn davon irgendwas nach außen dringt, dann –«

»Ich weiß das, Lye!«, rief er aus. »Ich weiß es seit fast vier Jahren. Seit zwei haben wir uns nur selten gesehen, seit einem reden wir kaum noch miteinander.« Er seufzte tief. »Aber das ändert nichts hier«, er tippte sich an die Schläfe und zeigte dann auf sein Herz, »oder hier.«

Unglücklich sah ich Finlay an, Mitgefühl überflutete meine eigenen Sorgen. »Ich rede mit ihr«, sagte ich leise.

»Nein, bitte nicht, das macht es nur schlimmer.« Er setzte sich aufs Bett. »Wie hast du gestern gesagt? Ich habe es im Griff.«

»Das war gelogen«, gab ich zu. Finlay schnaubte halb belustigt, halb verzweifelt.

»Willkommen in meiner Welt, Mann.« Er sah mich an. »Was ist mit dir? Du hast Raica ja ziemlich früh verlassen.«

»So hieß sie also.« Ich ließ mich auf den Sessel fallen, der neben dem Bett stand. »Es war … gut, schätze ich. Aber ich war nicht richtig bei der Sache und wollte der Nacht deswegen keine zweite Runde folgen lassen.«

»Und was ist mit Kenzie?« Finlays Blick wurde wachsamer. Er hatte sie bemerkt, gestern Abend im Club, sie und meine Reaktion auf ihre Anwesenheit. Er wusste, was da war. Wahrscheinlich besser als ich selbst.

Ich dachte an den Streit mit Drew, daran, dass wir uns geprügelt hatten, direkt vor Kenzies Augen. Daran, wie sie mich danach angesehen hatte. Was sie vermutlich alles gehört hatte – dass ich ihm gedroht hatte, seiner Mutter gedroht hatte. Und vor allem, dass kein Protest über meine Lippen gekommen war, als er so widerwärtige Worte für die Art benutzt hatte, wie ich mit Frauen umging. Ich holte Luft.

»Kenzie weiß seit gestern genug über mich, um kein Thema mehr zu sein.«

Nie mehr.

17
Kenzie

Arbeit war die beste Medizin, das stand fest. Nachdem ich nachts noch mit dem Taxi von Edinburgh zurück nach Kilmore gefahren war und dafür ein halbes Vermögen ausgegeben hatte, war ich sofort schlafen gegangen und am nächsten Morgen um sechs Uhr aufgestanden, um mit dem Raumteiler für Moira Henderson loszulegen.

Mister Adair hatte mir dafür die Werkstatt des Hotels zur Verfügung gestellt, die ganz am hinteren Ende des parkähnlichen Grundstücks lag. Dort baute ich seit heute Morgen an dem Rohgerüst und merkte mit jeder Minute, die ich mit Säge und Holz arbeitete, dass ich mich mehr entspannte. Hier war ich allein und ungestört. Ich musste nicht mit Drew reden oder mit Amy, der ich auf dem Rückweg eine Nachricht geschrieben hatte, dass ich zurück nach Kilmore fuhr. Und ich musste vor allem nicht über Lyall nachdenken. Darüber, wie hart es mich getroffen hatte, was ich gestern mit eigenen Ohren gehört hatte. Nicht nur die Drohung, sondern vor allem das, was Drew über Ada gesagt hatte, und Lyalls Reaktion darauf. Er war auch vorher kein Ausbund an Höflichkeit gewesen, nur hatte ich nach unserem Kuss geglaubt, das läge daran, dass er in Kilmore immer unter Beobachtung stand und mich damit einfach auf Abstand halten wollte. Aber gestern konnte das nicht der Grund für sein Verhalten gewesen sein, er hatte ja nicht einmal gewusst, dass ich in der Nähe war – und Drew dennoch bedroht. Wenn ich daran dachte, wurde mir trotz Sonnenschein wieder kalt. Der harte Klang seiner Stimme, der fremde Akzent, die Aggressivität in seinen Worten … wie hatte ich nur denken können, ich wüsste besser als alle anderen, wie Lyall Henderson war? Meine Menschenkenntnis hatte eindeutig eine Fehlfunktion.

Es war schon um die Mittagszeit, als ein Auto auf den privaten Parkplatz der Hendersons fuhr, der nur hundert Meter von der Werkstatt entfernt lag. Es war einer von diesen lächerlich winzigen Sportwagen, in die außer dem Motor nichts hineinpasst. Okay, außer dem Motor und zwei Kerlen an die 1,90, korrigierte ich. Ausgerechnet Lyall und sein Cousin – ich hatte ihn von dem Familienfoto wiedererkannt – stiegen aus und nahmen Reisetaschen vom Rücksitz. Sie waren offenbar über Nacht in Edinburgh geblieben.

Lyall ging um das Auto herum und sein Blick fiel auf mich, aber seine Haltung war die gleiche wie in der letzten Nacht, als er an mir vorbeigelaufen war: abweisend und kalt. Ich wusste nicht, ob es daran lag, dass ich den Streit mitbekommen hatte – oder an mir und Riley auf der Tanzfläche. Eines von beidem musste es sein, denn im Gegensatz zu ihm hatte ich nichts getan, das meinen Charakter infrage stellte. Aber vielleicht hatte er nach dem Stress mit Drew auch einfach nur beschlossen, mich abzuhaken. Was genau das war, was ich ebenfalls tun sollte.

Ich drehte mich wieder um und schliff weiter die Holzlatten, die mir als Rahmen dienen sollten. Das Geräusch des Schwingschleifers war so laut, dass ich ihn beinahe fallen ließ, als ein Klopfen hinter mir ertönte. Ich fuhr herum und sah direkt in das Gesicht von Lyalls Cousin.

»Hi«, sagte er freundlich.

»Hi«, machte ich ebenfalls und legte den Schleifer beiseite. »Kann ich dir helfen?«

»Mir ist nicht zu helfen, glaub mir.« Er hob nonchalant die Schultern und schob seine Hände in die Taschen seiner Jeans. Die Manschetten des sicherlich maßgeschneiderten dunkelblauen Hemdes rutschten hoch. »Aber ich wollte einfach mal Hallo sagen. Ich bin Finlay.«

»Hallo, Finlay«, sagte ich und grinste. Es war schwierig, das nicht zu tun, denn sein Lächeln brauchte einen Waffenschein. Was an Lyall dunkel war, war an ihm hell – die Haare, die Augen, sein ganzes Wesen schien zu strahlen. Ich mochte ihn von der ersten Sekunde an. »Ich bin Kenzie.«

»Sehr erfreut.« Er verneigte sich leicht und sah dann interessiert zur Werkbank. »Was treibst du hier, Kenzie?«

»Es ist ein Modell für deine Tante. Ich mache ein Praktikum bei Paula McCoy, der Innendesignerin, die den Neubau für das Hotel ausstattet. Bei den Planungsgesprächen hat sich herausgestellt, dass L…, dass die Grundrisse eventuell etwas offener gestaltet werden könnten – mit einem Raumteiler wie diesem hier.« Ich zeigte auf meinen Entwurf, der auf der Werkbank lag. »Deswegen baue ich jetzt einen davon, damit man sich das Ganze besser vorstellen kann.«

Finlay pfiff anerkennend durch die Zähne. »Sieht cool aus. Also, ich verstehe quasi nichts von Design, aber es gefällt mir. Wenn es anders wäre, würde ich es dir allerdings auch nicht sagen. Mit Frauen, die solche Maschinen bedienen können«, er zeigte auf die verschiedenen Werkzeuge neben mir, »sollte man sich nicht anlegen.«

»Kluger Junge«, nickte ich. »Du hast keine Ahnung, was ich unhöflichen Kerlen schon alles abgetrennt habe. Im Süden kennt man mich nur als *Chainsaw Kenzie.*« Zum Beweis hielt ich eine von Mister Adairs Sägen hoch.

Die Antwort war ein schallendes Lachen. »Ich werde es Lyall ausrichten«, sagte Finlay und sah erschrocken aus, als er meine Reaktion auf diesen Satz bemerkte. »Sorry, ich wollte nicht –«

»Nein«, fiel ich ihm ins Wort. »Hast du nicht.« Also hatte ihm Lyall von mir erzählt. Sollte mich das freuen? Oder eher beunruhigen? Es war irgendwie beides. »Wenn du von Design keinen Plan hast, womit verbringst du dann deine Zeit?«, wechselte ich rasch das Thema.

»Mit einem Jura-Studium. Zumindest, wenn ich es nicht verhindern kann.«

»Oha«, entfuhr es mir, und an meinem Gesicht konnte man vermutlich ablesen, was ich davon hielt.

»Hey, keine Vorurteile«, mahnte Finlay. »Das Schlimmste an Jura sind die anderen Juristen. Wenn man sich von denen fernhält, dann ist es echt interessant.«

Ich lachte auf. »Und wie macht man das? Sich von den anderen Juristen fernhalten?«

»Am besten, indem man so wenig wie möglich arbeitet.« Er grinste mir verschwörerisch zu. »Deswegen habe ich mich auch bei meinem Praktikum in New York aus dem Staub gemacht.«

Und da waren sie wieder, die Privilegierten, die tolle Praktika bekamen und es nicht zu schätzen wussten. Allerdings konnte ich das Finlay nicht übel nehmen – erstens war das bei ihm schlicht nicht möglich und zweitens hätte ich in einer Anwaltskanzlei keine zwei Stunden durchgehalten.

»Also bleibst du den Rest des Sommers in der Stadt?«, fragte ich ihn.

Er lehnte sich an die Werkbank und hob die Schultern. »Das hängt davon ab, ob meine Grandma es erlaubt.«

»Deine Grandma?« Ich erinnerte mich an das Foto mit Agatha Henderson in der Mitte, als wäre sie eine Clanführerin. »*Sie* entscheidet darüber, was du mit deinen Ferien anfängst?«

»Allerdings«, schnaubte er. »Dass ich das Praktikum vorzeitig beendet habe, wird sie nicht groß jucken. Aber ich hatte eigentlich ein Einreiseverbot für Kilmore in diesem Sommer.«

Mir schwante etwas. »Etwa wegen Lyall?«

»Du bist hübsch, kannst mit diesen ganzen Geräten umgehen *und* auch noch logisch schlussfolgern?« Finlay sah mich begeistert an. »Halte dich bloß von mir fern, Kenzie. Sonst mache ich dir einen Antrag, bevor wir Herbst haben.«

Seine Worte brachten mich erneut zum Lachen. »Vorsicht, vielleicht würde ich sogar Ja sagen.«

»Natürlich würdest du. Wie kann man dazu«, er deutete auf sich und dann auf sein Auto, »Nein sagen?«

Ich sah zu dem Sportwagen. »Also, zu der Sardinenbüchse da drüben auf jeden Fall. Ich bevorzuge Autos, in denen man übernachten kann.«

»Übernachten? In einem Auto? Warum sollte man so etwas Wahnsinniges tun?«

Ich seufzte übertrieben. »Ihr Hotelerben immer. Null Sinn für das richtige Leben. Du hast keine Ahnung, was dir entgeht, wenn du immer nur in Zimmern schläfst, wo Schokolade auf dem Kissen liegt.«

»Schokolade auf dem Kissen? Das ist so was von vier Sterne.« Finlay schüttelte den Kopf. »Bei uns gibt es eine Etagere mit einer erlesenen Auswahl an Trüffelpralinen auf dem Nachttisch. Und darauf *kann* ich nicht verzichten.«

»Oh, ich habe bestimmt irgendwo noch ein Snickers aus dem letzten Sommer herumliegen.«

Finlay verzog das Gesicht. »Klingt verlockend, aber nein, danke.«

»Obwohl ich deine neue große Liebe bin?«, grinste ich. »Das enttäuscht mich jetzt doch ein bisschen.«

Für einen Moment verdunkelten sich seine Augen, als würde er an jemand anderen denken. Aber dann ging die Sonne erneut auf, als wäre nichts gewesen. »Ich bin sicher, wir werden uns da einig. Auch wenn ich vermutlich bald aus der Stadt verschwinden muss, weil ich Lyalls *Mission* hier nicht gefährden soll.«

Plötzlich waren da wieder die Bilder und Worte aus dem Club in Edinburgh in meinem Kopf. Wenn Lyall Drew derartig drohte, dann hatte er vermutlich etwas zu verlieren. Hing das mit dem zusammen, was er vor unserem Kuss zu mir gesagt hatte? Ich sah Finlay an. »Wie könntest *du* die denn gefährden?«, fragte ich. Schließlich konnte ich schlecht danach fragen, wie diese Mission genau aussah.

»Indem ich hier bin und die Leute daran erinnere, dass Lyall und ich zusammen schon früher Ärger bedeutet haben.« Finlays Lächeln wurde schwächer. »Du weißt das wahrscheinlich nicht, aber meine Familie hasst Komplikationen. Sie ist wie ein Uhrwerk und wehe, eines der Zahnrädchen läuft nicht rund. Dann rette sich, wer kann.« Es klang bitter, und ich ahnte, dass es nichts mit dem *Einreiseverbot* zu tun hatte. Ich fragte mich, was wohl passierte, wenn man bei den Hendersons nicht funktionierte.

»Finlay!« Jemand winkte energisch zu uns herüber und ich erkannte Fiona. »Wo bleibst du?«, rief sie herrisch, als sie nahe genug herangekommen war. »Wir wollen essen und du siehst aus wie ein Penner. Also komm gefälligst rein und zieh dich um!«

»Na, wenn ich so nett gebeten werde, kann ich ja gar nicht anders.« Finlay verdrehte die Augen in Fionas Richtung und lächelte mich dann an. »Kenzie, es war mir ein Vergnügen. Bitte behalte alle deine Körperteile, das wäre mir sehr recht.«

»Ich bemühe mich. Hat mich gefreut, Finlay.«

Ein letztes Grinsen, dann ging er mit seiner Cousine davon. Ich hörte noch, wie sie »Was habt ihr nur alle mit der?« keifte, aber schnell waren sie zu weit entfernt, um sie zu verstehen.

Ich wollte mich wieder an meine Arbeit machen, schließlich war das mein einziges Mittel gegen Grübeleien über Lyall. Da leuchtete jedoch das Display meines Handys auf. Ich legte die Schleifmaschine erneut weg und klickte auf die Mitteilung. Sie war von Drew.

Falls du noch einen Beweis brauchst, warum man sich von den Henderson-Jungs besser fernhält, stand da unter einem Foto, aufgenommen von einer Handykamera in der Dunkelheit. Ich erkannte trotzdem, wer da eng umschlungen vor dem Eingang des Henderson-Hotels in Edinburgh zu sehen war: Zunächst Finlay und eine sehr hübsche Blondine … und dann Lyall mit einem dunkelhaarigen Mädchen, seine Hände an ihrer Taille, ihre um seinen Hals, ihre Gesichter sehr dicht beieinander. Ich erkannte sie an ihren extravaganten Klamotten – sie waren ebenfalls im *Liquid Room* gewesen, eine ganze Gruppe von Models, die überteuerten Champagner bestellt und lautstark über ein Shooting geredet hatten. Als mir bewusst wurde, was ich da sah, schluckte ich und spürte einen scharfen Schmerz in meinem Magen.

Lyall hatte also nicht einmal einen halben Tag, nachdem er mich geküsst hatte, eine andere mit auf sein Zimmer genommen – wohl diesmal nicht, um ihr die Ausstattung zu zeigen. Und ich stand hier und bekam ihn nicht aus meinem Kopf? Nach allem, was ich über ihn wusste? Wie dämlich war ich eigentlich?

Ich löschte das Foto, schloss die Nachricht und griff dann entschlossen nach der Säge. Als ich den Balken teilte, fasste ich einen Entschluss. Ich hatte mir etwas vorgemacht, als ich glaubte, da wäre was zwischen uns, eine besondere Verbindung. Ich stellte mich genauso blöd an wie all die anderen

Frauen, die glaubten, ausgerechnet sie könnten einen guten Kerl aus jemandem machen, der das absolute Gegenteil war.

Und deswegen war mein Anfall von *Lyallitis* mit sofortiger Wirkung beendet. Es wurde dringend Zeit, mich wieder auf die Reihe zu kriegen und ihn zu vergessen. Zwischen uns war kaum etwas gelaufen, also konnte ich ihn auch aus meinem Kopf löschen.

Ein für allemal.

18

Kenzie

Ich hätte nie gedacht, dass ich so gut darin sein würde, Lyall zu ignorieren. In den folgenden zwei Wochen brachte ich jedoch meine Fähigkeiten in dieser Hinsicht auf ein ganz neues Level. Fünf Meetings hatte ich im Hotel, bei denen er anwesend war – fünfmal zwei Stunden, in denen ich es schaffte, ihn nicht öfter als unbedingt notwendig anzusehen. Er machte es mir sogar leicht, denn er äußerte sich ausschließlich zum Projekt und richtete nicht ein direktes Wort an mich. Nach außen hin war also alles so, wie ich es mir vorgenommen hatte. Aber in mir sah es vollkommen anders aus. Mit der Zeit verblasste zwar die Erinnerung an den Streit mit Drew oder die an das Foto mit diesem Model in Edinburgh. Aber nicht die an unseren unglaublichen Kuss. Und obwohl ich es schaffte, Lyall nicht öfter als nötig in die Augen zu schauen, war er doch ständig in meinem Kopf. Er und die Frage, was nun sein wahres Ich war.

Immerhin gab es genug zu tun, um tagsüber von den Grübeleien abgelenkt zu werden. Der Neubau des Hotels kam gut voran, schon in zehn Tagen würde man den Dielenboden im Erdgeschoss und den Teppich in den Zimmern verlegen. Der Raumteiler, an dem ich neben anderen Projekten und all den Terminen für das *Grand* in meiner Freizeit gearbeitet hatte, war beinahe fertig, und ich war ziemlich aufgeregt, dass ich ihn am nächsten Montag Moira und Paula präsentieren würde. Denn zeitgleich entschied sich, ob Lyalls geänderter Grundriss ihren Segen bekam oder nicht.

Am Samstag davor fand jedoch noch eine Ausstellung im Neubau statt, bei der Exponate von schottischen Künstlern präsentiert und für einen guten Zweck versteigert werden sollten. Es war Lyalls Idee gewesen, zumindest hatte Moira das gesagt. Ich wusste nicht, ob das Teil seiner *Mission* war, wie Finlay es genannt hatte. Aber seit man die Veranstaltung angekündigt hatte, war das Getuschel in der Stadt etwas leiser geworden.

»Wir würden übrigens gern zwei Fotos deiner Mutter ausstellen«, sagte Moira zu mir, als für diesen Tag alles besprochen war und ich gerade meine Sachen zusammenpackte. »Sie kam schließlich von hier und ihre Bilder sind großartig. Aber nur, wenn du damit einverstanden bist.«

»Natürlich.« Ich lächelte etwas gezwungen. Das bedeutete, es würden noch mehr Erinnerungen über meine Mutter an die Oberfläche kommen, mehr Fragen danach, was mit ihr passiert war. Aber ich würde es schon schaffen. Das hatte ich in den letzten sechs Jahren schließlich auch – und mich hier in Kilmore sogar daran gewöhnt, dass jeder etwas dazu sagen wollte. Es tat immer noch weh, aber es warf mich nicht mehr aus der Bahn. Stattdessen versuchte ich, mich einfach darüber zu freuen, dass sie so viele in guter Erinnerung behalten hatten.

»Bist du sicher?« Plötzlich stand Lyall neben mir, so nah, wie er mir seit zwei Wochen nicht gekommen war. Sein Tonfall war so neutral wie immer in der letzten Zeit, aber die Worte erinnerten mich an sein Mitgefühl, als wir über meine Mutter gesprochen hatten.

»Ja«, sagte ich und sah ihn nicht an. »Bin ich.«

»Okay.« Er nickte, wandte sich ab und war bereits verschwunden, als ich mich noch fragte, warum er überhaupt etwas gesagt hatte. Moira und ich besprachen kurz, wann mein Raumteiler für die Präsentation im Neubau platziert werden konnte, dann überließ ich sie Paula und machte mich auf den Weg ins Erdgeschoss des Hotels, um zurück in die Werkstatt zu gehen.

»Kenzie?«, ertönte da eine dunkle Stimme hinter mir. Ich hatte fast vergessen, wie es klang, wenn er meinen Namen sagte. Wie er ihn zuletzt gesagt hatte, mitten in unserem Kuss.

»Ja?« Ich drehte mich um, straffte die Schultern und hob das Kinn. Die widersprüchlichen Gefühle für Lyall fuhren Achterbahn in meinem Magen, als er seine schwarzen Augen auf mich richtete. Zwei Wochen hin oder her, dieser Blick hatte nichts von seiner Wirkung eingebüßt.

»Meine Mutter wird morgen Abend bei der Ausstellung sein«, sagte er. »Ich hatte dir doch gesagt, ich stelle dich vor, wenn sie herkommen sollte.«

»Deine Mutter?« Sofort war ich aufgeregt. Theodora Henderson zu treffen, war eine Chance, die ich nicht ablehnen konnte, egal, wie ich zu Lyall stand.

»Ja. Ich wollte dir nur sagen, dass ich mein Versprechen leider nicht halten kann.«

»Oh … klar. Kein Ding.« Ich war wohl nicht die Einzige, die das zwischen uns einfach hinter sich lassen wollte. Nur war er offenbar besser darin als ich. »Okay. Ich habe noch was zu tun, also –«

»Meine Schwester wird das übernehmen«, unterbrach er mich.

»Deine … was?« Ratlos starrte ich ihn an.

Lyall verzog keine Miene. »Meine Schwester. Edina wird ebenfalls da sein, und es ist sicher klüger, wenn sie dich Mum vorstellt, als wenn *ich* das vor den Augen der gesamten Stadt tue. Edie weiß Bescheid, sie wird dich am Abend im Neubau treffen.«

Ich wusste nicht, was ich dazu sagen sollte, dass er seine Schwester um diesen Gefallen gebeten hatte. »Danke«, brachte ich daher nur heraus. »Das ist nett von ihr. Und dir, natürlich.«

»Kein Problem. Wir sehen uns dann.« Ein nüchternes Nicken, dann war er weg. Er ließ mich zurück mit dem Blick auf seinen Rücken, einem riesigen Haufen Verwirrung und der wichtigen Frage: Was zog man an, wenn man einem seiner Idole begegnete?

Die Antwort war gar nicht so leicht, denn alles, was ich dabeihatte, gefiel mir nicht. Nach einer FaceTime-Krisensitzung mit Willa ging ich in den winzigen Klamottenladen neben der Kiltschneiderei, um mir ein klassisches kleines Schwarzes zu kaufen. Es endete knapp über dem Knie, war eng geschnitten und hatte kurze Ärmel, die mein Tattoo nicht verdecken würden. Aber ich ging davon aus, dass Theodora Henderson nicht spießig genug war, um darüber die Nase zu rümpfen.

Amy lieh mir die passenden Stilettos zu dem Kleid, danach brauchte ich nur noch einen streng nach hinten gebundenen Knoten und war eine neue Version meiner selbst. Eine Version, die schrecklich angespannt war, als sie am Abend über den improvisierten Steinweg lief, der zum Neubau führte.

Das Erdgeschoss war mit Teppichbahnen ausgelegt worden, aber die Gemälde und Fotografien hingen an den nackten Betonwänden und die Skulpturen standen vor den Fenstern. Ich begrüßte Moira und Paula, die sich auf ein Glas Champagner mit dem Bürgermeister von Kilmore an die Bar gestellt hatten, dann lief ich von einem Kunstwerk zum nächsten und schaute sie mir an, wohlweislich die Ecke meidend, in der die Fotos meiner Mutter hingen.

Während ich umherging, war ich mir Lyalls Anwesenheit bewusst, der sich heute zum ersten Mal halbwegs wohl in Kilmore zu fühlen schien, obwohl er in dem perfekt sitzenden Anzug irgendwie fremd für mich aussah. Als er im Gespräch mit einer älteren Frau, die in einem abenteuerlich blauen Tweedkostüm steckte, seinen Blick schweifen ließ, blieb der an mir hängen. Ich hob kurz grüßend die Hand, und er erwiderte die Geste mit einem knappen Nicken, das genauso gut seiner Gesprächspartnerin gegolten haben könnte. Ich spürte einen Stich in meinem Magen. *Okay, Botschaft angekommen.*

»Hi. Du bist Kenzie, richtig?« Eine junge Frau stand mit einem Mal vor mir, als hätte sie sich aus dem Nichts materialisiert. Doch wahrscheinlicher war wohl, dass ich zu abgelenkt gewesen war, um ihr Kommen zu bemerken.

»Ja, stimmt.« Ich lächelte und ergriff die angebotene Hand, um sie zu schütteln.

»Ich bin Edina. Oder Edie, wie du magst. Mein Bruder meinte, du bräuchtest einen Chaperon.« Lyalls Schwester musterte mich mit kaum verhohlener Neugier. Ich tat das Gleiche. Auf dem Familienbild war offenbar kein Photoshop am Werk gewesen: Das ebenmäßige Gesicht, diese schier porenfreie Haut, sie sah aus, als könne sie in ihrem dunkelgrünen, kurzen Kleid direkt auf irgendeinen Laufsteg spazieren. Die Gene dieser Familie waren wirklich nicht von dieser Welt.

»Einen *was*?«, fragte ich verwirrt. Das Wort hatte ich noch nie gehört.

»Einen Chaperon. Das war früher so eine Art Anstandsdame. Ich vergesse immer, dass es Menschen gibt, die in der wunderbar normalen Welt leben, wo man so einen Mist nicht lernt. Entschuldige.« Sie verdrehte die Augen.

Ich lachte. »Nicht nötig. Ich stehe auf Zeug, mit dem ich später irgendwo angeben kann.«

»Dann halte dich an mich.« Edina verneigte sich spöttisch. »Ich bin ein unerschöpflicher Quell unnützen Wissens.« Sie hakte sich bei mir ein. »Komm, wir brauchen etwas zu trinken. Anders lassen sich diese langweiligen Abende nicht ertragen. Außerdem ist Mum noch drüben bei Moira im Haus, sie lässt sich nie von Anfang an auf solchen Veranstaltungen blicken.«

Ich folgte Edina zu der Bar, die man dort aufgebaut hatte, wo später der Empfangstresen für den Concierge-Service stehen würde. Lyalls Schwester orderte Whiskey für sich und sah dann mich fragend an.

»Für mich das Gleiche«, sagte ich und erntete doppelt anerkennendes Nicken, vom Barkeeper und Edina.

»Du bist nach meinem Geschmack.« Sie grinste. »Aber pass lieber auf, Schotten vertragen wesentlich mehr als ihr Engländer.«

Ich stieß mit ihr an. »Hey, ich bin immerhin halbe Schottin.«

»Im Ernst? Hört man gar nicht. Bist du deswegen für das Praktikum hier?«

»Sozusagen.« Ich nahm einen Schluck Whiskey und genoss den Moment, als er meine Kehle hinunterrollte. Warum hatte ich so lange keinen mehr getrunken? »Eigentlich hatte ich einen Sommerjob bei einer großen Agentur in London ergattert, aber den hat man in letzter Minute gecancelt, also ist uns Paula eingefallen. Sie ist eine Freundin meiner Familie.«

Edina nickte. »Verstehe. Und, wie gefällt es dir hier?« Es klang nicht so leicht dahingesagt, wie sie es wohl vorgehabt hatte.

»Gut«, antwortete ich unbestimmt. »Die Landschaft ist umwerfend, das Projekt interessant und die Leute sind sehr … um mich besorgt.«

»Ja, das kann ich mir denken«, murmelte Edina in ihr Glas.

»Kilmore ist echt Idylle pur. Bis du Scheiße baust, dann wird es zur Hölle auf Erden.«

»Scheint so.« Ich warf wie automatisch einen Blick zu Lyall, der gerade mit seiner Tante sprach und dabei die Stirn in Falten legte, weil wohl irgendetwas nicht so lief wie geplant. Vielleicht hätte ich Edina ein paar Details über Ada entlocken können. Aber was brachte mir das? Was auch immer mit ihr passiert war, es würde mir nicht bei meinem Plan helfen: das Praktikum erfolgreich zu beenden und Lyall dann endlich zu vergessen. Aus den Augen, aus dem Sinn, so sagte man doch.

»Du stehst auf meinen Bruder, oder?«, fragte Edina. Ich verschluckte mich am nächsten Schluck Whiskey und sie klopfte mir hilfsbereit – und kräftiger als man erwartet hätte – auf den Rücken.

»Und du bist ziemlich direkt, hat dir das mal jemand gesagt?« Ich röchelte ein bisschen und kippte den Rest des Whiskeys hinterher. *Ganz miese Idee.* Meine Augen füllten sich mit Tränen.

Edina grinste. »Direkt? Du hast meine Grandma noch nicht erlebt. Also?«

»Glaub mir, ich will nichts von Lyall«, sagte ich, so überzeugend ich konnte. Eigentlich war es ja auch die Wahrheit. Was immer da beinahe begonnen hatte, war längst wieder vorbei. *Total vorbei.*

»Ach nein?« Edina richtete den Laserblick ihrer blauen Augen auf mich, als wäre ich ein Chip, den man auslesen könnte. »Gut«, sagte sie dann erleichtert. »Das ist gut.«

»Warum, weil dann andere freie Bahn haben?«, entfuhr es mir, und ich hatte den Whiskey in Verdacht, meine Zunge gelockert zu haben. Tückisches Zeug. Wenn ich Theodora nicht betrunken begegnen wollte, sollte ich mir dringend ein Wasser besorgen. Oder ein paar von den Häppchen, die so dekorativ durch die Gegend gereicht wurden.

»Was meinst du damit?« Edina sah mich ratlos an, aber dann schien ihr ein Licht aufzugehen. »Ah, diese Models in Edinburgh, oder? Er hat mir davon erzählt. Aber Gott, nein, doch nicht deswegen. Vergiss diese Modepüppchen, das hat nichts zu bedeuten.«

Ich hätte ihr erklären können, dass Sex mit jemand anderem am gleichen Tag wie ein Kuss mit mir durchaus etwas zu bedeuten hatte. Aber da redete Edina schon weiter. »Es ist nur … dieser Sommer in Kilmore ist wichtig für ihn. Dass er ihn sauber über die Bühne bringt, verstehst du? Den Leuten keinen Grund zum Reden gibt. Und du bringst das in Gefahr.«

Ich schaute sie verwirrt an. »Ich? Warum?«

»Na, weil du sein Typ bist«, sagte sie geradeheraus. »Das weiß jeder hier in der Stadt, da bin ich sicher.«

»Ich? Das ist lächerlich.« Zwar hatte ich wahrgenommen, dass man ganz besonders besorgt um mich war, aber ich hatte es darauf geschoben, dass ich fremd war und Lyall vorher nicht gekannt hatte. »Falls du das nicht bemerkt haben solltest, aber ich bin nicht gerade das Beuteschema der oberen Zehntausend. Geschweige denn ein Model.«

Edina schnaubte. »Die Models, das ist Finlays Ding, nicht Lyalls«, sagte sie abfällig. »Mein Cousin geht nur mit Mädchen ins Bett, deren liebste Beschäftigung es ist, sich schminken zu lassen und Kleiderständer zu spielen. Er hat einen regelrechten Fetisch, was das angeht. Todsicher hat er sie angeschleppt.«

»Meinst du? Er wirkte gar nicht so oberflächlich.« Ich nahm zwei Lachsschnitten von einem Tablett und gab eine davon Edina. Sie hielt sie vor den Mund, biss aber nicht direkt hinein.

»Du hast Finlay kennengelernt?«, fragte sie stattdessen, in ihrem Blick etwas, das ich nicht richtig deuten konnte.

»Nur sehr kurz. Aber er ist wirklich nett.«

»Ja, ist er.« Sie lächelte. »Nichts gegen Lye, aber Finlay ist mit Abstand das Netteste, was meine Familie zu bieten hat. Trotz dieser Model-Sache.«

Ich verzog das Gesicht. »Du machst mir Mut für das Gespräch mit deiner Mutter.«

Edina sah auf ihre Uhr. »Wo wir davon reden, ich sorge mal dafür, dass sie herkommt. Wie ich sie kenne, hat sie sich hingelegt, obwohl sie immer behauptet, dass Jetlag in ihrem Wortschatz nicht vorkommt. Sie wird echt sonderbar mit dem Alter.«

Ich musste lachen, weil Theodora Henderson noch nicht einmal fünfzig war. Doch da hatte Edina schon ihr Häppchen verdrückt und war auf und davon. Während ich darauf wartete, dass sie zurückkam, lief ich ziellos und hibbelig zwischen den Bildern hin und her. Ich hatte mir Fragen überlegt, ich hatte sogar Theodoras aktuellen Artikel gegoogelt, um gut vorbereitet zu sein, aber reichte das? Oder würde sie mich für ein Mädchen aus der Provinz halten, das es in Sachen Innendesign nie zu etwas bringen würde? *Oh Gott, bitte nur das nicht.* Ich drehte eine weitere Runde, wischte meine feuchten Hände am Saum des Kleides ab – und landete versehentlich direkt vor einer der Fotografien meiner Mutter. Schlagartig schnürte sich mein Brustkorb zu, als ich das Motiv erkannte.

Es war eine atemberaubende Aufnahme von den *Organ Pipes* in Tasmanien, einer Felsformation, die aussah wie die Pfeifen einer Orgel. Der Nebel zog über die senkrecht zerklüfteten Felsen, und auf einem einzelnen schmalen Vorsprung stand ein Tier, dessen Umrisse nur schwach zu erkennen waren. Man konnte förmlich die kalte, feuchte Luft spüren, die Höhe und die Gewalt der Natur. Es war ein Meisterwerk. Aber das war nicht der Grund, warum mir sämtliches Gefühl aus dem Körper wich, als ich es betrachtete.

Es lag daran, dass es das letzte Foto war, das sie je gemacht hatte. Das letzte, bevor sie nur eine Stunde später abgestürzt und gestorben war. Und mit einem Mal war ich wieder 14 Jahre alt und sah genau dieses Bild vor mir.

Das Paket war wirklich riesig, stellte ich fest, doppelt so groß wie unser Fernseher. Zwei Männer von einem Kurierdienst hatten es für meinen Vater gebracht und mir ein Klemmbrett hingehalten, damit ich unterschrieb. Ich hatte das getan und sie gebeten, den großen, flachen Karton ins Wohnzimmer zu bringen, weil er für mich zu schwer und ich allein zu Hause war. Sobald sie sich verabschiedet hatten, war ich jedoch zu neugierig. Mit aller Vorsicht bog ich eine Ecke der Pappe auf, aber ich konnte nichts erkennen. Ob Dad böse war, wenn ich es öffnete? Nein, bestimmt nicht.

Ich holte ein Messer und schnitt die Schnüre durch, bevor ich den Karton zur Seite wegzerrte. Dann trat ich ein paar Schritte zurück, um etwas zu erkennen. Es war eine Fotografie, die Aufnahme einer Felsformation. Eines von Mums Bildern, vermutlich. Warum schickte man uns so etwas? Was sollten wir damit?

Am liebsten hätte ich Dad angerufen, aber der arbeitete gerade, und ich wusste, das hier würde ihn traurig machen, noch trauriger als eh schon. Neulich erst hatte ich ihn abends wieder weinen gehört, im Schlafzimmer nebenan. Aber ich war nicht hingegangen, diesmal nicht. Er wollte nicht, dass wir etwas davon mitbekamen. Also tat ich ihm den Gefallen, so zu tun, als würde ich es nicht hören.

Ich wollte die Pappe wieder vor das Foto schieben, als mir etwas auffiel: eine kleine Metallplatte, unten in der Mitte. Sie war graviert.

In Gedenken an Kaleigh Stayton, *stand da, und dahinter ihre Lebensdaten.*

Ich las es einmal, zweimal, dreimal, ihren Namen, die Daten, ich konnte den Blick nicht von der letzten Zahl nehmen. Vier Ziffern. Das Jahr, in dem Mum gestorben war. Sie war in diesem Jahr gestorben. Wieder sah ich das Bild an und wusste plötzlich, was es war. Die Organ Pipes. *Das Foto ihres Lebens. Das letzte Foto ihres Lebens.*

Sie war tot. Sie kam nicht mehr zurück.

Nie mehr.

Der Schmerz überrollte mich aus dem Nichts. So war es immer. Das Schluchzen kam hoch, kämpfte sich den Weg frei und ich presste die Hand auf den Mund, versuchte, es zu unterdrücken. Meine Finger zitterten, ich spürte, wie mein Magen sich verkrampfte und umdrehte. Schnell rannte ich zum Bad neben der Haustür, schaffte es gerade noch rechtzeitig hinein und übergab mich heftig ins Waschbecken. Mit zusammengekniffenen Augen drehte ich das Wasser auf, um nichts davon zu sehen, und würgte noch ein paarmal trocken, bevor es endlich aufhörte. Eilig spülte ich noch mehr Wasser hinterher, damit niemand etwas merkte, später am Tag, wenn die anderen nach Hause kamen. Dann drückte ich den Hebel herunter und lehnte mich kraftlos gegen die Wand.

Es war so fürchterlich still. Niemand war hier. Wäre Eleni da gewesen oder Juliet, dann hätte ich einen Grund gehabt, so zu tun, als wäre alles okay. Aber sie waren nicht da. Und deswegen musste ich weg. So schnell wie möglich.

Ich schnappte meine Jacke und rannte aus dem Haus, zu meinem Fahrrad, zerrte es aus der Garage und sprang auf. Dann fuhr ich los, die Auffahrt hinunter und in irgendeine Richtung. Ich musste so weit wie möglich weg von diesem Bild. Von der Tatsache, dass man eine Metallplatte graviert hatte, als wäre dieses Foto ein Grabstein, der den Tod meiner Mum besiegelte. Nur weil sie es gemacht hatte, kam sie nicht mehr zu uns zurück. Wegen eines beschissenen Fotos!

Ich fuhr schneller, ein Auto hupte, jemand schimpfte, ich ignorierte es. Der Frühjahrswind riss an meinen Haaren, an meiner Jacke, aber ich fuhr weiter, immer weiter. Ich würde so lange fahren, bis es besser wurde.

Aber das wurde es nicht. Egal, wie lange ich in die Pedale trat.

Irgendwann tauchte vor mir die alte Woodbridge auf, die am Stadtrand über die Eisenbahngleise Richtung Westen führte. Sie lag allein im Wald, niemand kam hierher, weil der Weg in einer Sackgasse endete. Ich dachte nicht nach, sondern sprang von meinem Rad, ließ es fallen und ging zum Geländer.

Einen Moment stand ich nur da, sah hinunter. Dann hob ich mein Bein und stellte zitternd den Fuß auf das Gitter, stemmte mich hinauf. Die Querstrebe war noch ein ganzes Stück über mir, aber ich schaffte es, hochzuklettern. Als ich oben war, löste ich meine Hände und richtete mich auf.

Unter mir lagen die Gleise. Wie tief war es wohl? 15 Meter? 20? Ich war nicht gut darin, so etwas zu schätzen. Aber eins wusste ich: Wenn man dort hinunterstürzte, war man tot. Genau wie sie. Hatte sie das auch gedacht, als sie an der Felswand heruntergeklettert war? Hatte sie gedacht, wenn ich jetzt abstürze, bin ich tot? Hatte sie an uns gedacht? Daran, dass wir sie brauchten? Oder war ihr nichts davon durch den Kopf gegangen?

Ich nahm den Fuß von der Strebe und streckte ihn nach vorne, ins Leere. Mein Puls hämmerte gegen meine Rippen, mein Kummer schüttelte meinen ganzen Körper. Ich wusste, es würde aufhören. Dieses grauenhafte Gefühl in meinem Inneren würde aufhören, wenn ich mich nach vorne fallen ließ. Wenn ich einfach ging. Nie wieder würde die Erinnerung an meine Mutter mir ein Loch ins Herz reißen. Nie wieder würde ich verbergen müssen, wie weh es tat, dass sie nicht mehr da war. Nie wieder Verzweiflung, Trauer, Wut über die Ungerechtigkeit. Nie wieder Schmerz.

Es war so grausam verlockend.

Dann kam mir Eleni in den Sinn. Meine kleinste Schwester, der jemand das Gefühl geben musste, alles würde wieder in Ordnung kommen. Ich dachte an Juliet, die so sehr versuchte, stark zu sein, und dabei ständig an ihrem weichen Herz scheiterte. An Willa, die uns oft aufheitern wollte und sich freute, wenn man über ihre doofen Scherze lachte, obwohl sie es selbst nicht tat. An meinen Dad, der sie niemals allein aufziehen könnte. Sie hatten schon so viel verloren. Sie konnten mich nicht auch noch verlieren.

Deswegen musste ich bleiben.

Langsam, ganz vorsichtig zog ich den Fuß zurück, hockte mich hin. Ich zitterte am ganzen Körper, trotzdem schaffte ich es, mich hinzusetzen und nach unten zu klettern. Und dann sank ich dort auf den dreckigen, verstaubten Boden und weinte. Ich weinte, bis mir alles wehtat, und dachte an all die Momente mit ihr, die nichts Besonderes gewesen waren, als sie noch gelebt hatte – und die jetzt alles bedeuteten. An die hektischen Morgen mit hastig geschmierten Pausenbroten, auf denen immer das Falsche gewesen war. An ihre Begeisterung, wenn eines ihrer Fotos in einer Zeitschrift erschien. An Fernsehabende im Pyjama. An Hühnersuppe aus der Dose, wenn ich krank war. An die »Schlaf gut«, an die »Wenn du jetzt nicht aufstehst, ziehe ich die Decke weg«, und an jedes einzelne »Ich hab dich lieb, Schatz«.

»Ich hab dich auch lieb, Mum«, flüsterte ich leise in den Wind.

Dann kämpfte ich mich auf die Beine, nahm mein Fahrrad und fuhr den ganzen Weg zurück. Und ich nahm mir vor, ab jetzt würde ich stark sein.

Für uns alle.

»Sieht ziemlich gefährlich aus, oder nicht?«

»Was?« Ich fuhr herum, aber es fühlte sich an, als würde ich es in Zeitlupe tun. Die Erinnerungen hatten mich aus der Realität gerissen und es fiel mir schwer zurückzukehren.

»Das Bild.« Fiona Henderson sah an mir vorbei auf das Vermächtnis meiner Mutter. »Vielleicht wirkt es nur so, aber für mich sieht es aus, als hätte sich der Fotograf dafür ziemlich in Gefahr gebracht.«

Meine Hände begannen zu zittern, als die Erinnerungen erneut auf mich einprasselten wie ein Hagelschauer. An den

Tag, als der Anruf gekommen war, den ich entgegengenommen hatte. *Es gab einen Unfall. Wie kann ich deinen Vater erreichen?* Die folgenden Tage, als ihre Kollegen uns besucht hatten, um uns zu erzählen, wie es passiert war und dass sie nichts mehr hatte sagen können, bevor sie gestorben war. Ich wusste noch genau, wie es sich angefühlt hatte. Wie ich versucht hatte, meinen Schwestern zu erklären, dass sie nicht zurückkommen würde, obwohl ich es selbst nicht verstehen konnte. Wie das Gesicht von Eleni ausgesehen hatte, war in meinen Kopf gebrannt wie ein Standbild. *Du lügst! Mum würde uns nie alleinlassen!* Wie sie geweint hatte, stundenlang, in meinem Arm, während ich mich gefragt hatte, wie unser Leben jemals weitergehen sollte. Und wie ich schließlich auf dieser Brücke gestanden und gedacht hatte, ich würde diesen Schmerz nicht länger aushalten. All das flutete mein Herz und meinen Verstand, während ich krampfhaft versuchte, nicht darunter zusammenzubrechen. Ich hatte das alles so lange weggeschoben. Musste es ausgerechnet heute zurückkommen?

Fiona stand noch neben mir und sah mich an, wartete auf eine Antwort.

»Meine … meine Mum hat das Bild gemacht«, stammelte ich.

Fionas Augen wurden groß. »Deine Mutter? Ist sie nicht …« Ihr wich alle Farbe aus dem Gesicht.

»Doch«, sagte ich leise. »Das hier war ihr letztes Foto.«

»Oh Gott. Kenzie, es tut mir so leid, ich wollte nicht taktlos sein.« Zum ersten Mal, seit ich Fiona kannte, war sie freundlich zu mir, aber ich bekam es kaum mit.

Ich muss hier raus. Das war alles, woran ich denken konnte. Genau wie damals musste ich weg, weg von dem Bild und meinen Erinnerungen, die ich damit verband. Weg von der Trauer, die sich in mir ausbreitete wie ein tödlicher Virus, und von der Wut, die sich daruntermischte. Ich brauchte dringend etwas, um beides zu betäuben, und einen Ort, um das zu tun. So schnell wie möglich.

Ich machte kehrt, steuerte mit eiligen Schritten auf die Bar zu und nahm mir ohne zu fragen eine ganze Flasche Whiskey. Wie durch Nebel sah ich die Leute, aber für mich gab es nur die rettende Tür nach draußen. Ich stolperte über die Schwelle, fing mich noch ab, lief auf den Rasen, knickte um. Wütend schleuderte ich Amys Schuhe von meinen Füßen und ging barfuß weiter, die Flasche fest in meiner Hand.

Vor mir glitzerte der See, und ich lief, rannte irgendwann und blieb auch nicht stehen, als ich den groben Sand des Strandes am Ufer unter den Fußsohlen spürte. Ich lief weiter, immer am Loch entlang, bis ich irgendwann den Wald erreichte. Der Kloß in meinem Hals war größer als jemals zuvor, ich hatte das Gefühl, ich müsste daran ersticken, an ihm und den Gedanken an meine Mum. Wie sie einfach nicht mehr da gewesen war. Wie sie uns alleingelassen hatte. Wie sie *mich* alleingelassen hatte. Aber ich kämpfte gegen den Drang, an Ort und Stelle zusammenzubrechen, bis ich weit genug gelaufen war. Genau wie damals.

Und erst dann, als ich auf einem schmalen Streifen Ufer auf meine Knie fiel und die Flasche zitternd in den Kies glitt, hörte ich auf, mich zu wehren. Gegen die Tränen, gegen den Schmerz. Ich ließ alles zu, ließ mich davon überrollen, brach darunter zusammen, gab auf. Schließlich wusste ich, wann ich verloren hatte.

Das hatte ich schon immer gewusst.

19
Lyall

»Lye? Hast du kurz Zeit?« Meine Schwester, die erst ein paar Stunden vor dem Event angekommen war, unterbrach mein Gespräch mit dem Auktionator. Ich entschuldigte mich und ging mit ihr beiseite.

»Was ist los?«, fragte ich.

»Hast du Kenzie gesehen? Ich war nur kurz drüben und habe Mum daran erinnert, dass hier jemand auf sie wartet, aber als ich zurückkam, war sie weg.« Edina sah sich um und ich tat es ebenfalls, aber ich konnte Kenzie nirgendwo entdecken.

»Nein, keine Ahnung.« Dabei hatte ich sie kaum aus den Augen gelassen, seit sie angekommen war. Es war ziemlich riskant, aber ich konnte mich nicht davon abhalten, schon gar nicht, wenn sie so aussah wie heute. Auch in ihren normalen Klamotten fand ich sie heiß, aber dieses schwarze Kleid sorgte dafür, dass ich mich kaum auf die Gespräche konzentrieren konnte, die ich führte. Als ich jedoch den Auktionator begrüßt hatte, war ich kurz abgelenkt gewesen und hatte sie verloren.

»Ich frage mal Henry, vielleicht weiß er etwas.« Edina ging, redete mit dem Barkeeper und kam nach einer Minute zurück.

»Was ist?«, fragte ich, als ich ihren besorgten Gesichtsausdruck sah.

»Ich weiß nicht, ob es etwas zu bedeuten hat, aber … Kenzie hat sich wohl vorhin mit Fiona unterhalten, da drüben bei den Fotografien, und dann ist sie förmlich aus dem Raum geflüchtet. Und vorher hat sie Henry eine volle Flasche Scotch abgenommen.« Sie deutete zum Barkeeper.

Mit einer ganzen Flasche Whiskey zu fliehen – direkt, bevor sie meine Mutter kennenlernen sollte? Das ergab doch keinen Sinn. Ich drehte mich zu der entsprechenden Ecke um und erkannte, dass es die Aufnahmen von Kaleigh Stayton waren, die dort an der Wand hingen. Ein richtig mieses Gefühl beschlich mich.

»Weiß er, wo sie hin ist?«, drängte ich meine Schwester.

»Nein, nicht genau. Willst du sie suchen?«

Ich presste die Lippen aufeinander. Eigentlich hätte ich Edina darum bitten sollen, oder Drew anrufen lassen. Immerhin hatte ich zwei Wochen in Kilmore hinter mich gebracht, ohne in Kenzies Nähe zu kommen – zumindest nicht auf die Art, wie ich es eigentlich wollte. Das zusammen mit dieser Wohltätigkeitsveranstaltung hatte meinen Ruf in der Stadt so weit verbessert, dass ich mit einem weiteren Monat offensiver Harmlosigkeit wahrscheinlich aus dem Schneider war. Aber es ging hier um Kenzie. Kenzie, die ständig in meinen Gedanken herumgeisterte, obwohl mir das verboten war. Schon seit diesem Abend in Edinburgh machte es mich rasend hilflos, sie anzusehen und zu wissen, was sie von mir dachte. Dass sie glaubte, die hätten alle recht. Aber auch wenn es für uns beide besser gewesen wäre, konnte ich die Suche nach ihr nicht jemand anderem überlassen. Nein, falsch. Ich *wollte* sie niemand anderem überlassen.

»Kannst du dir was ausdenken, warum ich weg bin?« Ich sah meine Schwester bittend an.

»Hat die Queen einen eigenen Balkon? Natürlich kann ich das.« Edina zeigte unauffällig zu einer der Haupttüren, die in den Park führten. »Sie ist dort raus. Wenn du sie nicht bald findest, sag Bescheid, dann trommle ich einen Suchtrupp zusammen.«

Besorgt sah ich zu besagter Tür. »Ich hoffe, sie ist einfach nur zu ihrem Camper gegangen. Sie kennt sich hier nicht gut genug aus und in einer halben Stunde ist es stockdunkel draußen.« Schnell zog ich mein Handy heraus und schaute nach, ob ich noch genug Akku hatte. »Ich melde mich.« Dann ließ ich meine Schwester allein und trat nach draußen.

»Lyall?« Fionas Stimme hinter mir bremste mich auf meinem Weg durch den Park. »Was ist mit Kenzie? Geht es ihr gut?«

Ich drehte mich wütend um. »Was hast du zu ihr gesagt?«, herrschte ich sie an.

»Nichts! Ich habe nur gesagt, dass es bestimmt gefährlich ist, diese Bilder zu machen. Ich hatte doch keine Ahnung, dass sie von ihrer Mutter sind. Dass es ihr letztes Foto war!«

Ich sah Fiona an. »Dann bete lieber, dass ihr nichts passiert ist.« Meine Stimme war nur noch ein Zischen. »Denn wenn doch, schwöre ich dir, mach ich dich fertig.«

Ich durchquerte den Park und wandte mich in Richtung See. Kaum war ich außer Sichtweite der Gäste, begann ich zu laufen, die wenige Zeit bis zum Einbruch der Dunkelheit im Nacken. Mein Puls schlug schnell und hart, aber nicht wegen der Anstrengung, sondern vor Sorge. Wenn Kenzie ein Treffen mit meiner Mutter verschmähte, dann war es ernst. Ich hatte gesehen, wie ihr Gesicht aufgeleuchtet hatte, als ihr klargeworden war, mit wem ich da verwandt war. Wie sie sich gefreut hatte, dass sie Mum kennenlernen würde. Nein, da stimmte etwas nicht. Ganz gewaltig nicht.

Nach dem, was Fiona zu ihr gesagt hatte, war wahrscheinlich alles zurückgekommen. Es passte zu Kenzie, denn Leute wie sie ergaben sich nicht ihrem Schmerz, sondern verdrängten und machten weiter. Wahrscheinlich hatte er sie gerade wieder eingeholt. Hoffentlich machte sie nicht irgendetwas Dummes deswegen.

Am Strand, der zum Hotel gehörte, war sie nicht, also lief ich weiter am Wasser entlang bis zum Campingplatz. Der blaue Van stand an seinem Platz, darin war es dunkel. Ich ging zum Auto und klopfte vorsichtig an das Fenster in der Schiebetür.

»Kenzie? Hey, bist du da?« Nichts. Ich klopfte noch mal. *Wenn dich jemand hier sieht, wie du nach ihr suchst, bist du geliefert*, mahnte etwas in meinem Hinterkopf. *Na und? Scheiß drauf.*

Der Wagen war abgeschlossen, und auch als ich mein Ohr an das Blech drückte, war nichts zu hören. Also musste sie woanders hingelaufen sein, wahrscheinlich irgendwohin, wo sie ihre Ruhe hatte. Ich schaute auf die Uhr, es dämmerte bereits. Wenn ich sie finden wollte, dann musste ich mich beeilen.

Ich lief, bis ich in den bewaldeten Teil des Ufers eintauchte und es mit einem Mal dunkel war. Da ich hier so oft spätabends gewesen war, fand ich mich blind zurecht, aber mein Ziel kannte ich trotzdem nicht. Wo zur Hölle war sie, verdammt noch mal?

Mein Kopf rechnete hastig. Wie lange brauchte man, um so viel zu trinken, dass es gefährlich wurde? Kenzie war nicht klein, aber zierlich, und sie hatte schon mit Edina einen Drink gehabt. Außerdem hatte sie sicherlich zwanzig Minuten Vorsprung. Reichte das aus?

Ich blieb stehen, mitten auf dem Pfad. Dann holte ich Luft und ließ jede Vorsicht fallen.

»Kenzie!«, brüllte ich in den Wald. »Kenzie, wo bist du?« Keine Antwort. Mein Magen krampfte sich vor Angst zusammen, als ich weiterlief und immer wieder nach ihr rief, ohne eine Reaktion zu bekommen. Und je weiter ich in den Wald vordrang, desto mehr verabschiedete sich meine Vernunft und Panik übernahm das Ruder. *Scheiße. Das wird genauso enden. Genauso wie vor drei Jahren,* dachte ich, während ich Ausschau nach ihr hielt. *Das stimmt nicht,* widersprach der rationale Teil in mir. *Das hier ist anders als bei Ada. Es ist nicht deine Schuld, dass Kenzie abgehauen ist.* Nein, aber wenn ich sie nicht finden konnte, dann spielte das keine Rolle.

Ich war schon fast an den Ferienhäusern angekommen, als mein Handy klingelte. Auf dem Display war das Gesicht meiner Schwester zu sehen.

»Ist Kenzie wieder da?«, fragte ich hastig.

»Leider nein. Also hast du sie nicht gefunden?«

»Nein. Ich bin am Nordufer, weil ich dachte, sie ist vielleicht hierhergelaufen, aber keine Spur von ihr.«

»Dann komm zurück. Wir werden ein paar Leute fragen, ob sie suchen helfen.«

»Edie, was wenn …?« Der Rest des Satzes blieb mir vor Angst im Hals stecken.

»Hör auf damit, Lye«, sagte meine Schwester ruhig. »Kenzie ist ein kluges Mädchen, sie wird keinen Blödsinn anstellen. Bestimmt finden wir sie bald.«

Ich drehte mich um und atmete aus. »Okay. Ich bin gleich da. Sag niemandem etwas, bevor ich zurück bin.«

Eilig setzte ich mich wieder in Bewegung. Auf dem Hinweg war ich gejoggt, auf dem Rückweg rannte ich wie der Teufel. Ich musste so schnell wie möglich zurück, damit die Suche angeleiert werden konnte. *Bitte mach, dass sie in Ordnung ist.*

Am Waldrand wurde ich langsamer, als mein Blick vom Uferstreifen angezogen wurde, weil irgendetwas dort nicht ins Bild passte. Das kleine Stück Strand, vor allem mit Kies bedeckt, leuchtete hell im aufkommenden Mondlicht – abgesehen von einem dunklen Schatten auf dem Boden, direkt am Wasser.

Fuck.

Mein Körper reagierte ohne mein Zutun, er spannte sich an, aktivierte alle Kräfte und sprintete zu der Stelle wie ein Wahnsinniger.

»Kenzie!« Ich stoppte, schlitterte auf dem Kies, beugte mich zu ihr. Sie lag auf dem Rücken, die Flasche Whiskey in einer Hand, ihre Augen offen. Erleichterung machte mir die Knie weich. Sie war bei Bewusstsein.

»Geh weg«, sagte sie, und ich hörte, dass sie nicht nur getrunken, sondern auch geweint hatte.

»Das kannst du vergessen.« Ich ging neben ihr in die Hocke, nahm ihr die Flasche ab. Sie war noch dreiviertel voll. Das bedeutete, Kenzie würde am nächsten Tag einen ordentlichen Kater haben, aber sie war weit davon entfernt, sich zu vergiften. »Was ist passiert?«

Sie schnaubte und schluchzte gleichzeitig. »Das geht dich einen feuchten Dreck an. Was willst du überhaupt hier? Gib das wieder her.« Kenzie setzte sich auf und griff nach der Flasche. Dafür, dass sie schon einiges getrunken hatte, war ihre Aussprache relativ klar. Musste das schottische Erbe sein. Oder der Whiskey hatte seine volle Wucht noch nicht entfaltet.

»Was ich hier will? Ich habe mir Sorgen gemacht.«

»Du?« Kenzie schnaubte noch einmal, aber es klang eher kläglich. »Warum solltest du dir Sorgen um mich machen?«

Ich setzte mich neben sie und brachte die Flasche aus ihrer Reichweite. »Weil du von dem Empfang verschwunden bist und die hier mitgenommen hast?«

»Jaha, und das ist eine Party, zu der du nicht eingeladen bist«, maulte sie.

»Sieht mir nicht nach Party aus. Eher nach Flucht.«

»Und wenn schon. Manchmal ist Flucht die beste Option. Zum Beispiel, wenn du nicht in aller Öffentlichkeit heulend zusammenbrechen willst.«

»Vergiss, was Fiona da geredet hat«, sagte ich. »Sie hatte schon immer das Feingefühl eines Amboss.«

»Ach, sie hat ja recht.« Kenzie nahm einen Kiesel und warf ihn wütend ins Wasser. »Jedes Mal, wenn ich das Foto sehe, frage ich mich, was an diesem beschissenen Felsen so besonders ist.« Sie schaute mich an und schien vergessen zu haben, dass sie mich eigentlich nicht in ihrer Nähe wollte. »Wieso steigt meine Mutter auf einen Felsen, von dem sie abstürzen und sterben kann? Warum macht sie das? Denkt denn jeder in dieser verdammten Welt nur an sich?!«

»Ich bin sicher, dass deine Mutter nicht aus Egoismus auf diesen Felsen gestiegen ist«, sagte ich ruhig und fing Kenzies Hand ein, die nach der Flasche verlangte. Sie machte sich los, ihre Augen funkelten.

»Ach nein? Wieso denn dann? Aus welchem guten Grund lässt du deinen Mann und deine *vier Kinder* allein in England, um in Tasmanien das Foto deines Lebens zu machen? Warum machst du das, wenn es dir nicht scheißegal ist, was mit denen ist? Nein.« Sie lachte bitter auf. »Das hat sie gemacht, weil sie sich verwirklichen wollte. Weil wir ihr nicht genug waren. Wahrscheinlich nie.«

Andere hätten in diesem Moment wahrscheinlich tröstende Worte gefunden, etwas Nettes gesagt, das es besser machen sollte. Aber ich war nicht hier, um es besser zu machen – weil das gar nicht ging. Ich war hier, um Kenzie aus diesem Loch aus Trauer wieder herauszuholen. Damit sie sich den Staub abklopfen und weitermachen konnte.

»Ich glaube nicht, dass ich jemals größeren Schwachsinn gehört habe als das«, sagte ich also.

Sie starrte mich an. »Woher willst du das wissen?«, fauchte

sie. »Du kanntest sie doch überhaupt nicht. Und selbst wenn, du bist doch genauso! Du drohst und verletzt Menschen, wann immer es dir in den Kram passt. Ich habe gehört, was du zu Drew gesagt hast, und dann hast du erst mich geküsst und am gleichen Tag dieses Model gevögelt …« Sie schnaubte und schüttelte den Kopf. »Du bist ja wohl der König der Egoisten, Lyall Henderson. Klar, dass du sie verstehst.«

Ich blieb stumm, weil es furchtbar wehtat, was sie sagte. Weil es der Wahrheit so nahekam und trotzdem so unendlich weit davon entfernt war.

Kenzie sah mich an, schien etwas in meinem Gesichtsausdruck zu erkennen. Und plötzlich verschwand die Wut aus ihren Augen.

»Gott, hör dir das an«, sagte sie, nun ganz leise und bedauernd. »Ich bin kein bisschen anders. Ich tue dir weh, nur weil ich hoffe, dass es mir dann besser geht. Ich bin ein grauenhafter Mensch.«

Sie holte zittrig Luft und begann dann zu weinen – so bitterlich, dass es mir innerhalb einer Sekunde das Herz brach. Ohne darüber nachzudenken, nahm ich sie in die Arme. Im ersten Moment versteifte sie sich, ich wollte schon wieder loslassen. Aber da wurde ihr Körper plötzlich weich und sie ließ die Umarmung zu.

»Das ist nicht wahr«, sagte ich leise. »Ich kenne grauenhafte Menschen und die sind anders als du. Und weniger hübsch, nebenbei gesagt.«

»Lüg mich nicht an«, schluchzte sie an meiner Schulter. »Ich bin wütend auf meine Mutter, Lyall. Meine *tote* Mutter. Das ist doch scheiße.«

Lächelnd strich ich ihr über die Haare. »Es ist menschlich. Das ist alles.«

Was immer meine Worte in ihr auslösten, sie brachten sie wieder zum Weinen, und ich zog sie enger an mich, um sie einfach festzuhalten. Und während sie den Kummer von wer weiß wie vielen Jahren rausheulte, strich ich ihr über den Rücken und ließ sie ansonsten weinen. Erst nach einer Weile wurde sie ruhiger und machte sich schließlich von mir los.

»Besser?«, fragte ich und lächelte.

Sie nickte und lehnte ihren Kopf an meine Schulter. »Weißt du, was komisch ist?«, fragte sie. »Es ist sechs Jahre her, und keiner hat mich je gefragt, wie es sich angefühlt hat, sie zu verlieren.«

»Okay.« Ich holte Luft. »Wie hat es sich angefühlt?«

Kenzie lachte freudlos. »Willst du das wirklich wissen?«

»Ja.« *Und ich glaube, es ist wichtig, dass du es jemandem sagst.*

Sie schwieg und brauchte einen Moment, bis sie antwortete. »Es war schrecklich. Nicht der Augenblick, wo ich es erfahren habe. Sondern der, wo es mir klar geworden ist. Er kündigt sich nicht an, er schickt keinen Brief und sagt, an dem und dem Datum ist es so weit. Nein. Er kommt dann, wenn du es nicht erwartest. Und dann fegt er dich von den Füßen und zerreißt dich in winzig kleine Fetzen.« Sie holte tief Luft. »Aber das Schlimmste ist … er kommt immer wieder. Gerade, wenn du denkst, dass es besser wird. Wenn du die Fetzen wieder zusammengesetzt hast und glaubst, du hast das Schlimmste geschafft, dann … dann sagt jemand etwas über sie oder du findest zu Hause etwas von ihr, und alles geht von vorne los.«

Kenzies Worte gingen mir direkt ins Herz, und ich spürte ihren Schmerz, als wäre es mein eigener. Schließlich wusste ich, wie das war. Nur ganz anders als sie.

»Es tut mir leid«, sagte ich.

»Das mit meiner Mum? Das hast du bereits gesagt, weißt du nicht mehr? In deinem Zimmer.«

»Ich weiß. Und ich meine nicht deine Mum. Ich meine das mit dir. Dass dich nie jemand danach gefragt hat.«

»Du hast gefragt.« Sie lächelte. »Danke.« Dann lehnte sie sich wieder an mich und ich atmete aus. Das hier machte nichts einfacher, aber alles besser. Und der Rest war mir gerade egal.

»Wolltest du je die Zeit zurückdrehen?«, fragte Kenzie irgendwann leise in die Stille hinein. »Um was anders zu machen?«

Ich versteifte mich und hoffte, sie merkte es nicht. »Wer will das nicht«, umging ich eine Antwort. »Warum fragst du? Wegen deiner Mum?«

Sie nickte, ich spürte es an meiner Schulter. »Früher habe ich gedacht, das wäre Bullshit. Aber dann starb sie, und ich wusste, es ist wahr. Dass man sich wünscht, man hätte etwas anderes gesagt als: *Bring mir eins von diesen Schildern mit einem Känguru mit.*«

Ich lachte auf. »Das hast du gesagt?«

»Allerdings. Meine Mum war so oft weg, es war keine große Sache mehr für uns. Aber wenn ich gewusst hätte, dass sie nicht zurückkommt …«

»Dann was? Hättest du ihr gesagt, dass du sie lieb hast und würdest dich jetzt besser fühlen?« Ich schüttelte den Kopf. »*Das* ist Bullshit. Niemand rechnet damit, wenn Menschen plötzlich sterben. Wir alle tun so, als würde so etwas nicht passieren. Und dann passiert es doch, und man sitzt da, fragt sich, ob man etwas hätte anders machen können … aber am Ende ist es scheißegal. Es wird nicht leichter, jemanden zu verlieren, nur weil man ihm vorher noch sagen konnte, dass man ihn liebt.«

Kenzie schwieg einige Momente und hob dann den Kopf, um mich anzusehen. »Du kannst echt weise sein, wusstest du das?«

Ich lachte stumm. »Nein, ich hatte keine Ahnung. Aber –« Mein Handy begann zu klingeln. Schnell zog ich es aus der

Tasche und nahm den Anruf an. »Hey. Ich habe sie gefunden.«

»Geht es ihr gut?«, fragte Edina.

Ich sah zu Kenzie neben mir. »Mehr oder weniger. Es ist jedenfalls kein Fall für den Notruf.«

»Okay.« Meine Schwester atmete aus. »Kommst du bald zurück? Die Auktion startet gleich, und wenn Moira nicht erfahren soll, warum du wirklich weg bist, musst du spätestens dann wieder da sein.«

»Die Auktion muss ohne mich stattfinden«, sagte ich. »Ich kann hier jetzt nicht weg.«

»Verstehe. Ich tue, was ich kann, Bruderherz. Aber ich kann dir nicht versprechen, dass es keinen Ärger gibt.«

»Ich weiß. Danke.« Sie legte auf.

»Wer war das?« Kenzie sah mich an, und ich wusste, ich hatte die richtige Entscheidung getroffen. Sie wirkte zwar weniger verloren als noch vor einer halben Stunde, aber dennoch zitterte sie leicht, vor Kummer und wahrscheinlich auch vor Kälte. Schnell zog ich das Jackett meines Anzugs aus und legte es ihr um die Schultern, dann zog ich sie wieder sanft an mich. Sie schmiegte sich in meine Arme, das Gesicht an meiner Schulter, und sie war nicht die Einzige, die sich entspannte.

»Nur Edina. Sie wollte wissen, ob ich dich gefunden habe. Ich hab ihr gesagt, es ist alles okay.«

»Du hast dir wirklich Sorgen um mich gemacht, oder?«, fragte Kenzie leise. »Warum?« Ich kam nicht zu einer Antwort, denn sie schien sich selbst eine zu geben. Erschrocken löste sie sich von mir und sah mich an. »Wegen dieses anderen Mädchens, oder? Das verschwunden ist? Oh Lyall, es tut mir so leid, ich wollte nicht –«

»Hör auf«, brachte ich sie sanft zum Schweigen. »Das hat nichts mit ihr zu tun, oder mit dem, was damals passiert ist.

Ich habe mir deinetwegen Sorgen gemacht. Nicht wegen irgendwelcher Erinnerungen.« Sie sah mich an, trotz des Alkohols mit erstaunlich klarem Blick – und mir blieb nichts anderes übrig, als ihm auszuweichen. »Komm, Miss Bennet«, sagte ich schnell und stand auf, sie immer noch fest im Arm. »Es ist besser, ich bringe dich ins Bett.«

Der Campingplatz war nicht weit weg und Kenzie nicht so betrunken wie befürchtet, deswegen war es keine große Anstrengung, sie bis zu ihrem Van zu bringen. Ich öffnete ihn mit ihrem Schlüssel und scheiterte daran, einen Schalter zu finden, bis sie es tat. Blindlings griff sie in irgendeine Ecke und dezentes Licht erleuchtete das Innere. Dann schloss sie die Tür hinter mir und suchte in ihrem Bett, bis sie eine Jogginghose und ein übergroßes schwarzes Shirt fand.

»Kannst du das mal aufmachen?« Kenzie griff in ihrem Nacken nach dem Reißverschluss des Kleides und bekam ihn nicht zu fassen.

Falls du dich gefragt hast, wann der richtige Moment ist, um dich zu verabschieden und zu gehen: Das ist er.

»Klar«, sagte ich, griff nach dem Verschluss und zog ihn mit angehaltenem Atem herunter, bevor ich zurücktrat und mich schließlich umdrehte.

»Was wird das denn?«, fragte sie verwundert.

»Du willst dich doch umziehen, oder?«

»Und da dreht Lyall Henderson sich um?« Sie klang belustigt.

»Lyall Henderson dreht sich dann um, wenn die Dame betrunken ist und er sich deswegen absolut angemessen verhalten möchte.«

»Ich bin nicht betrunken. Höchstens ein bisschen.« Kenzie fasste mich am Arm und brachte mich dazu, sich wieder zu ihr umzuwenden. Sie war längst in ihren bequemen Klamotten. Ich streckte die Hand aus und berührte sie an der Wange. Da hob sie den Kopf und ihre Lippen streiften meine. Es war nur eine sachte Berührung, aber sie steckte meinen Körper von einer Sekunde auf die andere in Brand. Wie machte sie das nur, dass ich mir in ihrer Nähe niemals trauen konnte?

»Ich sollte jetzt lieber gehen«, sagte ich leise. Bevor ich es nicht mehr schaffte. Aber ich rührte mich nicht.

»Verstanden, du bist wirklich ein Gentleman.« Kenzie trat einen Schritt zurück und legte den Kopf in den Nacken, um mir in die Augen zu sehen. »Aber du hast gesagt, du bringst mich ins Bett, schon vergessen?«, sagte sie, und ich fragte mich, wie viel Whiskey aus ihr sprach und wie viel Kenzie. Und welches Verhältnis mir lieber war.

»Du stehst einen halben Meter neben deinem Bett«, informierte ich sie mit einem schiefen Grinsen.

»Es heißt aber nicht *Ich bringe dich einen halben Meter neben dein Bett.*« Sie seufzte, ließ sich auf die Matratze fallen und legte die Hand auf die freie Seite neben sich. »Komm schon. Sonst findest du nie heraus, dass Campingbetten echt bequem sind. Ich verspreche auch, ich werde deine Ritterlichkeit keiner weiteren Prüfung unterziehen.«

Ich seufzte innerlich darüber, wie wenig ich ihr entgegenzusetzen hatte, dann legte ich mich neben sie auf den Rücken.

»Und, was sagst du?« Sie sah mich an.

»Es ist ziemlich bequem«, gab ich zu.

»Sag ich doch.« Sie flüsterte diese Worte, dann kuschelte sie sich an mich, als wäre es das Normalste auf der Welt. Als hätten wir das schon hundertmal getan.

»Du riechst so unglaublich gut«, murmelte sie, und ihr Atem strich über die Haut an meinem Hals. Ihrer verwaschenen Stimme hörte ich an, dass die Wirkung des Whiskeys langsam ihren Höhepunkt erreichte. »Und du siehst so unglaublich gut aus. Und du küsst unglaublich. Warum musst du dich manchmal wie ein unglaublicher Idiot benehmen?«

Sie sagte es mit solcher Inbrunst, dass ich auflachte, bevor die altbekannte Schwärze mich erfassen konnte. »Gerade bin ich doch ziemlich nett«, widersprach ich.

»Stimmt, bist du. Das bist du meistens, wenn nicht jemand aus deiner Familie auftaucht oder du irgendwelche Models flachlegst.« Sie schnaubte, aber ihr Blick, der mich traf, war todernst.

»Ich weiß, das war …« Ich brach ab.

»Was?«, hakte sie nach.

»Dumm«, sagte ich schlicht. »Es war der dumme Versuch, Kilmore zu vergessen … und das mit uns.«

»Du willst das mit uns vergessen?« Sie sah mich an, aber ihr Blick war nicht verletzt. Eher fragend.

»Ich will nicht, ich *muss* es vergessen.« Sanft strich ich ihr über die Haare.

»Warum?« Es war eine klare Frage, so direkt gestellt, dass es mir das Herz zerriss, darauf eine Antwort zu geben. Ich zog Kenzie in meine Arme, um sie nicht ansehen zu müssen, als ich es tat.

»Weil es besser so ist«, flüsterte ich, während ein tiefer Schmerz an meinem Innern zog. »Man sieht es mir vielleicht nicht an, aber glaub mir, ich bin beschädigte Ware. Nichts weiter als ein hübscher Karton mit einem Haufen Schutt drin.«

Kenzie schüttelte ihren Kopf, was ich mehr spürte, als es zu sehen. »Das glaube ich nicht.«

»Ich weiß«, lächelte ich traurig. »Genau deswegen kann ich dir das nicht antun. Ich kann dir *mich* nicht antun.«

»Lyall«, wisperte sie und ließ mich nicht los, so als wüsste sie, dass es auch besser für sie war, mich dabei nicht anzusehen. »Es wirkt heute Abend bestimmt nicht so, aber glaub mir: Ich halte eine Menge aus.«

»Ich weiß, aber es geht dabei nicht um dich. Sondern um mich. *Ich* würde das nicht aushalten.«

»Woher willst du das wissen, wenn du es nicht versuchst?«

Ihre Worte versetzten mir einen heftigen Stich in den Magen und meinem Herz einen schmerzhaften Stoß. Dieses Mädchen in meinen Armen, dieses großartige, starke Mädchen gab mir gerade eine Chance auf etwas, das für mich in unerreichbare Ferne gerückt war. Und ich konnte nicht mehr tun, als ihr das auszureden. Weil sie nicht wusste, was sie da sagte. Weil sie keine Ahnung hatte, was es bedeutete, mit mir zusammen zu sein. Da war nicht nur meine komplizierte Familie oder die Tatsache, dass sie mir verboten, zu lieben, wen ich wollte ... da war vor allem ich. Ich und meine Vergangenheit, deren Schwärze nicht einmal Kenzies Licht vertreiben konnte. Die ganze Zeit hatte ich so besessen meinen Plan verfolgt, an den Vorgaben unserer Familie etwas zu ändern, dass ich gar nicht bemerkt hatte: Für mich kam das alles zu spät. Denn das, was an mir hing, würde nie verschwinden. Es haftete an mir wie ein schwarzer Schatten, der sich auf jeden ausdehnte, der es wagte, sich in mich zu verlieben. Ich würde nicht zulassen, dass jemand diese Grenze überschritt. Schon gar nicht Kenzie.

Ich brachte es nicht übers Herz, ihr das zu sagen, also schluckte ich den Kloß in meinem Hals und blieb still, streichelte zart ihren Rücken und spürte bald darauf, dass sie eingeschlafen war. Vorsichtig machte ich mich von ihr los und drängte das schmerzhafte Ziehen in meinem Magen weg, als ich aufstand.

»Lyall?«, erklang es da verschlafen hinter mir. »Wo willst du hin?«

»Ich muss zurück ins Hotel, kann ich dich allein lassen?«, fragte ich leise.

Kenzie hatte sich aufgesetzt und ihre Haare standen im Schein des Lichtes wie ein Heiligenschein von ihrem Kopf ab. »Kannst du nicht hierbleiben?«, fragte sie dann. »Es ist doch schon total spät, niemand wird dich vermissen.«

Ich musste gegen meinen Willen lächeln. »Hast du eine Ahnung.«

Sie strich sich ihre Haare zurück. »Lass mich nicht betteln, okay? Ich war heute schon erbärmlich genug.«

»Du warst alles, aber nicht erbärmlich.«

»Dann sorg dafür, dass es so bleibt.« Sie streckte ihre Hand aus und ich hatte auch jetzt nicht die Kraft zu widerstehen. Der Verlockung, nur eine einzige Nacht neben einem Mädchen zu verbringen, das mir wirklich etwas bedeutete.

Also kehrte ich zu ihr zurück, ließ mich von ihr wieder in diese Welt ziehen, in der es uns beide geben konnte, und schloss meine Arme um sie.

Und obwohl ich es nicht wollte, obwohl ich mich krampfhaft davon abhielt und immer wieder aufschreckte … die Wärme von Kenzies Körper an meinem und das Vertrauen, das sie mir in diesem Moment entgegenbrachte, weil sie tief und fest neben mir schlief, führten dazu, dass ich in einen Schlaf fiel, in dem ich zum ersten Mal seit Wochen nicht von Albträumen heimgesucht wurde.

20

Kenzie

Als ich am Morgen aufwachte, war ich allein. Allein mit meinem überdimensionalen Schädel, der rein rechnerisch gar nicht in Loki hineinpassen konnte. Ich schloss die Augen und lehnte mich wieder in die Kissen, versuchte, mich an die Einzelheiten dieser Nacht zu erinnern. Manches war verschwommen – die Tirade über meine Mutter, mein Lauf runter zum Loch oder der zurück zum Campingplatz.

Aber anderes war so klar, als wäre ich in diesen Momenten nüchtern gewesen: Wie mich Lyall in seine Arme gezogen hatte, als ich in Tränen ausgebrochen war. Wie er neben mir gelegen hatte, genau hier, in der letzten Nacht. Und wie er mir etwas zugeflüstert hatte, das mich auch einige Stunden später noch so sehr berührte, dass mein Hals eng wurde. *Man sieht es mir vielleicht nicht an, aber glaub mir, ich bin beschädigte Ware. Nichts weiter als ein hübscher Karton mit einem Haufen Schutt drin.*

Ich erinnerte mich daran, wie seine Stimme dabei geklungen hatte. So als wäre er vollkommen überzeugt davon, dass er die Wahrheit sagte. Als wäre etwas in ihm wirklich unwiderruflich zerstört. Aber konnte das sein? Konnte jemand emotional zerbrochen sein, der sich so verhielt wie er gestern? Der nach mir suchte und mir bis zum Ufer folgte, weil er sich

Sorgen machte? Der mich in den Arm nahm und tröstete, der mich sicher nach Hause brachte und bei mir blieb, nur weil ich ihn darum bat? Ich wollte nicht daran glauben.

Draußen schepperte irgendwo etwas, und ich setzte mich ein zweites Mal auf, wobei mein Kopf nicht so heftig protestierte wie zuvor. Also wagte ich es, die Decke von den Füßen zu schieben und aus dem Bett zu steigen. Was brauchte ich eher, Kaffee oder Aspirin? Wahrscheinlich war *beides* die richtige Antwort auf diese Frage.

Als ich die Dose mit dem Kaffeepulver aus dem Schrank nahm und den Teekessel mit Wasser füllen wollte, fiel mir ein Post-it auf. Es klebte an meiner French Press und war von dem Block, der immer irgendwo herumlag, damit ich Einkaufslisten schreiben konnte. Aber dieser Zettel war nicht mit »Milch, Eier, Butter« beschriftet, sondern mit einer Telefonnummer. Mein Herz klopfte, als ich die kurze Nachricht sah, die darunter stand.

Ich bin gegangen, bevor es hell wurde.
Sag mir Bescheid, ob es dir gut geht. L.

Mein rebellierender Magen füllte sich mit Wärme, als ich die Worte las.

Sie erinnerten mich daran, wie ich neben Lyall eingeschlafen war, in seinen Armen, mein Gesicht in seiner Halsbeuge. Ich hatte mich so sicher gefühlt, so gut aufgehoben wie schon lange nicht mehr.

Die Erkenntnis trieb mir erneut Tränen in die Augen, vor denen die Nachricht verschwamm. Ich blinzelte, schnappte mein Handy und speicherte seine Nummer unter *Mister Darcy* ein. Sicher war sicher. Am liebsten hätte ich ihm sofort geschrieben, aber nachdem ich die ersten Versuche zweimal gelöscht hatte, griff ich zuerst zu meiner Anti-Kater-Kombi aus einem starken Kaffee und zwei Aspirin, ging nach draußen und setzte mich auf die Holzbank, die auf jeder Parzelle stand.

Es war nach zehn Uhr morgens und die Morrisons längst mit den Fahrrädern unterwegs, also musste ich keine lästigen Fragen beantworten. Zum Beispiel, warum ich trotz bedeckter Wetterlage eine Sonnenbrille trug. Oder wieso ich geschlagene zwanzig Minuten immer wieder etwas in mein Handy eingab, es löschte, fluchte und erneut etwas tippte, bevor ich mich für eine sehr schlichte Formulierung entschied.

Ich bin wieder unter den Lebenden. Vielen Dank, dass du da warst. K.

Das war zwar völlig unzureichend für die Dankbarkeit, die ich wirklich empfand, aber es schien mir sinnvoll, nicht zu übertreiben. Als ich die Nachricht abschickte, war ich dennoch so aufgeregt, als hätte ich etwas wirklich Bedeutsames getan. Würde er antworten? Oder nicht?

Er hatte gesagt, er wolle *mir sich nicht antun*. Bedeutete das auch, ich bekam keine Chance, ihn vom Gegenteil zu überzeugen? Ich hoffte so sehr, dass er die Verbindung zwischen uns nicht wieder kappen würde. Ganz egal, was in seiner Vergangenheit passiert war, ich wollte mehr. Ich wollte, dass er mir vertraute – so sehr, dass er mir erzählte, was geschehen war, und ich ihm sagen konnte, dass ich damit zurechtkam. Dass ich nicht nur fühlte, er war einer von den Guten, sondern auch verstand, warum er manchmal mit Leuten so hart umging wie mit Drew. Ich brauchte keinen perfekten Prinzen auf dem weißen Pferd. Sondern einen Menschen, der mir so nah war, dass es keine Geheimnisse gab.

Die beiden Häkchen neben der Nachricht blieben grau, solange ich mit meinem Kaffee am Loch saß und versuchte, ihn im Magen zu behalten. Erst als die Übelkeit nachließ, ich meinen Becher nahm und wieder zurück zu Loki schlich, gab mein Telefon einen Laut von sich.

Kein Problem. Was macht dein Kopf?

Die Nachricht klang sachlich, aber vielleicht war Lyall einfach nicht der Typ für Emojis. Ich überlegte, ob ich etwas Zeit verstreichen lassen sollte, damit es nicht so aussah, als hätte ich nur auf eine Antwort gewartet, aber dann verdrehte ich die Augen über mich selbst und fing an zu tippen.

Der braucht eine eigene Postleitzahl. ☹ Sieht so aus, als wäre der schottische Anteil in mir nicht so groß wie gedacht. Ich schickte sie ab, aber dann tippte ich doch noch weiter. Gab es Ärger, weil du nicht bei der Auktion warst?

Es dauerte keine Minute, bis eine Antwort kam. Ich war wohl nicht die Einzige, die das Handy in der Hand behalten hatte.

Nein. Okay, ein bisschen.

Nur ein bisschen?

Nicht weiter tragisch. Edina hat das Schlimmste verhindert.

Sie ist großartig. Bitte sag ihr Danke. Erst jetzt fiel mir wieder ein, dass ich die unglaubliche Gelegenheit verpasst hatte, Theodora Henderson zu treffen. Nein, ich hatte sie nicht nur verpasst. Ich war von einer Party geflüchtet, auf der Lyalls Mutter erwartet hatte, dass ich da sein würde. *Gnah.*

Schnell tippte ich: Und sag deiner Mutter, dass es mir leidtut und ich mir auf ewig in den Hintern beißen werde, weil ich sie nicht getroffen habe.

Ich atmete aus, als mir bewusst wurde, was das für eine Chance gewesen wäre. Einmal mit ihr reden, mir ihre Visionen anhören, sie zu ein paar Dingen befragen, die sie in den letzten Jahren vollbracht hatte … das wäre etwas gewesen, das ich wohl nie vergessen hätte.

Sag ihr das doch selbst, antwortete Lyall.

Wie … meinte er, dass …?

Ist sie etwa noch da? Und wollte ich ihr völlig verkatert unter die Augen treten? *Wenn nötig, auch das*, dachte ich. Nach gestern konnte ich den hinterlassenen Eindruck wohl kaum weiter verschlimmern.

Sie ist heute für Termine in Edinburgh, aber sie wird morgen bei deiner Präsentation dabei sein.

Ach du Scheiße. Mein Blut verließ abrupt meinen schmerzenden Schädel, und ich hatte das Gefühl, ohnmächtig werden zu müssen.

Oh Gott. Dein Ernst?

Mein absoluter Ernst. Brauchst du jetzt ein Sauerstoffzelt? Mehr Whiskey? Eine Schachtel Edinburgh Rock? Lyall schicke einen lachweinenden Smiley hinterher. Offenbar wusste er doch die ganze Bandbreite digitaler Kommunikation zu nutzen.

Machst du dich etwa lustig über mich?, tippte ich, während ich versuchte, Luft zu bekommen.

Nur ein bisschen. Meine Mutter ist entgegen anderslautenden Gerüchten immer noch ein Mensch. Und sie freut sich wirklich sehr darauf, dich kennenzulernen. Falls das hilft: Sie ist eher wie Edina als wie ich.

Ich wollte schon so etwas Flapsiges schreiben wie »Das ist total beruhigend«, aber ich kam ins Stocken und erinnerte mich an die letzte Nacht und daran, dass Lyall offenbar glaubte, er wäre nicht in Ordnung, so wie er war. Und auch wenn wir gerade scherzten, ich wollte ihm dabei nicht recht geben.

Das ist schade. Denn auch wenn Edina wirklich nett ist – sie war es nicht, die gestern nach mir gesucht hat, um sicherzugehen, dass es mir gut geht.

Ich schickte die Nachricht ab und die Aufregung um mein bevorstehendes Treffen mit Theodora vermischte sich mit meinen Gefühlen, die ich Lyall gegenüber empfand. Gefühle, die völlig durcheinander waren, weil ich die ganze Zeit hin- und herschwankte, schon seit ich ihm das erste Mal begegnet war. Aber was ich ihm geschrieben hatte, war die Wahrheit. Dass er letzte Nacht da gewesen war, bedeutete mir mehr, als ich mit ein paar Worten in einer Textnachricht ausdrücken konnte. Viel mehr.

Dafür kann ich morgen nicht dabei sein, antwortete er mir direkt darauf. Ich muss noch heute nach Spanien zu einem Golfturnier.

Enttäuscht ließ ich die Schultern hängen. Ich hatte darauf gesetzt, dass wir Moira und Paula gemeinsam davon überzeugen würden, die neue Struktur der Lobby sei eine gute Idee. Nach der gestrigen Nacht erst recht. Und nun fuhr er weg? Zum Golfen?

Kannst du das nicht verschieben?, fragte ich.

Leider nicht. Anweisung von ganz oben.

Ganz oben? Gott?

Noch weiter oben: Grandma.

Ich musste wider Willen lachen. Wie lange bist du weg?

Eine Woche.

Eine ganze Woche? Ich werde dich vermissen.

Die Worte waren geschrieben und abgeschickt, noch bevor ich darüber nachgedacht hatte, ob sie eine gute Idee waren. Aber nach dem ersten Schreck zuckte ich mit den Schultern. Ich hatte beschlossen, mich auf mein Gefühl zu verlassen. Dazu passte es, dass ich ihm sagte, was ich fühlte.

Es kam keine Antwort, nicht nach fünf, nicht nach zehn Minuten. Ich wusste nicht, ob ich noch etwas hinterherschicken sollte, aber dann beschloss ich, meinem lädierten Kopf eine Dusche zu gönnen, statt ihn mir zu zerbrechen. Mit eiserner Willenskraft ließ ich mein Telefon im Camper, schnappte meinen Waschbeutel und ging hinaus. An der Tür zum Duschgebäude hing ein Schild: WARTUNGSARBEITEN. Ich drückte sie trotzdem auf und steckte die Nase hinein.

»Drew? Bist du hier?«

»Ja, hier hinten.« Etwas Metallisches fiel auf Fliesen, Drew fluchte und ich schob mich komplett durch die Tür.

»Kann ich dir helfen?«, fragte ich belustigt, als ich den großen Kerl auf dem Boden knien sah, seinen kritischen Blick auf ein Loch gerichtet, über dem sich sonst das Ablaufgitter befand. »Oder wartest du, bis Nessi von allein rauskommt?«

»Dass du schon wieder Witze machen kannst«, gab er grinsend zurück. »Ich habe gehört, du hast bei der Henderson-Ausstellung ganz schön zugelangt.«

Ich setzte mich auf die Bank, die neben den Duschen stand. »Eher danach. Aber die beiden Aspirin wirken langsam.«

»Was war denn los?« Drew richtete sich auf und holte ein Wägelchen heran, das aussah wie eine Sackkarre mit einer Trommel darauf. Er schob es zu der Öffnung im Boden. »Mum hat gesagt, du hättest mit Edina Henderson rumgehangen und wärst dann plötzlich weg gewesen.«

Einen Moment überlegte ich, was ich über diesen Abend erzählen sollte. Dann entschied ich mich für die Hälfte der Wahrheit. »Es wurden Bilder meiner Mum ausgestellt und ich … irgendwie hat es mich total überrumpelt, dieses letzte Foto zu sehen, das sie vor ihrem Tod gemacht hat.« Ich hob die Schultern. »Deswegen bin ich dann lieber gegangen. Ich wollte nicht, dass die ganzen Leute dort sehen, wie ich heule.«

»Oh nein, das tut mir so leid.« Drew hielt inne und sah mich bedauernd an. »Haben die dir denn nicht gesagt, dass dieses Foto dort sein würde?« *Hatte denn keiner von den Hendersons den Anstand, dich vorzuwarnen?*, war die eigentliche Frage, die er mir stellen wollte.

»Doch, Moira hat mich gefragt, ob das in Ordnung ist.« Dass auch Lyall danach gefragt hatte, verschwieg ich. »Und ich habe Ja gesagt. Wahrscheinlich haben sie einfach die Fotos bei Mums Agentur angefragt und wussten nicht, dass ihr letztes Bild dabei sein würde.«

Drew nickte und begann, einen Schlauch aus der Trommel

in den Abfluss zu fädeln. »Ich bin nur froh, dass du um Lyall mittlerweile einen Bogen machst.«

Wenn du wüsstest, dass dieser Bogen heute Nacht auf null geschrumpft ist. Ich hob eine Augenbraue. »Bei seiner Schwester hast du kein Problem, wenn ich mit ihr rede. Wieso? Weil du mal scharf auf sie warst?«

Drew schnaubte und ging zur Steckdose, um das Kabel anzuschließen. »Edina ist die glorreiche Ausnahme. Sie ist zwar genauso reich und verwöhnt wie die anderen, aber sie ist ehrlich und hat ein Herz.«

Das hat Lyall auch, dachte ich. Aber ich wollte jetzt keine neue Predigt, dass ich mich von ihm fernhalten sollte.

»Sie ist wirklich nett, das stimmt«, war meine einzige Antwort und Drew nickte.

»Achtung, es wird laut.« Als er auf den Knopf drückte, ratterte es und der Schlauch glitt in den Abfluss. Ich stand auf.

»Ich dusche dann später!«, rief ich Drew über den Lärm hinweg zu, er zeigte mir einen gereckten Daumen und ich machte mich vom Acker. Wahrscheinlich war es eh das Beste, ich ging an die Arbeit. Wenn nicht nur Moira und Paula meinen Raumteiler in Augenschein nehmen wollten, sondern auch Theodora Henderson, dann musste er mehr als perfekt sein.

Zurück im Camper zog ich mir eilig meine Arbeitssachen an und schaute aufs Handy. Da sah ich, dass ich zwei neue Mitteilungen hatte. Aber keine von Lyall.

Paulas Nachricht war kurz: Theodora Henderson wird bei unserem morgigen Termin dabei sein. Ich hoffe, du genießt deinen Sonntag trotzdem. ;)

Die andere war in unserer Familiengruppe: Vermissen dich!, stand unter einem Bild von meinen Schwestern und meinem Dad, die an einem Tisch saßen, der sich unter dem typischen Stayton-Sonntagsfrühstück bog. Ich grinste und schickte ein paar Kuss-Emojis zurück, antwortete Paula mit einem, der eine Schweißperle auf der Stirn hatte, und skippte wieder in den Chat mit Lyall. Aber egal, wie lange ich auf die kleinen grauen Häkchen starrte, sie wurden nicht blau. Vielleicht war er mit seiner Familie beschäftigt, vielleicht war er auch bereits im Flugzeug nach Spanien. *Kein Grund zur Sorge*, sagte ich mir. *Er wird schon noch antworten.*

In der Werkstatt des *Grand* schnappte ich mir ein Päckchen Schrauben und den Profi-Schrauber von Mister Adair, um die Fächer für Bücher oder Dekoration anzubringen. Ich hatte mich für Lyalls Vorschlag entschieden, sie nicht versetzt zu platzieren, sondern auf gleicher Höhe – aber jetzt war ich mir nicht mehr so sicher, welche Höhe das sein sollte. Nachdenklich fuhr ich über die unterschiedlichen Materialien: Ein Fach war mit Leder ausgekleidet, eins mit dem Tartan-Stoff des Henderson-Clans, ein drittes bestand einfach aus naturbelassenem Holz. Ich nahm das mit Lederbezug, setzte es auf mein Gerüst und schraubte es an, dann machte ich mit den anderen weiter. Als ich fertig war, trat ich einige Schritte zurück und besah mir mein Werk. Es sah super aus, sehr klar und edel. Ich hoffte so, dass Theodora und Moira es mögen würden. Aber als ich daranging, die Lederapplikationen auf das Holz zu pinnen, um zu sehen, wo ich sie anbringen konnte, gefiel mir keine Variante so richtig. Zehn-, zwanzig-, hundertmal änderte ich die Anordnung und war doch nie richtig zufrieden. Seufzend lehnte ich mich an die Werkbank.

Was ich jetzt brauchte, war ein frischer Blick von jemandem, der meine Ideen mochte und etwas von diesen Dingen verstand. Allerdings gab es da nur einen. Und dem hatte ich eigentlich nicht noch eine Nachricht schicken wollen.

Nun komm schon. Du hast doch sonst keine Probleme damit, um Hilfe zu bitten. Doch – wenn es so aussah, als würde ich ihm hinterherrennen, nachdem ich ihm schon gesagt hatte, ich würde ihn vermissen.

Ich haderte mit mir, aber dann war mir klar, dass ich noch heute Abend hier sitzen würde, wenn ich nicht ein bisschen Input bekam. Also nahm ich mein Handy, machte ein Foto von der letzten Anordnung und wollte es Lyall schicken. Aber in dem Moment wurden alle Häkchen plötzlich blau. Und dann tauchte das ersehnte Mister Darcy schreibt … oben in der Leiste auf. Ich hielt die Luft an, nannte mich dann ein dummes Huhn und legte das Handy weg, nur um es sofort wieder in die Hand zu nehmen. Aber der Hinweis darauf, dass er eine Nachricht verfasste, verschwand wieder. Es dauerte lange, bis eine Nachricht erschien.

Auf einer Skala von 1 bis Twilight, wie viel Klischee ist es, wenn ich dir sage, dass du dich besser von mir fernhalten solltest?

Es klang scherzhaft, aber mir wurde trotzdem kalt, als ich es las und mir wieder seine Worte aus der letzten Nacht in den Sinn kamen. Deswegen gab ich auch keine witzige Antwort, obwohl mir hundert dazu eingefallen wären.

Spar dir die Mühe, tippte ich. Du bist einer von den Guten, Mister Darcy. Und ganz egal, was du sagst, davon lasse ich mich nicht abbringen.

21

Lyall

Der erste Moment nach dem Aufwachen in Kenzies Campervan war unglaublich. Ich hatte mich schon seit Jahren nicht mehr so entspannt gefühlt – oder so zufrieden wie in dem Augenblick, als ich auf das Mädchen in meinen Armen heruntersah. Aber dann kam die Realität mit ihrer harten Linken und traf mich direkt in den Magen. *Du kannst nicht hierbleiben*, sagte sie mir. *Du musst verschwinden, bevor alle aufwachen und irgendjemand merkt, dass du nicht da bist.*

Wer immer da in meinem Kopf sprach, hatte recht. Mal ganz abgesehen davon, was meine Familie dazu sagen würde – Drew führte hier das Regiment und Kenzies Nachbarn waren mehr als aufmerksam – sobald es hell wurde, würde ich nicht mehr unbemerkt gehen können. Also befreite ich mich schweren Herzens aus Kenzies Umarmung, ließ mich dazu hinreißen, sie auf die Stirn zu küssen, und stand auf. Da ich in Hemd und Hose geschlafen hatte, musste ich meine Sachen nicht erst zusammensuchen, was eine Premiere nach einer Nacht mit jemandem wie ihr war. Dafür suchte ich nach einem Zettel und einem Stift, um ihr eine Nachricht und meine Nummer zu hinterlassen. Ich fand einen Block Post-its und hielt plötzlich inne. War es nicht besser, ich gab ihr die Nummer nicht? Nein, das brachte ich nicht fertig, nicht nach heute

Nacht. Es war schließlich nur eine Handynummer, sonst nichts. *Ja, sicher.* Ich ignorierte den Sarkasmus meiner inneren Stimme, erklärte in kurzen Worten, warum ich wegmusste, schrieb meine Handynummer darüber und klebte den Zettel an die French Press. Die würde sie nach dem Aufwachen garantiert in Betrieb nehmen.

Mein Jackett lag auf der Sitzbank, und ich zog es an, bevor ich so leise wie möglich die Schiebetür öffnete und sie hinter mir wieder schloss. Ich lief auf direktem Weg zu der Stelle, wo der Platz an das Anwesen des *Grand* grenzte, kletterte über den Zaun und hielt mich trotz der Dunkelheit im Schatten der Baumreihe auf dem Grundstück, bis ich endlich die Hintertür erreichte.

Die verschlossen war.

»Fuck«, stieß ich leise aus. Natürlich war die Tür zu, das war sie immer zwischen Mitternacht und 6 Uhr morgens, aus Versicherungsgründen. Und meine Zimmerkarte war hier nutzlos, weil sie keine Generalfunktionen hatte. Das bedeutete, ich musste zum Haupteingang rein, wo mich der Nachtportier sehen würde – oder ich blieb hier draußen, bis es sechs war, also noch ungefähr eineinhalb Stunden, um dann von denjenigen Angestellten gesehen zu werden, die um diese Zeit ihren Dienst antraten. Beides scheiße. Also beschloss ich, sofort reinzugehen.

Ich ging um das Gebäude herum, über den Kies der Auffahrt und dann zum Eingangsportal. Meine Karte öffnete den schmalen Eingang neben der imposanten Drehtür ohne Murren und ich warf einen vorsichtigen Blick in die Lobby. Vielleicht hatte ich ja Glück, vielleicht war George gar nicht da. Er saß schließlich öfter mal im Büro oder machte eine Pause.

Die Rezeption sah tatsächlich unbesetzt aus. Ich jubilierte innerlich, als ich die Lobby durchquerte und am leeren Empfangstresen vorbei direkt zum Treppenhaus ging. Da stoppte mich eine Stimme, von absolutem Triumph gesättigt.

»Na, wo wollen wir denn hin?«

Ich drehte mich um, die Zimmerkarte in der Hand, mir völlig bewusst, was für ein Bild ich gerade bot: in meinem Anzug von gestern Abend, das Hemd nachlässig zwei Knöpfe offen, die Haare garantiert durcheinander, das Sakko verknittert, weil es die ganze Nacht zusammengeknüllt auf Kenzies Sitzbank gelegen hatte. Nie hatte der Spruch »Es ist nicht das, wonach es aussieht« besser gepasst. Ich verkniff ihn mir dennoch.

»In mein Zimmer«, sagte ich in dem arroganten Tonfall, den ich für solche Gelegenheiten parat hatte. »Haben Sie etwas dagegen?«

Die Concierge Isla musterte mich und lächelte weiter. »Nein, natürlich nicht. Schließlich dauert es sicher noch zwei Stunden, bis Ihre Tante wach wird und ich ihr von diesem Treffen erzählen kann.«

»Das werden Sie nicht.« Ich starrte sie finster an.

»Ach, und warum nicht? Ich bin beauftragt, Sie im Auge zu behalten, Lyall. Das ist mein Job, und ich werde mich für Sie garantiert nicht gegen die Anweisungen meiner Chefin stellen.« Dass es ihr diebische Freude bereitete, sagte sie nicht, aber das war auch nicht nötig.

Zeit für die schweren Geschütze. Ich wollte so etwas nicht tun müssen, aber ich hatte keine andere Wahl.

»Vergessen Sie da nicht etwas?«, fragte ich hart.

Sie sah mich an. »Ich wüsste nicht was.«

»Nicht? Dann helfe ich Ihnen auf die Sprünge: *Sie* sind eine Angestellte, *ich* bin Teil der Familie, die Sie bezahlt. Und ich bin kein 15-jähriger Junge mehr, der sich wünscht, dass jeder ihn mag – sondern habe gelernt, wie ich mit denjenigen umgehen muss, die das nicht tun. Also nur zu, erzählen Sie Moira davon, dass Sie mich um halb 5 Uhr morgens hier gesehen haben, ohne zu wissen, wo ich war oder was ich getan habe. Aber ich schwöre Ihnen, dass ich dann irgendetwas finden werde, mit dem ich Sie ganz schnell vor die Tür setzen lassen kann.« Ich sah ihr direkt in die Augen. »Jeder hat Geheimnisse, Isla. Und ich werde Ihre finden. Deswegen endet Ihre kleine Hetzjagd gegen mich genau jetzt.«

Islas selbstbewusster Ausdruck war plötzlich verschwunden. »Sie drohen mir?«, fragte sie schockiert.

»Nein. Ich gebe Ihnen ein Versprechen.« Ich öffnete die Tür zum Treppenhaus, dann drehte ich mich noch mal um. »Oh, und: Nennen Sie mich nie wieder beim Vornamen. Das steht Ihnen nicht zu.«

Ich trat durch die Tür, zog sie zu, rannte die vier Stockwerke nach oben, um das Adrenalin loszuwerden, bis ich hinter meiner Zimmertür stehen blieb, den Kopf an das alte Holz lehnte und die Augen schloss. Hoffentlich hatte es sich gelohnt, das Arschloch zu geben.

Denn wenn nicht, hatte ich ein mächtig großes Problem.

»Du hast ein mächtig großes Problem.« Mit diesen Worten empfing mich Edina, als ich um Punkt neun Uhr an Moiras Haustür erschien. Meine Schwester hatte wie Mum im Haus unserer Tante übernachtet.

Mein Herz rutschte mir in die Jeans, die ich aus reiner Rebellion an diesem Morgen trug, passend zu einem Shirt, das seine besten Tage definitiv hinter sich hatte.

»Was meinst du damit?«, fragte ich leise. Hatte Isla doch gepetzt?

»Was wohl? Du bist von der Ausstellung verschwunden und nicht mehr aufgetaucht, bis alles vorbei war. Kannst du dir das Getuschel vorstellen? Tante Moira ist schier ausgerastet deswegen. Ich kann ja echt viel, Bruderherz, aber zaubern kann ich nicht.«

Ich atmete auf, obwohl ihre Worte alles andere als beruhigend waren. Offenbar hatte Isla die Klappe gehalten.

»Ach, das erkläre ich ihnen schon.«

Es knirschte auf dem Kies, ein schweres Auto rollte heran, und wir sahen beide auf, als es direkt vor uns hielt.

»Erklärst du das auch *ihr*?«, fragte meine Schwester.

Der Chauffeur stieg aus, grüßte und ging dann zur hinteren Tür, um sie zu öffnen. Schon bevor der Fahrgast zu sehen war, hörten wir eine missbilligende Stimme.

»Machen Sie etwas schneller, William. Ich muss meine restliche Zeit auf dieser Welt sinnvoll nutzen, und wenn Sie immer so lange brauchen, werde ich ganz sicher auf dieser Rückbank sterben.«

»Tut mir sehr leid, Ma'am.« Der arme William machte ein schuldbewusstes Gesicht und streckte seine Hand in das Auto.

Ein Fuß mit einem hochwertigen Lederstiefel tauchte auf, dann der Saum eines langen Kleides, bis schließlich eine große, aufrechte Frau aus dem Wagen stieg, wie immer mit akkurater Frisur, dem Familienschmuck um den Hals und einer Jacke, für die sicher einige Tiere hatten sterben müssen.

»Hallo, Grandma.« Meine Schwester ging mit einem Lächeln auf sie zu, aber ich blieb, wo ich war, und nickte nur. Meine Großmutter hatte für die männlichen Nachkommen ihrer Kinder ohnehin nicht viel übrig, aber ich war ihr noch weniger lieb als Finlay oder Logan. Zu viele Widerworte. Zu wenig Angepasstheit.

»Edina, wie schön.« Das in Stein gemeißelte Gesicht wurde weicher, als Grandma lächelte. Dann traf ihr Blick mich – und das Lächeln verschwand. »Guten Morgen, Lyall. Gibt es einen Grund dafür, dass du aussiehst, als hätte man dich ausgeraubt?«

Ich atmete ein und suchte nach einer diplomatischen Antwort, leider fielen mir nur scherzhafte Erwiderungen ein. Und ich war sicher, dass sie dazu nicht aufgelegt war, denn das war sie nie. Was machte sie in Kilmore? War das nur einer ihrer Kontrollbesuche, die sie so gerne unternahm, um alle wahnsinnig zu machen? Oder war sie meinetwegen hier und mein Plan in Gefahr?

»Lyall hatte nach dem Sport noch keine Gelegenheit, sich umzuziehen«, sprang Edina für mich ein. Ob Grandma wirklich glaubte, dass man in Jeans joggen ging? Sie sah mich missbilligend an.

»Ach ja? Zu meiner Zeit trugen wir Sporthosen für so etwas.«

»Na, du kennst doch Lyall, er braucht immer eine Extrawurst. Aber er wollte gerade ins Hotel gehen und das erledigen, richtig?« Edina sah mich fast noch strenger an als meine Grandma. Also nickte ich brav.

»Richtig.«

»Dann wärst du aber zu spät zum Brunch gekommen, oder?« Grandma schüttelte den Kopf und wedelte mit der Hand. »Beeil dich, Junge. Ich habe meine Zeit nicht gestohlen und heute noch andere Termine.«

Ich nickte wieder, dann sprintete ich ins Haupthaus und zog Hemd und Hose an. Als ich das Zimmer verließ, sah ich extra nicht in den Spiegel. Ich hasste es, Männchen für diese Frau machen zu müssen. Aber noch war nicht der richtige Zeitpunkt, um mich offen gegen sie zu stellen. Also musste ich spuren. Sie war nur für den Familienbrunch da. Das würde ich schon überstehen.

Auf dem Weg zurück zu Moira checkte ich mein Handy auf neue Nachrichten, es war jedoch nichts angekommen. Wahrscheinlich schlief Kenzie noch. Oder sie erinnerte sich daran, was ich in der Nacht zu ihr gesagt hatte, und schrieb mir deswegen nicht. Besser für sie wäre es. Aber so verboten das zwischen uns war, ich wusste, es würde mich trotzdem hart treffen, wenn sie sich nicht bei mir meldete.

Alle anderen saßen bereits an dem riesigen Esstisch, als ich hereinkam und den Platz neben Edina einnahm. Fiona war da, neben ihr saß Mum, die auf ihrem Handy herumtippte und hoffte, es würde niemand merken. Dann kam Moira und am Kopfende saß Grandma.

»Theodora«, tadelte sie ihre jüngere Tochter. »Das hier ist ein Familienessen, kein Konzernmeeting.« Und selbst da waren Handys verboten.

»Entschuldige, Mutter.« Mum lächelte. »Wir haben Probleme damit, für das neue Resort auf Bali Betten aus nachhaltig angebautem Holz zu bekommen. Miranda tut, was sie kann, aber nachdem die eine Lieferung auf dem Schiffsweg verloren gegangen ist –«

»Dafür findest du sicher eine Lösung. *Nach* diesem Essen.« Meine Großmutter wartete, bis Mum das Telefon weggelegt hatte, dann sah sie in die Runde. »Fangt an.«

Das Büfett war ebenso reichhaltig wie das im Hotel und in der nächsten Viertelstunde herrschte gefräßiges Schweigen. Aber bald legte Grandma die Serviette hin.

»Moira«, fragte sie. »Wie geht es mit dem Neubau voran?«

»Sehr gut. Wir werden sicherlich zum neuen Jahr eröffnen können.«

»Und die Grundrisse?«

Meine Mum sah zu mir. Ich hatte ihr am Telefon erzählt, dass ich kein Fan von Moiras und Paulas Entwürfen war.

»Gibt es da eine endgültige Entscheidung?«

Moira legte die Hände aneinander. »Paula und ich finden Lyalls Vorschläge zu der Aufteilung des Erdgeschosses interessant. Aber wir wollten noch eine Präsentation morgen abwarten. Paulas Praktikantin hat angeboten, einen Raumteiler zu designen, um den neuen Grundriss zu strukturieren.«

»Ihr macht diese wichtige Entscheidung von einer *Praktikantin* abhängig?« Meine Großmutter sah Moira missbilligend an.

»Sie ist ziemlich gut«, warf ich ein. Sofort lagen aller Augen auf mir. Der Blick von Edina war besorgt, der meiner Mutter eher fragend, der von Moira und meiner Großmutter wachsam. Ich wusste, ich hätte das nicht sagen sollen, aber die Worte waren schneller gewesen als mein Verstand.

»Ach ja?« Grandma musterte mich mit jeder Sekunde eindringlicher. »Und das ist deine fachlich fundierte Meinung?«

Fiona schnaubte belustigt. Ich wollte antworten, aber unsere Großmutter kam mir zuvor.

»Lyall, wenn du schon fertig bist, begleite mich doch in Moiras Büro.« Sie stand auf. Es klang nicht so, als wäre ihr diese Idee erst jetzt gekommen, und ich ahnte langsam, dass unser Familienoberhaupt nicht den weiten Weg von ihrem Sommerhaus auf der Isle of Skye hierher gemacht hatte, weil das Rührei so gut schmeckte.

»Natürlich«, antwortete ich und erhob mich. Als ich den Raum hinter Grandma verließ, standen Moira, Fiona und meine Mutter ebenfalls auf. Ich sah meine Schwester fragend an, aber die hob nur ratlos die Schultern. Offenbar hatte ihr von dieser Sache niemand etwas gesagt.

Moiras Büro war mit Holz vertäfelt und in jeder Hinsicht düster – dunkles Holz, dunkle Teppiche, dunkle Vorhänge. Ich hatte diesen Raum, den sie nach Grandmas Auszug nicht verändert hatte, nie sonderlich gemocht, aber seit vor drei Sommern hier ein Gespräch geführt worden war, das mein Leben auf ewig verändert hatte, hasste ich ihn regelrecht.

»Womit habe ich dieses Tribunal verdient?«, fragte ich und blieb vor dem massiven Mahagoni-Schreibtisch stehen, während sich Grandma und Moira dahinter positionierten und meine Mutter genau wie Fiona auf den Sesseln an der Seitenwand Platz nahmen.

»Das würde mich auch interessieren.« Meine Mum schlug die langen Beine übereinander. »Soweit ich weiß, war der gestrige Abend ein voller Erfolg und die von Lyall organisierte Auktion kam bei den Leuten in Kilmore gut an. Ich habe selbst mit einigen von ihnen gesprochen.«

Meine Großmutter nickte. »Das wurde mir berichtet. Nur leider ist er dann wohl mitten in der Veranstaltung verschwunden und auch nicht mehr zurückgekehrt, bis sie beendet war.«

»*Er* kann euch hören.« Wenn ich etwas noch mehr hasste als dieses Büro, dann war es, wenn man über mich redete, als wäre ich nicht anwesend.

»Dann sag uns doch mal: Wo warst du die ganze Nacht?« Moira sah mich streng an. »Du bist erst heute Morgen um 4:30 ins Hotel zurückgekommen.«

Also hatte Isla doch gequatscht? »Und ich dachte immer, Verschwiegenheit wäre die wichtigste Eigenschaft einer Concierge«, sagte ich düster.

»Isla hat damit nichts zu tun. Fiona checkt regelmäßig deine Log-Daten und hat dabei entdeckt, dass du erst so spät da warst.«

»Ist das dein Ernst?« Es hätte mich nicht wundern dürfen, dass sie mich derartig überwachten, aber trotzdem hatte ich nicht damit gerechnet. Finster funkelte ich meine Cousine an. Fiona war nicht dumm genug, zu lächeln, aber ich ahnte auch so, der Check meiner Log-Daten war auf jeden Fall ihre Lieblingsaufgabe des Tages.

»Also, Lyall«, sagte meine Großmutter in einem Tonfall, der keine Ausflüchte zuließ. »Wo warst du, nachdem du die Ausstellung verlassen hast?«

»Ich habe einer Freundin geholfen, der es nicht gut ging.« Das war die Wahrheit.

»Etwa Kenzie Stayton?«, fragte Moira.

»Ja, es war Kenzie«, entgegnete ich hart. »Auch wenn ich nicht weiß, was das für eine Rolle spielt.« Es war unglaublich unfair – ich hatte mich Kenzie gegenüber mehrfach nicht anständig verhalten und niemanden hatte es interessiert. Und nun tat ich das Richtige, war der perfekte Gentleman, und dafür wurde ich vor das oberste Henderson-Gericht zitiert?

»Es spielt eine Rolle, weil du dich augenscheinlich für sie interessierst«, sagte Moira. »Auf eine Weise, die hier in Kilmore für dich nicht angemessen ist.«

»Nicht angemessen?« Ich schnaubte. »Glaub mir, ich habe mich vollkommen angemessen verhalten in dieser Nacht. Und überhaupt – hättest du nicht dieses Foto ausgewählt –«

»Himmel, Lyall, schieb doch nicht immer deine Fehler auf andere.« Fiona verdrehte die Augen. Ich hätte so gerne den Briefbeschwerer nach ihr geworfen.

»*Meine* Fehler? Wer hat sie denn noch dumm angequatscht, als sie völlig außer sich war, nachdem sie das Foto ihrer Mutter gesehen hat! Wie kann man das überhaupt auswählen, wenn man auch nur einen Funken Mitgefühl im Leib hat?« Ich konnte den anklagenden Ton nicht aus meiner Stimme heraushalten.

Moira straffte die Schultern. »Ich habe Kenzie gefragt, ob es ihr recht ist, wenn wir Bilder ihrer Mutter verwenden.«

»Ja, *irgendwelche* Bilder«, sagte ich, und ignorierte die Stimme der Vernunft, die mich zur Zurückhaltung mahnte. »Aber doch nicht genau das, was ihre Mum direkt vor ihrem Tod gemacht hat.«

Plötzlich sah meine Tante sehr schuldbewusst aus. »Ich wusste nicht … ich wollte doch nicht …« Aber Grandma wedelte ihr Gestammel einfach beiseite und sah stattdessen mich an.

»Es ist mir egal, warum dieses Mädchen die Veranstaltung verlassen hat – du hättest ihr nicht nachgehen und mit ihr die Nacht verbringen dürfen. Die Regeln waren klar, Lyall. Keine Eskapaden, solange du in Kilmore bist.«

»Ich hatte nichts mit ihr, Herrgott!«, rief ich genervt. Wieso interessierte hier eigentlich niemanden die Wahrheit? »Sie war betrunken und hat die Hälfte der Zeit nur geweint! Glaubt ihr ernsthaft, ich würde da an Sex denken? Ich habe nur auf sie aufgepasst, verdammt!«

»Lyall«, mahnte meine Mum. Ich funkelte sie an. Gerade sie hätte auf meiner Seite sein müssen, aber ganz gleich, wie emanzipiert und selbstbewusst sie sonst war, vor Grandma kuschte sie trotzdem.

Die schoss jetzt einen warnenden Blick auf mich ab. »Es ist mir ausgesprochen egal, welches dieser jungen Dinger du … wie nennt ihr das? Becirct?«

»Nein, so nennen wir das nicht«, widersprach ich, obwohl ich wusste, dass die Frage rhetorischer Natur war und ich besser den Mund gehalten hätte. Deswegen durfte ich Grandma nie begegnen. Weil ich jedes Mal gefährdete, was sie früher oder später zur bloßen Deko im Familienrat machen sollte.

»Dann ersetze den Ausdruck doch bitte durch ein geeignetes Pendant deiner Wahl.« Sie ließ sich nicht beirren. »So oder so hatten Henderson-Männer immer schon einen Hang dazu, sich ihre Bestätigung beim weiblichen Geschlecht zu suchen. Aber wenn du das hier tust, verstößt du gegen unsere Auflagen. Die waren deutlich: ein Sommer in Kilmore, du überzeugst die Menschen davon, dass du dich geändert hast, und niemand wird dir deinen Weg in das Unternehmen versperren. Falls du dagegen verstößt, hast du die Konsequenzen selbst zu verantworten.«

Ich schwieg einen Moment und dachte nach. Der geplante Umsturz der Familie war allein auf meinem Mist gewachsen, und ich konnte mit einem Fingerschnippen alles abblasen, mich zurückziehen und mein eigenes Leben leben. Und wenn ich daran dachte, wie Kenzie mich in der letzten Nacht gebeten hatte, bei ihr zu bleiben, oder wie sie sich in meinen

Armen angefühlt hatte, dann kam mir das plötzlich gar nicht mehr so schlimm vor. Aber ich wusste, es ging hier nicht nur um mich. Es gab so viele Gründe, warum das keine echte Möglichkeit war, einer schwerwiegender als der nächste.

»Du hast doch nicht vergessen, was mit Ada Warner passiert ist, oder, Lyall?« Meine Grandma kannte einen dieser Gründe auch. Gerade sie.

Ich biss die Zähne aufeinander. »Natürlich nicht«, presste ich hervor. Das würde ich den Rest meines Lebens nicht vergessen.

»Gut. Dann weißt du ja auch, was von dir erwartet wird, damit sich so etwas nicht wiederholt.« Sie erhob sich. »Fürs Erste wirst du die Stadt jedoch verlassen. Du kannst gehen und packen.«

»Packen? Wofür?« Ich konnte nicht verhindern, dass meine Stimme alarmiert klang.

»Du begleitest deinen Onkel zu einem Benefiz-Golfturnier in Andalusien.« Grandma ließ sich von Moira einen Umschlag reichen, in dem sicherlich ein Ticket war. »Da dein Cousin Logan aufgrund seiner Prüfungen verhindert ist und Finlay nicht einspringen kann, weil er auf den Fidschi-Inseln irgendwelche Bikini-Schönheiten flachlegt – du siehst, ich weiß sehr genau, wie ihr jungen Leute das nennt –, ist ein Platz frei geworden. Das Turnier startet morgen, es dauert mit allen Veranstaltungen eine Woche.«

Eine Woche. Eine Woche weg aus Kilmore, das wäre mir vor einer Weile noch wie das Paradies erschienen. Aber jetzt kam es mir furchtbar falsch vor. Kenzie hatte morgen ihre Präsentation, und da das Grundkonzept von uns beiden stammte, hatte ich unbedingt dabei sein wollen. *Und dass du sie wiedersehen willst, hat damit nichts zu tun?*

»Wäre es für meine Rehabilitation nicht besser, wenn ich vor Ort bleiben würde?«, fragte ich. Nur ein Blick von allen

Beteiligten und ich wusste, damit hatte ich mich verraten. Ich sah hilfesuchend zu meiner Mutter, aber die hob die Schultern und schwieg.

»Keine Diskussion, Lyall«, sagte meine Grandma. »Haben wir uns verstanden?«

»Ja, Ma'am.« Ich nickte.

»Gut.« Sie bedachte mich mit einem letzten missbilligenden Blick, dann war das Gespräch beendet.

Als alle anderen wieder zurück an den Frühstückstisch kehrten, hielt ich meine Mutter auf.

»Wäre es zu viel verlangt gewesen, dass du ein einziges Mal zu mir hältst, statt vor Grandma den stummen Diener zu geben?«, knurrte ich.

Ich liebte meine Mum, sie war trotz der Unmengen an Arbeit immer für Edina und mich da, aber diese eine Sache ging mir trotzdem unheimlich auf den Zeiger. Deswegen hatte ich sie auch nie in mein Vorhaben eingeweiht, obwohl ich fest mit ihr auf meiner Seite rechnete, wenn es so weit war. In Situationen wie diesen zweifelte ich jedoch daran, ob sie dann tatsächlich hinter mir stehen würde.

»Schatz, du weißt doch, wie sie ist«, seufzte sie. »Du musst endlich lernen, vornerum zu lächeln und hintenrum das zu machen, was du willst.«

»Ach, und wie bleibe ich *hintenrum* hier, um morgen bei der Präsentation dabei zu sein?«

Ein langer Blick traf mich. »Lye, im Ernst, ist eine Woche Golfen in Andalusien wirklich so eine Strafe?«

»Mit so einem beschissenen Handicap wie meinem? Allerdings.« Ich verdrehte die Augen. »Komm schon, Mum, du weißt, dass ich diesen ganzen Society-Kram zum Kotzen finde. Finlay steht auf so was, aber ich nicht. Ich hasse das oberflächliche Getue und das Küsschen-links-Küsschen-rechts.«

Meine Mutter strich mir über die Wange. »Liebling, ich

weiß, aber das ist kein Grund für so ein Drama. Deine Grandma will dich für ein paar Tage aus der Schusslinie wissen, mehr nicht. Mach brav mit und alles wird gut. Wenn du die restlichen Wochen hier noch gut überstehst, musst du danach nie wieder nach ihrer Pfeife tanzen. Dann arbeitest du mit mir und Robert und unserem Team. Grandma ist ab da nur noch ein Name im Briefkopf.«

Ich wusste, Grandma ließ Mum und dem Chefarchitekten der Hotelgruppe relativ freie Hand, aber ein Job war nicht das, was ich wollte. Ich wollte *Freiheit*, wenn schon nicht für mich, dann für Edina, Finlay, Logan und alle, die danach kamen. Und für Jamie, wenn es dafür nicht längst zu spät war, denn Finlay hatte ihn immer noch nicht gefunden.

Für die Chance auf diese Freiheit war eine Woche in Spanien kein zu hoher Preis. Trotzdem widerstrebte es mir, jetzt nach Andalusien zu fahren, um mich unter die Reichen und Schönen zu mischen. Das fühlte sich an, als würde ich Kenzie im Stich lassen.

Aber da kam mir eine Idee.

»Mum? Was hast du in den nächsten Tagen für Termine?«

Sie sah schon wieder auf ihr Handy. »Ich muss heute noch nach Edinburgh und Liza für einige Entwürfe treffen, und dann geht es morgen wieder zurück nach Bali. Wieso fragst du? Ich spiele kein Golf, wie du weißt.«

»Nein, aber könntest du einen Tag später nach Bali fliegen und dafür morgen bei der Präsentation dabei sein?« Ich sah sie bittend an. »Kenzie rechnet dort mit mir, und ich wäre froh, wenn sie dem steifärschigen Duo nicht völlig schutzlos ausgeliefert wäre.«

Meine Mutter grinste, dann rief sie ihren Kalender auf und ging die Termine durch. »Ja, das kriege ich hin, wenn ich ein bisschen was schiebe. Den Gefallen bin ich dir nach heute wohl schuldig. Außerdem lerne ich dann doch noch dieses sagenhafte Mädchen kennen, das dir offenbar etwas bedeutet.«

»Das –«

»Ist die Wahrheit, mein Sohn, versuch bitte nicht, es zu leugnen. Du hast ein hervorragendes Pokerface, aber ich bin deine Mutter. Ich weiß, wie du aussiehst, wenn du dabei bist, dich zu verlieben.«

Ich erlaubte mir ein winziges Lächeln. »Sie ist etwas Besonderes«, sagte ich dann leise, weil ich wusste, Mum würde mich nicht verraten. Nicht bei so etwas.

»Bestimmt ist sie das. Aber vergiss nicht, dass du in Bezug auf Ada das Gleiche gesagt hast. Und wie das Ganze ausging.« Meine Mutter schaute mich ernst an. »Ich bitte dich um eines, Lyall, verbau dir das nicht. Hier geht es um deine berufliche Zukunft, um den Rest deines Lebens in dieser Familie. Und hübsche Mädchen gibt es auch nach diesem Sommer noch genug.«

Ja, dachte ich, während ich ihr zurück ins Esszimmer folgte und auf meinem Handy endlich eine Nachricht von Kenzie entdeckte. Sie schrieb mir, dass es ihr gut ging – und bedankte sich, dass ich da gewesen war. *Die gibt es. Aber keine wie sie.*

Ich ging ins Haupthaus, um zu packen, und textete auf dem Weg mit Kenzie hin und her. Erst als ich anfing, meine Klamotten in eine Tasche zu werfen, legte ich das Handy beiseite und nahm es nicht wieder in die Hand, ehe ich im Wagen des *Grand* saß und mich zum Flughafen chauffieren lassen musste.

Eine ganze Woche? Ich werde dich vermissen, stand da. Ohne Emoji, ohne Zusatz, einfach so. Ich war versucht, ihr zu antworten, dass es mir genauso ging, aber immer wieder kam mir die Stimme meiner Grandma in den Sinn. *Du hast doch nicht vergessen, was mit Ada Warner passiert ist, oder, Lyall?* Nicht einmal meine Mutter glaubte daran, dass es gut gehen würde.

Zu Recht. Ich war nicht plötzlich ein Anderer, nur weil Kenzie mich mochte. Und es stand zu viel auf dem Spiel.

Schließlich hatte ich eine Antwort gefunden: Auf einer Skala von 1 bis Twilight, wie viel Klischee ist es, wenn ich dir sage, dass du dich besser von mir fernhalten solltest? Das war witzig genug, um die Ernsthaftigkeit dahinter zu verbergen. Zumindest glaubte ich das. Aber Kenzies Erwiderung zeigte mir, dass ich da falsch lag.

Spar dir die Mühe. Du bist einer von den Guten, Mister Darcy. Ganz egal, was du sagst, davon lasse ich mich nicht abbringen.

Ich atmete ein und wieder aus, hatte aber nicht das Gefühl, Luft geholt zu haben. Was erwiderte man auf so etwas? Dass sie keine Ahnung hatte, was sie da sagte? Dass es mir ernst war, sie nicht in meine Abgründe hineinziehen zu wollen? Ja, wahrscheinlich war es das Beste, ich machte ihr das klar.

Ich meine es ernst, Kenzie, tippte ich und schickte es ab.

Nur eine Sekunde später kam die Antwort.

Ich auch, Lyall.

22

Kenzie

Ich sah auf die Uhr, zum fünften Mal in den letzten zehn Minuten. Es war 9:50. Ich rannte also schon seit einer Stunde vor Aufregung im Kreis. Und wenn ich nicht rannte, dann stand ich vor meinem Raumteiler und fragte mich, ob er wirklich so gut war, wie ich ihn geplant hatte. Ob die Strukturen stimmten, die Aufteilung, ob ich das Flair der schottischen Umgebung richtig eingefangen hatte. Aber selbst wenn nicht – jetzt war es zu spät für Änderungen. Paula, Moira und Theodora Henderson waren in zehn Minuten hier im Neubau, wo ich allein neben meinem Werk auf- und abwippte und versuchte, die Ruhe zu bewahren. Die Handwerker, die mit Stapeln von Fliesen, Teppichrollen und Werkzeug an mir vorbeikamen, sahen mich teils seltsam, teils neugierig an, und ich hatte nicht mehr zu bieten als ein nervöses Lächeln.

Noch fünf Minuten. Ich drehte langsam echt durch. Also machte ich schnell ein Bild von der finalen Version und schickte es an Lyall.

Was denkst du?

Ich rechnete nicht mit einer Antwort, weil er wahrscheinlich längst mit seinem Onkel auf dem Golfplatz war. Aber es tat trotzdem gut, ihn nach seiner Meinung gefragt zu haben.

Nachdem ich Lyall gestern geschrieben hatte, dass meine Worte ernst gemeint waren, hatte er eine Weile nicht geantwortet. Vielleicht, weil er im Flieger nach Spanien gesessen hatte, vielleicht auch, weil er nicht wusste, was er darauf erwidern sollte. Aber meine Sorge, dass der Kontakt zwischen uns nun abreißen würde, hatte sich zerstreut, als er mir am Abend ein Bild von dem unfassbar tollen Meerblick seines Zimmers im Henderson-Hotel in Andalusien geschickt hatte, zusammen mit einem sarkastischen Keine Ahnung, warum Leute dafür Geld bezahlen.

Daraufhin hatte ich ihn gefragt, was er denn für die schönsten Plätze der Welt hielt, er hatte von New York und Valencia geschwärmt – und wir hatten uns geschrieben, bis mir die Augen zugefallen waren. Heute hatte ich noch nichts von ihm gehört, aber es wirkte, als hätte er den Plan, mich von sich fernzuhalten, fürs Erste aufgegeben. Mein ganzer Körper kribbelte warm, als mir das klar wurde.

Mein Handy gab einen Ton von sich. Überraschenderweise bekam ich doch eine Reaktion auf meine Nachricht.

Es ist großartig geworden. Mach dich nicht verrückt, sie werden es lieben. Und dann schickte er noch ein Selfie mit gequältem Gesichtsausdruck, im Hintergrund eine Golftasche. Bete für mich, dass ich keinen Ball an den Kopf kriege. Oder nein, warte, bete für mich, DASS ich einen an den Kopf kriege, dann darf ich vielleicht abreisen.

Ich lachte. Keine Chance. Dieser Kopf wird noch gebraucht.

»Kenzie? Ah, da bist du ja.«

Ich fuhr herum, das Handy in der Hand, das Lachen noch auf den Lippen, als Moira zusammen mit Paula und Theodora hereinkam.

»Was ist so lustig?«, fragte Letztere neugierig und deutete auf das Telefon.

»Oh, das … meine Schwester hat mir nur ein GIF geschickt.« Ich steckte es schnell weg und streckte dann die Hand aus. »Ich bin Kenzie Stayton. Es freut mich so, Sie kennenzulernen, Mrs Henderson.«

Sie verzog das Gesicht, und ich dachte schon, mein Händedruck wäre zu fest, aber es lag wohl an der Anrede. »Sag Dora, bitte. Mrs Henderson ist meine Mutter.«

Ich nickte, auch wenn es mir falsch vorkam, eine Legende wie sie beim Vornamen zu nennen. Vielleicht war es möglich, das irgendwie zu umgehen. Das galt jedoch nicht für die Entschuldigung, dass ich nicht auf der Party gewesen war, als Edina mich ihr hatte vorstellen wollen. »Es tut mir übrigens sehr leid, dass ich vorgestern so plötzlich verschwunden bin, bevor wir uns kennenlernen konnten.«

»Kein Grund, dich zu entschuldigen«, winkte Theodora ab. »Mein Sohn hat mir erzählt, was passiert ist.«

»Wir wussten nicht, dass es das letzte Foto deiner Mutter war«, sagte Moira bedauernd. »Ihre Agentur hat die Bilder ausgewählt und uns nicht gesagt, was es damit auf sich hat. Es tut mir so leid.«

Ich nickte. »Danke. Sie konnten das ja nicht ahnen.«

Theodora trat einen Schritt zur Seite, schob die Ärmel ihrer mintfarbenen Seidenbluse hoch und musterte meinen Raumteiler. »Das ist also das gute Stück?«

Plötzlich war mein Blutdruck wieder auf dreihundert. Ich straffte die Schultern. »Ja, richtig.«

Sie ging einmal drum herum, mit prüfendem Gesichtsausdruck, während Paula und Moira neben mir stehen blieben und sich zurückhielten. Als Theodora fertig war, sah sie mich an. »Erzähl mir, was du dir dabei gedacht hast, Kenzie.«

In der ersten Sekunde war ich überfordert. Ich hatte damit gerechnet, sie würde ein Urteil fällen, ohne dass ich erklären konnte, was mein Ansatz gewesen war. Aber schnell hatte ich mich wieder gefangen. Im Studium würden genau solche

Gespräche auf mich zukommen. Und eines mit Theodora zu führen, war eine große Ehre.

»Ich wollte die Stimmung der schottischen Landschaft einfangen und gleichzeitig die Dunkelheit, aber auch die Helligkeit der Gegend rund um Kilmore einfließen lassen. Es sollte nicht zu massiv werden, um zu zeigen, dass auch ein traditionsbewusstes Hotel sich nicht vor der Moderne verschließt. Deswegen der Mix aus verschiedenen Texturen und Oberflächen, aus Stoff, Leder und Holz. Man hat mir außerdem dazu geraten, für mehr Durchsicht zu sorgen, indem ich die Nischen in einer Flucht anbringe, statt es versetzt zu tun. Ich glaube, das war die richtige Entscheidung.« Es war nicht ganz fair, Lyalls Namen rauszuhalten, aber wahrscheinlich war es das Beste für ihn und mich, es zu tun.

»Man?« Theodora hob eine Augenbraue. »Paula, hast du diesen Rat gegeben? Er ist ziemlich gut.«

Paula lächelte ein wenig verkniffen. »Nein, das war ich nicht. Ich dachte, es wäre das Beste, Kenzie ihre Vision umsetzen zu lassen, ohne einzugreifen.«

Theodoras Augenbraue blieb, wo sie war, und man sah, dass sie von Paulas Aussage nicht sonderlich viel hielt. Dann sah sie mich wieder an, fragte aber nicht noch einmal. Stattdessen sah ich ein feines Lächeln. Ich ahnte, dass sie genau wusste, von wem ich gesprochen hatte.

Sie stellte mir noch einige Fragen, dann deutete sie auf den Raum, in dem wir standen. »Sag mal, hast du eventuell auch Zeichnungen angefertigt, wie du dir die Gesamtstruktur des Erdgeschosses vorstellst?«, fragte sie.

Ich warf einen unsicheren Blick zu Paula, aber die unterhielt sich leise mit Moira. »Ja, habe ich. Möchten Sie sie sehen?«

»Auf jeden Fall.«

Schnell ging ich zu meiner Tasche und holte mein Skizzenbuch hervor, um es Theodora zu geben. Sie sah sich die Entwürfe an, blätterte vor, dann wieder zurück, und klappte es schließlich mit einem dumpfen Laut zu.

»Falls du meine Meinung hören möchtest, Moira …«, sagte sie, als wäre das eigentlich keine Frage.

»Natürlich«, antwortete ihre Schwester höflich, wenn auch nicht begeistert. Ich konnte mir vorstellen, warum. Die beiden sahen sich zwar sehr ähnlich, aber man konnte förmlich spüren, dass sie wahnsinnig unterschiedlich waren – genau wie ihre Vorstellungen von einem gelungenen Neubau.

»Der neue Grundriss der Lobby, wie Lyall ihn ausgearbeitet hat, ist um Längen besser als die alten Pläne, das habe ich dir gestern schon gesagt. Und nun dazu dieses Konzept von Kenzie … es ist genau das, was das *Grand* braucht. Keine Wiederholung des Althergebrachten, sondern eine Auflockerung durch zeitgemäße Elemente. Wenn man die Raumteiler verwendet und dazu einige modernere Möbel und Leuchten, geht die Tradition nicht verloren, dennoch fühlt man sich in der Gegenwart angekommen. Die Gäste werden das lieben.« Sie sah mich an. »Diese Entwürfe sind wirklich gut, Kenzie. Man sollte sie auf jeden Fall berücksichtigen.«

Ich spürte, wie mein Gesicht heiß wurde, und war sicher, ich wurde gerade roter als die Haare der beiden Henderson-Schwestern, die vor mir standen.

»Danke«, brachte ich heraus, aber Theodora lächelte nur und wandte sich dann Moira zu. »Also, wollen wir nun die gesamten Entwürfe durchgehen? Soweit ich weiß, ist die Deadline für die Innengestaltung schon übermorgen.«

Moira wechselte einen Blick mit Paula. »Dora, es ist wirklich nicht nötig, dass du –«

»Ach was, gar kein Thema.« Sie winkte resolut ab. »Ich habe den ganzen Tag Zeit. Wir treffen uns oben, würde ich sagen. Ich möchte noch kurz mit Kenzie allein sprechen.«

Mit mir allein? Was sollte das bedeuten?

Während Moira und Paula den Neubau verließen, suchte ich nach Worten. »Vielen Dank, dass Sie das über meine Entwürfe gesagt haben. Sie haben keine Ahnung, was mir das bedeutet.«

»Es ist nur ein Lob, davon kannst du dir nichts kaufen«, antwortete Theodora und wühlte in ihrer Handtasche. »Lyall sagte, du möchtest an die *UAL*, richtig?«

»Das stimmt.« Ich verkniff mir gerade noch das Ma'am dahinter.

»Gute Wahl.« Sie gab mir eine Visitenkarte aus schwerem Papier, mit ihrem Namen und dem Logo der Hotelgruppe darauf. »Sobald du deine Mappe für die Bewerbung fertig hast, schreib mir eine Mail, dann schaue ich, was ich für dich tun kann.«

»Wow, das ist …« Ich wusste nicht, was ich dazu sagen sollte. »Das ist wahnsinnig großzügig.«

Sie lächelte. »Es ist nicht großzügig, wenn man es verdient hat. Und das hast du. Du bist wirklich talentiert.«

Ich fragte mich, ob sie das nur nach zehn Minuten mit mir, einem Blick auf meine Entwürfe und den Raumteiler beurteilen konnte, aber wieso nicht? Sie war in dem Business die Beste, die es gab. Warum sollte sie nicht so schnell entscheiden können, ob ich Talent hatte? *Vielleicht, weil sie deine Geschichte kennt.*

»Das hat aber nichts mit meiner Mutter zu tun, oder?«, entfuhr es mir. Ich hatte oft genug erlebt, wie man mir aus Mitgefühl einen Gefallen tun wollte, ohne es so zu nennen.

»Mit deiner Mutter? Du meinst, ich habe Mitleid mit dir, weil sie gestorben ist?« Theodoras Ton war weich, aber ihr Kopfschütteln sehr energisch. »Kenzie, es tut mir wirklich leid, dass sie nicht mehr lebt, aber ich würde niemals meinen Namen aufs Spiel setzen, nur weil ich selbst Mutter bin und mir gar nicht vorstellen will, wie es für meine Kinder sein würde, mich zu verlieren.« Sie sah mich an. »Du bist gut. Deine Arbeit ist gut. Lerne, das selbst wertzuschätzen, denn es wird in der Zukunft viele Leute geben, die dir das Gegenteil einreden wollen.«

Bevor ich wieder rot werden konnte, musste ich noch etwas sagen. »Ich habe das allerdings nicht allein gemacht. Lyall hat mir geholfen.« Jetzt, wo wir unter uns waren, konnte ich das ruhig sagen.

»Das weiß ich. Und allein die Tatsache, dass er es getan hat, spricht für dich.« Theodora lächelte warm. »Mein Sohn ist nicht sehr nachsichtig mit mangelndem Talent, noch weniger als ich. Und wenn er nicht überzeugt wäre, dass mir gefällt, was du tust, hätte er mich kaum gebeten, meinen Flug einen Tag zu verschieben, um hier dabei zu sein.«

Ich starrte sie überrascht an. »Das hat er getan? Davon hat er gar nichts gesagt.« Ein fast schon gewohntes Flattern befiel meinen Magen, als mir klar wurde, wie sehr Lyall mir geholfen hatte. Schon wieder.

»Hat er nicht?« Theodora musterte mich aufmerksam, und ich konnte nicht sagen, was sie darüber dachte. Ihr Ausdruck war verwundert, aber um ihren Mund sah ich einen traurigen Zug.

»Nein.« Ich schüttelte den Kopf.

»Dann wird er wohl seine Gründe dafür haben.« Sie sah plötzlich wieder ganz entspannt aus, aber noch bevor ich antworten konnte, hakte sie mich unter und wies zur Tür. »Wir sollten gehen, bevor meine Schwester und Paula noch auf die Idee kommen, die Fenster in der Lobby zuzumauern und in Schießscharten zu verwandeln«, scherzte sie, und ich ging mit ihr zum Ausgang, im Kopf die Überlegung, welche meiner dreitausend Fragen ich ihr auf dem Weg ins Haupthaus stellen wollte.

Und wie zum Teufel ich mich angemessen bei Lyall dafür bedanken sollte, dass er so etwas für mich getan hatte.

23
Lyall

Die Präsentation war toll und deine Mutter ist wirklich fantastisch. Ich bin dir ewig zu Dank verpflichtet, weil du sie gefragt hast, ob sie länger bleibt. Oder zu lebenslangem Edinburgh Rock. Deine Entscheidung.

Die Nachricht von Kenzie erreichte mich am Ende einer Trainingsrunde mit meinem Onkel Eric. Finlays Vater, der vermutlich netteste Mensch auf dem Planeten, war der einzige Grund, warum ich diesen Zirkus überhaupt schon seit 24 Stunden ertrug, ohne dem Wahnsinn zu verfallen. Als ich lachte, kam er näher.

»Lyall Henderson hat Spaß auf einem Golfplatz? Dass ich das noch erleben darf.«

»Na, dass *du* Spaß hast, ist kein Wunder.« Eric war im Gegensatz zu mir ein hervorragender Golfspieler – er war schließlich für solche öffentlichen Auftritte zuständig und hatte im Rat keine Stimme, während seine Frau mit Moira und Mum die Geschäfte der Hotelgruppe leitete. Ich fragte mich, warum er sich nie dagegen gewehrt hatte, schließlich war *er* der Henderson von beiden. Aber Eric machte nicht den Eindruck, als würde ihn das Leben in der zweiten Reihe stören.

»So viel Spaß auch wieder nicht.« Er verzog das Gesicht. »Ich habe schon zwei Bogeys gespielt. Wenn das so weitergeht, dann mache ich mich morgen lächerlich.«

Ich grinste. »Nein, das erledige *ich* schon. Deswegen wolltest du mich doch dabeihaben, oder nicht?«

»Ich wollte eigentlich, dass Finlay dabei ist, weil der noch schlechter spielt als du und dazu regelmäßig ausrastet, wenn er einen Schlag verhaut – sodass wirklich niemand mehr auf mich achtet. Aber der wollte nicht.«

»Kein Wunder, wenn die Fidschis die Alternative sind«, murrte ich. Gestern hatte ich meinem Cousin eine Nachricht geschickt, was ich davon hielt, dass er nicht hier war. Die hatte er jedoch nur mit einem Foto seines Mittelfingers vor azurblauem Meer beantwortet. Ich nahm es ihm nicht übel – er wusste nicht, dass es wichtig für mich gewesen wäre, in Kilmore zu sein. Und ich wollte es ihm auch nicht erklären. Warum ihn mit reinziehen, wenn es ihm gerade gut ging? Das war in den letzten Jahren selten genug der Fall gewesen.

»Also, was ist so lustig, Mister Quadruple?«, fragte Eric. »Hat Edina wieder eines dieser Entenvideos geschickt?«

»Nein. Eine Freundin macht ein Praktikum in Kilmore, brauchte die Hilfe von Mum und ich habe dafür gesorgt, dass sie die bekommt. Dafür bietet sie mir jetzt ein lebenslanges Abo für Edinburgh Rock an.«

Eric lachte, dann runzelte er die Stirn. »Moment. Das ist doch nicht der Code für irgendwas Unanständiges, oder?«

Ich lachte ebenfalls. »Nein, nur ein Insider. Es geht wirklich um Edinburgh Rock.«

»Das beruhigt mich. Vor allem, dass sie dich zum Lachen bringt. Ich habe mir Sorgen gemacht, als es hieß, du sollst den Sommer über nach Kilmore.« Eric kannte wie alle in der Familie die Geschichte mit Ada und wusste genau, dass der Stammsitz unserer Familie der letzte Ort auf der Welt war, wo ich Zeit verbringen wollte. Zumindest bis jetzt.

Ich musste lächeln, als es mir auffiel, auch wenn ich gerade mit aller Macht zu verdrängen versuchte, dass ich am Sonntag zwar zurückkommen würde, dann aber Abstand zu Kenzie halten musste. Wenigstens diese eine Woche wollte ich einfach an sie denken, ohne mir die üblichen Grenzen aufzuerlegen. Nur für diese kurze Zeit.

»Was ist nun, Lye?«, rief mein Onkel. »Willst du die Runde etwa abbrechen oder holst du zum letzten Schlag aus?«

»Wenn es doch nur der letzte wäre«, seufzte ich. Dann schob ich das Handy in meine Hosentasche und ließ mir vom Caddy irgendeinen Schläger geben, um mich endgültig zu blamieren.

Ein paar Stunden danach warf ich mein Handy auf eine Liege und machte einen Kopfsprung in den Pool, den um diese späte Uhrzeit niemand benutzte. Bahn um Bahn schwamm ich in meinem exakten Rhythmus, genoss die Stille unter Wasser und das Rauschen in meinen Ohren, nachdem ich den ganzen Tag immer irgendjemandem hatte zuhören müssen.

Als ich fertig war, schnappte ich mir eines der frischen Handtücher, die parat lagen, und trocknete mich ab. Mein Handy zeigte einen verpassten Anruf an und eine Nachricht. Sie war von Finlay.

Ich habe ihn gefunden. Ruf mich an.

Mein Puls, der sich gerade wieder beruhigt hatte, schlug mir sofort wieder bis zum Hals, als ich die Worte sah. Schnell rubbelte ich meine Haare halbwegs trocken, dann wählte ich die Nummer meines Cousins.

»Wo ist er?«, fragte ich, sobald er abgenommen hatte.

»Ganz in deiner Nähe.« Finlay klang ernst. »Aber Lye, ich weiß nicht, ob du hinfahren solltest. Dort, wo Jamie lebt … mein Kontakt sagt, das ist nicht gerade eine gute Gegend.«

»Gib mir einfach die Adresse.«

Er seufzte. »Ich schicke sie dir. Aber versprich mir, dass du verschwindest, wenn es irgendwie gefährlich wird.«

»Klar. Wie immer.« Ich grinste schief, obwohl er das nicht sehen konnte, bedankte mich bei ihm und legte auf. Nur eine Sekunde später schickte er mir den Screenshot einer Karte, auf der ein Punkt etwa eine halbe Stunde von hier entfernt markiert war. Im Laufschritt eilte ich zurück in mein Zimmer, zog mich um und war kurz darauf in meinem Mietwagen unterwegs. Ein mulmiges Gefühl begleitete mich, aber nicht wegen Finlays Warnung. Es war mehr die Angst, was mich dort erwartete. Niemand hatte etwas von meinem Onkel Jamie gehört, seit er vor knapp zwei Jahren komplett von der Bildfläche verschwunden war.

Der von Finlay geschickte Wegpunkt lag an der Küste direkt hinter Huelva, einer Hafenstadt, die wohl der am wenigsten touristische Fleck in Südspanien war. Ich parkte etwas entfernt und stieg dann aus, sah auf mein Handy. Aber ich brauchte die Orientierung gar nicht, denn schon jetzt konnte ich Musik hören, den Rauch von Lagerfeuer riechen – und den unverwechselbaren Geruch von Gras. Als ich auf das flackernde Licht in einiger Entfernung zuging, gesellten sich Stimmen dazu, teils johlend wie von einer Party, teils aber auch aggressiv wie bei einem Streit. Ein paar alte Wohnwagen kamen in Sicht, die direkt am Strand standen, zwischen ihnen waren Wäscheleinen gespannt, davor brannten Lagerfeuer und saßen Leute. Ich suchte schon von Weitem nach jemandem mit Jamies Statur, aber es war längst dunkel, und dort tummelten sich wirklich viele Menschen. Also ging ich näher ran, angespannt und vorsichtig. Vielleicht war das hier nur eine der friedlichen Hippiegruppen, auf die man manchmal an den Stränden in Spanien traf. Aber vielleicht auch nicht.

Ich bahnte mir meinen Weg zwischen ein paar Stapeln aus Kartons mit Abfall und leeren Flaschen hindurch, bis ich an der vordersten Reihe Wohnwagen angekommen war.

»Hey!«, sprach mich ein Typ an. Er war hager und hatte lange, verfilzte Haare. »Ich kenne dich nicht. Was willst du hier?«

Finlay hätte jetzt so getan, als würde er schon immer dazugehören, aber ich wusste, ich hatte nicht sein schauspielerisches Talent – und obwohl ich Shorts und ein normales T-Shirt trug, sah ich definitiv zu gepflegt aus, um hier zu leben.

»Ich suche jemanden«, versuchte ich es also mit der Wahrheit. Mein Spanisch war etwas eingerostet, aber dafür reichte es hoffentlich. »Sein Name ist Jamie, er ist um die 40, etwa 1,90, blond. Weißt du, ob er hier ist?«

Der Blick des Typen wurde feindselig. »Verschwinde. Wir wollen keine Polizei.«

»Sehe ich aus, als wäre ich von der Polizei?«, fragte ich mit gehobener Augenbraue.

»Hast du es nicht verstanden, *pendejo*?« Er kam drohend auf mich zu. »Mach dich vom Acker. Oder ich sage den anderen Bescheid, und dann versenken wir dich da, wo dich niemand findet.«

Also war Jamie hier. Wäre er es nicht gewesen, hätte der Typ anders reagiert. Und das bedeutete, ich konnte nicht gehen. Nicht, nachdem wir so lange nach ihm gesucht hatten. Aber was sollte ich machen? Mich mit dem Kerl und allen anderen anlegen? Wohl eher nicht. Also blieb nur eins. Ich griff in meine Tasche und holte 200 Euro aus meinem Portemonnaie. Gut, dass ich noch Geld gewechselt hatte, als ich angekommen war.

»Jetzt interessiert?«, fragte ich und hielt sie dem Typen hin. Als er danach griff, zog ich die Hand zurück. »Ah, erst die Arbeit, dann das Vergnügen. Sag mir, wo er ist und die Kohle gehört dir.«

»Komm mit.« Der hagere Typ bedachte mich mit ein paar weiteren Flüchen, dann drehte er sich um und verschwand zwischen zwei der Behausungen. Ich folgte ihm über das Areal, das weitläufiger war als gedacht. Ganz am Rand, nahe der Wasserlinie, stand ein besonders schäbiger Wohnwagen. Davor saß jemand auf einem klapprigen Stuhl.

»Besuch für dich, James«, meldete mein freundlicher Fremdenführer. Ich gab ihm das Geld, er rempelte mich zum Abschied an und machte sich davon. Jamie war inzwischen aufgestanden und sah zu mir. In dem Moment, als er mich erkannte, weiteten sich seine Augen, die ich im Licht des nächsten Feuers halbwegs erkennen konnte.

»Lyall, bist du das?« Er blieb wie angewurzelt stehen.

»Hi, Jamie.« Einen Moment wusste ich nicht, was ich tun sollte, aber dann trat ich ohne ein weiteres Wort auf ihn zu und umarmte ihn. Er war unter dem löchrigen Shirt viel dünner als bei unserer letzten Begegnung vor über drei Jahren, und seine Erwiderung sehr viel schwächer, als ich es gewohnt war.

»Tut gut, dich zu sehen, Kleiner«, sagte er leise, als er mich losließ. Seine Stimme klang belegt.

»Dito.« Ich spürte die Tränen in meinen Augen, als mir bewusst wurde, wie sehr er mir gefehlt hatte. Jamie war für mich ein so wichtiger Teil meines Lebens gewesen, dass sein Weggang ein Loch gerissen hatte … eine Wunde, die sich geschlossen hatte, aber nie richtig verheilt war.

»Komm, setz dich.« Jamie ging zu dem Wohnwagen und nahm einen Stapel undefinierbarer Stoffstücke von dem zweiten Stuhl, der an einem verwitterten Tischchen stand. »Willst du ein Bier?«

»Klar.« Ich erhaschte einen Blick auf das Innere des Wagens und dachte an den von Kenzie, der so gemütlich eingerichtet war wie eine Wohnung. Das Zuhause von Jamie, sofern es die Bezeichnung verdiente, bestand nur aus einer Matratze mit ein paar Decken darauf, einem Kühlschrank und einem Campingkocher. Er schien alles recht sauber zu halten, aber es war trotzdem so ärmlich, dass mein Magen sich schmerzhaft verkrampfte.

»Hier.« Er stieg heraus und gab mir eine Flasche. »Setz dich.«

Ich nahm auf dem freien Stuhl Platz und ignorierte das Knarzen des Holzes.

»Wie geht es dir?«, fragte ich leise, während ich einen Teil der Antwort längst kannte. Nicht nur, weil er so wohnte. Die letzten harten Jahre hatten auch Spuren an Jamie selbst hinterlassen. Die kleine Laterne vor uns auf dem Tisch war nicht sehr hell, aber sie warf genug Licht, um zu erkennen, dass er sehr viel älter aussah als 37. Sein Gesicht war eingefallen, die Augen lagen tief in ihren Höhlen und Falten hatten sich in seine Wangen eingegraben.

»Gut«, sagte er knapp und sah auf die Flasche in seinen Händen.

»Lüg mich nicht an. Du weißt, dass ich das hasse.«

Er lachte auf. »Richtig. Das hast du schon als Kind nicht gemocht. Ich glaube, die Sache mit dem Weihnachtsmann nimmt Edina dir bis heute übel.«

Ich musste lächeln. »Sie ist mittlerweile drüber weg.«

»Gut zu hören.« Jamie lehnte den Rücken gegen die Wand des Wohnwagens. »Du weißt, dass wir nicht miteinander reden dürfen, oder? Wenn das jemand rausfindet …«

»Unwahrscheinlich. Und wenn doch, ist es mir egal.« In mir stieg Wut auf, als ich daran dachte, wem wir diese unmenschlichen Regeln zu verdanken hatten. Die Vorgabe, ein Mitglied der Familie quasi für tot zu erklären und allen anderen zu verbieten, mit ihm zu reden, ihn anzurufen oder zu besuchen. »Wie ist das passiert? Das hier.« Ich zeigte auf unsere Umgebung.

Jamie hob die Schultern. »So etwas passiert, wenn du Scheiße baust, Kleiner. Wenn du Scheiße baust und dann, wenn man dich rausschmeißt, noch mehr Scheiße baust. Bis du irgendwann pleite bist, deine Freunde dir nicht helfen wollen und du nirgendwo mehr hinkannst.« Er sagte es nicht bitter. Eher so, als hätte er das verdient.

»Das ist alles *ihre* Schuld«, sagte ich leise. »Du warst der jüngste Sterne-Koch in New York. Und sie hat dafür gesorgt, dass dir nichts geblieben ist als das hier.« Die Zeitungen hatten sich völlig überschlagen, als Jamie aus dem eher konventionellen Restaurant des New Yorker Henderson-Hotels eine erstklassige Adresse gemacht hatte. Da war ich bereits in Eton gewesen, aber Mum hatte mir jeden Artikel geschickt und ich hatte sie alle gelesen.

»Ja, du hast recht, ich war ganz oben.« Er nickte. »Doch dann kamen die Drogen, die Partys, die Abstürze. Und irgendwann hat die Presse eben Wind davon bekommen, dass in einem der renommierten Henderson-Häuser ein Familienangehöriger Callgirls und Kokain ins Hotel gebracht hat.« Jamie schüttelte den Kopf. »Ich kannte die Regeln, Lye. Ich wusste, was passiert, wenn ich mich nicht daran halte. Es ist meine eigene Schuld.«

Ich presste die Lippen aufeinander und schüttelte den Kopf. »Du hast einen Fehler gemacht, und wenn schon.«

»Ich habe in aller *Öffentlichkeit* mehr als einen Fehler gemacht. So etwas wurde noch nie toleriert.«

»Deswegen hätten sie sich trotzdem um dich kümmern müssen, statt dich rauszuwerfen wie einen Angestellten, der in die Kasse gegriffen hat.« Ich wusste bis heute nicht, wie seine Geschwister, allen voran meine Mutter, dabei hatten mitmachen können. Wenn es um Edina gegangen wäre, hätte ich keine Sekunde gezögert, um ihr zu helfen. Und wenn es mich meinen Platz in der Familie gekostet hätte.

Jamie antwortete nicht, aber ich wusste, es tat ihm weh, daran zu denken, wie die anderen ihn einfach im Stich gelassen hatten. Moira aus Überzeugung, Eric aus Loyalität zu Patricia, und Mum … bei ihr war ich mir nicht so sicher, warum.

»Hat dich nie jemand kontaktiert?«, fragte ich ihn.

»Nicht mehr, seit ich rausgeflogen bin. Aber ich kann es verstehen. Das, was ihr da habt, will niemand verlieren, schon gar nicht für einen Drogenabhängigen, der nichts im Leben ernst nimmt.« Er grinste schief, dann nahm er seine Flasche und trank einen Schluck. Seine Hände zitterten, als er sie wieder abstellte. Sobald ich es sah, wusste ich nicht, ob ich die nächste Frage stellen sollte, aber dann tat ich es doch.

»Bist du clean?« Meine Mum hatte mir gesagt, dass Jamie nach dem Rauswurf aus Restaurant und Familie völlig abgestürzt wäre. Mehr Partys, mehr Frauen und vor allem mehr Drogen. Dann war er völlig von der Bildfläche verschwunden. Ich hatte keine Ahnung, ob er je mit dem Zeug aufgehört hatte.

»Ja. Seit einer Weile schon.« Jamie nickte. »Ich war an einen echt üblen Dealer geraten, der gestreckten Stoff verkauft hat. Keine Ahnung, was drin war, aber ich bin fast draufgegangen. Danach habe ich einen Platz in einem staatlichen Entzugsprogramm bekommen und das Zeug seither nicht mehr angerührt. Es war hart, aber ich habe es geschafft.«

»Was machst du dann hier?« Diese erbärmliche Behausung war doch nichts, was er ertragen musste, wenn er nicht wollte. »Warum suchst du dir keine Stelle als Koch? Irgendwo abseits, wo niemand je von uns gehört hat?«

»Wo soll das denn sein?« Er schüttelte den Kopf. »Nein. Ich könnte nicht einmal mehr als Koch arbeiten, wenn ich wollte.« Jamie presste die Lippen aufeinander. »Mein Geschmackssinn verdient diese Bezeichnung nicht mehr, seit ich dachte, tägliches Koksen wäre eine gute Idee. Und außerdem … ich funktioniere nicht mehr richtig, Lye. Ich kann mich oft nicht konzentrieren, meine Hände zittern, manchmal habe ich Gedächtnisausfälle. Ein normaler Job, das bringe ich nicht mehr.«

Ich schwieg, weil ich nicht wusste, was ich darauf sagen sollte. Also sah ich ihn nur an, diesen gebrochenen Mann, der früher der Erste gewesen war, den ich angerufen hatte, wenn ich Rat von einem Erwachsenen gebraucht hatte.

»Es tut mir so leid, Jamie.«

»Das muss es nicht. Du konntest nichts dafür.« Er lächelte leicht. »Wie geht es dir, Kleiner? Du studierst doch bestimmt, oder? Verdammt, wie die Zeit vergeht.«

Ich nickte. »Architektur in Chicago, nächstes Jahr bin ich fertig.«

»In Chicago? Wieso denn das? Du wolltest doch unbedingt an die *UAL*.«

»Lange Geschichte.« Ich hob die Schultern. Seit dem Tag, als meine Mutter mir gesagt hatte, Jamie hätte diesen Drogenskandal fabriziert und ich dürfte ihn nicht mehr kontaktieren, hatte ich mir gewünscht, wieder mit ihm zu reden. Ich hatte sogar versucht, ihn heimlich anzurufen, aber da war seine Nummer längst deaktiviert worden. Und jetzt saß er neben mir, aber all die Dinge, die ich ihm in den letzten Jahren hatte sagen wollen, waren längst Vergangenheit. Er war nicht mehr der Jamie von früher und würde es auch nie mehr sein. Daran konnte ich nichts ändern. An seiner Situation aber vielleicht schon. »Ich werde dafür sorgen, dass du zurückkommen kannst.«

Er schaute mich an. »Wie meinst du das?«

»Seit du weg bist, arbeite ich an einem Plan, wie ich Grandma entmachten kann. In der Familie und in der Firma.«

Jamies Blick wurde besorgt. »Wie willst du das denn machen? Moira, Patty und vermutlich mittlerweile auch Fiona sind auf ihrer Seite. Keiner von denen wird sich je gegen sie stellen.«

»Das müssen sie auch nicht. Ich brauche nur mehr Stimmen als sie.« Ich lächelte grimmig. »Logan macht dieses Jahr seinen Abschluss und bekommt einen Platz am Tisch. Nächstes Jahr folgen Finlay und ich, in drei Jahren dann Edina. Das sind fünf gegen vier.«

Jamie schien ebenfalls zu rechnen. »Also denkst du, Dora würde riskieren, sich euch anzuschließen?«

»Wo ist das Risiko, wenn sie auf der Seite steht, die bei allen Beschlüssen mehr Stimmen hat?«, fragte ich unbeirrt.

Natürlich wusste ich, dass es nicht so einfach werden würde, denn Grandma hatte einen sehr langen Hebel. Aber sie hatte auch dieses demokratische Prinzip eingeführt. Es war beinahe poetisch, dass sie ihm selbst zum Opfer fallen würde.

Angst schlich sich in Jamies Augen. »Lye, weißt du, was du da sagst? Dieser Plan, den du hast, der klingt auf dem Papier gut. Aber du darfst diese Frau nicht unterschätzen. Wenn sie auch nur einen Hauch von dem ahnt, was du vorhast, dann wird sie dich vernichten.«

»Deswegen wird sie nichts ahnen. Wir haben uns abgesichert, Telefone, Wohnungen, alles. Sie wird es nicht kommen sehen. Und wenn sie erst mal weg ist, dann dürfen wir alle Kontakt zu dir haben und du kannst mit Zugriff auf deine Konten wieder ein Leben führen, das diese Bezeichnung auch verdient.«

Jamie senkte den Blick und presste die Lippen aufeinander. Erst dachte ich, er wäre vielleicht wütend, weil ich es mir anmaßte, über sein jetziges Leben zu urteilen. Aber dann sah er mich an und ich erkannte Tränen in seinen Augen.

»Wäre zu schön, um wahr zu sein, wenn du das schaffst«, brachte er heraus. »Nicht wegen der Kohle, die ist mir total egal. Aber ich vermisse euch. Dora, Edie, Finny, Eric, dich … sogar Moira ein bisschen.«

»Ich schaffe das.« Ich nickte. »Vertrau mir. Ich kriege das

hin.« Und vorher musste ich mir dringend etwas überlegen, wie ich ihm heimlich helfen konnte, ohne dass die Familie etwas davon mitbekam.

Mein Handy gab einen Laut von sich und ich nahm es heraus. Eine Nachricht von Finlay, ob alles okay wäre. Ich antwortete kurz und skippte raus. Dabei fiel mein Blick auf die letzte Mitteilung von Kenzie und ich musste lächeln.

»Na, *den* Ausdruck kenne ich noch«, grinste Jamie. »Wer ist sie? Deine Freundin?«

»Nein.« Ich schüttelte den Kopf. »Das wird sie nie sein.«

»Warum nicht? Oh, lass mich raten, lange Geschichte?«

»Allerdings«, sagte ich und atmete aus. »Genau genommen ist es die gleiche Geschichte wie die, warum ich nicht an der *UAL* studiere. Du bist nämlich nicht der Einzige, der in den letzten Jahren Scheiße gebaut hat.«

»Na, dann lass mal hören, Kleiner.« Jamie lächelte. »Ich habe jede Menge Zeit.«

24
Kenzie

Nach dem Meeting mit Theodora Henderson war ich wie im Rausch. Sie hatte Lyalls und mein Konzept im Gespräch mit Paula und Moira beinahe komplett durchgeboxt, danach auch noch im Hotelrestaurant mit mir zu Mittag gegessen und dabei jede Frage beantwortet, die mir eingefallen war.

Ich war so inspiriert, dass ich Hunderte Ideen aufs Papier bringen wollte, aber seit ich mich von ihr verabschiedet hatte – und das war schon fast sechs Stunden her –, hatte ich rein gar nichts auf die Reihe bekommen. Weder das Zeichnen noch die geplante Wäscheaktion oder den Einkauf. Die Euphorie hatte meine Konzentrationsfähigkeit völlig ausgeknockt. Also gab es am Abend eine Pizza to go vom Italiener an der Ecke und einen Film über eine flippige Amerikanerin, die sich in Australien in einen murrenden Hostelbetreiber verliebt. Lyall meldete sich die ganze Zeit nicht auf meine überschwängliche Nachricht. Erst als es schon nach Mitternacht war, leuchtete das Handy-Display neben mir auf.

Es freut mich, dass Mum eine Hilfe war. Aber ich glaube, mein Blutzuckerspiegel nimmt lieber den ewigen Dank als das Edinburgh Rock.

Ich grinste und tippte eine Antwort.

Sehr gerne. Ich binde dir eine Schleife drum und lege ihn zurecht, damit du ihn dir abholen kannst, wenn du wieder da bist.

Falls ich zurückkomme. Vielleicht nehme ich auch einfach einem Kind die Luftmatratze weg und lasse mich aufs Meer raustreiben.

Etwas an den eigentlich witzigen Worten ließ mich die Stirn runzeln.

Alles okay?, fragte ich.

Ja, klar. Es war einfach ein eigenartiger Abend.

Ich starrte einen Moment auf die Antwort, dann ging ich in meine Kontakte und wählte kurzerhand Lyalls Nummer. Textnachrichten waren bei solchen Themen anstrengend und Sprachnachrichten irgendwie nichts für mich. Außerdem hatte ich das vage Gefühl, dass Lyall mit jemandem reden musste.

Es klingelte nur zweimal, dann ging er dran.

»Hey, Miss Bennet«, sagte er.

Ich spürte, wie sich Wärme in mir ausbreitete, als ich seine Stimme hörte. Wie die Aufregung, die mir der heutige Tag beschert hatte, plötzlich einer Ruhe wich, die ich von mir nicht kannte. Ich musste lächeln, als ich es bemerkte.

»Kenzie? Bist du dran?«

»Ja, ich bin dran«, sagte ich schnell. »Ich war nur in Gedanken.«

»In Gedanken an was?«

»An dich.« Hatte ich das echt laut gesagt? »Ich meine, ich habe mich gefragt, was du so machst im unerträglich hässlichen Südspanien. Und ob du schon einen Ball an den Kopf bekommen hast.«

Er lachte und das Flattern in meinem Bauch drehte eine Extrarunde. »Bisher noch nicht, aber morgen habe ich gute Chancen. Da geht nämlich das offizielle Turnier los.«

»Dann setz lieber einen Helm auf.« Ich schnappte mir meine dünne Decke und breitete sie über meine nackten Beine. »Du hast gesagt, es wäre ein komischer Abend gewesen. Was war los?«

Lyall zögerte und ich hörte ihn tief einatmen. »Ich habe jemanden getroffen, den ich lange nicht gesehen und früher sehr gemocht habe. Und das war … krass.«

Ich runzelte die Stirn. »Warum? Hattet ihr Streit?« Einen Moment dachte ich, dass es um irgendeine Ex von ihm ging. Aber so klang es nicht.

»Nein, keinen Streit. Mir ist nur bewusst geworden, dass es Dinge gibt, die sich nicht reparieren lassen, wenn sie erst mal jemand zerstört hat.« Das war ebenso kryptisch wie das davor, und ich wusste nicht, was ich dazu sagen sollte.

»Wir müssen nicht darüber reden«, bot ich also an. Ich war zwar gut darin, Leuten etwas aus der Nase zu ziehen, aber wenn Lyall nicht über diese Begegnung sprechen wollte, dann war das sein gutes Recht.

Er holte erneut hörbar Luft. »Es ist nicht so, dass ich es dir nicht erzählen will. Ich weiß nur nicht, ob ich es sollte.«

»Hast du etwa noch nicht von der innendesignerlichen Schweigepflicht gehört?«, scherzte ich. »Was immer es ist, es ist bei mir sicher.«

»Das ist es bestimmt.« Lyall lachte. »Aber darum geht es gar nicht. Ich weiß nur nicht, ob ich dich da mit hineinziehen soll.«

Okay, das klang schon ernster. Neugierig war ich trotzdem. Aber ich forderte ihn nicht auf, mir mehr zu sagen. »Deine Entscheidung, Henderson. Wir können auch darüber reden, welche Farbe der Helm haben soll, den du morgen trägst.«

Wieder ein Lachen, aber nur sehr kurz. »Ich habe einen Onkel, Jamie. Er ist der jüngste von Mums Geschwistern und war mal ein ziemlich genialer Koch, bis er sich einen üblen Fehltritt geleistet und meine Grandma ihn aus der Familie geworfen hat.«

Ich erinnerte mich an die vielen Online-Artikel über James Henderson. Sie alle hatten von einem Drogenskandal im New

Yorker Hotel der Familie berichtet. Ich hatte mir aber keine Details durchgelesen.

»Ich habe von der Sache mit den Drogen gehört«, sagte ich. »Und du hattest seither keinen Kontakt zu ihm?«

Lyall ließ ein Schnauben hören. »Nein. Nicht, weil ich es nicht wollte. Es wurde mir verboten.«

»Verboten?«, echote ich. »Warum?«

»Weil das in unserer Familie so läuft. Wenn du rausgeworfen wirst, darf niemand mehr mit dir Kontakt haben. Das ist eine Henderson-Regel. Verstößt du dagegen, bist du ebenfalls raus.«

Wow. »Das ist echt hart.« Ich konnte mir nicht vorstellen, wie das sein musste. Meine Schwestern und ich waren so eng miteinander, dass es völlig unmöglich schien, eine von ihnen nicht jederzeit anrufen zu können.

»Allerdings. Jedenfalls … ich habe ihn heute getroffen. Und es geht ihm nicht besonders gut, aber ich weiß nicht, wie ich ihm helfen soll.« Lyall seufzte. »Er war früher so wichtig für mich, er war wie ein großer Bruder. Bevor er seine Ausbildung gemacht hat, wohnte er bei uns und hat oft auf Edie und mich aufgepasst, weil meine Eltern so viel gearbeitet haben. Ich konnte mich immer auf ihn verlassen, und heute ist mir bewusst geworden, dass ich ihn genauso habe hängen lassen wie alle anderen.«

»Hattest du denn eine Wahl? Wenn es ein Kontaktverbot gab?«

»Man hat doch immer eine Wahl, oder nicht?«

Ich schwieg einen Moment. »Ja, so sagt man«, meinte ich dann. »Aber was bringt es, dich jetzt dafür runterzumachen? Du hast ihn wiedergetroffen und wirst einen Weg finden, ihm zu helfen.« Was sicher nicht einfach war, wenn Lyall mit jedem Kontakt Gefahr lief, ebenfalls ausgeschlossen zu werden. *Aber das gilt nicht für mich.* Der Gedanke war plötzlich da. In meinem Kopf ratterten die Zahnräder und kamen schließlich zu einem Ergebnis. »Das ist es«, murmelte ich.

»Kenzie?«, fragte Lyall. »Was ist los?«

»Moment, lass mich mal kurz denken.« Ich ging die Optionen durch. »Wo ist dein Onkel jetzt?«

»Er ist in so einem Aussteiger-Camp bei Huelva, es ist ziemlich abgefuckt dort. Wieso fragst du?«

»Hat er immer noch Probleme mit Drogen?«

»Nein. Ich meine, ich weiß es nicht. Er hat gesagt, er sei clean, und ich hatte keinen Grund, das anzuzweifeln.«

»Dann habe ich in High Wycombe vielleicht die richtige Adresse für ihn. Diane ist eine Freundin von meinem Dad, sie leitet auf einem alten Hof ein Projekt für Ex-Süchtige, die sonst schwierig Jobs bekommen oder mit der normalen Welt überfordert sind. Wenn wir es irgendwie schaffen, ihn nach England zu bekommen, würde sie ihn bestimmt aufnehmen. Und da du Diane nicht mal kennst, könnte man es dir nicht zur Last legen.«

Schweigen am anderen Ende. Ich dachte schon, die Verbindung wäre unterbrochen, weil es so still war. Aber dann atmete Lyall ein.

»Das wäre großartig«, sagte er, und es klang so, als hätte er einen Kloß im Hals. Ich musste lächeln.

»Ich rufe sie gleich morgen an und kläre ab, ob sie Platz hat.«

»Wenn du das Okay bekommst, kümmere ich mich um ein Flugticket. Finlay hat irgendeine Kreditkarte, die nicht ganz legal ist, die kann ich dafür nutzen.«

»Ich hätte nicht gedacht, dass Finlay derjenige von euch beiden ist, der eine Kreditkarte auf falschen Namen hat«, grinste ich.

»Er spielt Monopoly mit echtem Geld, was hast du denn erwartet?«, schnaubte Lyall belustigt. Aber dann wurde er wieder ernst. »Danke, Kenzie. Du bist wirklich unglaublich.«

Ich war froh, dass er nicht sah, wie verlegen mich seine Worte machten. »Gern geschehen«, sagte ich also nur.

»So, und jetzt erzähl mir von dem Termin heute. Haben Moira und Mum mal wieder Kompetenzbillard gespielt?«

»Allerdings«, lachte ich. »Aber am Ende haben sie nicht nur meine, sondern auch deine Entwürfe abgesegnet. Deine Mum war total begeistert von den Grundrissänderungen.«

»Dann sind wir ja offenbar ein gutes Team.«

»Ja, sind wir.« Wieder stieg dieses warme Kribbeln in mir auf. Ich räusperte mich. »Okay, willst du den kompletten Bericht von heute? Das könnte allerdings dauern, und ich verspreche nicht, dass ich zwischendrin nicht extrem fangirle.«

Lyall lachte erneut und ich merkte, dass ich es mochte, wenn er das tat. »Ich bin seit fast 22 Jahren der Sohn meiner Mutter, ich bin das Fangirlen gewohnt. Aber dann sollte ich mir kurz etwas anziehen.«

»Wie, du … hast nichts an?« Ich spürte, wie mein Mund mit einem Mal ziemlich trocken wurde. Schließlich hatte ich genug von Lyall gesehen, um die Bilder in meinem Kopf nun sehr lebendig werden zu lassen. »Du lügst doch.«

»Ich lüge nicht. Ich wollte duschen gehen, als du angerufen hast, also habe ich mir nur schnell ein Handtuch umgewickelt. Und das ist gerade eben runtergefallen, als ich aufgestanden bin. Also …« Bildete ich mir das ein oder war seine Stimme jetzt eine Nuance tiefer?

»Also stehst du vollkommen nackt in deinem Zimmer?« Ich schlug meine Decke zur Seite, weil mir plötzlich viel zu warm war, obwohl ich nur ein Trägertop und Shorts trug.

»Du stellst dir das gerade vor, oder?«, fragte Lyall, und es klang eher interessiert als belustigt.

»Ich bin sehr visuell veranlagt«, rechtfertigte ich mich.

Er lachte dunkel. »Soll ich dieser Veranlagung ein bisschen auf die Sprünge helfen?«

Ich wollte mit einem höflichen *Nein, danke* ablehnen, aber ich blieb stumm, weil es gelogen gewesen wäre. Lyall nahm das zum Anlass, unser Gespräch ohne Vorwarnung auf Videoanruf umzustellen. Ich sah sein Gesicht mit den dunklen Haaren, die ihm in die Stirn fielen, aber bevor ich darüber nachdenken konnte, wie gut er und wie zerrupft ich aussah, schwenkte er nach unten auf seine Schultern, und ich vergaß, dass ich meine Haare zu einem chaotischen Knäuel gedreht hatte. Stattdessen starrte ich gebannt auf das Display meines Handys und auf Lyalls Körper, der jetzt in Sicht kam. Sein Oberkörper war tatsächlich nackt und verursachte mir einen unanständig hohen Puls, dann glitt die Kamera weiter nach unten, ich hielt den Atem an …

… und sah schließlich den Bund einer schwarzen Sporthose. Ich schnappte nach Luft.

»Du hast mich verarscht!«, empörte ich mich.

»Und du hast mir geglaubt«, erwiderte er zufrieden, und ich sah wieder sein Gesicht.

»Nur, weil … weil ich –«

»Weil dir die Vorstellung gefallen hat«, half er großzügig aus und grinste, was ich so sexy fand, dass ich mich nicht gegen seine Behauptung wehrte.

»Ich bin eine Frau. Wir wissen eine gewisse Optik zu schätzen.« Ich sah ihn arrogant an.

»Eine gewisse *nackte* Optik«, korrigierte er.

»Hör auf damit!« Ich musste lachen. »Bring mich nicht so in Verlegenheit, Mister Darcy, das gehört sich nicht für einen Mann deines Standes.«

»Meines *Standes*? Du reitest dich echt immer weiter rein, Kenzie.«

»Ich lege jetzt auf«, drohte ich, immer noch lachend.

»Was denn, du legst auf, ohne von mir zu verlangen, dass ich mein leeres Versprechen doch noch einlöse?«, zog er mich auf. »Das enttäuscht mich irgendwie. Ich dachte, du wärst eines dieser modernen Mädchen.«

»Bin ich auch«, machte ich. »Aber sag mir mal, Lyall Henderson, was genau bringt es mir, wenn du dich am anderen Ende von Europa ausziehst?« Ich senkte die Stimme und imitierte seinen verführerischen Tonfall von vorhin. »Ganz abgesehen davon, dass ich so etwas als modernes Mädchen am liebsten selbst erledige.«

Sein selbstzufriedenes Grinsen verschwand. »Guter … Punkt.« Er räusperte sich.

»Du stellst dir das gerade vor, oder?« Nun war es an mir, zu grinsen. *Retourkutsche geglückt, würde ich sagen.*

»Allerdings. Und deswegen muss ich jetzt dringend duschen. Kalt.« Er zeigte nach rechts, wo wahrscheinlich das Badezimmer lag.

»Lass dich nicht abhalten«, sagte ich gnädig.

»Das lasse ich selten«, antwortete er ernst. »Schlaf gut, du männermordende Version einer Miss Bennet. Und danke noch mal.«

»Schlaf du auch gut, Mister Darcy.«

Dann legte ich auf und fiel zurück auf mein Bett, atmete aus, während in meinem Bauch etwas zirkusreife Kapriolen schlug, die Hitze langsam abebbte und einer ganz anderen Wärme Platz machte. Einer, die viel tiefer ging. Und plötzlich war mir klar, was das bedeutete.

Ich war dabei, mich zu verlieben. In Mister Darcy höchstpersönlich, Stadtfeind von Kilmore, unhöflichster Supermarktbesucher des Jahres. Trotzdem konnte ich nicht verhindern, dass ich lächelte, als ich es bemerkte. Denn trotz allem, was ich über ihn wusste oder auch nicht, machte mir dieses Gefühl keine Angst.

Ganz im Gegenteil.

25
Lyall

»Haben Sie noch zusätzliches Gepäck, Mister Henderson?« Die Angestellte von *British Airways* am Schalter des Flughafens *Pablo Ruiz Picasso* in Málaga lächelte mich fragend an.

Ich erwiderte es. »Nein, nichts.« Ich reiste nur mit Handgepäck, denn die Golfausrüstung für das Turnier war nicht meine gewesen, sondern das Ersatzset von Eric. Nicht, dass es etwas gebracht hatte, mit den Schlägern eines guten Golfers zu spielen.

»Dann ist es Gate 12. Guten Flug, Sir.«

»Vielen Dank.« Ich nahm meine Tasche und machte mich auf den Weg zu den Sicherheitskontrollen.

Die Woche war schneller vergangen als erwartet – und glimpflicher verlaufen als befürchtet. Eric bestritt die meisten der Konversationen, mit denen wir konfrontiert wurden, und ich beschränkte mich auf mein charmantestes Lächeln und ein paar Small-Talk-Sätze aus dem Henderson-Repertoire. Freundlich beantwortete ich die Fragen nach Mum und Edina und nickte fleißig, wenn man mir zu den Erfolgen der Hotelgruppe gratulierte, obwohl ich damit rein gar nichts zu tun hatte. Zum Glück waren bei dem Turnier vor allem ältere Herren anwesend und kaum jüngere Leute, denn es hätte mir überhaupt nicht in den Kram gepasst, irgendein

Mädchen zu treffen, mit dem ich früher einmal etwas gehabt hatte.

Abseits des Turniers, das ich wie erwartet als schlechtester Teilnehmer beendet und damit Onkel Eric echt glücklich gemacht hatte, war genug Zeit gewesen, Jamie erneut zu besuchen und ihm Kenzies Vorschlag zu unterbreiten. Erst war er skeptisch gewesen, hatte sich dann aber meiner Meinung angeschlossen, dass es die beste Zwischenlösung war, bis ich das mit dem Familienrat geregelt hatte. Nächste Woche schon würde er nach England fliegen und dort bei Diane unterkommen. Damit war er erst einmal versorgt, auch wenn es mir immer noch das Herz zerriss, wie kaputt ihn die letzten Jahre gemacht hatten.

Es machte mich nach wie vor sprachlos, wie Kenzie mir dabei geholfen und ohne Zögern eine Lösung gesucht hatte, wo mir die Hände gebunden gewesen waren. Wir hatten in der Woche noch öfter telefoniert und geredet, wobei die Gespräche meist doch irgendwann in gefährliche Gefilde abgedriftet waren. Ich drängte die Erinnerung an unser gestriges Telefonat beiseite, als sie mir in dieser verlockenden Stimmlage gesagt hatte, sie freue sich darauf, wenn ich wieder da wäre. *Nicht hilfreich.*

Ich passierte die Kontrolle und machte mich auf den Weg zu meinem Gate. Unterwegs kaufte ich mir einen überteuerten Kaffee und setzte mich dann in eine der vielen Sesselreihen mit Blick auf die Startbahn. Kaum hatte ich jedoch den E-Reader rausgeholt, um etwas zu lesen, da klingelte mein Telefon. Ich grinste, als ich den Anrufer sah.

»Ich hoffe, du hast ein richtig schlechtes Gewissen, Mann«, begrüßte ich Finlay.

»Kein bisschen, Alter«, sagte er vergnügt. »Wenn du wüsstest, wie viele Bälle, Empfänge und Charity-Events ich schon von *dir* ferngehalten habe, wärst du mir dankbar, dass du nur dieses eine übernehmen musstest.«

»Du stehst ja auch auf dieses ganze Zeug.« Was das anging, war Finlay der perfekte Henderson-Kerl – immer gut drauf, höflich, charmant und von allen geliebt. Eigentlich brauchte er nur noch eine kluge, hübsche Frau, die gut ins Unternehmen passte, und unsere Großmutter würde wohlwollend die Augenbraue heben – was bei ihr so etwas wie *Ausrasten vor Freude* war. Nur dass mein Cousin keine Anstalten machte, sich so jemanden zu suchen. Das konnte er gar nicht.

»Das ist wahr«, sagte er. »Aber es ist nie gut, Grandmas Ansagen in die Quere zu kommen.«

»Tja, genau das haben wir diese Woche so was von getan.« Und es hatte sich verdammt gut angefühlt.

»Ja, aber niemand wird uns dabei erwischen.« Finlays Grinsen konnte ich förmlich sehen. »Bist du noch im Hotel?«

»Nein, am Flughafen. Ich sitze am Gate und genieße meinen echt lausigen *Caffè Americano* für 4 Euro.«

»Wieso gehst du nicht in die Priority-Lounge?«, fragte Finlay. »Die haben meist richtig guten Kaffee.«

»Ich weiß. Aber ich habe keinen Bock auf die Leute dort.«

Mein Cousin lachte. »Lye, du bist echt der einzige Mensch auf der Welt, der es nicht mag, Geld und Privilegien zu haben. Wie kann man es nur so scheiße finden, Teil dieser Familie zu sein?«

»Das müsstest du doch am besten wissen«, rutschte es mir heraus, weil es mich immer sauer machte, wenn er so was sagte. Aber sofort wurde mir klar, dass ich einen Fehler gemacht hatte. »Fin, sorry«, schob ich schnell nach. »Ich wollte nicht …«

»Was wolltest du nicht?« Er klang bitter. »Mich daran erinnern, dass die Frau, die ich liebe, unerreichbar ist? Ich habe Neuigkeiten für dich, Mann: Das musst du nicht. Es gibt vielleicht fünf Minuten am Tag, in denen ich nicht darüber nachdenke.«

Ich umfasste den Kaffeebecher so fest, bis mir die Hitze fast ein Loch in die Hand brannte. »Also hat sich nichts geändert zwischen euch?«, fragte ich kleinlaut.

Finlay schnaubte. »Die Frage ist rhetorisch, oder? Du weißt, dass ich wirklich alles versuche, um sie zu vergessen. Und manchmal denke ich, es geht langsam bergauf, aber dann ruft sie an oder ich sehe irgendein Bild auf *Instagram* … und alles ist zum Teufel.«

»Ich habe dir angeboten, mit ihr zu reden«, erinnerte ich ihn.

»Ja, und ich habe abgelehnt. Weil es nichts bringt. Wenn du ihr nicht aus dem Kopf löschen kannst, dass sie sich in mich verliebt hat, dann gibt es nichts, was du tun kannst.«

Ich atmete ein und die Ausweglosigkeit in seiner Stimme schnürte mir die Kehle zu. »Das ist echt scheiße, Mann. Das alles.«

»Ich weiß.« Finlay stieß die Luft aus und versuchte sich dann an einem lockereren Tonfall. »Aber reden wir lieber über dich. Zum Beispiel, dass du jetzt in dein Exil zurückkehrst, das dir so gefehlt hat. Oder doch eher Kenzie?«

Ich lächelte, auch wenn es mir am Ende ja kaum anders ging als meinem Cousin. »Wir haben diese Woche öfter telefoniert.«

»Oho, telefoniert? Oder *telefoniert*?« Finlay ließ das Wort so unanständig klingen wie möglich.

Ich grinste. »Es war die meiste Zeit harmlos«, versicherte ich ihm.

Finlay pfiff durch die Zähne. »Und jetzt fliegst du hin und sorgst dafür, dass es weniger harmlos wird? Finde ich gut, das Mädchen ist klasse. Aber denk dran, sie kann mit Kreissägen und Bohrern und so Zeug umgehen. Und ich will dich nicht im Knabenchor singen hören, also sei lieber nett zu ihr. Am besten geht ihr aus, bevor ihr übereinander herfallt.«

»Ich habe nicht vor –«, begann ich, wurde aber von einem ungläubigen Lachen gestoppt.

»Himmel, Lye, hör auf, dir in die Tasche zu lügen. Natürlich hast du das vor.«

»Das stimmt nicht!«, widersprach ich. »Oder hast du vergessen, dass Fiona und Moira ständig um mich herumschleichen?«

»Dann geh mit Kenzie woanders hin. In Edinburgh gibt es doch dieses fantastische Restaurant am Eyre Place. Da spürt Moira euch garantiert nicht auf. Und in der Nähe sind mehrere Hotels, die nicht unser Logo über dem Eingang haben.«

Mein Flug wurde aufgerufen und ich stand auf. »Als du mir das letzte Mal gute Ratschläge gegeben hast, lag am nächsten Morgen ein kolumbianisches Model neben mir im Bett. Ich glaube, ich verzichte.«

»Dein Pech, Mann. Meine Ratschläge sind legendär.«

»Ich muss zum Flieger, Fin. Wir hören uns, wenn ich wieder in der Heimat bin.«

»Alles klar. Flieg vorsichtig.« Dann legte er auf, und ich ging zum Ausgang, nahm jedoch nicht die Schlange, die mit *Priority* beschildert war, sondern die reguläre. Man hatte zwar Business Class für mich gebucht, aber so hielt ich das Risiko, mit jemandem reden zu müssen, der meine Familie kannte, relativ gering.

Während ich in der Schlange hinter einem Paar mit zwei kleinen Jungs stand, drehte ich unschlüssig mein Telefon in der Hand. Sollte ich Kenzie wirklich zum Essen einladen, irgendwohin, wo uns niemand erkannte? Oder war das eine blöde Idee? Fakt war, ich wollte sie sehen, unbedingt. Ich konnte es kaum erwarten. Und in Kilmore ging das nur extrem schwer. Vielleicht war der Vorschlag also gar nicht schlecht, obwohl er von Finlay kam.

Hey, ich komme heute am späten Nachmittag zurück nach Kilmore. Hast du Lust, mit mir außerhalb etwas essen zu gehen?, schrieb ich.

Es dauerte keine halbe Minute, bis ihre Antwort kam.

Oh, eigentlich total gerne! Aber ich wollte übers Wochenende mit Loki in die Highlands. Ich wusste ja nicht, dass du heute schon wieder da bist.

Ich hatte vorgehabt, erst am Sonntagnachmittag zurückzufliegen, weil es noch einen Brunch für unsere Stiftung geben sollte. Eric hatte mir jedoch versichert, dass er das allein hinkriegen würde.

Okay, dann sehen wir uns, wenn du wieder da bist. Genieß deinen Trip.

Ich wusste, wie sehr sie sich darauf freute, in den Highlands zu campen, da würde ich sie nicht darum bitten, meinetwegen dazubleiben. Die nächsten Wochenenden waren mit Veranstaltungen verplant – erst das Stadtfest und danach die Highland Games. Wenn Kenzie ihren Plan umsetzen wollte, ging das nur jetzt.

Ich sah auf das Display.

Miss Bennet schreibt …

Miss Bennet schreibt …

Miss Bennet schreibt …

Meine Güte, was schrieb sie denn da für einen Roman? Ein *Geht klar* oder *Danke, werde ich* konnte ja kaum so lange dauern. Oder schrieb sie etwas ganz anderes? Ich wartete angespannt eine weitere Minute, dann erschienen drei Worte.

Komm doch mit.

Ich atmete ein und ließ die Luft wieder entweichen, während ich auf mein Telefon starrte. *Komm doch mit.* Zu einem Camping-Trip in die Highlands. Zwei Tage allein mit ihr, zwei Nächte mit ihr … das war etwas völlig anderes als ein Essen im Restaurant. Etwas viel Gefährlicheres. Denn mir waren in den letzten Tagen unzählige Dinge eingefallen, die ich mit

Kenzie tun wollte – mit ihr *reden* war der harmloseste Punkt auf der Liste.

Wie hatte ich mich nur dazu hinreißen lassen können, sie um ein Date zu bitten? Das war echt dumm gewesen. Denn es bedeutete, dass ich darüber nachdachte, sie nicht länger von mir fernzuhalten. Dass ich daran glaubte, die Sache zwischen uns könnte doch etwas werden, obwohl es unmöglich war.

Ich kann nicht, tut mir leid, tippte ich, schickte es jedoch nicht ab. Mein Daumen verharrte Ewigkeiten über dem weißen Pfeil auf grünem Grund, aber ich brachte es nicht fertig, ihn zu berühren. Stattdessen löschte ich, was ich geschrieben hatte. Denn es ließ sich nicht leugnen: Kenzie Stayton war längst in meinem Leben. Ich würde durchdrehen, wenn ich nicht herausfand, was da zwischen uns war. Und solange niemand davon erfuhr, war ich sicher.

Entschlossen nahm ich mein Telefon wieder hoch und gab einen neuen Text ein.

Bin dabei. Ich melde mich, sobald ich in Glasgow gelandet bin.

Dann schickte ich die Nachricht ab und schaltete den Flugmodus ein. Es gab kein Zurück, ich hatte mich entschieden. Das fühlte sich ziemlich krass an.

Krass gut.

Kenzies Campervan stand ganz am Rand des Parkplatzes von Killiecrankie, und sie stieg aus, als ich den Mietwagen abschloss und meine Tasche vom Rücksitz nahm. Moira hatte ich von unterwegs angerufen und ihr gesagt, ich würde das Wochenende in Edinburgh verbringen, sodass ich erst gar nicht ins *Grand* musste. Noch vorher hatten Kenzie und ich uns vor diesem Baumarkt ein paar Orte entfernt von Kilmore verabredet. Auch wenn ich ihr nie genau erklärt hatte, warum, schien sie genau zu wissen, dass wir beide nicht zusammen in der Stadt gesehen werden sollten.

Als ich näher kam, sah ich, dass sie mich mit einer Mischung aus Freude und Unsicherheit anschaute. Ich musste lächeln, weil ich zwar nicht vergessen hatte, wie wahnsinnig hübsch sie war, aber die Realität so viel besser war als die Erinnerungen daran.

»Hey«, machte sie, als ich schließlich vor ihr stand.

»Hey«, antwortete ich und umarmte sie zur Begrüßung – ganz harmlos. Zumindest redete ich mir das ein, während mir ihr Geruch in die Nase stieg und sich Bilder in meinem Kopf breitmachten, die definitiv nicht auf einen Parkplatz gehörten. Ich ließ Kenzie los, aber sie anzusehen, machte es nicht besser, im Gegenteil. Ihr tiefer Blick in meine Augen sagte mir, dass sie das Gleiche dachte wie ich. Gott, ich wollte sie unbedingt küssen. Jetzt, sofort. Völlig egal, wie viele Leute hier waren.

Kenzie schien zu merken, wie gefährlich das gerade wurde, denn sie unterbrach den Blick, holte Luft und strich sich dann eine Strähne hinter das Ohr.

»Hattest du einen guten Flug?«, fragte sie mich.

»Japp«, grinste ich. »Hattest du einen Kurs in Small Talk?«

Sie lachte und die Spannung zwischen uns löste sich für einen Moment auf. »Entschuldige mal, ich wollte höflich sein, okay? Es kann ja nicht jeder so ein ungehobelter Mister Darcy sein wie du.«

Ich lachte mit. »Sorry. Alte Gewohnheiten.«

Kenzie sah mich an. »Du kannst übrigens bei mir so reden, wie du willst«, sagte sie dann. »Du musst dich nicht verstellen. Ich stehe im Gegensatz zu anderen gar nicht so sehr auf schottischen Akzent.«

Ich stockte. Woher wusste sie das? Aber dann fiel mir ein, dass sie Drew und mich gehört hatte.

»Sicher?«, scherzte ich und wechselte zu meiner gewohnten Sprechweise der letzten Jahre. »Ich will mir meine Chancen nicht versauen.«

Sie grinste nur. »Wer sagt, dass du welche hast?« Dann zeigte sie zu ihrem Wagen. »Wir sollten los, sonst sehe ich die Highlands nur noch im Dunkeln. Deine Tasche kannst du hinten reinwerfen.«

Ich tat, wie mir geheißen, aber dann kam mir eine Idee.

»Soll ich vielleicht fahren?«, fragte ich Kenzie.

»Du? Warum?«

»Erstens, weil du nicht viel von der Landschaft siehst, wenn du dich über die engen Straßen kämpfst und aufpassen musst, dass du kein Schaf umfährst. Und zweitens, weil ich den besten Platz in den Highlands kenne und du nicht.«

Sie blieb skeptisch und zeigte auf ihr Auto. »Kannst du so was denn fahren?«

»Ich habe letztes Jahr in Chicago auf dem Bau gearbeitet, seitdem fahre ich dir alles, was Räder hat.«

Die Skepsis wich Überraschung. »Auf dem Bau? Dein Ernst?«

»Du weißt vieles über mich nicht, Miss Bennet.« Erst als ich den Satz ausgesprochen hatte, fiel mir auf, dass er auch auf das dunkelste Kapitel in meinem Leben zutraf. Schnell streckte ich die Hand nach dem Schlüssel aus. »Komm schon, gib mir eine Chance. Ich mache deinen Liebling schon nicht kaputt.«

26

Kenzie

»Du fährst echt gut.« Ich sah Lyall vom Beifahrersitz aus an.

»Das klingt so, als würde dich das überraschen.« Er schaute weiter auf die Straße, aber sein Mundwinkel zuckte zu einem Lächeln. Ob ich je aufhören würde, das unwiderstehlich zu finden?

»Na ja, ich dachte, jemand wie du wird herumchauffiert und fährt nicht selbst.« Ich hob die Schultern. Warum den Vorurteilen nicht frische Luft gönnen?

»Ich bin nicht so ein *Jemand*«, gab er zurück, aber es klang nicht unfreundlich.

Neugierig legte ich den Kopf schief. »Du bist also nicht reich?« Er musste lachen und gab keine Antwort. »Wieso lachst du?«

»Weil Finlay heute noch gesagt hat, er würde außer mir niemanden kennen, der es so fürchterlich findet, reich zu sein.« Lyall bog in eine schmalere Straße ab. »Dabei bin ich das eigentlich gar nicht. Wir bekommen erst mit dreißig Zugriff auf unser Vermögen – und nur dann, wenn wir vorher bestimmte Auflagen erfüllen.«

Ich dachte an die Geschichte mit seinem Onkel, und daran, dass er mir vor Wochen gesagt hatte, er sei nicht freiwillig in Schottland. »Ist dein Sommer in Kilmore so eine Auflage?«

Jetzt sah er mich an und seine tiefbraunen Augen schauten ernst. »Ja«, sagte er dann schlicht.

Ich fixierte das Armaturenbrett. »Deine Schwester meinte, du müsstest diesen Sommer *sauber über die Bühne bringen*. Und, dass es wichtig für dich wäre. Das bedeutet, wenn du in Kilmore nicht den Musterknaben gibst, dann passiert was? Das Gleiche wie mit Jamie?«

»Nein, so etwas droht nur, wenn du öffentliche Skandale produzierst. Aber ich würde in Zukunft sicher keine Rolle im Unternehmen spielen. Wer nicht beweist, dass er im entscheidenden Moment funktionieren kann, wird ausgemustert. Und das will ich nicht. Ich will …«, er zögerte, »ich will etwas verändern. Damit so was wie mit Jamie nie wieder jemandem in meiner Familie passiert.« Als er mir einen unglücklichen Blick zuwarf und dann schnell wegsah, ahnte ich, dass da noch mehr war.

»Ich verstehe«, sagte ich, obwohl das absolut nicht der Fall war. »Also musst du alles tun, was sie verlangen? Wie hältst du das aus? Ich dachte, du wärst …« Ich brach ab, weil ich merkte, dass ich vielleicht über das Ziel hinausschießen würde. Zwar hatte ich das Gefühl, dass wir uns in der letzten Woche nähergekommen waren, aber das bedeutete nicht, dass ich mit ihm reden konnte wie mit jemandem, den ich ewig kannte.

»Du dachtest, ich wäre *was*?«, fragte Lyall mich.

»Keine Ahnung. Ich hätte dich rebellischer eingeschätzt.« Ich sagte es in einem neckenden Ton, um den Worten die Ernsthaftigkeit zu nehmen.

»Ist es etwa keine Rebellion, dass ich jetzt in diesem Auto sitze und mit dir in die Highlands fahre, obwohl darauf die Höchststrafe steht?«, fragte er grinsend.

Meine Augen wurden groß und ein unangenehmes Kribbeln kroch mir den Rücken hinauf. »Auf einen Ausflug mit *mir* steht die Höchststrafe?« Ich ahnte ja längst, dass man uns besser nicht zusammen in Kilmore sah, aber dass die Hendersons uns ebenfalls so beäugten, war mir bisher nicht bewusst gewesen. »Dann sollten wir vielleicht zurückfahren.«

»Warum?«, fragte er unbeirrt.

»Weil offenbar deine Zukunft davon abhängt?«

Er lächelte wieder dieses umwerfende Lächeln. »Lass das meine Sorge sein.«

»Okay, fahr links ran und halt an«, befahl ich streng. Ich spürte, dass Lyall mich ansah, aber ich wich ihm aus. Zumindest, bis er den Blinker betätigte und tatsächlich an den einsamen Straßenrand fuhr.

»Wenn du vorhast, mich hier rauszuwerfen –«

»Halt den Mund«, unterbrach ich ihn rüde. »Ich will nicht, dass du alles riskierst, nur weil ich dir eine blödsinnige Nachricht geschickt habe. Ich hatte keine Ahnung, dass so viel für dich davon abhängt, sonst hätte ich das nie gemacht!« Was hatte mich da eigentlich geritten? *Komm doch mit.* Das schrieb ich einem Kerl, den ich nicht nur unglaublich heiß fand, sondern auch noch wirklich mochte – und den ich mit dieser Aufforderung ganz offensichtlich dazu brachte, alles aufs Spiel zu setzen. Ich setzte erneut an. »Lyall, ich will nicht, dass du –«

»Kenzie, hey, stopp«, bremste er mich. Dann streckte er die Hand aus und berührte meinen Arm. Sein Blick war todernst. »Ich bin verdammt froh, dass du diese Nachricht geschickt hast. Weil ich gerade nirgendwo anders sein will als hier mit dir.« Er holte Luft. »Und wir sind allein, niemand weiß davon, also ist alles gut. Okay?«

»Okay«, antwortete ich knapp, denn wenn er mich so ansah, fiel mir das Atmen immer schwer. Und mit einem Mal waren da nur wir und die Gewissheit, dass wir beide an keinem anderen Ort sein wollten. Er, ich *und* das unbändige Verlangen, ihn zu küssen. Es begleitete mich schon, seit wir uns auf dem Parkplatz begegnet waren, aber jetzt wurde es übermächtig.

Ich beugte mich vor und Lyall kam mir entgegen. Aber im nächsten Moment ertönte ein ohrenbetäubendes Hupen. Ein Lkw rauschte an Loki vorbei, und ich war nicht sicher, ob das eine Beschwerde oder ein Gruß gewesen war. Auf jeden Fall hatte es den Moment zerstört.

Lyall lehnte sich zurück.

»Also, können wir weiterfahren?«, fragte er.

»Wenn du das willst.« Ich lächelte.

»Ach, so läuft das bei dir? Wir machen immer, was ich will?« Jetzt war der neckende Unterton auf seiner Seite, und unter dem Blick, der mich traf, flirrte mein Magen erneut auf höchster Stufe. Ich erinnerte mich an den Kuss, daran, wie ich bei unserem Telefonat seinen Körper gesehen und irgendwie darauf gehofft hatte, dass … *Schluss jetzt! Du bist hier, um die Highlands zu bewundern. – Ja, schon, aber das ist echt schwer, wenn* er *neben mir sitzt.* Oder wenn ich daran dachte, dass wir nicht nur den Abend miteinander verbringen würden, sondern auch die Nacht. Und den Morgen. Und die Nacht danach. *Reiß dich zusammen.*

»Vielleicht?«, antwortete ich also, während wir wieder auf die Straße fuhren. »Aber rechne lieber nicht damit.«

»Das ist kein Problem für mich. Ich bin keiner von der Sorte, die immer alles bestimmen wollen.« Er grinste auf eine Weise, die mein Kopfkino ganz und gar nicht zum Stillstand brachte. Dann bogen wir jedoch um eine Kurve und meine Erwiderung blieb mir im Hals stecken.

Wir fuhren in ein breites Tal, das auf beiden Seiten von Hängen voller Bäume gesäumt wurde, die von der Sonne in sattes Grün getaucht waren. Weiter oben waren die Felsen nackt und ragten schroff in den blauen, von Wolken durchzogenen Himmel. Alles wirkte so unberührt, als hätte nie ein Mensch seinen Fuß in diese Landschaft gesetzt. Lyall fuhr noch ein Stück, dann bog er in einen schmalen Weg ab, der einige Minuten bergauf führte und auf einem kleinen Plateau endete. Dort parkte er Loki und öffnete die Tür.

»Darf ich Sie zu einem Spaziergang einladen, Miss Bennet?«

»Ein Spaziergang? Wohin?«

Er grinste, kam zur Beifahrerseite und hielt mir die Hand hin. »Ich habe doch gesagt, ich zeige dir den schönsten Ort in den Highlands.«

»Ich dachte, das wäre er.« Wo konnte es noch schöner sein als hier?

»Nicht ganz. Er ist hinter der Anhöhe da vorne. Dort kommt man nicht mit dem Auto hin.«

Ich ergriff seine Hand und stieg aus, bevor ich sie wieder losließ. Nicht, weil ich sie nicht gerne länger gehalten hätte, sondern weil ich mir in seiner Nähe nicht traute. Noch war mein Plan, auf diesem Ausflug vor allem die Highlands zu sehen, nicht vergessen. Auch wenn dieses Stimmchen in meinem Kopf mir unaufhörlich zuflüsterte, wen ich *eigentlich* wollte. Oder was. In den letzten Tagen hatte ich so oft daran gedacht, und jetzt, wo er bei mir war, wurde es fast schon unerträglich, dem nicht nachzugeben.

Lyall ging einen schmalen Pfad entlang, der leicht bergan stieg und dann über eine Kuppe führte. Wir liefen durch ein Wäldchen und traten schließlich auf einen kleinen Vorsprung.

»Wow.« Mehr sagte ich nicht.

Ich hätte nicht gedacht, dass ich noch beeindruckter sein könnte als vorhin, doch diese Aussicht toppte alles. Die Highlands waren auch in der Nähe von Kilmore wild und wunderschön, aber die Landschaft, die sich jetzt vor mir ausbreitete, war so gewaltig, dass ich keine Worte dafür fand. Wir befanden uns oberhalb eines Tals, das mit lilafarbenem Heidekraut übersät war, so weit das Auge reichte. Wolkenfetzen warfen schnell ziehende Schatten auf die Szenerie und veränderten die Farben im Sekundentakt – und plötzlich wusste ich, warum hier manche an Übernatürliches glaubten: Die Highlands wirkten in diesem Moment, als wären sie nicht von dieser Welt.

»Ich hatte völlig vergessen, wie schön es hier ist«, sagte Lyall leise, und ich sah ihm an, dass er genauso überwältigt war wie ich. Am liebsten hätte ich ihn berührt, aber ich tat es nicht.

»Es ist atemberaubend«, stimmte ich zu. »Wie lange warst du nicht mehr hier?«

»Etwas mehr als drei Jahre. Seit ich nach Chicago gezogen bin, war ich nicht in der Gegend, und hier oben schon gar nicht.«

Ich lächelte, als ich seinen Gesichtsausdruck sah. »Offenbar hast du es vermisst.«

»Ja, scheint so. Schottland ist wohl das, was für mich einer Heimat am nächsten kommt.« Er sah zu mir. »Keine Ahnung, ob das in den Genen liegt – schließlich bin ich nur gebürtiger Schotte und habe hier nie länger gelebt. Aber es fühlt sich richtig an. Nicht Kilmore natürlich, aber das hier … das schon.«

»Warum hast du dich dann entschieden, in den USA zu studieren?« Ich ging näher zur Kante.

Lyall trat neben mich, richtete den Blick jedoch weiterhin in die Ferne. »Es war nicht meine erste Wahl. Ich hatte sogar eine Zusage von der *UAL*, aber dann kam etwas dazwischen, und alle hielten es für besser, wenn ich aus der Schusslinie genommen werde.«

Ich hatte so eine Ahnung, dass es mit Adas Verschwinden zu tun hatte, warum er so weit weggegangen war, aber ich fragte nicht nach. Dafür war der Moment zu harmonisch und die Landschaft zu schön. Ich wollte keine Dämonen heraufbeschwören.

»Sag mal«, begann ich, weil ich bemerkte, wie zufrieden und entspannt er wirkte. Ganz anders als in Kilmore, wo er eigentlich immer den Eindruck erweckte, als wäre er für einen Angriff gewappnet. »Ist das hier der beste Moment, seit du zurück bist?«

Lyall sah mich an, und als ich seinem Blick standhielt, erkannte ich wieder dieses spezielle Lächeln, das mich wahrscheinlich niemals kaltlassen würde, nicht in einem, zehn oder hundert Jahren. »Nein, das war ein anderer«, sagte er.

Ich legte den Kopf schief. »Will ich wissen, welcher?«

Er lachte und kam einen Schritt näher. »Keine Ahnung, Miss Bennet. Willst du?«

»Unbedingt«, antwortete ich leise und merkte, wie die Stimmung umschlug. Aber diesmal war es volle Absicht. Ich konnte nicht länger hier stehen und so tun, als wäre es genug, in Lyalls Nähe zu sein, ohne ihm wirklich nah zu sein.

»Sicher?« Er machte noch einen Schritt und ich konnte seine Wärme fast spüren. Ich sah zu ihm hoch und genoss den Blick aus seinen dunklen Augen, weil ich wusste, er dachte das Gleiche wie ich.

»Todsicher«, flüsterte ich. Es war dasselbe Wort wie vor einer Weile in meinem Camper, aber obwohl das kaum möglich schien, war es jetzt noch wahrer – ich wollte Lyall noch mehr als damals.

Das Lächeln verschwand von seinen Lippen und er streichelte meine Wange, sah von meinen Augen zu meinem Mund, bevor er sich zu mir beugte, ich seinen Atem auf meinem Gesicht spürte – und noch etwas anderes: Regen, der mir auf den Kopf prasselte.

Der Wolkenbruch kam aus dem Nichts, oder wir hatten einfach nur nicht bemerkt, dass sich das Wetter verändert hatte. Vor einer Sekunde hatte die Sonne noch geschienen, jetzt war der Himmel voller dunkler Wolken, und der Regen stürzte herab, als hätte jemand eine Schleuse geöffnet.

»Was zur Hölle, Schottland?«, brummte Lyall, und ich lachte.

»Zurück zum Auto!«, rief ich, fasste nach seiner Hand und lief los.

Wir rannten, so schnell wir konnten, wurden aber trotzdem innerhalb von Sekunden komplett durchnässt. Es war kein warmer Regen, und als ich endlich Lokis Tür aufschob, waren meine Hände längst klamm vor Kälte. Zitternd ging ich zur Steuerung für die Standheizung und stellte sie auf die höchste Stufe.

»Scheiße, ist das kalt«, bibberte ich, während ich meine klatschnasse Sweatjacke auszog. Aber das Shirt darunter war genauso durchweicht – und Lyalls ebenso. Wir sahen einander an.

Und dann war da plötzlich dieser Moment. Einer von denen, wo man genau weiß, was passieren wird. Ohne jeden Zweifel.

Im nächsten Augenblick krallten sich meine Finger nicht mehr um den Saum meines Shirts, sondern um den von Lyalls, und alles, absolut alles in mir wollte ihn berühren. Hastig zog ich ihm das Shirt über seinen Kopf und ließ es achtlos zu Boden fallen, genoss das Gefühl von Vorfreude, das mich beim Anblick seines nackten Oberkörpers überkam. Ich lehnte mich vor, drückte meine Lippen auf die glatte Haut an seiner Brust und das Zittern, das Lyall dabei durchlief, ging auf mich über. Aber ich zitterte nicht wegen der Kälte oder der nassen Klamotten. Ich zitterte unter Lyalls Fingern, die warm in meinen Nacken glitten, bevor er mich endlich küsste. Und spätestens da wusste ich: Das zwischen uns war nicht aufzuhalten.

Unser Kuss war nicht liebevoll oder sanft. Er war hungrig

und gierig, und es lag alles an Verlangen darin, was sich in den letzten Wochen angestaut hatte. Lyalls Zunge forderte meine heraus, er schlang seine Arme um meinen Körper, ich drängte mich an ihn und ließ ihn nur widerwillig für eine Sekunde los, damit er mir mein Shirt ausziehen konnte. Kaum war es fort, waren meine Hände wieder an seiner Brust, strichen über jeden einzelnen Muskel, dann weiter nach unten, bis ich am Bund seiner Jeans ankam.

Lyall sog scharf die Luft ein, als ich die Fingerspitzen zwischen Stoff und Haut schob, nahm meine Hände und tauchte erneut in meinen Mund ein, um mir die Kontrolle wieder abzunehmen. Ich ließ ihn für einen Augenblick gewähren, ließ mich fallen in seinen Griff und das, was er mit mir anstellte. Aber dann machte ich meine Hände wieder frei.

Geübt zog ich seinen Gürtel auf und öffnete die Hose, bevor ich sie ein Stück nach unten zog und in die Knie ging, um sie ganz herunterzuschieben. »Wie ich dir schon sagte …«, ich sah zu ihm hoch. »Ich mache das gern selbst.«

Sein Blick war mehr als nur angetan, aber statt mich weitermachen zu lassen, zog er mich zu sich nach oben, küsste mich fieberhaft und hob mich schließlich hoch, um mich auf meiner Küchenzeile wieder abzusetzen. Seine Lippen verließen meine, um sich meinem Hals zu widmen, ganz nebenbei die Träger meines BHs von den Schultern zu schieben und damit auch dieses Stück Stoff aus dem Spiel zu nehmen. Dann hielt er inne und schien den Anblick, den ich ihm bot, in sich aufnehmen zu wollen. Seine Augen wanderten über meinen Körper und sein Gesichtsausdruck ließ mich beinahe um seine nächste Berührung betteln.

»Du willst mich quälen, richtig?«, fragte ich atemlos.

»Nein, ganz im Gegenteil«, gab er zurück. Und dann bog er mich nach hinten, ich reckte mich ihm entgegen und zog die Luft ein, als er mit den Händen über meinen Hals hinunterstrich und meine Brüste umfasste. Nur Sekunden später ersetzte er seine Finger durch seinen Mund, widmete sich meiner empfindlichen Haut mit seinen Lippen, seiner Zunge und seinen Zähnen, so gekonnt, dass ich jeden zusammenhängenden Gedanken sofort vergaß. Als er schließlich für einen seiner unglaublichen Küsse zu mir zurückkehrte, nutzte ich die Gelegenheit. Meine Finger fanden den Weg seinen Körper hinunter und landeten an der Kante seiner Shorts. Ich schob meine Hand hinein, umschloss ihn mit meinen Fingern und bewegte sie auf eine Art, die Lyalls Blick schlagartig verdunkelte.

Er keuchte auf, küsste meinen Hals und ich spürte seinen heißen Atem stoßweise auf meiner Haut. »Gott, du weißt echt, was du tust«, stieß er hervor.

»Das hoffe ich doch«, antwortete ich und lockerte meinen Griff, nur um ihn gleich darauf wieder zu verstärken. Und wieder und wieder, während ich Lyall tief in die schwarzen Augen sah. Er schloss sie, küsste mich und ein knurrender Laut kam aus seiner Kehle.

»Scheiße, hör auf.« Seine Stimme war heiser. »Sonst ist das hier verdammt schnell vorbei.«

Ich ließ von ihm ab, er hob mich herunter und dirigierte mich zurück, bis ich an die Kante des Bettes stieß. Mit sanftem Druck brachte er mich dazu, mich auf die Laken fallen zu lassen, und ich überließ ihm für den Moment das Kommando. Meine Jeans war kein Gegner für ihn, innerhalb von Sekunden hatte er sie mir ausgezogen und beugte sich über mich. Dann hielt er inne, direkt vor meinem Gesicht, aber ich küsste ihn wieder und zog dann seine Unterlippe zwischen meine Zähne, ein unausgesprochenes *Worauf wartest du?* für ihn.

Lyall ließ sich nicht lange bitten, hakte die Finger in meine Panty und strich sie herunter, in seinen Augen etwas, das noch mein letztes bisschen Selbstbeherrschung zum Teufel schickte. Ich holte ihn zu mir, auf mich, verging fast unter dem Gefühl seines Körpers. Aber nur beinahe, wie ich schnell feststellte. Denn es ging noch besser. Während er meine Zunge in eine neue Runde verwickelte, strichen seine Finger über die Innenseiten meiner Oberschenkel und fanden zielsicher den Weg zu meiner Mitte.

»Himmel«, stieß ich aus. Lyall grinste an meinen Lippen, verstärkte den Druck seiner Hand, intensivierte seine Bewegungen, ließ seine Finger wahre Kunststücke vollbringen. Ich genoss es, wand mich voller Verlangen unter seinen Händen, bis ich sicher war, wenn er nicht sofort damit aufhörte, wäre das hier wirklich zu schnell vorbei. Also entzog ich mich ihm mit allerletzter Willenskraft, brachte ihn dazu, sich auf den Rücken zu drehen, und beseitigte endlich diese verdammten Boxershorts. Bevor ich mich jedoch ausgiebig dem widmen konnte, was darunter zum Vorschein kam, hielt er mich auf.

»Nicht«, brachte er nur hervor.

»Du willst nicht, dass ich …?« Ich sah ihn an.

»Nein«, sagte er. »Ich will *dich*. Jetzt.« Seine Augen suchten meine und ich ging augenblicklich in Flammen auf. Wir griffen nacheinander, und ich spürte, ich wollte nicht nur seinen Körper in Besitz nehmen, sondern auch den Rest von ihm. Lyall revanchierte sich mit einem Kuss, der alles bisher wie eine FSK-0-Fassung wirken ließ. Aber als er mich an sich zog und ich sehr genau spürte, *wie* sehr er mich wollte, hielten wir beide inne.

»Hast du …?«, fragte er atemlos.

»Immer«, brachte ich heraus, griff blind in eines der Fächer neben dem Bett und zog ein komplettes Päckchen mit Kondomen hervor.

»Da hat jemand Pläne, was?«, lachte er und riss routiniert eines davon auf, um es überzuziehen.

»*Allzeit bereit* ist nicht nur ein gutes Motto für Pfadfinder«, murmelte ich an seinem Hals, meine Hand längst wieder um ihn gelegt, und registrierte zufrieden die Wirkung, die meine Berührung hatte.

»Keine Einwände«, raunte Lyall und drehte sich so, dass er über mir war. Er suchte meinen Blick, wie um mein Einverständnis zu erbitten, und als ich ihn als Antwort leidenschaftlich küsste, schob er seine Hand unter meinen Rücken und glitt in mich hinein. Mein Körper antwortete darauf mit einem ganzen Feuerwerk an Empfindungen, ich sah Lyall in die Augen, öffnete mich weiter. Noch nie hatte sich das so unfassbar gut angefühlt.

Er bewegte sich in mir und ich stöhnte auf, schlang meine Beine um seine Hüften und zog ihn damit weiter in mich hinein, bevor ich meinen Griff wieder lockerte. Lyall ließ mich das Tempo bestimmen und folgte ihm. Dabei bot er mir einen Anblick, den ich in tausend Jahren nicht vergessen würde: Die schwarzen Haare fielen ihm in die dunklen Augen, die mich ansahen, als gäbe es auf der Welt nichts anderes als mich, jeder Muskel seines vollkommenen Körpers war angespannt – und alles davon gehörte in diesem Moment mir.

Ich gab ihm einen Wink, wir drehten uns, und er richtete sich auf, bis ich auf seinem Schoß saß. Seine Arme schlangen sich um mich, während ich mein Becken bewegte, seinen Hals küsste und es genoss, wie wahnsinnig ihn alles machte, was ich tat. Bis er die Hände an meine Hüften legte und selbst die Kontrolle übernahm.

»Ach, jetzt willst du doch bestimmen?«, neckte ich und drängte mich ihm entgegen.

Lyall lachte nur dunkel. »Allerdings.« Und dann übernahm er endgültig das Ruder, seine Bewegungen wurden schneller und härter, ich bat ihn um mehr, *verlangte* nach mehr, bis sich alles in mir zusammenzog und ich wusste, der Höhepunkt war zum Greifen nahe. Unsere Blicke trafen sich, um sich zu etwas zu verbinden, für das es niemals Worte geben würde. Und dann fegte eine Flutwelle aus purem Verlangen, aus Nähe und Lust über uns hinweg und riss uns beide unweigerlich mit sich.

27
Lyall

»Ich schwöre, ich werde nie wieder etwas gegen Camping sagen«, war das Erste, was ich rausbrachte, nachdem sich mein Atem beruhigt hatte. »Dieses Auto ist großartig.«

Kenzie, die eng an mich geschmiegt neben mir lag, lachte leise. »Das hätte ich dir vorher sagen können. Luxuriöse Hotelzimmer haben ihren Reiz, aber Campervans sind wirklich sexy.«

»Und die Camperinnen erst …« Ich vergrub mein Gesicht in ihren Haaren, die wirr auf dem Kissen lagen, und atmete tief ein. Kenzie roch nach sich selbst, aber auch nach dem, was wir in der letzten Stunde getrieben hatten – eine betörende Mischung, die mich fast schon an eine zweite Runde denken ließ. Allerdings nur fast. Für den Moment war ich völlig zufrieden mit uns in diesem Bett, dem prasselnden Regen auf dem Autodach und der tiefen Erschöpfung, die es wohl nur nach unfassbar gutem Sex gab. Und *unfassbar gut* war in dem Fall die Untertreibung des Jahrhunderts. Ich hatte völlig vergessen, wie nah, wie intim es sein konnte, mit einer Frau zu schlafen, wenn man sie wirklich mochte und nicht nur Spaß wollte.

»Der beste Moment, seit ich in Kilmore angekommen bin, war übrigens der, als mich dieses unglaublich hübsche Mädchen bei *Carson's* angesprochen hat«, flüsterte ich Kenzie ins Ohr. »Zumindest bis heute.«

»Oh, echt?« Sie grinste und strich mit den Fingern zart über meinen Oberkörper. »Kenne ich sie?«

»Nein, ich glaube nicht. Sie hängt am liebsten in Domhnalls Werkstatt rum und bastelt an irgendwas. Ziemlich schräg.«

»Gott, ja, da kenne ich auch jemanden. Ein Typ, sieht gar nicht mal so schlecht aus, aber hat nichts Besseres zu tun als ständig im Loch zu schwimmen und dann klatschnass in der Gegend rumzujoggen.«

Ich musste lachen. »Diesmal konnte ich nichts für die nassen Klamotten.«

»Nein, das nicht. Aber an dem *keine Klamotten* warst du beteiligt, glaube ich.«

»Schuldig«, murmelte ich und fand mit den Lippen schon wieder ihre, weil ich davon einfach nicht genug bekommen konnte. Der Kuss war sanft und träge, aber als Kenzie herausfordernd mit ihrer Zunge gegen meine stieß, war ich mehr als versucht, ihn zu vertiefen. »Du bist der Teufel, Miss Bennet.«

»Ach, wirklich?« Sie suchte sich mit den Fingern einen Weg nach unten und strich über meinen Bauch. »Dabei dachte ich, das sagt man dir nach.«

Ich schloss genießerisch die Augen. »Alles nur Gerüchte.«

»Ja, stimmt.« Sie nahm die Hand weg. »Deine Vorstellung war mehr als menschlich, wenn man das genau betrachtet.«

Ihr nüchterner Ton ließ mich die Augen wieder öffnen. »Was?«, fragte ich sie perplex.

»Na, ihr wollt doch immer wissen, wie ihr wart.« Sie verzog keine Miene. »Ich denke, ich gebe dir eine gute Zwei.«

»Eine Zwei?«, empörte ich mich.

»Eine *gute* Zwei.« Sie blieb noch eine Sekunde ernst, dann brach sie in schallendes Gelächter aus und boxte gegen meinen Arm. »Du bist echt verdammt eingebildet, Lyall Henderson, hat dir das schon mal jemand gesagt?«

»Ich bin selbstbewusst«, maulte ich beleidigt. »Das ist was anderes.«

»Also denkst du wirklich, dass du eine Eins verdienst?« Ihr Gesicht war meinem plötzlich wieder sehr nahe und ihre Stimme leise und verführerisch.

»Du nicht?« Ich strich ihr die Haare zurück und zog sie so eng an mich, dass sie spüren musste, wie bereit ich war, mir bei der falschen Antwort die verfluchte Eins mit Sternchen zu verdienen. Auch wenn ich wusste, dieser Beweis war nicht nötig. Ich hatte Kenzie währenddessen angesehen, ich hatte sie gespürt, jedes Zittern, jede Regung, jeden Laut von ihr wahrgenommen. Sie hatte das ebenso genossen wie ich.

»Ich denke, du kennst die Antwort«, wisperte sie mir zu.

Das gab mir den Rest. Mit einem Knurren fuhr ich über ihren Rücken bis nach unten, umfasste ihren Hintern und hob sie auf meinen Schoß. Kenzie stieß einen überraschten Laut aus, aber dann waren ihre Lippen auf meinen und lockten mich – doch ich war längst überredet, Worte fürs Erste wieder zur Nebensache zu machen.

Ein melodischer Ton schreckte uns viel später auf. Wir lagen ineinander verschlungen im Bett und Kenzie war wohl beinahe eingeschlafen, denn als ihr Handy sich meldete, hob sie ruckartig den Kopf, bevor sie sich aufsetzte, um danach zu greifen.

»Was Wichtiges?«, fragte ich, stützte mich auf und strich sanft über ihren nackten Rücken.

»Nein, nur Drew«, sie las die Nachricht. »Er will wissen, ob ich einen guten Stellplatz in den Highlands gefunden habe.«

»Und, hast du?«, grinste ich.

Sie lachte und ließ ihren zufriedenen Blick über mich wandern. »Oh ja.« Dann legte sie das Handy zurück auf die Ablage.

»McCoy passt ziemlich gut auf dich auf«, sagte ich, als sie sich wieder an mich kuschelte. »Wenn er wüsste, dass du mit mir hier bist, würde er ausflippen.«

Kenzie schnaubte an meiner Brust. »Er ist so ein netter Kerl, aber wenn es um dich geht, wird er zum Idioten. Ich habe keine Ahnung, was das soll.«

Ich schon, dachte ich. »Er hat ein bestimmtes Bild von mir, das er sehr verbissen verteidigt. Was ich ihm nicht verübeln kann, auch wenn es mich sauer macht. Er hat seine Gründe dafür.«

»Du meinst Ada?« Kenzie sah mich an. »Ich habe gehört, was du in dem Club neulich zu ihm gesagt hast, unten im Flur vor den Toiletten. Dass er aufhören soll, Gerüchte über dich und sie zu erzählen. Lyall …« Sie zögerte kurz. »Was war mit dir und Ada?«

Die Frage kam aus dem Nichts. Ich schwieg, die Angst vor Kenzies Reaktion lähmte mit einem Schlag meinen ganzen Körper. Plötzlich hatte ich das Bedürfnis aufzustehen, mich anzuziehen und aus dem Wagen zu flüchten. Sie schien es zu merken, denn sie legte die Hand auf meinen steinharten Arm.

»Hey, du musst es mir nicht sagen. Tut mir leid, dass ich gefragt habe. Es geht mich nichts an.«

»Doch. Tut es.« Schließlich war das hier mehr als nur Sex für mich. Mehr als nur eine schnelle Nummer am Wochenende, auch wenn ich keine Ahnung hatte, wie das mit uns weitergehen sollte. »Ich weiß nur nicht, ob …«

»Ob ich dich aus dem Auto werfe, wenn ich es erfahre?« Sie lächelte und strich mir die Haare aus der Stirn. »Ich glaube, die Gefahr ist relativ gering. Es ist dunkel und es regnet. Mein Glucken-Gen, wie meine Schwester Willa es nennt, würde sicher nicht zulassen, dass ich dich da rausschicke.«

Ich wollte über den Witz lachen, brachte den Laut jedoch nicht heraus. Was sollte ich jetzt tun? Sie ließ mir die Wahl, es ihr zu sagen oder nicht. Aber das war fast schlimmer, als unter Druck gesetzt zu werden, weil die Entscheidung nun bei mir lag. Ich konnte ihr erzählen, was mit Ada passiert war, und damit riskieren, dass es hier endete. Oder ich schwieg, küsste Kenzie und brachte sie damit ganz schnell wieder auf andere Gedanken.

Ich traf meine Wahl. »Ada und ich waren zusammen – im Sommer vor drei Jahren.« Ich setzte mich auf und stützte die Ellenbogen auf die Knie. »Ich war früher in den Ferien immer in Kilmore, das hat Drew dir bestimmt erzählt.«

Kenzie setzte sich ebenfalls hin, die Decke über der Brust, zwar nah bei mir, aber sie berührte mich nicht. »Ja, er hat es erwähnt.«

»Dann hat er sicher auch gesagt, dass diese Sommer für mich vor allem dazu da waren, um zu feiern und meine Freiheit zu genießen. Eton war streng, also haben Finlay und ich das Beste aus unseren Ferienwochen gemacht. Als wir jünger waren, haben wir ständig unseren Hals riskiert, später ging es dann vor allem um Alkohol und Mädchen.«

Sie nickte und ließ den Hauch eines Lächelns sehen. »Die Sache mit der Lyallitis«, sagte sie.

Ich rollte die Augen. »Richtig, so haben sie das genannt.«

»Verdrehst du die Augen, weil es nicht stimmt?«

»Nein, *weil* es stimmt.« Ich verzog das Gesicht. »Ich war der typische reiche Junge, der denkt, ihm gehört die Welt. Ich war nie öfter als eine Nacht mit derselben im Bett, habe keine davon nachher anständig behandelt, und es haben sich mir trotzdem alle an den Hals geworfen. Und ich war jung, dumm und fand das gut. Für mich waren das Sommer, in denen alles möglich ist und nichts was kostet.« Ich zögerte weiterzusprechen und warf Kenzie einen Blick zu.

»Was?«, fragte sie nur. »Willst du wissen, ob ich dich dafür verurteile, dass du deinen Spaß haben wolltest?«

Ich hob die Schultern. »Tust du nicht?« Frauen schrien in der Regel nicht gerade Hurra, wenn man ihnen sagte, dass man sich wild durch die Gegend geschlafen hatte.

Sie schüttelte den Kopf. »Ich kann nicht behaupten, dass ich die Vorstellung toll finde. Aber mal ehrlich, für uns alle gibt es diese Zeiten, wo wir mitnehmen, was geht. Okay, Typen, die weniger gut aussehen als du, versuchen wahrscheinlich, den ganzen Sommer *irgendein* Mädchen zu finden, das mit ihnen ins Bett geht. Aber dafür kannst du ja nichts.«

Ich musste lächeln. »Bist du nicht etwas zu nachsichtig mit mir, Miss Bennet?«

»Bestimmt. Aber ich hatte gerade Sex mit dir, Mister Darcy. Also bin ich nicht zurechnungsfähig, was das angeht.« Sie streckte grinsend die Hand aus und berührte mich am Arm, bevor sie sich wieder zurücklehnte. »Also war Ada eines dieser Mädchen?«

»Nein.« Tief holte ich Luft. »Sie war diejenige, mit der ich es tatsächlich ernst meinen wollte.«

»Dann muss sie etwas Besonderes gewesen sein«, sagte Kenzie.

»Es lag wohl eher an den Umständen. Das war der Sommer nach meinem Abschluss. Der Skandal mit Jamie lag erst ein paar Wochen zurück und schlug noch ziemliche Wellen, und Edina …« Ich stockte, weil ich es mir nicht anmaßen wollte, über diese sehr persönliche Angelegenheit meiner Schwester zu reden. »Edina hatte Probleme mit einer Sache, mir das aber verheimlicht, über ein halbes Jahr lang. Und irgendwie kam das alles raus, bevor ich nach Kilmore gefahren bin. Ich habe mich noch nie in meinem Leben so beschissen allein gefühlt wie zu der Zeit. Mum war in Asien bei einem Projekt, mit Jamie durfte ich nicht reden, Finlay musste ein Praktikum machen und Edina ist abgetaucht, nachdem sie gerade so daran vorbeigeschlittert war, das gleiche Schicksal zu erleiden wie Jamie.«

Kenzie runzelte die Stirn, als würde sie sich fragen, was das wohl für eine Story mit meiner Schwester war, aber ich redete weiter, bevor sie etwas sagen konnte.

»Und dann kam Ada. Sie war mir in den Jahren vorher zwar aufgefallen, aber ich hatte trotzdem nie näher mit ihr zu tun gehabt. Sie war sehr hübsch, an mir allerdings nie interessiert – und ich hatte immer genug Angebote gehabt. Erst in dem Sommer wurden wir tatsächlich aufeinander aufmerksam. Wenn ich allerdings gewusst hätte, wo das endet, hätte ich einen riesigen Bogen um sie gemacht.« Ich merkte, wie schwer es mir fiel, darüber zu reden, weil ich es jahrelang nicht getan hatte. Aber als ich Kenzie ansah, wusste ich, dass ich es tun musste. »Wir sind uns irgendwann bei einer der Strandsessions unten am Loch begegnet. Sie hatte in dem Jahr einen Job in Gavinas Blumenladen, nachdem sie im Sommer davor als Zimmermädchen im Hotel gejobbt hatte – und ich habe sie gefragt, ob Moira dieses Jahr keine Arbeit für sie hätte. So kamen wir ins Gespräch. Sie war witzig und süß, wir haben uns den ganzen Abend unterhalten und es war keine Sekunde langweilig. Ich dachte, vielleicht ist das die Lösung. Dass ich jemanden finden könnte, der mehr ist als das, was ich sonst so in Mädchen gesehen habe.«

»Drew hat gesagt, genau das wäre dein Ding.« Kenzie sah mich an. »Dass du eine Herausforderung suchst, weil dir die anderen Mädels nicht mehr spannend genug sind.«

Müde schüttelte ich den Kopf. »Quatsch. McCoy war noch nie gut auf mich zu sprechen, auch vor Ada nicht. Aber seitdem hasst er mich und biegt sich alles so hin, wie es ihm passt.« Ich ballte meine Hand auf der Decke zur Faust, weil es mich immer noch wütend machte. Dabei wusste Drew gar nicht alles.

»Weißt du, vielleicht sollten wir das Thema lassen.« Kenzie lächelte und strich mir über die Wange. »Es ist ein schöner Abend, und ich will nicht, dass die Erinnerung an früher ihn zerstört, nur weil ich zu neugierig war.«

Ich sah auf. »Dann willst du nicht wissen, ob ich etwas mit Adas Verschwinden zu tun habe?«

»Glaubst du im Ernst, ich würde dich mit in die einsamen Hügel der Highlands nehmen und dann auch noch mit dir schlafen, wenn ich denken würde, du *hättest* damit etwas zu tun?« Kenzie schüttelte den Kopf. »Ich bin vieles, aber nicht leichtsinnig. Du wärst nicht hier, wenn ich dir nicht vertrauen würde.«

»Frag mich trotzdem«, bat ich aus einem plötzlichen Impuls heraus. Alles durfte ich ihr auf keinen Fall sagen, sonst war das zwischen uns vorbei. Aber einen Teil der Wahrheit würde ich mit ihr teilen müssen, wenn wir eine Chance haben sollten.

»Lyall –«

»Bitte, Kenzie.«

»Okay.« Sie holte Luft. »Hattest du mit dem Verschwinden von Ada etwas zu tun?«

»Ja«, nickte ich. »Das hatte ich.«

28

Kenzie

Ja. Das hatte ich.

Ich sah Lyall an und drängte das ungute Gefühl in meinem Inneren beiseite. Gerade noch hatte ich ihm gesagt, dass ich ihm vertraute. Seine Worte brachten das jedoch ins Wanken. Für eine Sekunde schoss mir durch den Kopf, dass Drew Lyall als Psychopathen bezeichnet hatte. Würde er mir jetzt offenbaren, dass er in Wahrheit ein ganz anderer Mensch war? *Nein,* mahnte ich mich selbst zur Vernunft. *Das ist Schwachsinn.*

»Was meinst du damit?«, fragte ich gegen den Druck in meinem Magen an.

»Ich bin daran schuld, dass Ada in den Wald gelaufen ist und danach nie wieder gesehen wurde.« Lyall atmete aus. »Nicht, weil ich sie von einer Klippe gestoßen oder sonst irgendwie zum Schweigen gebracht habe, wie alle denken. Sondern weil wir an dem Abend einen schrecklichen Streit hatten. Und damit die Katastrophe, die das zwischen uns war, auf ein neues Level gehoben haben.«

Ich erinnerte mich, dass Amy davon gesprochen hatte, die Beziehung von Ada und Lyall sei *verkorkst* gewesen. Aber ich sagte nichts, sondern ließ ihn weiterreden.

»Das Schlimme ist, ich habe erst gar nichts gerafft, weil sie immer so nett war und sich für mich interessiert hat – für *mich*, nicht für mein Aussehen, meinen Namen oder meine Familie. Sie hat mich zwar relativ lange auf Abstand gehalten, aber es hat mich nicht gestört, ich mochte die Dates mit ihr, lange am See zu sitzen, mit ihr zu reden … und als wir dann Sex hatten, war es echt gut. Ich hatte den Eindruck, wir verstehen uns, ich war gerne in ihrer Nähe, wahrscheinlich war ich sogar in sie verliebt.«

Ich sah ihn verwundert an. »Das klingt nach einer schönen Geschichte, nicht nach einer Katastrophe.«

Er lachte bitter. »Ja, weil ich nicht gemerkt habe, wie unsicher und verletzlich sie war. Nach außen hin hat sie immer das toughe, nette Mädchen gegeben und mir erst nichts von dieser anderen Seite gezeigt. Wahrscheinlich war ich auch nicht aufmerksam genug, weil ich mit meinem eigenen Scheiß beschäftigt war, keine Ahnung. Ich hatte mich vorher keinen Funken für Beziehungen interessiert. Also dachte ich zuerst, so wie sie sich verhält, das ist normal.«

»Wie hat sie sich denn verhalten?«

»Ganz anders, als ich sie kennengelernt hatte«, sagte er. »Sie rief mitten in der Nacht weinend an, weil sie davon geträumt hatte, ich würde Schluss mit ihr machen. Ist unangemeldet bei mehreren Essen meiner Familie aufgetaucht, hat mich ständig nach Mädchen von früher gefragt, war unglaublich eifersüchtig auf jede, mit der ich mal etwas gehabt hatte. Und wenn ich ihr gesagt habe, dass mir das echt zu viel wird, hat sie wieder komplett umgeschaltet und alles runtergespielt. Ein paarmal habe ich noch geglaubt, dass wir es auf die Reihe bekommen, aber unsere Treffen wurden immer anstrengender und wir haben eigentlich nur noch gestritten. Ich habe gemerkt, dass wir einander nicht guttun, deswegen habe ich Schluss gemacht. Daraufhin hat sie der halben Stadt verzweifelt ihr Leid geklagt – allen voran Drew. Dass sie alles für mich getan hätte, aber trotzdem nicht gut genug für mich wäre. Und dass ich sie eiskalt abserviert hätte und zur Nächsten gegangen wäre. Du kannst dir vorstellen, wie die Leute in Kilmore darauf reagiert haben.«

Ich war verwundert. »Hast du das einfach so stehen lassen?«

Lyall starrte mich an, und mir schwante, dass er bis jetzt geglaubt hatte, ich wäre nicht auf seiner Seite. Dann atmete er aus, und ich konnte förmlich sehen, wie Erleichterung seinen Körper durchflutete. »Was hätte ich tun sollen?«, fragte er leise. »Jeder im Ort hat sie *geliebt*, wegen ihrer sonst total freundlichen Art. Außerdem hat es doch gepasst – ich war schließlich jahrelang der Typ gewesen, der nichts anderes wollte, als jede Nacht eine andere zu vögeln. Also haben sie geschlussfolgert, dass ich Ada schlecht behandelt hätte. Ist ja eigentlich auch kein Wunder. Und in einem kleinen Ort wie Kilmore, da genießen es natürlich alle, etwas auszuschmücken, wenn es was zum Tratschen gibt.«

»Gab es deswegen zwischen Ada und dir diesen Streit?«, fragte ich und runzelte die Stirn.

»Nicht direkt. Es war der Abend am Ende des Sommers, die Feier nach den Highland Games, die meine Familie jedes Jahr veranstaltet. Ada war nicht dort und ich ziemlich erleichtert darüber. Aber dann tauchte sie irgendwann auf und hat mir wieder eine riesige Szene gemacht. Ich hatte keine andere Wahl, als sie da wegzuschaffen, bevor Moira etwas mitbekommt, und bin mit ihr in den Park. Dort hat sie angefangen schrecklich zu weinen und mich auf Knien angefleht, ihr noch eine Chance zu geben. Wortwörtlich auf Knien. Es war unglaublich erniedrigend, und sie tat mir echt leid, also wollte ich sie zu Gavina fahren, bei der sie über dem Laden wohnte. Nur haben wir dann auf dem Weg zum Parkplatz schon wieder übel gestritten, und sie ist einfach weggerannt, in den Wald. Und ich war so wütend auf sie, dass ich ihr nicht gefolgt bin. Das war mein Fehler.«

Ich nickte langsam. »Verstehe. Und danach hat sie niemand mehr gesehen?«

Er schüttelte den Kopf und schwieg kurz, bevor er antwortete. »Nein … Natürlich war die halbe Stadt auf den Beinen, um nach ihr zu suchen, dazu die Polizei, und meine Familie hat extra Kräfte angeheuert, um sie zu finden. Aber nichts, sie war wie vom Erdboden verschluckt. Ich war der Letzte, der sie gesehen hat, der Letzte, mit dem sie gesehen wurde. Und damit bin ich für Kilmore der Schuldige Nummer eins. Womit sie ja auch recht haben. Nur nicht so, wie sie denken.«

Für einen Moment überrollte mich die grauenhafte Vorstellung, dass eine meiner Schwestern spurlos verschwinden könnte, aber ich drängte sie weg. Stattdessen konzentrierte ich mich auf Lyall, der vor mir saß und aussah, als würde er mein Urteil erwarten. »Weißt du, was ich daran nicht verstehe?«, fragte ich.

»Hm?«

»Warum denkst du, dass es deine Schuld ist?«

»Ich … was?«, stammelte er nur.

»Warum denkst du, dass du die Verantwortung für ihr Verschwinden trägst?«

»Weil sie vermutlich nie in den Wald gerannt wäre, wenn ich mich anständiger verhalten hätte, als ich es getan habe. Ich wusste, wie sie war, dass sie so extrem emotional und unbedacht reagieren konnte, und habe mich trotzdem wie ein Arsch benommen.« Seine Augen waren stumpf vor Scham und Schuld, und ich hielt es nicht länger aus, ihn so zu sehen. Also rückte ich direkt neben ihn und schlang den Arm um seinen Rücken, der so verhärtet war, als wäre er gerade mitten in einem Ringkampf. Zart streichelte ich seinen Nacken.

»Ja, vielleicht hättest du dich anders verhalten müssen«,

antwortete ich leise. »Wahrscheinlich sogar. Deswegen bist du aber nicht verantwortlich dafür, dass sie abgehauen ist. Das war ihre Entscheidung.«

Lyall schwieg einige Augenblicke und ich strich weiter über seine Haut.

»Du … meinst das ernst?« Schließlich schaute er mich an, als hätte er mich noch nie gesehen.

»Natürlich.« Ich lächelte leicht. »Glaubt denn sonst niemand, dass es nicht deine Schuld ist?«

Er hob die Schultern. »Doch, schon. Edina, Finlay … meine Mum. Aber niemand, der mich nicht schon mein ganzes Leben lang kennt und nicht objektiv ist.«

Ich musste lachen. »Wie schon gesagt, keine Ahnung, ob ich nach dem hier«, ich deutete auf das zerwühlte Bett, »noch besonders objektiv bin.« Ich wurde wieder ernst. »Aber ich habe ein gutes Gespür für Leute. Bei dir hatte ich so eine Ahnung, dass du in Ordnung bist.«

»Sogar, als ich dich vor Fiona mies behandelt habe?« Er hob eine Augenbraue.

»Nee, da nicht. Und als du Drew bedroht hast, bin ich auch ein bisschen ins Wanken gekommen.« Ich sagte es leichthin, um die Schwere zu vertreiben, die sich über uns, vor allem aber über Lyall gelegt hatte.

Er antwortete nichts, aber seine Muskeln entspannten sich unter meinen Händen, und schließlich hob er den Kopf und sah mich an.

»Alles okay?«, fragte ich leise.

»Ja, jetzt schon.« Er lehnte sanft seine Stirn gegen meine. »Danke«, sagte er. »Danke, dass du mir glaubst.«

»Danke, dass du es mir gesagt hast.« Ich lächelte als Antwort und nutzte den Moment, um ihn zu küssen. Es war ein zärtlicher Kuss, der sich anfühlte, als würde das mit uns schon viel länger gehen, als es tatsächlich der Fall war.

»Und was machen wir jetzt?«, fragte ich dann. »Hast du Hunger?«

»Immer.« Er grinste, und ich konnte erkennen, dass er die dunklen Gefilde, in denen er sich in den letzten Minuten aufgehalten hatte, langsam wieder verließ. »Aber vorher sollten wir vielleicht etwas essen.«

Ich lachte und raffte mich auf. »Gut. Dann lass uns mal nachsehen, was wir zur Auswahl haben.«

Die Nacht kam und ging, genau wie der Morgen, an dem wir unendlich lang im Bett blieben, über Gott und die Welt redeten und … auch nicht redeten. Erst am späten Vormittag des Samstags standen wir auf, zogen uns an und wechselten den Standort. Lyall schien jeden schönen Platz in den Highlands zu kennen und zeigte mir nicht nur den höchsten Punkt der Gegend, sondern auch einen abgelegenen kleinen See, in dem wir schwimmen gehen konnten. Er hielt es deutlich länger im Wasser aus als ich, denn es war eiskalt, aber wir fanden einen Weg, wie uns wieder warm wurde.

Es war ein nicht weniger als perfekter Tag, mit der perfekten Begleitung, und ich wusste nicht, ob ich in den vergangenen Jahren jemals glücklicher gewesen war. Jedes Mal, wenn ich Lyall ansah, spürte ich, wie das zwischen uns im Sekundentakt ernster und näher wurde. Und wenn er mich dann noch küsste, auf diese schrecklich süchtig machende Lyall-Art, dann war ich endgültig im Himmel. Noch nie hatte ich so etwas gefühlt, diese verzehrende Sehnsucht in jedem Moment, in dem er mich nicht berührte, diese überwältigende Erlösung in jedem Moment, wenn er es tat. Ich war vollkommen und hoffnungslos verrückt nach ihm. *Wir* waren es nacheinander. Und ich wollte, dass es nicht endete. Niemals.

»Was spricht eigentlich dagegen, nicht wieder in die Zivilisation zurückzukehren?« Lyall sah mich an. Es war der zweite

Abend, wir hatten direkt an dem kleinen Loch etwas gegrillt, im Freien gegessen und machten gerade den Abwasch. Draußen wurde es langsam dunkel.

»Keine Ahnung. Wie sind denn deine Jagdfähigkeiten?« Ich grinste ihn an, weil ich daran dachte, dass ich ihm genau das an den Kopf geworfen hatte, bei unserer Begegnung auf dem Dachboden des Hotels.

»Mäßig.« Er verzog das Gesicht. »Es ist echt armselig – ich esse zwar Fleisch, kann aber trotzdem keine Tiere umbringen.«

»Dann werden wir wohl ab und zu einen Supermarkt aufsuchen müssen.« Ich legte den Schwamm weg und trocknete mir die Hände ab. »Aber ansonsten … habe ich nichts dagegen, mit dir für immer und ewig hier draußen zu bleiben, Mister Darcy.«

»Gut zu wissen, Miss Bennet.« Lyall lehnte sich zu mir, ich stellte mich auf die Zehenspitzen und ließ mich von ihm küssen, meine Hände längst unter seinem Shirt, weil ich einfach nicht anders konnte. Er umschlang mich, ich drängte mich an ihn, aber da kam plötzlich der Klingelton meines Handys dazwischen. »Sorry, ich sollte …«, sagte ich entschuldigend.

»Klar«, antwortete er und ließ mich los.

Meine Schwester sah mir vom Display entgegen, und ich ahnte, wieso sie sich meldete. Wir hatten schon seit vorgestern nicht geredet, und Eleni rief oft um diese Zeit am Abend an, um mir von ihrem Tag zu erzählen und danach zu fragen, was ich so machte. Heute würde ich ihr darauf wohl keine ganz ehrliche Antwort geben.

»Leni, hi. Was gibt es?« Ich warf einen Blick zu Lyall, der gerade auf dem Weg nach draußen war, um den Rest aufzuräumen, und musste lächeln. Er erwiderte es auf eine Weise, die meinen Magen wohlig kribbeln ließ.

»Hier ist nicht Leni, sondern Juliet«, hörte ich es am anderen Ende sagen, und der Tonfall vertrieb meine Glückseligkeit sofort. »Dad hat gesagt, ich soll dich nicht anrufen, aber ich flippe ein bisschen aus und –«

»Was ist passiert?«, fragte ich, während mir fünfhundert Schreckensszenarien gleichzeitig durch den Kopf schossen. Lyall musste die Änderung in meiner Stimme bemerkt haben, denn er kam wieder rein und sah mich fragend an.

»Es ist … es ist wegen Eleni«, stammelte meine Schwester. »Sie war reiten, obwohl du es verboten hast, und die sind raus ins Gelände, das Pferd hat sich erschreckt und sie ist runtergefallen. Erst war alles okay, sie war nicht weggetreten oder so, also ist sie mit zurück zum Hof, aber –«

»Herrgott, komm auf den Punkt, Juliet!«, fuhr ich sie an.

»Sie … sie ist, wir haben *X Factor* geguckt, und danach ist sie vom Sofa aufgestanden und einfach umgekippt. Dad hat einen Krankenwagen gerufen und die haben sie direkt in eine Klinik nach London gefahren, mit Blaulicht und Sirene. Wir sind jetzt dort, aber sie wissen nicht, was mit ihr ist. Ich hab so Angst, Kenzie.«

»Leni ist im Krankenhaus?« Oh Gott, das war mein schlimmster Albtraum: dass noch jemandem aus meiner Familie etwas passierte. Und ich war nicht da. Ich war nicht nur nach Kilmore gefahren, sondern außerdem in die Highlands, was die Fahrzeit bis nach Hause auf mindestens acht Stunden erhöhte. Wie hatte ich so egoistisch sein können? Wie hatte ich glauben können, dass schon nichts schiefging, wenn ich weg war?

Meine Panik überrollte mich, ich umklammerte das Handy so fest, dass meine Finger taub wurden. Ich wusste, ich sollte hundert Dinge fragen, nach dem Arzt, nach Dad, ob ich ihn sprechen konnte. Aber ich brachte kein Wort heraus, während ich vor meinem geistigen Auge Eleni sah, die mit blutendem

Kopf in einem Krankenhausbett lag, um sie herum Dutzende Ärzte, die vergeblich versuchten, ihr Leben zu retten. *Scheiße. Scheißescheißescheiße!*

»Hey, komm her, ich mach das«, sagte Lyall und nahm mir das Telefon aus der Hand, bevor er mich sanft auf Lokis Sitzbank drückte. »Hallo, Juliet?« Er ging ran und schaltete auf Lautsprecher. »Hier ist Lyall, ich bin ein Freund deiner Schwester. Kannst du mir deinen Vater geben?«

»Er ist nicht da«, sagte sie hilflos. »Er ist bei Leni, aber die haben uns rausgeschickt. Willy ist gegangen, weil sie irgendwas ausfüllen soll, aber ich kann … ich kann gar nichts machen.«

»Hat er schon mit einem Arzt gesprochen, weißt du das?« Lyalls ruhige Art hätte mich entspannen müssen, aber im Moment konnte mich gar nichts beruhigen. Mein Puls raste immer noch mit Tempo 200. Wie hatte das mit Leni passieren können? Ich hatte ihr doch verboten, reiten zu gehen!

»Nein«, ertönte erneut Juliets zittrige Stimme. »Ich meine, ja, er hat mit einem gesprochen, aber ich weiß nicht, was er gesagt hat. Die machen gerade irgendwelche Untersuchungen, ein *MRP* oder so …«

Lyall korrigierte sie nicht. »Okay. Wenn dein Dad wieder da ist, kannst du ihn bitten, Kenzie zurückzurufen?«

»Ja … ja, natürlich.« Juliets Stammeln brach mir das Herz. Sie gab sich immer so tough, aber eigentlich war sie die Sensibelste von uns vieren.

»Alles wird gut«, sagte Lyall so zuversichtlich wie möglich. »Ich weiß, das ist nur eine dämliche Floskel, aber meistens stimmt es trotzdem.«

Juliet atmete aus. »Danke … Lyall, richtig, oder?«

»Richtig.« Er lächelte. »Bis später.«

Kaum hatte er aufgelegt, löste sich meine Starre, und ich fing an, wie verrückt im Wagen herumzuräumen, das Bett zu machen, Klamotten von einer Seite auf die andere zu werfen und dabei nur noch mehr Chaos anzurichten. Ich brauchte einen Plan, das wusste ich. Aber mein Hirn funktionierte nicht wie sonst. Es wollte einfach keinen brauchbaren Gedanken ausspucken.

»Hey, nicht durchdrehen«, sagte Lyall im Versuch, mich aufzuhalten. »Wir wissen doch noch gar nichts.«

Ich sah zu ihm hoch. »Was, wenn es etwas Schlimmes ist? Wenn sie eine Hirnblutung hat oder im Koma liegt oder …« Ich konnte nicht aussprechen, was ich am meisten befürchtete: dass meine Schwester starb.

Lyall zog mich in seine Arme und hielt mich fest. »Dein Vater wird zurückrufen und dir sagen, was mit ihr ist«, murmelte er beruhigend. »Und wenn Eleni nur halb so stark ist wie du, dann wird sie das überstehen.«

Für eine Sekunde flüchtete ich mich in seine Umarmung, dann meldete sich endlich ein Funke Rationalität in mir.

»Ich muss nach Hause.« Hastig machte ich mich los und strich mir durch die Haare. »Ich muss sofort dorthin. Verdammt, wenn ich mit dem Auto fahre, dauert es bis morgen früh. Fliegt von Edinburgh abends noch etwas nach London?« Wahrscheinlich schon, aber mit allem Drumherum waren das auch mehrere Stunden, bis ich dort ankommen würde. »Du bist nicht zufällig die Sorte reicher Typ, die einen Helikopter hat?« Ich musste lachen und hatte das Gefühl, ich schnappe gleich über.

»Nein, leider nicht.« Lyall zückte sein Handy und tippte etwas ein. »Aber ich könnte vielleicht trotzdem etwas organisieren. Kann ich dich kurz allein lassen?«

»Ja«, stieß ich aus, »ja, kannst du.«

Lyall küsste mich auf die Haare. »Halt durch, okay? Wir schaffen das.« Dann stieg er aus dem Wagen und zog die Tür halb hinter sich zu.

Ich begann, alles in die Schränke zu räumen, damit es bei der Fahrt nicht herumflog. Das erneute Klingeln meines Telefons unterbrach mich dabei. Hastig ging ich dran. »Dad? Was ist mit Leni?«

»Wir wissen es noch nicht. Die bringen sie gerade ins *MRT* und machen noch einige Untersuchungen. Aber sie wird wieder. Ganz bestimmt ist es nichts Schlimmes.«

Die gefasste Art meines Dads brachte mich auf die Palme.

»Wie konntest du sie auf ein Pferd steigen lassen, zum Teufel noch mal?!«, schnauzte ich ihn an. »Du weißt, was beim letzten Mal passiert ist, warum erlaubst du ihr das?«

Mein Vater holte Luft. »Sie war zehn, als sie zuletzt runtergefallen ist. Das ist Jahre her. Wir können sie nicht auf ewig in Watte packen, Kenzie.«

Ich schnaubte. »Das ist es also, was ich mache? Ich packe sie in Watte? Vielleicht bin ich auch einfach die Einzige in dieser Familie, die sich dafür interessiert, dass nicht *noch* jemand von uns draufgeht!« Ich wusste, ich war unfair, aber ich verstand nicht, wie er so ruhig bleiben konnte.

»Kenzie, ich habe genauso viel Angst wie du!«, platzte es aus meinem Vater heraus. »Und ich mache mir große Vorwürfe! Aber ich stehe hier nur eine Flurlänge von deinen Schwestern entfernt, also kann ich jetzt nicht ausrasten, okay? Das solltest du doch verstehen.«

Ich schwieg und wusste genau, was er meinte. Wie viele dieser Situationen hatte es in den letzten Jahren für mich gegeben – die Momente, wo man ausflippen wollte, aber nicht konnte, weil jemand da war, der das Gefühl brauchte, alles würde in Ordnung kommen. Mir kam wieder in den Sinn, wie ich damals auf dieser Brücke gestanden hatte. Wie ich an meine Schwestern gedacht und heruntergestiegen war.

»Tut mir leid, Dad«, sagte ich leise.

»Schon gut, Schätzchen«, antwortete er müde.

»Ich schaue, dass ich es so schnell wie möglich nach Hause schaffe, okay? Aber ich bin in den Highlands und es kann eine Weile dauern. Bitte ruf an, wenn es etwas Neues gibt.«

»Das werde ich. Fahr bloß vorsichtig, Kenzie.«

Lyall kam wieder herein und sah mich fragend an, aber ich schüttelte nur den Kopf. »Mache ich. Bis später, Dad.« Dann legte ich auf.

»Was Neues?«

»Nein, sie untersuchen sie noch, gerade ist sie im *MRT*. Hast du etwas herausgefunden wegen der Flüge? Gibt es noch einen Platz in einer Maschine nach London?«

Er lächelte leicht. »Es gibt etwas Besseres. Und deswegen sollten wir jetzt los. Man wartet in Perth darauf, dass wir kommen.«

»Was meinst du damit? Wieso in Perth?« Das war eine kleine Stadt, die zwischen Kilmore und Edinburgh lag.

»Ich habe vielleicht keinen Helikopter, aber ich kenne jemanden mit einem Privatjet«, sagte Lyall. »Und der steht gerade auf dem Flugplatz von Perth. Mein Bekannter hat für uns klargemacht, dass wir den Flieger heute Nacht nutzen können. Damit sind wir in drei Stunden im Süden, die Fahrt eingerechnet.«

Ich starrte ihn einen Moment ungläubig an und konnte es nicht fassen. Dann fiel ich ihm um den Hals, unfähig, ein Danke herauszubringen. Er hatte das einfach mal eben geregelt, *für mich*. Deswegen ging es Eleni noch nicht besser, aber ich war so viel schneller bei meiner Schwester.

Als mir das bewusst wurde, ließen sich die Tränen nicht mehr aufhalten. Weil ich jetzt nicht die Starke spielen musste. Da war jemand, der mich auffing, der verstand, wie ich mich fühlte, und für mich stark war. Jemand, dem ich vollkommen vertraute. Mir wurde bewusst, dass ich das so, *so* lange nicht gehabt hatte, und die Erkenntnis entlud sich in einer ganzen

Flut aus Schluchzern und Tränen, die Lyalls Shirt durchweichten, während er mich an sich drückte.

»Ich habe solche Angst«, gestand ich ihm leise und wischte mir über die Wangen, als er mich losließ.

»Ich weiß.« Er küsste mich auf die Stirn, nahm dann den Schlüssel vom Haken, ging nach vorne und glitt wie selbstverständlich auf den Fahrersitz. »Aber das wird erst besser, wenn wir dort sind. Also komm, lass uns fahren.«

Ich schaffte es, nicht völlig durchzudrehen, während wir diesen wunderschönen Platz in den Highlands verließen – was auch daran lag, dass Lyall bei mir war und mit mir redete, während er im Dunkeln den Rückweg in die Zivilisation suchte. Es waren beruhigende Worte, die es tatsächlich schafften, meine blinde Panik etwas zu dämpfen, und er ließ meine Hand nur los, wenn er schalten musste. Mein Dad meldete sich ein weiteres Mal, aber richtige Neuigkeiten hatte er nicht. Eleni war noch nicht ansprechbar und die Ärzte werteten gerade das *MRT* aus. Eine Prognose konnte im Moment niemand geben.

Es dauerte gefühlt ewig, bis wir endlich in Perth ankamen und Lyall an einer Kreuzung in Richtung Dunkelheit abbog. Erst zehn Minuten später erreichten wir ein massives Rolltor mit einem kleinen Häuschen davor. Es schien einer dieser privaten Flugplätze zu sein, die Normalsterbliche in der Regel nicht zu Gesicht bekamen. Lyall sagte dem Pförtner den Namen seines Bekannten, und man öffnete die Schranke für uns, damit wir über eine lange breite Straße zu einem Hangar fahren konnten, der hell erleuchtet war. Meinen Van parkte er neben dem Flugzeug, einem schwarzen *Lear Jet* mit dem Logo einer Immobilienfirma.

»Ich habe organisiert, dass man dein Auto zurück nach Kilmore bringt«, sagte Lyall zu mir, bevor er die Fahrertür öffnete.

»Bekommst du wegen der Sache hier eigentlich Ärger?«, fragte ich. Ich hatte in der Sorge um Eleni nicht daran gedacht, was die Hendersons von Lyall erwarteten. Wenn ihn in Kilmore alle hassten, weil sie glaubten, er habe mit Adas Verschwinden zu tun, und er deswegen Order hatte, sich von jedem Mädchen fernzuhalten, was würde Moira dann tun, wenn er jetzt für mich einen Jet kaperte?

»Nein. Der Bekannte, dem das Flugzeug gehört, hat nichts mit meiner Familie zu tun. Niemand wird davon erfahren.« Damit stieg er aus und wartete, bis ich ihm folgte. Vor der Gangway stand die Pilotin, eine stämmige Frau mit grauen Haaren.

»Guten Abend, Mister Henderson. Ich bin Elise Jenkins, ich wurde informiert, dass Sie nach London möchten.«

»Danke, Mrs Jenkins, dass Sie uns fliegen. Es ist eine Art Notfall.«

»Natürlich, Sir. Mein Chef hat mir gesagt, worum es geht. Ich habe selbst zwei Töchter, bei denen ich ständig aufpassen muss, dass sie keine Dummheiten machen. Wenn ich also helfen kann, mache ich das sehr gerne.« Sie lächelte mich an.

»Vielen Dank.« Ich erwiderte das Lächeln.

»Dann steigen Sie bitte ein.« Die Pilotin wies zu dem Flugzeug. »Ich habe kein Servicepersonal angefordert, wenn Sie also etwas essen oder trinken möchten, dann bedienen Sie sich bitte selbst.«

Lyall nickte und bedankte sich noch einmal, dann ließ er mir den Vortritt, und ich betrat zum ersten Mal in meinem Leben einen Privatjet. Meine Angst um Eleni sorgte für eine dumpfe, neblige Wolke in meinem Kopf, aber ich bemerkte trotzdem, dass ich bis heute keine Vorstellung davon gehabt hatte, wie reich Menschen tatsächlich sein konnten.

»Das Ding bringt mir doch sicher ein paar Punkte auf der Klischee-Skala ein, oder?« Lyall war mir in den schmalen, mit dunklen Ledersitzen ausgestatteten Innenraum gefolgt.

Sein Scherz entlockte mir ein schwaches Lächeln. »Was früher der Vierspänner war, ist jetzt eben der Jet, Mister Darcy.«

»Ich möchte zu Protokoll geben, dass der Jet nicht mir gehört.« Er verzog das Gesicht. »Vielleicht rettet das meinen Ruf.«

»Als könnte irgendetwas deinen Ruf bei mir zerstören. Nicht nach heute. Nach allem in den letzten Tagen.« Mein Lächeln wurde liebevoll. Unser Ausflug hatte ein abruptes Ende gefunden, aber deswegen hatte ich nicht vergessen, was passiert war. Wie wir auf mehr als eine Art zusammengekommen waren.

Er zog mich für einen schnellen Kuss an sich. »Wo willst du sitzen?«, fragte er dann.

»Völlig egal. Hauptsache, du sitzt daneben.«

Er wählte zwei Sitze in der Mitte gegenüber einer breiten Bank, überließ mir den Fensterplatz und schnallte sich an. Kaum hatte ich das ebenfalls erledigt, schob ich meine Hand in seine. Mit der anderen drückte er einen Knopf auf der Armlehne. »Mrs Jenkins? Wir sind so weit.«

»Gut. Ich habe Starterlaubnis. Wir landen in etwa einer Stunde in Heathrow.«

Lyall sah auf sein Handy. »Ich habe vorhin einen Wagen geordert, der Fahrer wird direkt am Rollfeld auf uns warten.« Er strich sanft mit dem Daumen über meinen Handrücken. »Bist du schon mal geflogen oder soll ich dir die Sicherheitsvorkehrungen kurz erläutern?«

Ich wusste, er wollte mich aufheitern, und ließ es zu. »Ich bin schon geflogen, in so etwas allerdings nicht. Wenn du also vorne das Schwimmwestenballett machen möchtest, halte ich dich nicht davon ab.«

»Verzichte.« Er lehnte sich in seinem Sitz zurück. Das Display seines Handys leuchtete neben mir auf der Armlehne auf und ich sah eine Nachricht. Lye, wo steckst du?

»Von Edina?«, fragte ich, weil ich das kleine runde Bild über der Mitteilung ihr zuordnete.

Lyall nickte und schaltete das Handy aus, als der Jet zu rollen begann. »Sie hat seit Donnerstag nichts von mir gehört, da fängt sie oft an, sich zu sorgen. Ich antworte ihr später.«

Und dann steckte er das Telefon weg und hielt meine Hand, bis wir landeten.

29

Lyall

Ich hatte Krankenhäuser nie gemocht. Das tat wohl kein Mensch – so mit der eigenen Sterblichkeit und ihren schmerzhaften Vorstufen konfrontiert zu werden, brachte selbst den größten Optimisten ins Straucheln. Aber ich hasste Krankenhäuser noch mehr als der Durchschnitt. Immer, wenn ich eines betrat und die typischen Gerüche wahrnahm, die überall in der zivilisierten Welt gleich waren, stand ich in Gedanken wieder mitten in der Nacht am Empfangstresen der Ambulanz von Pitlochry und fragte vergeblich, ob ein Mädchen eingeliefert worden wäre. Ein Mädchen, dessen Schicksal seit diesem Tag untrennbar mit dem meinen verbunden war.

»Wir müssen in den dritten Stock«, sagte Kenzie neben mir und riss mich aus den Abgründen meiner Vergangenheit. »Lyall? Alles in Ordnung?«

Ich nickte nur und lief zu einem der Aufzüge, um dort den Knopf mit der *3* zu drücken. Es brachte nichts, ihr zu sagen, dass ich mich hier nicht wohlfühlte, denn es ging nicht um mich. Es ging allein um sie und ihre Familie.

Wir kamen im dritten Stock an und betraten einen breiten, beinahe leeren Flur. Als Kenzie jedoch um die Ecke bog, sprangen weiter hinten zwei Mädchen auf und rannten zu uns, um sie zu umarmen.

»Wie hast du es so schnell hergeschafft?«, fragte die Dunkelhaarige von beiden, während die Blonde dazwischenrief: »Scheißegal, Hauptsache, sie ist hier!«

»Gibt es etwas Neues?« Kenzie sah ihre Schwestern an.

»Dad redet gerade mit der Ärztin. Aber sie haben eine Hirnblutung ausgeschlossen, also ist Leni nicht in Lebensgefahr.«

Ich konnte erkennen, wie Kenzie erleichtert zusammensackte. »Das ist gut«, murmelte sie. »Das ist sehr gut.« Dann sah sie auf und schien zu bemerken, dass ihre Schwestern mich neugierig musterten. »Das ist Lyall«, sagte sie schnell. »Er hat mich hergebracht. Lyall, das sind meine Schwestern Willa«, die Blonde hob die Hand, »und Juliet.« Die Dunkelhaarige lächelte schüchtern.

»Freut mich.« Mir entgingen die Blicke der beiden nicht, aber ich ging davon aus, dass sie gerade andere Sorgen hatten, als sich zu fragen, warum ich hier war. »Ich glaube, ich besorge mal was zu essen, oder? Nervennahrung.« Dann konnten die drei reden, ohne dass ein Fremder dabei war.

Willa nickte. »Ja, bitte. Richtig viel, wenn es geht.«

Kenzie stieß sie in die Seite. »Sei nicht so unverschämt, Willy.«

»Er hat es doch angeboten«, gab die zurück und sah mich an. »Hast du doch, oder?«

»Habe ich.« Ich musste grinsen. »Bin gleich wieder da.« Damit drehte ich mich um und ging zum anderen Ende des Ganges.

»Heilige Scheiße, Kenz, wo hast du denn den aufgetrieben?«, hörte ich Willa sagen, bevor ich außer Hörweite war. »Aus dem Onlineshop *Die heißesten Typen der Welt*? Bitte sag mir, dass es da, wo er herkommt, noch mehr von seiner Sorte gibt.«

»Weißt du etwa nicht, wer er ist, Willy? Das ist Lyall Henderson!« Juliet zischte es fast schon ehrfürchtig. Ich konnte nur hoffen, sie hatte nicht irgendwelche Klatschartikel über mich gelesen. »Der datet doch nur Models.« Okay, offenbar hatte sie *alle* gelesen. Da ich meist mit Finlay zusammen war, wenn ich irgendwo öffentlich in Erscheinung trat, dichtete man mir die gleichen Vorlieben an wie ihm.

»Nein, das ist sein Cousin.« Kenzies belustigte Erwiderung war das Letzte, was ich hörte, bevor ich um die Ecke bog, auf der Suche nach dem nächsten Snackautomaten. Aber kaum stand ich davor und überlegte, was besorgte Mädchen wohl mitten in der Nacht essen wollten, klingelte mein Handy.

Ich war versucht, den Anruf wegzudrücken, als ich den Namen sah, aber ich ging dran. »Hi, Moira.«

»Lyall, Herrgott. Wo in drei Teufels Namen steckst du, verdammt noch mal?« Das waren mehr Flüche, als sie sonst im ganzen Jahr benutzte, so viel stand fest.

»Ich bin in Edinburgh«, blieb ich bei der Lüge, die ich mir zurechtgelegt hatte. Wenn ich ihr die Wahrheit sagte, riskierte ich zu viel. Und nachweisen konnte sie es mir eh nicht.

»Ach ja? Und wieso steht dann dein Mietwagen irgendwo in Killiecrankie? Die Firma hat mich vorhin angerufen, weil sie dich nicht erreichen konnten und du die Hoteladresse angegeben hattest.«

Verdammt. Die Vermietung hatte eine inländische Adresse verlangt, und ich war nicht davon ausgegangen, dass das ein Problem werden würde.

»Keine Ahnung«, sagte ich. »Ich habe ihn seit Freitag nicht mehr gesehen. Wahrscheinlich hat ihn jemand geklaut.«

»Geklaut.« Moira schien nicht überzeugt. »Und der Dieb hatte den passenden Schlüssel dabei? Oder warum ist das Auto abgeschlossen und vollkommen unversehrt?«

Meine Güte, sie war echt hartnäckig. »Man knackt ein Auto doch nicht mehr mit der Brechstange. Heutzutage haben die da irgendwelche elektronischen Gadgets, die keine Spuren hinterlassen. Guckst du nie Fernsehen?« Ich sagte es, als wäre sie ihrer Zeit weit hinterher. Was genau genommen ja auch stimmte.

»Ich schwöre dir, Lyall, wenn du mich anlügst und ich herausfinde, dass du irgendetwas Verbotenes tust –«

»Würde ich nie«, unterbrach ich sie. »Oder denkst du, ich will so enden wie Jamie?«

Schweigen am anderen Ende, der Schlag saß. Ich wusste, Moira hatte die erzwungene Trennung von ihrem jüngsten Bruder nie wirklich verkraftet, auch wenn sie letzten Endes ihm dafür die Schuld gab. »Ich erwarte dich morgen zurück«, sagte sie weniger souverän als gewohnt. »Und kümmere dich um die Sache mit dem Mietwagen.« Dann legte sie auf und ich atmete aus. Gerade noch mal gut gegangen.

Ich entschied mich für Schokoriegel und Chips, versenkte mein gesamtes Kleingeld in dem Automaten und kehrte dann vollbeladen zu Kenzie und ihren Schwestern zurück. Nur waren die nicht mehr allein: Bei ihnen stand ein großer Mann, dessen Gesichtszüge Ähnlichkeit mit denen von Willa hatten. Er erklärte seinen Töchtern gerade etwas mit ernster Miene und ich wollte schon den Rückzug antreten, als Kenzie mich entdeckte und heranwinkte. Ich ließ meine Einkäufe auf eine Sitzbank in der Nähe fallen und ging zu ihr.

»Eleni geht es besser.« Sie strahlte und griff nach meiner Hand. Ich spürte, wie mein Magen sich auf die angenehmste Art zusammenzog. Scheißegal, wie wir das hinkriegen sollten, aber ich würde mir dieses Mädchen nicht aus dem Kopf schlagen. Niemals.

»Das sind tolle Nachrichten. Aber was ist denn nun die Diagnose?«

»Sie hat ein Schädel-Hirn-Trauma, aber sie wird wieder ganz gesund«, antwortete Kenzies Vater. »Ihre lange Bewusstlosigkeit wird in den nächsten Tagen noch untersucht. Aber sie kommt wieder völlig in Ordnung.« Dann streckte er die Hand aus. »Du musst Lyall sein. Ich bin Thomas, der Dad dieser verrückten Crew.«

»Es freut mich, Sie kennenzulernen, Mister Stayton.« Ich ergriff die Hand von Kenzies Vater und ließ auch seine Musterung über mich ergehen. Als er lächelte, war mir jedoch klar, dass er nicht die Sorte Familienoberhaupt war, das die Jungs reihenweise von seiner Türschwelle verjagte. Das war beruhigend.

»Und mich erst.« Sein Händedruck war kräftig, genau wie der seiner Tochter. »Stimmt es, dass ihr mit einem Privatflugzeug hergekommen seid?«

Ich hob die Schultern. »Das ist keine große Sache, Sir.« Dann fiel mir auf, wie versnobt das klang. »Dieses Flugzeug wurde vermutlich schon für viele unsinnige Zwecke eingesetzt. Es hat sich bestimmt gefreut, mal etwas Gutes zu tun.«

Mister Stayton lachte und klopfte mir auf die Schulter. »Ich hätte nicht geglaubt, dass es jemanden geben könnte, der meine Kenzie tatsächlich verdient. Aber wer einen Jet kapert, um sie hierher zu bringen, belehrt mich wohl eines Besseren.«

Darauf wusste ich nun wirklich nichts zu sagen. Willa schon.

»Wirst du rot?« Kenzies Schwester grinste mich an.

»Niemals«, gab ich zurück und wusste, sie wollte mich nur aufziehen. Nach den Wochen in Kilmore, wo mir die Menschen nur Ablehnung entgegenbrachten, war es vollkommen ungewohnt, einfach akzeptiert zu werden. »Wolltest du nicht etwas essen?« Ich zeigte auf die Wartebank mit den Snacks.

Willa sah erst mich, dann das Angebot aus ungesundem Kram und schließlich Kenzie an. »Du hast meine Erlaubnis, ihn zu behalten«, sagte sie dann und nickte gnädig in meine Richtung.

Ihre Schwester lachte. »Gut zu wissen, Willy.«

Eine Ärztin kam aus Elenis Zimmer und holte Mister Stayton zu einem Gespräch über die weitere Behandlung seiner Tochter, und Kenzies Schwestern stürzten sich auf Chips und Schokolade, entschieden aber dann, dass sie vorher noch eine Runde Kaffee besorgen wollten. Kenzie und ich waren die Einzigen, die zurückblieben. Sie seufzte.

»Tut mir leid, meine Familie ist manchmal etwas anstrengend.«

Ich legte die Arme um ihre Mitte. »Sie sind nicht anstrengend, sie sind herrlich normal. Eine Million Mal normaler als meine Familie. Außerdem sind sie dafür, dass du mich behältst, also mag ich sie.«

Jetzt war es Kenzie, die tatsächlich rot wurde. »Was Willa da gesagt hat, nimm das bloß nicht so ernst.«

Ich hob eine Augenbraue und lächelte. »Natürlich nehme ich das ernst. Ich hoffe nämlich auch darauf, dass du mich behältst.« Nach den letzten zwei Tagen gab es für mich keinen Zweifel mehr, dass ich mit Kenzie zusammen sein wollte. Nichts in meinem Leben hatte sich bisher so gut angefühlt wie alles mit ihr – das Reden, das Lachen, der Sex. Was immer noch auf uns zukommen würde, im Moment verdrängte ich es einfach. So gut es ging.

Sie streckte sich und küsste mich sanft, fast schon zaghaft. »Dein Ernst?«, fragte sie leise.

»Mein Ernst.« Ich nickte und küsste sie ebenfalls, nur viel weniger zaghaft. Aber als ich die Augen danach öffnete, fiel mein Blick auf einen Schatten am Ende des Flures. War dort jemand gewesen, der uns beobachtet hatte? Jetzt war niemand mehr zu sehen, trotzdem war ich alarmiert. Ich war zu oft von Fotografen verfolgt worden, um zu wissen, wie sie sich verhielten.

»Was ist?«, fragte Kenzie.

»Warte hier«, antwortete ich nur. Dann lief ich los, bog um die nächste Ecke … und stand auf einem leeren Flur. Komisch. Wahrscheinlich hatte ich mir das nur eingebildet.

»Lyall?« Kenzie kam zu mir und sah mich besorgt an. »Alles okay?«

»Alles bestens, ich habe nur Gespenster gesehen.« Ich lächelte beruhigend.

»Wir dürfen jetzt zu Eleni. Kommst du mit? Ich weiß zwar nicht, ob sie so viel gutes Aussehen in ihrem Zustand verkraftet, aber … ich würde sagen, wir riskieren es.«

»Solltet ihr das nicht allein machen? Sie kennt mich doch gar nicht.« So etwas war eine Sache für die Familie.

»Ach was, wir Staytons sind da nicht so. Sie wird sich freuen, glaub mir. Jetzt, wo ich die offizielle Erlaubnis habe, dich zu behalten.« Sie grinste.

»Okay. Dann los.« Ich küsste sie schnell, dann ließ ich mich von ihr mit zu der entsprechenden Tür ziehen. Aber bevor ich hindurchging, klingelte mein Telefon und ich sah meine Schwester auf dem Display.

»Geh vor, ich komme nach«, sagte ich zu Kenzie, und mit einem besorgten Blick verschwand sie. »Edie, was gibt es?«

»Wo bist du, Lye?« Sie klang todernst.

»In London«, antwortete ich ehrlich. »Ist was passiert?« *Bitte nicht.* Wir hatten doch wirklich genug Stress für heute gehabt.

Meine Schwester atmete tief ein. »Ich habe vorhin eine Nachricht von Grace McGregor bekommen, sie ist gerade in Paris auf einer Party und meinte, Finlay wäre auch dort.«

»Wo ist das Problem? Fin ist ständig auf irgendwelchen Partys.« Er hatte nichts davon gesagt, dass er nach Paris wollte, aber oft genug entschied er so etwas spontan.

»Ja, aber nicht so«, sagte Edina, und ich hörte die Sorge in ihrer Stimme. »Ich schick dir das Bild.«

Ich nahm das Handy vom Ohr und wartete, bis das Foto da war, eine Aufnahme von besagter Party in einem Loft mit schwachem Licht. Ich hätte allerdings die Person darauf überall erkannt – selbst wenn sie wie auf diesem Bild über einen Tisch gebeugt war, vor sich mehrere Linien aus weißem Pulver. Mit einem Schlag war mir eiskalt.

»Fuck.« Finlay schlug manchmal über die Stränge, aber Drogen waren nach dem, was mit Jamie passiert war, für uns alle ein No-Go. Wieso tat er das? Wieso jetzt?

»Bitte, Lye, du musst irgendwas machen«, flehte mich meine Schwester an. »Ich würde selbst hinfliegen, aber ich glaube nicht, dass er … dass ich …«

»Nein, keine gute Idee. Ich kümmere mich darum.« Was war das eigentlich für ein furchtbarer Tag, der eine Katastrophe nach der nächsten brachte? »Schick mir die Adresse. Ich bin mit dem Jet von Greg hier, er hat bestimmt nichts dagegen, wenn ich damit noch bis Paris fliege.«

»Danke«, stieß Edina aus. »Und sag Fin … nein, sag ihm nichts. Aber melde dich, wenn du ihn da rausgeholt hast, okay?«

»Mach ich.« Ich legte auf. Im gleichen Moment kam Kenzie aus Elenis Krankenzimmer.

»Hey, wo bleibst du denn, wir …« Sie brach ab, musterte mich und schien meine Anspannung zu bemerken. »Du musst weg, richtig?«

Ich nickte. »Finlay ist in Paris völlig abgestürzt und ich muss ihn abholen. Ist das in Ordnung?«

»Natürlich.« Sie streckte die Hand aus und strich mir über die Wange. »Du hast dafür gesorgt, dass ich bei meiner Familie sein kann, jetzt kümmere dich um deine.«

»Bist du sicher?« Ich hatte kein gutes Gefühl dabei, sie allein zu lassen. Eigentlich konnte ich mir nach den letzten Tagen kaum vorstellen, *nicht* in ihrer Nähe zu sein.

»Todsicher.« Sie grinste, weil sie sich daran zu erinnern schien, womit dieses Wort verknüpft war – mit deutlich besseren Erlebnissen als dem Herumstehen auf einem Krankenhausflur. Deutlich *heißeren* Erlebnissen.

»Okay. Ich melde mich, sobald ich in Paris bin.« Ich küsste sie auf eine Weise, die verhindern sollte, dass sie mich bis zu unserem Wiedersehen vergaß. Dann war ich auch schon auf dem Weg zum Ausgang.

»Hier ist es. Vielen Dank.« Ich reichte dem Taxifahrer einen Schein nach vorne und stieg aus, um die letzten beiden Straßen zu laufen. Mein Ziel lag mitten im 7. Arrondissement in Paris, einer der teuersten Gegenden der Stadt.

Das exklusive Haus an der Rue Jean Nicot lag ruhig da, als ich es durch den Haupteingang betrat. Dem Portier musste ich meinen Namen nicht sagen, er fragte mich nur auf Französisch, ob ich zur Party wolle, und ließ mich dann nach oben. Ich fuhr mit dem Aufzug hinauf, betrat die Wohnung und versuchte, mich zu orientieren. Bässe vibrierten dumpf durch den Raum direkt in meinen Brustkorb, der charakteristische Mix aus teurem Parfüm, Alkohol und frischem Schweiß stieg mir in die Nase – und mir wurde klar, wie lange ich nicht mehr auf einer solchen Party gewesen war. In Chicago feierte ich zwar auch, aber das waren normale Studentenpartys, wo sich niemand dafür interessierte, wer man war und aus welcher Familie man stammte. Hier war das anders. Deswegen musste ich Finlay so schnell wie möglich wegbringen. Bevor irgendjemand der Presse verriet, dass er sich hier aufhielt und Kokain nahm.

»Hey, das ist eine Privatparty.« Ein Typ mit britischem Akzent und einem 500-Pfund-Hemd rempelte mich an. »Kenne ich dich?«

Ich konnte es ihm nicht verübeln, dass er fragte. In meinen Jeans und der Kapuzenjacke sah ich unter diesen Leuten in ihren teuren Outfits aus, als wäre ich einer der Penner, die es auf Paris' Straßen zuhauf gab.

»Ich bin Lyall Henderson«, sagte ich. *Und jetzt lass mich durch, bevor ich dich dazu bringen muss.*

Wie erwartet, hob der Typ beide Hände und machte einen Schritt zurück. »Oh wow, Mann, ich hatte ja keine Ahnung, dass noch einer von euch hier auftaucht. Herzlich willkommen. Die Küche ist voll mit Alkohol und anderem Zeug. Bedien dich.«

Ja, genau, anderes Zeug. Ich wusste, was das war. Denn auf dieser Sorte Partys gab es am Buffet Kokain, MDMA oder Amphetamine wie bei normalen Leuten Fingerfood und Mini-Desserts im Glas. Angst drückte mir die Kehle zu. Hoffentlich kam ich nicht zu spät, um Schlimmeres zu verhindern.

Ich ließ die Küche links liegen und bahnte mir hastig einen Weg durch die Leute. Lange suchen musste ich nicht. Auf einer Couch, links und rechts ein Mädchen im kurzen Glitzerkleid im Arm, saß mein Cousin.

»Heyyy, der Lyallinator ist da!«, jubelte er begeistert, als er mich sah. Sofort sprang er auf und umarmte mich überschwänglich. »Was machst du denn hier? Woher wusstest du, wo ich bin? Ach, ist ja auch völlig egal! Lass uns feiern!«

Ich fasste ihn am Arm. »Die Party ist für dich vorbei«, zischte ich ihm zu und checkte eilig, ob ich irgendwelche Leute sah, die ihr Handy gezückt hatten, um etwas zu posten. Zum Glück waren diese Feiern sehr exklusiv und die Fotos immer gestellte Selfies, keine Skandal-Pics. Die Reichen lieferten einander nicht der Presse aus. »Wir gehen jetzt.«

»Was? Nein!« Finlay machte sich los. »Wir fangen gerade erst an! Komm schon, bleib ein bisschen, Lye. Ich geb dir auch eine von den Ladies ab.« Er lächelte die beiden charmant an und sie nahmen daraufhin mich ins Visier. Okay, wir mussten hier weg. Schnell.

Ohne ein weiteres Wort packte ich Finlay und nahm ihn mit in Richtung Tür. Er wehrte sich gegen meinen festen Griff, aber ich ließ ihn nicht los, bis wir im Flur waren. Das war mein Vorteil – ich war schon immer stärker gewesen als er. Aber dummerweise glaubten Leute auf Koks, sie wären unbesiegbar.

»Lass mich los!« Finlays Faust traf mich am Kiefer, bevor ich reagieren konnte. Ich taumelte zurück, der Schlag hatte gesessen. Kurz war ich versucht, mich zu revanchieren, vielleicht half es ja. *Dir oder ihm?* Aber dann schob ich Finlay kurzerhand den Flur hinunter.

»Abmarsch«, knurrte ich und drückte auf den Knopf für den Aufzug. Mein Cousin ließ sich davon nicht beeindrucken.

»Was zur Hölle soll das, Lyall?«, schnauzte er mich an. »Du bist nicht meine Mum!«

»Nein, denn deine Mum würde dich direkt einen Kopf kürzer machen, wenn sie das wüsste!«, brüllte ich. »Was soll diese Scheiße, Fin? Warum tust du das? Du weißt doch, was auf dem Spiel steht!«

»Das geht dich nichts an! Es ist mein Leben, okay? Dein dämlicher Plan ist nur dein Ding, nicht meins!« Er drehte sich um und wollte zurück in die Wohnung, aber ich zerrte ihn einfach in den Aufzug und hielt ihn fest, bis die Türen sich schlossen. Kaum waren sie zu, sank Finlay in sich zusammen und ich sah, wie sein Blick etwas klarer wurde. Wahrscheinlich ließ die Wirkung des Kokains langsam nach. Er presste die Lippen aufeinander und sagte kein Wort mehr, bis wir unten ankamen. Aber er leistete auch keine Gegenwehr, als ich mit ihm das Haus verließ und in Richtung Seine ging. Die Luft war zwar nicht gerade frisch, schließlich waren wir in einer Großstadt und es war August. Aber das Laufen würde ihm guttun.

»Willst du mir sagen, was los ist?«, fragte ich zwanzig Minuten später, die Finlay in der Dunkelheit schweigend neben mir hergestapft war. »Was bringt dich dazu, alles zu riskieren? Wenn jemand das irgendwo postet, dann bist du dran!« Er schwieg weiterhin und mir kam ein Gedanke. Ein Gedanke, der mich stocken ließ. »Moment … *wolltest* du das etwa?« Ich starrte ihn an und sah in seinen Augen, dass ich recht hatte. Am liebsten hätte ich ihm jetzt eine verpasst. »Du wolltest, dass sie dich erwischen? Warum, zur Hölle?«

»Weil es dann vorbei wäre«, sagte er leise. »Wenn man mir den Kontakt zu euch allen verbietet, dann auch den zu *ihr*.«

Die Hoffnungslosigkeit in seiner Stimme schnürte mir den Hals zu. Denn das Mädchen, von dem wir hier redeten, war niemand anders als Edina – meine Schwester und seine Cousine. Edina, die Finlay bereits seit über drei Jahren liebte, obwohl er es nicht durfte. Genau wie umgekehrt.

Eine Beziehung zwischen ihnen war rechtlich nicht verboten, sie waren nicht in direkter Linie verwandt. Aber auch wenn Edina und Finlay nicht mal gemeinsam aufgewachsen waren, sich sogar kaum gesehen hatten, bis sie beide Teenager gewesen waren und sich ineinander verliebt hatten … die Familie verbot ihnen, zusammen zu sein, weil dieses Thema moralisch so aufgeladen war. Deswegen gab es keine Chance für die beiden. Zumindest momentan nicht. Aber vielleicht bald.

»Ihr müsst nur noch ein bisschen durchhalten«, beschwor ich ihn. »In drei oder vier Jahren –«

»Drei oder vier Jahre bringen uns nichts!«, rief er. »Selbst wenn alles so klappt, wie du es dir vorstellst … Dora wird niemals für uns stimmen!«

»Woher willst du das wissen?«

»Edina und ich haben den Rat um eine Entscheidung gebeten. Erst gestern. Wir hatten das vorher nie offiziell gemacht, weil alle so ausgerastet sind, als sie vor drei Jahren mitbekommen haben, wie es anfing. Aber wir dachten, vielleicht jetzt, wo ein paar Jahre vergangen sind und sie es nicht mehr als Teenagerkram abtun können, denken sie vielleicht anders darüber. Fehlanzeige. Sie haben abgelehnt. Einstimmig.«

»Einstimmig?«, wiederholte ich tonlos. »Mum hat auch …«

»Hat sie.« Finlay ließ die Schultern sinken.

»Warum?«

»Weil sie nicht will, dass ihre Tochter zur Zielscheibe für die Hetze der Medien wird. Sie meint es gut, Lye. Wahrscheinlich hat sie sogar recht. Fühlt sich nur ziemlich scheiße an.«

Ich atmete aus. Das bedeutete, in Bezug auf die beiden würde sich auch nichts ändern, wenn wir den Rat erst übernommen hatten. Denn meine Mutter war der entscheidende Faktor in dieser Rechnung. Aber ich wollte noch nicht aufgeben. Mums Ansicht musste nicht endgültig sein. »Was sagt denn Edie?«

Finlay lachte bitter. »Das ist das Schlimmste daran. Sie akzeptiert es.«

»Sie tut was?« Überrascht sah ich ihn an.

»Wir haben geredet, nachdem der Rat uns abgeschmettert hat. Und sie hat gesagt, das Beste wäre, wir würden uns das endlich aus dem Kopf schlagen. Weil es ja nun mal Fakt wäre, dass wir verwandt sind, und vielleicht alle Recht haben, wenn sie sagen, unsere Gefühle füreinander seien nicht normal.«

»*Das* hat sie gesagt?« So etwas hatte ich von meiner Schwester nicht erwartet, aber andererseits passte es auch zu ihr. Edina war tough und steckte vieles weg, aber das mit Finlay setzte ihr schon seit Jahren zu. Wenn sie jetzt glaubte, dass er auf immer und ewig keine Option war, versuchte sie vermutlich nur, sich zu schützen.

»Jedes Wort«, sagte Finlay bitter.

»Sie meint es bestimmt nicht so.« Das klang lahm.

Mein Cousin schüttelte den Kopf. »Doch, tut sie. Du hast sie nicht gehört, aber ich schon. *Wir sind nicht richtig für-*

einander, Fin. Wird Zeit, dass wir das einsehen. Für sie ist das Ganze beendet. Endgültig.«

Ich fragte mich, warum Edina mir nichts davon erzählt hatte. Früher wäre sie mit so etwas zu mir gekommen. Aber vielleicht hatte sie gedacht, dass ich mit meinem Zwangsaufenthalt in Kilmore genug zu tun hatte. Oder dass ich es ihr ausreden würde.

»Deswegen also der Mist hier«, stellte ich fest.

Er nickte. »Dämlich, ich weiß. Aber ich dachte, vielleicht … macht es irgendetwas besser.«

Wir schwiegen einige Augenblicke. Dann sah ich ihn an. »Hast du daran gedacht, dass wir beide dann auch keinen Kontakt mehr haben dürfen?«

»Ich schätze, ich hab's verdrängt«, murmelte Finlay.

»Ja, so siehst du auch aus.« Ich schüttelte den Kopf und stieß ihn dann an. »Komm, lass uns zum Flughafen fahren. Es ist besser, wenn uns niemand hier sieht.«

30
Kenzie

»Und du bist echt mit einem Privatjet hergeflogen?« Eleni sah mich mit großen Augen an. Zwei Tage nach ihrem Unfall war sie bereits wieder ziemlich munter und ich deswegen schon seit dem Morgen bei ihr im Krankenhaus, bewaffnet mit einem großen Kaffee und Geschichten aus Kilmore, damit meiner Schwester nicht so langweilig war. Am meisten interessierte sie sich jedoch für alles, was mit Lyall zu tun hatte.

»Ja«, grinste ich. »Aber das war nicht so spektakulär, wie du vielleicht denkst. Es ist wie ein normales Flugzeug, nur mit weniger Leuten und Sitzen drin.«

Eleni seufzte. »Ich stell mir das total romantisch vor. Nur du und Lyall, hoch in den Wolken … das ist wie im Film.«

Ich schnaubte, nur halb belustigt. »Es ist weniger romantisch, wenn du in diesem Flugzeug sitzt, weil deine kleine Schwester vom Pferd gefallen ist und deswegen ins Krankenhaus eingeliefert wurde.«

Elenis Blick wurde schuldbewusst. »Tut mir leid«, sagte sie kleinlaut. »Ich weiß, dass du es verboten hattest.«

»Das ist schon okay. Ich bin einfach froh, dass dir nichts Schlimmeres passiert ist.« Ich streckte die Hand aus und strich ihr eine Haarsträhne aus dem Gesicht. »Wahrscheinlich sollte ich anfangen, mich daran zu gewöhnen. Du wirst älter und irgendwann muss ich auch damit klarkommen, dass du Auto fährst oder mit Jungs ausgehst.«

Sie lächelte. »Wenn das so jemand ist wie Lyall, dann brauchst du dir da keine Sorgen zu machen«, schwärmte sie. Seit sie wusste, dass er mich hergebracht hatte, war er ihr neuer Held. Neugierig sah sie mich an. »Ist er jetzt eigentlich dein fester Freund, Kenzie?«

Wie aufs Stichwort kamen Willa und Juliet ins Zimmer.

»Ja, Kenz, erzähl doch mal, was läuft da mit Lyall?« Willa grinste breit, nahm mir meinen Becher aus der Hand und setzte sich auf das freie Bett neben Elenis. »Ihr habt ja ziemlich zerzaust ausgesehen, als ihr hier ankamt.«

»Ja, weil wir campen waren«, sagte ich so neutral wie nur möglich, auch wenn es schwierig war, beim Gedanken an Lyall nicht einmal rundrum zu grinsen. Er hatte sich gestern gemeldet und mir erzählt, dass er Finlay aus Paris abgeholt und nach Kilmore gebracht hatte. Und mir bei der Gelegenheit auch gesagt, dass er mich jetzt schon vermisste. »Lyall hat mir die Highlands gezeigt.«

»Hat er dir auch *seine* Highlands gezeigt?«, fragte Willa und wackelte mit den Augenbrauen. »Ich wette, er sieht unter seinen Klamotten ebenfalls aus wie ein Gott, oder?«

Ich grinste zufrieden. »Vielleicht.«

»Und, wie ist er im Bett? Ich habe mal gelesen, dass derartig gut aussehende Leute gar keinen so guten Sex haben, wie alle denken – weil sie sich nicht anstrengen müssen, um jemanden ins Bett zu kriegen. Also, ist er nur heiß oder hat er es auch drauf?«

Ich sah zu meinen beiden jüngsten Schwestern. »Könnten wir bitte nicht hier über dieses Thema reden?«

»Ach komm, Juliet schadet es nicht, wenn sie was lernt.« Willa winkte ab. »Und Leni kapiert eh nichts, nachdem sie sich den Schädel angehauen hat.«

»Stimmt doch gar nicht!«, empörte sich Eleni. »Mit meinem Schädel ist alles in Ordnung! Die Ärztin hat sogar gesagt, ich darf morgen nach Hause.«

»Ja, weil da eh nichts mehr zu retten ist«, ärgerte Willa sie weiter und provozierte damit ein Gekabbel, das ausgerechnet Juliet mit einem scharfen »Schluss jetzt« beendete. Juliet, die sich sonst immer aus allem raushielt, griff ein? Überrascht sah ich sie an. Offenbar hatte sich in den letzten Wochen nicht nur bei mir einiges getan.

Sie bemerkte meinen Blick und sah ein bisschen verlegen aus. »Wann fährst du eigentlich zurück?«, fragte sie mich.

»Ich weiß nicht. Wahrscheinlich gar nicht.« Ich hob die Schultern.

Willa verengte die Augen.

»Bist du bescheuert? Ich dachte, Eleni wäre die mit dem Dachschaden.«

Ich schnaubte. »Nach allem, was hier passiert, ist es wohl besser, ich bleibe da. Wer weiß, was ihr sonst noch anstellt.«

»Wir stellen gar nichts an. Wir leben genauso wie mit dir ganz normal weiter. Aber wenn du nicht wieder gehst, dann schleifen wir dich eigenhändig nach Kilmore.« Willa nickte und Juliet und Eleni taten es ihr gleich.

»Außerdem willst du doch zurück, gib es zu«, sagte meine kleinste Schwester. »Schließlich ist Lyall dort, oder nicht?«

Ich schwieg, weil ich das nicht zugeben mochte. Aber wenn ich ehrlich war, wollte ich tatsächlich nichts lieber als das. Während meiner Zeit in Schottland hatte ich gelernt, auch mal an mich zu denken. Und trotz Elenis Unfall war da tief in mir das Gefühl, dass es richtig war, das zu tun. Nicht nur, weil ich wahnsinnig wurde, wenn ich Lyall nicht bald wiedersah. Aber vor allem deswegen. Wir hatten bisher nicht darüber geredet, wie es nach dem Sommer weitergehen sollte. Aber wir würden das zwischen uns schon in den zwei verbleibenden

Wochen geheimhalten können – und danach einen Weg finden, zusammen zu sein.

»Erst mal musst du wieder auf die Beine kommen.« Ich schaute auf meine Uhr und dann Willa und Juliet an. »Bleibt ihr bei Leni? Dann fahre ich mal nach Hause und kümmere mich um ein paar Sachen.«

»Nur, wenn du in den Norden verschwindest, sobald sie wieder okay ist.« Willa sah mich streng an.

»Wir werden sehen.« Ich grinste und küsste sie auf die Wange. »Bis später.«

»Oh nein, komm schon.« Ich sah in die Waschmittelpackung, als würde sich auf wundersame Weise dort noch etwas weißes Pulver materialisieren, wenn ich nur lange genug hineinstarrte. Und das war nicht die erste leere Schachtel, die mir in die Hände fiel, seit ich wieder zu Hause war. Wer immer für den Einkauf gesorgt hatte, schien sich auf Süßigkeiten und einen unmenschlichen Vorrat an Pommes konzentriert zu haben. Sogar das Klopapier war ausgegangen.

Als ich gerade in den Schrank neben der Treppe schaute, ob da vielleicht noch ein Rest Flüssigwaschmittel stand, klingelte es. Der satte Gong hallte durch das Haus bis in den Keller.

»Dad?«, brüllte ich ins Treppenhaus. »Kannst du aufmachen?«

Keine Reaktion. Wahrscheinlich war er zu den Nachbarn gegangen, um sich für den Kuchen zu bedanken, den sie gestern vorbeigebracht hatten. Eleni erholte sich gut, aber trotzdem stand die halbe Straße jeden Tag auf der Matte, um uns irgendwelches Essen zu bringen. Wofür ich dankbar sein musste, denn so blieb es mir erspart zu kochen. Es bedeutete jedoch auch, sehr viel Zeit mit Small Talk und den immer gleichen Fragen zu verbringen. Und es half nicht, dass die Leute an der Tür einen ähnlichen Gesichtsausdruck zur Schau trugen wie vor sechs Jahren. So als wäre Eleni tot und nicht nur mit einer Gehirnerschütterung im Krankenhaus.

Ich seufzte, dann lief ich die Treppe hinauf, hastete zur Tür und riss sie auf, in der Erwartung, Mrs Finkle von gegenüber zu sehen oder Mister Gold von nebenan, auf jeden Fall in Begleitung einer überdimensionalen Tupperbox. Aber es war keiner von beiden. Es war Edina Henderson.

»Hi, Kenzie. Kann ich reinkommen?«

Ich riss mich aus meiner Starre. »Hi. Ja, klar.«

Sie sah über ihre Schulter auf die ausgestorbene Straße, dann ging sie an mir vorbei ins Haus. Erst, als ich die Tür geschlossen hatte, nahm sie ihre Sonnenbrille ab.

»Was ist los?«, fragte ich. »Ist etwas mit Lyall?« Die gleiche Angst, die ich am Samstag bei Juliets Anruf gefühlt hatte, packte mich mit eisernem Griff. *Bitte, mach, dass ihm nichts passiert ist.*

»Lyall geht es gut«, sagte Edina. »Aber ich muss dringend mit dir sprechen.«

Das beruhigte mich nur ein bisschen. »Okay«, antwortete ich, wie ich es immer tat, wenn ich keine Ahnung hatte, was ich sonst sagen sollte. Ich musste mir für solche Situationen echt mal ein anderes Wort überlegen. Eines, das weniger danach klang, als wäre alles in Ordnung.

»Gehen wir raus, hier herrscht das Chaos. Meine Schwester hatte einen Unfall und ich versuche gerade, ein bisschen klar Schiff zu machen.«

Edina sah sich um, aber sie schien kaum Notiz von der Unordnung zu nehmen, die im Haus herrschte: Die gesamte Wäsche, die sich nach Elenis Unfall angesammelt hatte, lag auf der Couch zum Sortieren, in der Küche stapelten sich die dreckigen Frischhaltedosen unserer Nachbarn, und staubgesaugt hatte auch schon seit Tagen niemand mehr.

Wir gingen durch die Küche auf die Terrasse und ich holte

uns auf dem Weg Eistee aus dem Kühlschrank. Edina setzte sich und legte ihre Finger um das Glas, aber sie trank nicht.

»Alles gut bei dir?«, fragte ich vorsichtig. »Hat es etwas mit Finlay zu tun, dass du hier bist?« Lyall hatte zwar gesagt, dass es ihm ganz gut ginge, aber vielleicht hatte sich daran etwas geändert.

Edina antwortete nicht sofort, sondern schien sich ihre Worte zurechtlegen zu müssen, bevor sie etwas sagte. »Finlay ist … er wird wieder. Irgendwann. Zumindest hoffe ich das. Solange ich mich weit genug von ihm fernhalte.« Den letzten Satz murmelte sie so leise, dass ich sie kaum verstand. Aber eben nur kaum.

»Wieso musst du dich von ihm fernhalten?«, fragte ich.

»Weil es so das Beste für uns ist.«

»Was meinst du damit?« Ich wusste nicht, ob mich das etwas anging, aber sie sah so aus, als bräuchte sie dringend jemanden zum Reden. Und auch wenn wir uns kaum kannten, hatte ich den Wunsch, dass Edina mir vertraute, schließlich war sie Lyalls Schwester.

Sie holte Luft und sah mich unsicher an. »Wenn ich dir davon erzähle, versprichst du, es niemandem zu sagen? Auch nicht deiner Familie oder deinen Freunden?«

»Natürlich«, nickte ich ernst. »Was ist mit Finlay und dir? Habt ihr Streit? Ich bin sicher, das lässt sich klären.«

Edina schüttelte unglücklich den Kopf. »Nein, wir haben keinen Streit. Es ist das komplette Gegenteil.«

In meinem Kopf ratterte es, und ich kam zu dem einzigen Schluss, den es geben konnte. »Du meinst, ihr … seid ineinander verliebt?« Plötzlich wurde mir klar, dass es das sein musste. Der Ausdruck in Edinas Augen, als sie über ihn gesprochen hatte, war genau der gleiche gewesen, wie der in Finlays, als ich mit ihm Scherze über unsere Hochzeit gemacht hatte.

Sie schluckte und ihre Nasenflügel bebten. »Nein«, sagte sie dann. »Wir sind nicht einfach ineinander verliebt. Ich *liebe* Finlay. Schon seit über drei Jahren.«

Ich dachte an Finlays Ruf, was das anging. »Aber wieso seid ihr dann nicht …« Die Frage verlief im Nichts, als mir klar wurde, was sie vermutlich meinte. »Weil ihr Cousin und Cousine seid? Das ist doch nicht verboten.«

Edina schnaubte, und es war einer der traurigsten Laute, den ich je gehört hatte. »Nein, nicht vom Gesetz her. Aber was meinst du, was los ist, wenn bekannt wird, dass die Hendersons untereinander Beziehungen anfangen? Ich verrate es dir: die Hölle. Das wäre der Skandal des Jahrhunderts.« Sie atmete ein und blinzelte ihre Tränen weg. »Hat dir Lyall nichts über die Regeln in unserer Familie erzählt?«

»Doch. Er hat gesagt, dass ihr bei einem öffentlichen Fehltritt ausgeschlossen werdet. So wie euer Onkel.« Mir ging ein Licht auf. »Oh, verflucht.«

Edina nickte. »Wenn das mit Finlay und mir in der Öffentlichkeit bekannt wird, wären wir erledigt. Der Rat würde mit uns das Gleiche machen wie mit Jamie.«

»Der Rat?« Fragend sah ich sie an.

»Der Familienrat. Die Mitglieder legen die Regeln fest und können sie ändern. Er funktioniert demokratisch, die Mehrheit entscheidet. Was bisher meist einstimmige Beschlüsse bedeutet hat. Bei Jamie war nur meine Mum dagegen.«

Ich erinnerte mich daran, dass Lyall gesagt hatte, er wolle etwas verändern, damit so etwas wie mit Jamie nicht wieder passierte. »Also will … will Lyall diesen Rat auf seine Seite bringen? Damit die Regeln geändert werden?« Das klang halbwegs wahnsinnig, wenn man bedachte, dass er damit gegen Moira und seine Grandma antrat. Aber es klang auch nach dem Mann, den ich kannte. Ich spürte Wärme in meinem Magen.

Edina nickte. »Nachdem das mit Jamie passiert ist, war er am Boden zerstört. Dann kam noch die Sache mit Ada dazu –« Ihr Blick flog erschrocken zu mir, aber ich winkte ab.

»Ich weiß, dass sie verschwunden ist.«

In Edinas Gesicht zuckte es kurz, dann nickte sie erneut. »Er hat nach diesem Sommer beschlossen, dass sich etwas ändern muss. Wir arbeiten seit Jahren an dem Plan. Aber es wird nur funktionieren, wenn Logan, Finlay, Lyall und ich in den Rat kommen. Wenn es auch nur einer von uns nicht schafft, herrscht Gleichstand bei Beschlüssen, und dann hat Grandma immer das Recht, die Gegenseite zu überstimmen.«

Mir schwirrte der Kopf, ich fühlte mich wie im Politikunterricht. Und auch wenn ich jetzt alles über diesen Rat und Lyalls Pläne wusste, hatte ich keine Ahnung, warum seine Schwester extra zu mir nach Hause kam, um mir davon zu berichten.

»Warum erzählst du mir das? Was hat das denn mit mir zu tun?«

Edinas Gesichtsausdruck wurde unglücklich. »Das hat *alles* mit dir zu tun, Kenzie. Damit, dass mein Bruder dich mag – mehr, als er darf.«

»Als er darf? Du meinst, weil er in Kilmore mit niemandem etwas anfangen soll? Aber ich bin doch nicht Ada.« Angst stieg in mir auf, aber ich drängte sie weg. Logik war immer schon mein Zaubermittel gegen Angst gewesen. »Ich komme nicht einmal aus der Gegend, nur meine Mutter. Streng genommen verstößt er gegen gar nichts, wenn er mit mir zusammen ist.«

»Glaubst du, die interessieren sich für solche Details? Für die bist du ein Verstoß gegen die Regeln. Und der kommt ihnen gerade recht.« Edina sah mich an. »Weißt du, wie das wirklich mit Jamie war? Damals, in New York? Diese Presseleute, die waren nicht zufällig auf dem Flur, als er sich Prostituierte und seinen Dealer ins Zimmer geholt hat. Die hat *sie* ihm auf den Hals gehetzt.«

Schockiert sah ich sie an. »Deine Grandma hat ihren eigenen Sohn ans Messer geliefert?«

»Sicher«, schnaubte Edina. »Sein Lebenswandel hat ihr nie gepasst. Also nutzte sie die erste Gelegenheit, um ihn loszuwerden. So läuft das bei ihr.«

Ich schnappte nach Luft. »Weiß Lyall davon?«

»Nein. Ich habe es ihm nicht gesagt, nachdem ich es vor ein paar Monaten herausgefunden hatte. Er würde irgendetwas Unüberlegtes machen, wenn er das wüsste. Etwas ... Radikales.«

Ich konnte nicht fassen, wie man so mit seiner Familie umgehen konnte wie Agatha Henderson. Und ich wollte nicht glauben, dass Lyall ernsthaft bestraft werden würde, nur weil wir ineinander verliebt waren. »Aber wenn sie nichts von uns erfahren, dann –«

»Kenzie, sie werden es erfahren!«, rief Edina. »Grandma bezahlt jemanden, der Lyall ab dem Moment verfolgt hat, als er aus Andalusien zurückkam. Diese Person, Zara, weiß, dass ihr in den Highlands wart, sie weiß auch, dass er mit dir nach London geflogen ist. Ich habe es geschafft, dass sie alle Infos zurückhält, weil sie mich mag und ich ihr wegen Finlay leidtue. Aber sie wird es nur für sich behalten, wenn er ab jetzt absolut nichts mehr macht, das gegen die Regeln verstößt.« Sie atmete zitternd ein. »Das ist Lyalls größte Schwäche – manchmal denkt er, er wäre unbesiegbar. Dass er alles unter Kontrolle hätte, immer der Klügste im Raum ist ... während die anderen ihn längst im Fadenkreuz haben. Ich habe gestern in Kilmore ein Gespräch zwischen Moira und meiner Grandma mitangehört.«

»Was haben sie gesagt?«, fragte ich leise.

Edina atmete hörbar aus, als müsse sie sich wappnen.

»Wenn Lyall jetzt nicht spurt, dann verweigert ihm Grandma nicht einfach nur den Platz im Unternehmen. Sie wird das mit Ada der Presse stecken, um ihn loszuwerden. Genau wie Jamie.« Edinas Augen füllten sich mit Tränen. »Er wird alles verlieren, Kenzie – mich, Fin, unsere Mum, seine Zukunft. Niemand wird ihm eine Chance geben, wenn man ihm vorwirft, er hätte etwas mit dem Verschwinden eines Mädchens zu tun. Gott weiß, wie die Presse diese Sache ausschmücken wird. Das darf nicht passieren, wir müssen ihn beschützen. Und dafür brauche ich deine Hilfe.«

Ich hätte einen Kloß im Hals spüren müssen. Weil es mich berühren sollte, was Edina mir gesagt hatte. Aber ich fühlte nur Kälte. Denn ich ahnte, warum sie hier war. Warum sie mir das alles erzählte. Weil es nur eines gab, was Lyall verlieren *musste*, wenn er in Zukunft nicht ohne die Menschen leben sollte, die ihm alles bedeuteten.

Mich.

31
Lyall

Unsere Rückkehr nach Kilmore verlief erstaunlich reibungslos. Nicht einmal Moira zweifelte an der Geschichte, dass wir gemeinsam in Edinburgh gewesen waren – und ich sorgte dafür, dass Finlay beschäftigt war, indem er bei der Vorbereitung der Highland Games mithalf. Grandma hatte sogar erlaubt, dass er die letzten zwei Wochen der Ferien hierbleiben durfte. Zusammen mit der Aussicht auf Kenzies Rückkehr hob das meine Laune so weit, wie es in dieser Stadt eigentlich kaum möglich war. Klar, niemand durfte etwas von uns erfahren, und wie es nach dem Sommer weitergehen sollte, wussten wir auch nicht. Aber das würde schon irgendwie werden.

Ich war gerade dabei, in meiner Suite die endgültigen Pläne des Architekten auf dem Laptop durchzugehen, als mein Telefon klingelte. Ich lächelte, als ich die Anruferin sah.

»Hey, Miss Bennet«, begrüßte ich Kenzie fröhlich.

»Hey«, sagte sie in gedämpftem Tonfall.

»Was ist los, stimmt etwas mit Eleni nicht?«

»Nein, sie erholt sich gut, sie darf morgen aus der Klinik raus.«

»Das ist doch super.« Ich grinste. »Finlay hat vorhin gefragt, wann du zurückkommst. Ich dachte, vielleicht könntest du Paula noch zwei oder drei freie Tage abringen und wir wiederholen unseren Ausflug in die Highlands ...« Ich konnte es nicht erwarten, sie endlich wieder bei mir zu haben, sie zu umarmen, zu küssen und all die anderen Dinge zu tun, in denen wir zusammen so verdammt gut waren. Wenn ich daran dachte, wie sich ihre Haut unter meinen Fingern anfühlte, wie sie ihre Hände in meinen Haaren vergrub und ihren Körper an meinen schmiegte, hätte ich sie am liebsten sofort aus High Wycombe abgeholt. Keine Ahnung, wie diese Frau es geschafft hatte, sich so schnell in mein Herz zu schleichen, aber es war eine Tatsache, dass ich mich jeden Tag mehr in sie verliebte.

»Hör zu«, begann sie. »Ich glaube nicht, dass das geht.«

»Okay.« Ich zuckte mit den Schultern. »Dein Praktikum soll unseretwegen ja nicht leiden.«

»Ich meine nicht den Ausflug, Lyall. Ich meine uns.«

Ich erstarrte und mein Magen begann zu schmerzen. Ich schluckte gegen meine Angst an.

»Was meinst du damit?«, fragte ich. Vielleicht wollte sie mich nur auf den Arm nehmen. Oder meinte etwas ganz anderes. Etwas Harmloses.

»Ich hatte hier ein paar Tage Zeit, um über alles nachzudenken.« Ihre Stimme hatte immer noch diesen bedauernden Ton. »Und es ist einfach so ... das mit uns war großartig. *Du* bist großartig, diese Sache in den Highlands war großartig, das –«

»Ich habe es verstanden, alles war großartig«, unterbrach ich sie harsch. Weil ich wusste, was sie hier tat: Sie beendete das zwischen uns. Am Telefon. »Kenzie, was soll das? Wieso tust du das?«

Sie atmete ein und ich hörte das Zittern darin. »Mach es mir nicht so schwer, okay? Du musst doch selbst sehen, das mit uns hat keine Zukunft. Du studierst in Chicago und ich will hier bei meiner Familie sein – man sieht ja, was passiert, wenn ich es nicht bin. Ich hab einfach keine Ahnung, wie das funktionieren soll.«

»Dafür finden wir schon eine Lösung. Ich kann dich besuchen kommen, und außerdem bin ich nur noch ein Jahr in Chicago an der Uni und dann ohnehin auf der ganzen Welt unterwegs, schließlich –«

»Lyall, hör auf damit, bitte«, sagte sie nun mit mehr Nachdruck. »Es spielt keine Rolle, ob das alles funktionieren würde, denn die Wahrheit ist … es reicht einfach nicht. Das zwischen uns, meine Gefühle für dich reichen nicht für mehr. Ich bin dir wahnsinnig dankbar für alles, was du für mich getan hast, und ich mag dich, wirklich. Aber nicht … nicht genug.«

Ich umkrampfte mein Telefon so stark, dass es knirschte.

»*Nicht genug?* Ist das dein beschissener Ernst?!« Ich wusste, ich war zu laut, ich wusste, es würde nicht helfen, wenn ich sie anfuhr, aber ich konnte nicht anders. »Ich bin kein Idiot, Kenzie, okay?! Ich weiß, das zwischen uns bedeutet etwas! Warum redest du so einen Bullshit?«

»Das ist kein Bullshit!«, antwortete sie eisern. »Wenn es für dich etwas Besonderes ist, tut es mir ehrlich leid. Ich wollte dir nie wehtun. Aber ich habe gemerkt, dass es für mich zu wenig ist.«

Wie kann sie so etwas sagen? Nach allem, was war?

»Liegt es an der Sache mit Ada?«, kam es mir plötzlich in den Sinn. Vielleicht hatte sie das Ganze im Nachhinein doch mehr geschockt als gedacht.

»Nein, damit hat es nichts zu tun.« Plötzlich klang sie etwas weicher. »Was Ada angeht, bleibe ich bei meiner Meinung. Es war nicht deine Schuld.«

Die Gedanken in meinem Kopf vermischten sich mit meinen Gefühlen und produzierten blankes Chaos. »Was ist es dann? Was ist in den letzten zwei Tagen passiert, dass du nicht daran glaubst, wir hätten eine Chance verdient?«

Sie holte Luft. »Es ist nichts passiert. Ich … du bist nur einfach nicht das, was ich mir für meine Zukunft vorstelle. Deine Familie, deine Pläne für eure Firma, das ist nichts für mich. Ich brauche jemanden, der weniger Ballast mit sich herumträgt, Lyall. Jemanden, der nicht glaubt, er wäre beschädigte Ware.«

Der Schlag saß. Sie hatte mich mit meinen eigenen Bedenken, meinen eigenen Worten außer Gefecht gesetzt. *Schachmatt in zwei Zügen.* Aber warum so plötzlich? Was hatte ich verpasst? Wir hatten gestern Abend noch telefoniert und Kenzie war so gewesen wie immer. Oder nicht? Hatte ich das nur geglaubt? Ich hasste es, dass ich ihr nicht ins Gesicht sehen konnte. Dass ich nicht wusste, was sie dazu gebracht hatte. *Vielleicht sagt sie einfach nur die Wahrheit. Vielleicht hast du mehr reininterpretiert, als da ist.*

Ich spürte einen kalten Stein in meinem Magen, als mir klar wurde, dass meine Intuition mich wieder einmal verlassen hatte. Genau wie damals. Wie bei Ada hatte ich mich in die Falsche verliebt.

»Verstehe«, hörte ich mich sagen, ohne es zu meinen. Am liebsten hätte ich sie angebrüllt, was ihr einfiel, ausgerechnet das gegen mich zu verwenden. Aber es waren *meine* Argumente gewesen. Und ich wusste, es würde nichts bringen. Sie hatte sich entschieden.

Gegen mich.

»Ich komme am Sonntag zurück, um meinen Wagen zu holen«, sagte Kenzie mit fester Stimme. »Mein Praktikum werde ich abbrechen. Ich glaube, es ist besser so.«

Und da, als ich diese nüchternen Worte hörte, meldete sich endlich die eiskalte Version von mir zurück, die ich so sehr verabscheute – die aber für solche Situationen wie geschaffen war. Situationen, in denen ich mich schützen musste. »Das brauchst du nicht«, hörte ich mich sagen und es klang fremd, »schließlich bist du darauf angewiesen.«

»Du meinst, das Praktikum wird meine einzige Empfehlung sein, weil du deiner Mutter sagen wirst, sie soll mir bei meiner Bewerbung nicht helfen?«, fragte sie.

Ich schnaubte abfällig. »Das würde ich nie tun. Falls es dir noch nicht aufgefallen ist, Kenzie: Ich bin hier nicht das Arschloch. Sondern du.«

Dann legte ich auf. Das Telefon fiel neben mir auf das Polster, während ich die Fäuste ballte und versuchte zu verstehen, was gerade passiert war. Aber ich fand keine Erklärung dafür. Sie hatte mich eiskalt erwischt. Wie hatte ich glauben können, dass es jemanden gab, mit dem ich mehr haben konnte? Für Kenzie war das zwischen uns nichts Besonderes gewesen, sondern nur ein bisschen Spaß mit einem Typen, dessen Leben ihr eigentlich viel zu anstrengend war. Und ich hatte mich vollkommen zum Affen gemacht. Mehr noch, ich hatte meine komplette Zukunft für sie aufs Spiel gesetzt.

»Fuck!« Ich nahm mein Handy vom Sofa und schleuderte es wütend gegen die Wand der Suite. Aber es tat mir nicht den Gefallen, in tausend Teile zu zerbrechen, nein. Es knallte mit einem dumpfen Laut an die teure Tapete und landete unversehrt auf dem Boden.

… direkt vor Finlays Füßen, der in diesem Moment die Tür öffnete.

»Woah, Alter, was geht denn bei dir ab?«

Ich wollte nicht mit ihm darüber reden, ich wollte überhaupt nie mehr darüber reden. Und trotzdem formten meine Lippen die Worte, so als hätten sie das selbst entschieden.

»Kenzie«, brachte ich heraus. »Sie hat das zwischen uns beendet.«

»Sie hat *was*?!« Finlay starrte mich an. »Ich dachte, es läuft gut. Was zur Hölle ist passiert?«

»Keine Ahnung.« Ich lachte freudlos auf. »Wahrscheinlich habe ich mir was vorgemacht. Darauf gehofft, es wäre das

Richtige, genau wie bei Ada damals. Ich bin einfach ein Henderson. Die kriegen alles hin, außer Beziehungen.«

»Das ist doch Schwachsinn«, widersprach Finlay. »Es gibt schließlich keinen Familienfluch oder so was.«

»Ach nein?« Ich zeigte auf ihn, dann auf mich. »Beweisstück A, Beweisstück B. Sieh es ein, Fin. Wir haben vielleicht keine Probleme, Frauen ins Bett zu kriegen, aber sobald es um etwas Ernstes geht, sind wir richtig beschissen.«

Ich ließ ihn nicht antworten, sondern einfach stehen. Mit wenigen Schritten war ich nebenan im Schlafzimmer und zerrte meine Laufkleidung aus dem Schrank.

»Was hast du vor?« Finlay kam mir nach. »Willst du zu ihr fahren?«

»Um mir noch mal ins Gesicht sagen zu lassen, dass ihre Gefühle nicht *ausreichen* und ich zu viel *Ballast* mit mir herumtrage? Gott, nein. Ich mache mich ganz sicher nicht noch mehr zum Vollidioten.« Ich zerrte mir mein T-Shirt über den Kopf und zog eines der Sportshirts an. »Ich gehe jetzt laufen. Und wenn ich wieder da bin, brauchen wir einen Plan, wie wir diese ganze Scheiße vergessen.«

Finlay sah mich zweifelnd an. »Bist du sicher, dass du das willst? Vielleicht –«

»Ich *bin* sicher«, unterbrach ich ihn. Ich wollte Kenzie einfach nur aus dem Kopf kriegen, sie und meine Gefühle, die mir so fürchterlich ernst und nun fürchterlich sinnlos vorkamen. Und den Schmerz loswerden, der mir den Hals zuschnürte, weil ich sie verloren hatte, ohne zu wissen, warum.

Während ich das Zimmer verließ und die Personaltreppe nach unten nahm, stiegen mir Tränen in die Augen, aber ich wollte sie nicht zulassen. Ich blinzelte sie weg, holte meine Wut an die Oberfläche. Sie war jedoch nicht stark genug, um die Hilflosigkeit zu vertreiben.

Und als ich dann loslief, um den Kopf freizukriegen, wurde

er immer voller – mit den Gesprächen, Begegnungen, unserer Zeit in den Highlands, der unglaublichen Nacht dort, mit allem davor und danach. Ohne es zu wollen, suchte ich, analysierte, fahndete nach dem Moment, in dem es schiefgegangen war. Aber egal, wie weit ich lief, ich kam nicht dahinter. Also lief ich so lange, bis ich nicht mehr konnte.

So lange, bis ich nicht mehr wusste, ob mir die Tränen noch vor Kummer oder schon vor Erschöpfung kamen.

32
Kenzie

In meinem Zimmer war es bereits dämmrig und mit jeder Sekunde wurde es dunkler. Ich hatte keine Ahnung, wie viel Uhr es war. Oder seit wann ich hier saß, auf dem Boden, den Rücken an den Heizkörper gelehnt. Es musste spät sein, schließlich wurde es im Sommer nicht sonderlich früh dunkel. Vielleicht zehn.

Unten im Haus hörte ich die Tür, offenbar war eine meiner Schwestern zurückgekommen. Dad war noch mal in die Firma gefahren, Eleni verbrachte heute die letzte Nacht im Krankenhaus, Willa hatte ein Date, also blieb nur Juliet, die zum Lernen bei einer Freundin gewesen war. Ich rührte mich jedoch nicht, machte mich nicht bemerkbar. Vielleicht dachte sie dann, dass keiner zu Hause sei.

Schritte auf der Treppe und ein fragender Ruf zerstörten meine Hoffnung. Aber bevor ich antworten konnte, ging bereits die Tür auf.

»Kenzie?« Willa streckte den Kopf herein und entdeckte mich. »Warum sitzt du denn hier im Dunkeln?«

Weil ich es nicht geschafft habe, aufzustehen.

»Nur so. Wieso bist du schon zurück?« Meine Stimme klang vom Weinen wie ein Reibeisen und ich räusperte mich. »War das Date so schlimm?«

»Schlimmer. Ich lasse mich nie wieder auf so ein dämliches Blind Date ein. Serena hat gesagt, Tom wäre ein Supertyp, total mein Fall. Von wegen.« Willa schüttelte den Kopf. »Wenn ich einen Fitnessfreak ohne Sinn für Humor wollte, *dann* wäre er perfekt. Er hat mich im dritten Satz gefragt, was ich an Cardio mache und ob ich ernsthaft Pasta essen will, weil es doch schon nach 19 Uhr sei. Ich hab mir die Pasta dann einpacken lassen und bin weg. Wollen wir sie teilen? Nur, wenn du Kohlenhydrate nach 19 Uhr isst, natürlich.«

Ich grinste müde. »Heute nicht, danke.«

»Alles okay?« Sie kam näher und schaltete die Stehlampe neben meinem Bett ein. »Hast du geheult?«, fragte sie, plötzlich besorgt. »Was ist denn los?«

Erneut schnürte sich meine Kehle zu und ich brachte kein Wort heraus. Sofort war meine Schwester bei mir und nahm mich in den Arm, aber das machte es nicht besser. Im Gegenteil, in der nächsten Sekunde kamen die Tränen wieder. Ich versuchte, sie zurückzuhalten, es war jedoch unmöglich. Mein Kummer brach über mich herein wie die Nacht draußen vor dem Fenster, und ich weinte Willa das sorgsam gewählte Outfit voll, während sie mich an sich drückte und geduldig wartete, bis ich mich ein wenig beruhigt hatte.

»Hat Lyall irgendeinen Mist angestellt?«, fragte sie mich. »Wenn ja, werde ich ihm wehtun. Ganz egal, wie hübsch er ist.«

Ihre Worte halfen kein bisschen. Ich schniefte. »Nein, *ich* war das. Ich habe Schluss gemacht.« Und ich hatte mir, aber vor allem ihm furchtbar wehgetan mit der Art, wie ich es beendet hatte. *Ich brauche jemanden, der weniger Ballast mit sich herumträgt, Lyall. Jemanden, der nicht glaubt, er wäre beschädigte Ware.*

Durch Willa ging ein Ruck und sie ließ mich los.

»Bist du völlig bescheuert?«, rief sie. »Der Typ ist eine verdammte 256 auf einer Skala von 1 bis 10! Wie kannst du den in die Wüste schicken?«

Meine Lippen bebten, und ich presste sie fest aufeinander, um sie daran zu hindern. »Ich hatte keine andere Wahl«, brachte ich heraus. »Ich musste ihm sagen, dass meine Gefühle nicht reichen. Ihn denken lassen, das mit uns sei nur eine Sexgeschichte gewesen.«

Willa holte Luft. »Aber wieso? Hast du etwa keine Gefühle für Lyall?«

»Doch!« Meine Stimme brach. »Doch, natürlich, ich habe noch nie für jemanden so etwas empfunden wie für ihn. Er ist so verdammt richtig für mich, dass es wehtut! Aber wenn … wenn ich es nicht beendet hätte, dann wäre alles den Bach runtergegangen. Ich will nicht dafür verantwortlich sein, dass Lyall sich die ganze Zukunft versaut.« Das nächste Schluchzen kämpfte sich nach oben. Ich drückte die Hand auf den Mund.

»*Die Zukunft?* Was meinst du damit?« Willa sah mich ratlos an.

»Wegen seiner Familie«, stieß ich hervor. »Bei denen gibt es strenge Regeln für so ziemlich alles, sonst wirst du verbannt und darfst mit niemandem mehr Kontakt haben. Und Lyall hatte Auflagen für den Sommer in Kilmore.«

»Was für Auflagen?«, fragte meine Schwester. »Muss er immer um Mitternacht zu Hause sein und regelmäßig sein Zimmer aufräumen?«

Ich lachte unter Tränen. »Nein, nicht so was. Eher: *Fang bloß nichts mit irgendjemandem an, solange du hier bist.*«

»Aber das hat er getan«, stellte Willa fest. »Mit dir.«

»Ja«, antwortete ich. »Seine Schwester hat es zwar geschafft, das unter den Teppich zu kehren, aber wenn noch mal auch nur das Geringste zwischen uns passiert, wird seine fürchterliche Großmutter das benutzen, um ihm alles wegzunehmen.«

Und dann erzählte ich Willa die ganze Geschichte – von den Henderson-Regeln, von Lyalls Sommer vor drei Jahren, von Ada und seinem Plan, die Machtverhältnisse in der Familie umzukrempeln. Und während ich darüber sprach, kam es mir so unglaublich unfair vor, dass es hier gar nicht um mich und ihn ging, sondern um das öffentliche Bild eines Menschen, der so wunderbar war und nur das Beste wollte – und wegen dieser dummen Sache von vor drei Jahren nun auf der Abschussliste seiner eigenen Familie stand.

»Wow«, stieß Willa aus, als ich fertig war. »Das ist echt scheiße vertrackt. Und deswegen hast du es beendet? Um ihn zu beschützen?«

Ich nickte und begann wieder zu weinen, weil ich mich so sehr dafür schämte. Es war einer der schlimmsten Momente meines Lebens gewesen, Lyall am Telefon zu sagen, dass es vorbei war. Ihm so wehzutun wie bei dem Satz, dass er beschädigte Ware war, ihn mit genau den Worten zu verletzen, die er selbst gegen sich vorgebracht hatte. Seine Fassungslosigkeit zu ertragen, seine Wut und dann die Kälte, als ihm klar geworden war, ich meinte es ernst.

Willa schüttelte den Kopf. »Aber das ist doch irre. Es muss eine andere Möglichkeit geben.«

»Eine andere Möglichkeit?«, echote ich.

»Na, bist du nicht auf die Idee gekommen, mit Lyall darüber zu reden, was seine Schwester gesagt hat? Ihn einzuweihen, damit er selbst eine Wahl treffen kann?«

»Natürlich habe ich daran gedacht!«, rief ich verzweifelt. »Aber dann würde ich ihn zwingen, sich zwischen mir und seiner Familie zu entscheiden – zwischen mir und seiner Schwester, seiner Mum, seinem Cousin. Das will ich aber nicht, Willy. Ich kann nicht von ihm verlangen, dass er das alles für jemanden aufgibt, den er erst ein paar Wochen kennt.« Edina hatte mir gesagt, dass sie Lyall diese Entscheidung nicht zumuten wollte. Deswegen hatte sie beschlossen, nicht mit ihm zu reden, sondern mit mir. Weil er sich so keine Vorwürfe machen musste, von denen er wegen Ada schon genug mit sich herumtrug. »Er wird drüber hinwegkommen und mich abhaken. Dafür habe ich gesorgt.«

Meine Schwester sah mich an. »Und du?«, fragte sie leise. »Wirst du auch darüber wegkommen?«

»Das muss ich«, antwortete ich ebenso leise. »Irgendwann.«

Unser Telefonat war erst ein paar Stunden her, aber ich merkte jetzt schon, wie sehr mir Lyall fehlte. Es fühlte sich an, als hätte man mich im tiefsten Winter barfuß und nur im T-Shirt nach draußen geschickt. Und da stand ich nun, zitternd und hilflos, in der Gewissheit, dass es bis zum Frühling noch eine Ewigkeit dauerte.

Wir schwiegen eine Weile. Dann berührte mich Willa am Arm. »Wie geht es jetzt weiter? Loki ist doch noch in Kilmore.«

Ich hob die Schultern. »Ich werde zurückfahren, die letzten zwei Wochen des Praktikums durchziehen und dann nach Hause kommen. Die Empfehlung von Lyalls Mutter will ich auf keinen Fall mehr. Es würde sich für mich immer so anfühlen, als wäre es die Gegenleistung dafür, dass ich mich von ihm getrennt habe. Und deswegen brauche ich das Praktikum bei Paula.«

»Aber was machst du, wenn du ihm dort begegnest?«, fragte meine Schwester fast schon zaghaft. »Ihm am Telefon vorzumachen, du wärst nicht in ihn verliebt, ist eine Sache. Vor ihm zu stehen eine völlig andere. Ich habe gesehen, wie du ihn angeschaut hast. Alles in deinem Gesicht hat geleuchtet, als wärst du eine Disney-Prinzessin und er der strahlende Prinz. Kriegst du es hin, ihm das Gegenteil zu verkaufen?«

»Nein.« Ich wehrte mich gegen die Tränen, die schon wieder zu laufen anfangen wollten. »Aber wenn ich Glück habe, will er ohnehin nie mehr mit mir reden, so wie ich ihm wehgetan habe.«

Doch sollte er je wieder mit mir sprechen, dann würde er wissen, dass ich ihn angelogen hatte.

Sofort.

Es war bestes Wetter, als ich ein paar Tage später am frühen Abend mit dem Flughafen-Taxi in Kilmore ankam. Nicht eine Wolke war am Himmel zu sehen, dabei wünschte ich mir nichts mehr als einen heftigen Regenguss, passend zu meiner Stimmung. Wobei, nein, lieber kein Schauer. Das erinnerte mich nur daran, was passiert war, als es das letzte Mal heftig geregnet hatte.

Auf dem Campingplatz wartete Loki, als wären wir nie mit Lyall in die Highlands gefahren, um zu campen. Bei der Erinnerung zogen sich meine Eingeweide schmerzhaft zusammen. Als ich dort neben Lyall im Bett gelegen und ihm in die Augen gesehen hatte, war ich sicher gewesen, es wäre der Anfang von etwas Besonderem, ein Ausblick auf viele weitere Tage und Nächte. Ich hatte mich noch nie so gefühlt wie mit ihm, so einig, so vollkommen, so richtig. Allein der Gedanke, mich irgendwann wieder auf jemanden einzulassen oder auch nur mit jemandem zu schlafen, der nicht *er* war, verursachte eine kalte Leere in mir, die auch das Sommerwetter nicht vertreiben konnte.

Loki stand an seinem angestammten Platz, aber als ich auf meinen geliebten Camper zuging, fiel mir ein, dass ich keinen Schlüssel dafür hatte. Ich hatte nicht daran gedacht, den Ersatzschlüssel von zu Hause mitzunehmen – und wusste nicht, wo der war, den Lyall hatte stecken lassen, als wir am Flugplatz angekommen waren. *So ein Mist.* Ich war so durch den Wind, dass ich nicht einmal mehr die simpelsten Dinge auf die Reihe bekam, obwohl ich sonst einfach alles organisieren konnte. Ich brachte keinen klaren Gedanken zustande, weil meine Gefühle meinen Verstand völlig blockierten.

Ich drehte mich um und mein Blick fiel auf die Rezeption des Platzes. Vielleicht war der Schlüssel ja bei Drew deponiert worden. Es war einen Versuch wert.

Der kleine Raum, in dem man auch die nötigsten Lebensmittel, Tageszeitungen und am Morgen Brötchen kaufen konnte, war offen, und Drew saß am Tresen hinter dem Computer.

»Hey, Fremde.« Er grinste, als ich hereinkam. »Du bist wieder im Lande, cool. Wie geht es Eleni?«

Ich rang mir ein Lächeln ab. »Besser, danke. Sie durfte vorgestern nach Hause und soll sich noch ein bisschen schonen, aber sie kann schon wieder lautstark nach Pommes und Eis verlangen, also geht es ihr wohl ganz gut.«

»Freut mich zu hören. Und natürlich, dass du wieder da bist. Ich dachte, vielleicht bleibst du im Süden, nach dem Unfall.«

Ich schüttelte mechanisch den Kopf. »Nein, ich brauche das Praktikum für meine Bewerbung. Außerdem hat Leni mir versprochen, bis zu meiner Rückkehr keinen Fuß vor die Tür zu setzen, ohne dabei eine Ganzkörperrüstung zu tragen.« Drew lachte und ich deutete nach draußen. »Hast du zufällig den Schlüssel für Loki?«

»Ich? Nee. Der ist drüben im Hotel, da ist schließlich immer jemand an der Rezeption. Als der Fahrer ihn gebracht hat, habe ich gedacht, das wäre besser. Ich wusste ja nicht, wann du kommst.«

Na super. Wenn ich irgendwo nicht hinwollte, dann ins *Grand*.

Drew musterte mich aufmerksam. »Was war das eigentlich für ein Typ, der Loki hergefahren hat? Du warst doch in den Highlands, oder?«

»Ach, so ein Fahrdienst vom Flughafen in Edinburgh«, log ich und war zu erschöpft, um darüber zu erschrecken, wie leicht mir diese Lüge über die Lippen kam. »Ich bin dorthin, als ich das mit Eleni erfahren habe. Und da es nicht viel teurer war als Loki dort stehen zu lassen, dachte ich, nutze ich das Angebot.«

Drew hob die Schultern, und ich war froh, dass er nicht weiter nachfragte. Als ich mich zum Gehen wandte, sprach er mich aber doch noch mal an. »Amy, Tamhas und ein paar andere treffen sich heute Abend unten am Loch, wir wollen was trinken und ein bisschen feiern. Komm doch auch, wenn du magst.«

»Klar.« Ich nickte, lächelte noch einmal und ging dann los. Ob ich wirklich kommen würde, wusste ich nicht. Gerade fühlte es sich an, als wäre es schon zu anstrengend, ein fünfminütiges Gespräch mit Drew zu führen und nicht in Tränen auszubrechen. Ich, die selbst nach dem Tod meiner Mutter in einem Stück geblieben war, fühlte mich jetzt, als könnte mich die kleinste Brise in meine Einzelteile zerlegen. Vielleicht, weil das mit meiner Mum passiert war, ohne dass ich daran Schuld hatte. Ich war das Opfer dieser Tragödie gewesen, nicht die Verursacherin. Aber die Sache mit Lyall, das hatte ich selbst getan. Ich hatte ihm und mir mutwillig das Herz gebrochen. Nicht aus freien Stücken, natürlich nicht. Nur machte das keinen Unterschied.

Der Weg zum *Grand* erschien mir viel länger als sonst, und die ganze Zeit über schaute ich mich um, ob ich Lyall irgendwo entdecken konnte. Einerseits hoffte ich darauf, ihn zu sehen, aber auf der anderen Seite hatte ich riesige Angst. Davor, dass er mir die Wahrheit am Gesicht ablesen würde: wie schrecklich verliebt ich in ihn war. Und dass ich ihm das alles nie hatte antun wollen.

Er begegnete mir jedoch weder im Park noch in der Lobby, als ich dort an den Tresen trat und die Mitarbeiterin nach dem

Schlüssel zu meinem Auto fragte. Sie ging ins Büro, um ihn zu holen. Während ich wartete, sprach mich jemand an.

»Kenzie, du bist wieder da.« Ich fuhr herum um und sah mich Moira Henderson gegenüber. Sie lächelte freundlich, aber ich brachte es nicht fertig, es zu erwidern. Nicht, wo ich mittlerweile wusste, dass sie Teil dessen war, was mich zu dieser Entscheidung gezwungen hatte. »Wie geht es deiner Schwester? Erholt sie sich gut?«

Ich nickte. »Ja, danke. Sie wird wieder.«

»Das freut mich. Und wie geht es dir?«

»Ich bin nur müde«, murmelte ich tonlos. Wie lange brauchte die verdammte Concierge denn, um meinen blöden Schlüssel zu finden? »Die letzte Woche war stressig.«

»Mrs Henderson?« Ein junger Mann in Kochuniform trat zu uns. »Wir sind jetzt bereit für das Testessen. Meine Kollegen bringen gerade alles hinüber zu Ihrem Haus.«

»Sehr schön, Nigel. Fangen Sie doch schon an, alles dort vorzubereiten, ich bin in zehn Minuten da.« Dann fiel ihr Blick auf mich. »Möchtest du vielleicht mit uns essen? Wir grillen, um die Auswahl der Speisen für die Highland Games zu verkosten und haben ohnehin viel zu viel.«

»Nein, danke«, sagte ich steif, auch wenn ich wusste, ich durfte nicht unhöflich sein. »Ich möchte lieber meine Ruhe.«

Moira nickte. »Das verstehe ich. Solltest du es dir jedoch anders überlegen – wir sind im Garten hinter meinem Haus. Ich würde mich sehr freuen, wenn du kommst.« Sie berührte kurz meine Schulter, nahm den Schlüssel für Loki von ihrer Mitarbeiterin entgegen und gab ihn mir. Ich bedankte mich knapp, dann flüchtete ich aus der Lobby und joggte zurück zum Campingplatz. Aber wenn ich gedacht hatte, hier wäre ich in Sicherheit, dann hatte ich mich getäuscht.

In dem Moment, als ich den Wagen aufschloss und hineinstieg, wusste ich, dass mein Zufluchtsort für alle Zeiten zerstört war. Lokis Innenraum war voller Erinnerungen an Lyalls und meine gemeinsame Zeit in den Highlands: ob die Küchenzeile, auf die er mich gehoben hatte, um mich zu küssen, der Boden, auf dem unsere Klamotten gelandet waren, und natürlich das Bett. Ich stand im Durchgang, starrte auf die Decken, auf das Kissen, wo er gelegen hatte, als ich versucht hatte, ihn mit einer *guten Zwei* auf den Arm zu nehmen. Ich sah die Matratze an, auf die er seine Arme gestützt hatte, als ich mehr von ihm gefordert und alles bekommen hatte. Ich erinnerte mich an jede einzelne Sekunde, an jede Berührung, jedes Flüstern, an die unglaubliche Nähe zwischen uns. Der Kloß in meinem Hals wurde übermächtig groß und im nächsten Moment brach ich in Tränen aus. Ich war so stolz darauf gewesen, immer zu wissen, was zu tun war. Aber jetzt hatte ich keine Ahnung, was ich machen sollte. Wie ich *weitermachen* sollte.

Die Minuten vergingen, während ich einfach nur dastand und weinte. Dann fiel mein Blick auf Lyalls Reisetasche, die wir bei unserer überstürzten Abreise auf der Sitzbank festgeschnallt hatten. Mit zitternden Händen löste ich den Gurt und nahm sie herunter, stellte sie so vorsichtig vor mir auf den Boden, als wäre sie eine Bombe. Scheiße, was sollte ich denn damit machen? Ich wagte nicht, sie zu öffnen, aus Angst darin Kleidung zu finden, die nach Lyall roch – es würde schlimm genug sein, das Bett neu zu beziehen. Aber hierlassen konnte ich die Tasche auch nicht. Sie war ein Beweis dafür, dass er nach der Rückkehr aus Andalusien mit mir unterwegs gewesen war.

Ich angelte das Handy aus meinem Rucksack und rief den Messenger auf. Ohne zu wissen, wie, schaffte ich es tatsächlich, Lyall eine Nachricht zu schicken.

Deine Sachen sind noch bei mir. Was soll ich damit machen?

Ich konnte sie ihm nicht bringen und er würde sie nicht

selbst holen. Hoffentlich würde er das nicht. Es war viel zu gefährlich. Nicht nur für ihn, sondern vor allem für mich.

Es dauerte keine Viertelstunde, bis es an meinem Camper klopfte. Mein Puls schnellte innerhalb einer Sekunde auf 200 und ich sprang auf. War er es? War er selbst hergekommen? Hastig sah ich in den Spiegel, ob man mir meine Tränen ansehen konnte, aber ich war vorzeigbar. Voller Angst und Hoffnung zog ich den Hebel zurück und öffnete die Tür.

»Hi.« Es war Finlay.

»Hi.« Enttäuschung und Erleichterung kämpften erbittert gegeneinander, als ich ausatmete und merkte, dass ich die ganze Zeit die Luft angehalten hatte. »Komm rein.« Es war besser, er stand nicht vor meinem Wagen herum, wenn Drew in der Nähe war.

Zögernd stieg Finlay in den Camper. Heute war kein bisschen seiner Fröhlichkeit zu sehen, aber ich nahm es ihm nicht übel. Wenn man einer meiner Schwestern das angetan hätte, was ich Lyall an den Kopf geworfen hatte, wäre ich mit einem Messer auf ihn oder sie losgegangen.

»Hier«, ich zeigte auf die Tasche, die ich nicht angerührt hatte. Dann holte ich aus dem Schrank unter der Küchenzeile einen großen schwarzen Müllsack. »Vielleicht packst du sie besser da rein.«

Er tat es, ohne ein Wort mit mir zu reden, dann klemmte er sich das Bündel unter den Arm und wandte sich zur offenen Tür. »Ich hoffe, dir wird irgendwann klar, wen du da hast gehen lassen«, sagte er und sah mich auf eine Weise an, die mich tief traf. Wenn schon Finlay mich mit solcher Verachtung bedachte, wie musste es erst Lyall gehen?

Ich hätte es Finlay so gerne gesagt. Ich hätte ihm so gerne verraten, worum Edina mich gebeten hatte – dass es gute Gründe für mein abscheuliches Verhalten gab. Aber das Risiko war zu groß, dass Finlay es Lyall sagen würde. Deswegen blieb ich bei meiner Geschichte, so unendlich schwer mir das auch fiel. »Ich wollte ihm nicht wehtun«, sagte ich also nur. »Danke, dass du die Sachen geholt hast.«

Finlay nickte. »Kein Problem. Ich tue alles für ihn. Obwohl er diesen *Ballast* mit sich herumträgt.«

Die Worte schnitten mir ins Herz wie ein Messer. Ich hatte Glück, dass Finlay sich längst umgedreht hatte und verschwunden war, als ich die Tür zuschlug und mir erneut die Tränen kamen. Unwirsch wischte ich sie weg. Ich musste das in den Griff kriegen, verdammt noch mal. Wenn ich herumlief wie ein Häufchen Elend, würde mir Lyall niemals abnehmen, dass ich keine Gefühle für ihn hatte.

Ich zog meine Schuhe an und beschloss, eine Runde am See spazieren zu gehen. Frische Luft half mir immer, um mich wieder auf die Reihe zu kriegen. Und wenn ich dann später zurückkam, würde ich das Bett neu beziehen, mich draußen auf den Rasen setzen und warten, bis ich so müde war, dass ich nicht mehr an Lyall denken konnte, bevor ich einschlief. Das würde funktionieren.

Es musste einfach.

33
Lyall

Der Wald flog rechts und links an mir vorbei, als ich beschleunigte und auf meiner Uhr die Zeit checkte. Sie war hervorragend, natürlich. Ich war nie besser als in Momenten wie diesen. Wahrscheinlich hätte ich vor Wettkämpfen immer jemanden bitten sollen, mich abzuservieren, dann wäre mir jeder Sieg sicher gewesen.

Es gab so viele Möglichkeiten, meine Gefühle zu betäuben. Alkohol. Adrenalin. Frauen. Doch nichts davon hatte mich in den letzten vier Tagen gereizt. Es hätte irgendwie bedeutet, dass ich akzeptierte, was passiert war. Nur konnte ich das immer noch nicht. Mein Verstand sagte mir, dass es vorbei war und Kenzie einfach nicht genug für mich fühlte – weil ich sie höchstpersönlich davor gewarnt hatte, sich mit mir einzulassen. Aber mein Herz wollte es nicht wahrhaben. Und so tobte seit Tagen in mir ein zermürbender Kampf, der mich nachts wach hielt und tagsüber zum rastlosen Zombie machte. Ich wusste nicht, wann er enden würde. Oder ob ich überhaupt wollte, dass er endete. Sie hatte doch recht, ich trug zu viel Ballast mit mir herum. Nur hatte sie erst mit mir schlafen und mich verrückt nach ihr machen müssen – und mir das Gefühl geben, meine Vergangenheit wäre ihr egal, bevor ihr das auffiel?

Der Weg machte eine Kurve vom Loch weg, und ich dachte an den Anruf vom Morgen, als Diane mir mitgeteilt hatte, dass Jamie gut in ihrer Einrichtung angekommen war. Immerhin eine Sache, die geklappt hatte. Aber auch das verband mich mit Kenzie. Alles schien mich mit ihr zu verbinden.

Sogar mein heutiger Lauf. Der Pfad war eigentlich völlig verlassen, kaum jemand lief hier. Eigentlich niemand.

Niemand außer Kenzie.

Sie kam mir auf dem schmalen Weg entgegen, die Haare offen, in einem ihrer üblichen dunklen T-Shirts und Jeans, so schön wie eh und je. Sie bemerkte mich nicht sofort. Aber dann sah sie auf, unsere Blicke trafen sich und sie erstarrte, genau wie ich. Wir waren sicher fünfzig Meter voneinander entfernt, und trotzdem war es, als stünde sie direkt vor mir.

Ich gab mir alle Mühe, sie nicht merken zu lassen, was in mir vorging, scheiterte dabei aber sicher grandios. Kenzies Augen füllten sich mit Bedauern, und ich sah, wie sich ihre Hände ineinanderklammerten, als bräuchte sie Halt. Als hätte sie Angst vor der Begegnung mit mir gehabt. Es traf mich mitten ins Herz.

Hau hier ab. Du musst dir das nicht geben.

Obwohl ich wusste, dass die Stimme in meinem Kopf recht hatte, obwohl ich wusste, dass ich mich umdrehen und gehen sollte, blieb ich einfach stehen, wo ich war. Wie erstarrt angesichts dessen, was ich mir noch vor ein paar Tagen gewünscht hatte. Wenn alles gelaufen wäre wie geplant, würde Kenzie nun zu mir kommen, mich küssen und mir sagen, dass sie es gar nicht hatte erwarten können, mich wiederzusehen. Und ich würde ihr zuraunen, dass es mir genauso ging – und sie irgendwohin entführen, um ihr zu zeigen, *wie sehr* ich sie vermisst hatte. Aber es war nichts gelaufen wie geplant. Und deswegen löste sie den Blick von mir, drehte sich um und verschwand in die entgegengesetzte Richtung.

Mein erster Impuls war, ihr zu folgen und sie zur Rede zu stellen. Ihr in die Augen zu sehen und sie zu zwingen, ihre grausamen Worte zu wiederholen. Aber ich blieb, wo ich war, hielt den Schmerz aus. Und als ich meinem Körper wieder traute, drehte ich mich um und setzte mich in Bewegung.

Je länger ich lief, desto wütender wurde ich. Am liebsten hätte ich irgendwas zerfetzt, die Wut an etwas ausgelassen. Wie konnte es sein, dass mich dieses Mädchen so aus der Fassung brachte? Wir waren nur ein paar Tage zusammen gewesen, und trotzdem wurde ich wahnsinnig bei dem Gedanken, es nie wieder sein zu dürfen. Aber es gab kein Entkommen. Ich konnte nur hoffen, dass es irgendwann besser wurde.

Finlay war in der Suite, als ich zurückkam, neben der Couch stand meine Tasche. »Ich habe deine Sachen geholt.«

»Danke, Mann.« Ich nickte, nahm das Zeug und warf es in meinen Schrank. Ich brauchte das alles nicht. Schon gar nicht die Erinnerungen, die daran hingen.

»Ich hab sie mit purer Verachtung gestraft«, meldete mein Cousin. »Du wärst stolz gewesen.«

»Darum hatte ich dich nicht gebeten.«

»Nein, hattest du nicht. Aber ich konnte nicht anders.«

Ich grinste schief.

»Eine Woche, Alter«, sagte Finlay. »Denk dran, es ist nur noch eine Woche.«

Damit hatte er recht. Meine Mutter plante mit Robert gerade ein neues Gebäude für das Hotel auf Bali und hatte mich gefragt, ob ich dabei sein wollte – und Moira hatte genehmigt, dass ich Kilmore eine Woche eher verließ. Vorher standen also nur noch die Highland Games auf dem Programm. Sie waren Samstagabend zu Ende, und ich konnte am Morgen danach direkt in einen Flieger steigen. Sieben Tage Kilmore, sieben

Tage in der Nähe von Kenzie. Sieben Tage, bevor ich endlich verschwinden durfte.

Das würde ich schon schaffen.

Der Park lag still und verlassen da, nur sehr schwach beleuchtet vom Mond, denn die Laternen des Hotels waren längst ausgeschaltet. Ich saß auf der Rückenlehne des Sessels, den ich an das große Fenster geschoben hatte, die Arme auf die Knie gestützt, und starrte in die Dunkelheit. Als würde sie mir helfen, als würde sie mir Antworten auf die Fragen geben, die mich vom Schlafen abhielten.

Ich war dieses Gespräch mit Kenzie so häufig in meinem Kopf durchgegangen, dass ich mittlerweile sicher war, jedes einzelne Detail davon zu kennen. Aber egal, wie oft ich mir sagte, dass ich mich in ihren Gefühlen getäuscht hatte, oder dass sie einfach nur erkannt hatte, was ich ihr selbst gesagt hatte: *Irgendetwas daran stimmt nicht. Wir fahren zusammen weg, haben Spaß, haben großartigen Sex, sind uns nahe, ich erzähle ihr von meiner Vergangenheit, von Ada, Kenzie versichert mir, dass nichts davon ein Problem für sie ist – und dann, vier Tage später, ist ihr das alles zu viel?*

Wenn sie gesagt hätte, sie hätte wegen ihrer Schwestern keine Zeit für eine Beziehung, okay. Wenn ihr eingefallen wäre, sie wolle keine Fernbeziehung Wycombe–Chicago, okay. Aber ihre Begründung war ausgerechnet das mit der beschädigten Ware? Etwas, das ihr absolut nichts ausgemacht hatte, als wir darüber gesprochen hatten? Das sie mir sogar hatte ausreden wollen?

Du bildest dir etwas ein. Akzeptier endlich, dass sie dich nicht will.

Ich atmete aus. Nicht zu wissen, was die Wahrheit war, machte mich wahnsinnig. Ich musste etwas dagegen unternehmen. Sonst würde ich noch durchdrehen.

Wie ferngesteuert stand ich auf und suchte mir etwas zum Anziehen. Es war zwar schon irgendwann nach Mitternacht, aber vielleicht war sie trotzdem noch wach. Und im Dunkeln sah mich wenigstens niemand auf dem Weg zum Campingplatz.

Weil ich um die Uhrzeit zur Vordertür rausmusste, wählte ich den Weg durch die Büroflure. Dort war alles leer und verlassen, aber als ich an dem Raum vorbeikam, in dem die Server untergebracht waren, hörte ich Geräusche. Eindeutige Geräusche – ein Keuchen, ein leises Stöhnen, geflüsterte Worte. Ich schüttelte den Kopf. Wer suchte sich denn bitte den Serverraum aus, um rumzumachen? Da gab es in einem Luxushotel doch bessere Alternativen.

Ich wollte weitergehen und die beiden dort sich selbst überlassen, als eine der Stimmen etwas sagte, das laut genug an mein Ohr drang.

»Was, wenn uns hier jemand erwischt?«

Ich hielt an. *Fiona?* Okay, jetzt wurde es interessant.

»Es ist niemand wach, entspann dich«, antwortete ihr eine zweite Stimme, die ich ebenfalls gut kannte.

Verdammt interessant. Ich setzte mich wieder in Bewegung, gab mir dabei aber keinerlei Mühe mehr, leise zu sein. Laut polterte ich durch den Gang, stieß absichtlich gegen die Kommode – mit dem gewünschten Effekt: Ich war noch nicht am Ende des Flures angekommen, als meine Cousine aus dem Raum stürmte und sich gehetzt umschaute.

»Lyall?« Das Licht ging an. Ich drehte mich um.

»Fiona. Was machst du denn hier um diese Zeit? Die Buchhaltung?« So deprimiert ich war – das war eine willkommene Ablenkung. So oft hatte mich Fiona wegen irgendwelcher Bettgeschichten verspottet, verpfiffen und verurteilt. Es geschah ihr recht, dass ausgerechnet ich sie erwischte, wie *sie* die Grenzen überschritt.

Meine Cousine rückte ihre Bluse zurecht und ihr Gesicht nahm die Farbe ihrer Haare an. »Ich hatte noch etwas zu erledigen«, sagte sie schnell.

»Ja, da bin ich sicher. Lass mich raten – es hat etwas mit der Personalverwaltung zu tun. Wahrscheinlich so eine Art Beurteilungsgespräch, oder? Hat *Isla* gut abgeschnitten?« Ich betonte den Namen der jungen Concierge, deren Stimme ich eben so deutlich gehört hatte.

Fiona wurde ganz starr, als ihr klarwurde, was ich gerade gesagt hatte. »Du wirst doch Mum nichts davon erzählen? Oder Grandma?«

Ich hob die Schultern. »Kommt darauf an, ob du ihnen etwas davon sagst, dass du mich hier gesehen hast. Oder von anderen Dingen, die ich noch tun werde und die du oder Isla sonst sofort petzen würden.«

»Du willst mich erpressen?«, fragte Fiona wütend. »Vergiss es.«

»Okay. Deine Entscheidung, Fi. Verrate ihnen ruhig, dass ich heute rausgegangen bin. Nur wird mir dann morgen beim Frühstück vermutlich rausrutschen, dass du mit Angestellten vögelst. Und du weißt, darauf steht die Höchststrafe.« Nicht, weil Isla eine Frau war, obwohl das meine Grandma zur Weißglut treiben würde, da sie Homosexualität für eine Art linksliberale Modeerscheinung hielt. Das hätte ich nie gegen Fiona verwendet. Aber weil Isla für uns arbeitete, war sie absolut tabu. Das war eine der drei goldenen Henderson-Regeln: Keine Szenen in der Öffentlichkeit, keine Drogen und um Himmels willen keinen Sex mit Angestellten. Daran hatte sogar ich mich gehalten. Meistens.

»Hör schon auf, du hast gewonnen.« Fiona sah mich feindselig an.

»Gut. Dann brauche ich nur noch eine Sache.«

»Was denn?«, fauchte sie.

»Deine Generalkarte.« Ich streckte die Hand aus. »Ich habe keinen Bock, darum betteln zu müssen, dass du meine Log-Daten löschst, sondern mach es lieber selbst.«

Sie riss sie von der Halterung an ihrem Gürtel und knallte sie mir förmlich in die Hand. »Tu, was du willst.«

»Werde ich.« Ich steckte die Karte ein und ließ Fiona mit der Angst zurück, ich könnte sie verraten. Was ich vermutlich erst mal nicht tun würde. Wer wusste schon, wann mir dieses Druckmittel später noch nützlich sein konnte. Zum Beispiel, um eine zusätzliche Stimme im Rat zu bekommen, wenn es drauf ankam.

Fünf Minuten später war ich im Park, zwei danach am Zaun zum Campingplatz. Die meisten Wohnmobile waren längst dunkel, Camper gingen offenbar früh schlafen. Mit angehaltenem Atem lief ich auf Kenzies Van zu, aber als ich näher kam, erkannte ich – auch hier brannte kein Licht. Enttäuscht stieß ich die Luft aus und wollte schon umdrehen, bevor man mich entdeckte. Dann hörte ich jedoch Kenzies Stimme. Ganz leise nur, sie sprach gedämpft mit jemandem. Ich schlich näher und ging im Schatten von Loki in Deckung.

»Hey, Willy. Ich wollte nur Bescheid sagen, dass ich gut angekommen bin. Wie geht es Leni?«

Kenzie saß auf der Bank in Richtung Loch und telefonierte offenbar mit ihrer Schwester. Ich kam mir vor wie ein Stalker, aber trotzdem ging ich in die Hocke, um zu lauschen. Ich konnte nicht anders.

»Ich habe ihn nur kurz gesehen … keine Sorge, ich habe es überstanden.« Ihre Worte klangen erschöpft, soweit ich das überhaupt ausmachen konnte. Sie sprach sehr leise und der Wind tat sein Übriges. »Nein, ich habe nicht mit ihm geredet. Warum auch? Es gibt nichts mehr zu sagen. Ich hoffe nur, dass er Abstand hält.«

Ich atmete ein, aber ich kam nicht dazu, den Schlag zu verdauen, den mir ihre Worte versetzten, weil sie längst weiterredete.

»Es sind noch zwei Wochen, das schaffe ich schon. Ich bin einfach froh, wenn es vorbei ist und ich ihn nicht mehr sehen muss.«

Mir wurde schlagartig kalt, als ich sie das sagen hörte und die Endgültigkeit darin erkannte. Sie klang, als wäre es eine unerträgliche Last für sie, mir zu begegnen, als würde sie sich wünschen, dass es nie wieder dazu kam. Damit hatte ich meine Antwort – und das, ohne mit ihr gesprochen zu haben: Alles, was sie am Telefon zu mir gesagt hatte, war absolut auch so gemeint gewesen. Sie wollte mich nicht. Sie wollte mich nicht einmal sehen, geschweige denn mit mir reden oder irgendetwas anderes. Mein Magen krampfte sich zusammen, als mir bewusst wurde: Ich hatte gehofft. Auf ein anderes Ende. Aber das würde es nicht geben. Und es war Zeit, damit klarzukommen.

Als ich mich erhob und über den breiten Weg zum Zaun ging, ließ ich meine Hoffnungen bei Kenzie zurück. Alles, was ich jetzt noch wollte, war, dass die nächsten sieben Tage verflogen, damit ich abhauen konnte. Wie hatte Kenzie gesagt? *Ich bin einfach froh, wenn es vorbei ist.*

»Ich auch«, murmelte ich leise, »glaub mir, ich auch.«

34
Kenzie

Vor dem Meeting am Montag im Hotel bekam ich kein Auge zu, weil ich riesige Angst vor der ersten richtigen Begegnung mit Lyall hatte. Aber er tauchte gar nicht auf.

Auch nicht bei dem Treffen am Dienstag oder Donnerstag. Er blieb sämtlichen Besprechungen fern, obwohl er noch da war, denn ich sah ihn ab und zu von Weitem im Neubau mit dem Architekten reden. Offenbar hatte er eine Ausrede gefunden, um nicht an den Terminen teilnehmen zu müssen.

Das hätte mich erleichtern sollen. Nur war es nicht so. Die ganze ausweglose Situation bescherte mir einen Phantomschmerz, den ich umso heftiger spürte, je länger ich Lyall *nicht* sah. Alles in mir sehnte sich nach ihm, nach einem neckenden »Miss Bennet«, nach einer Berührung, nach uns beiden in einem Bett – während ich genau wusste, ich musste Abstand halten.

Es war jedoch ein Auf und Ab. Manchmal war ich drauf und dran, ihn zu suchen und ihm alles zu beichten, damit dieser grauenhafte Zustand ein Ende hatte. Damit ich aufhören konnte, ihn zu vermissen. Aber immer rechtzeitig rief ich mich zur Ordnung und bekam die Kurve. Dann flüchtete ich mich in die Werkstatt und arbeitete an den Entwürfen für die Raumteiler, die eine Firma in Glasgow nun in Serie herstellen sollte. Die Arbeit lenkte mich ab, zumindest kurz. Nur spätestens am Abend, wenn es unausweichlich wurde, Loki zu betreten, kam der Schmerz zurück, und an kaum einem dieser Tage war ich stark genug, um ihn wegzuschieben. Als ich nach Kilmore gekommen war, hatte ich geglaubt, die Trauer um meine Mutter wäre das Schlimmste, was ich empfinden könnte. Jetzt wusste ich es besser.

Immerhin war nun endlich Samstag und damit das vorletzte Wochenende angebrochen, an dem ich hier sein würde. Noch eine Woche, dann war es vorbei. Dann fuhr ich nach Hause und Lyall flog wieder nach Chicago. Und ich würde ihn nie wiedersehen.

»Kenzie? Bist du fertig?«, rief Amy von draußen.

Ich wischte mir schnell über die Augen. »Ja, eine Sekunde!« Hastig prüfte ich mein Outfit im Spiegel – Amy hatte mir einen Rock von ihrer Schwester geliehen, der aus Tartanstoff gefertigt war und deswegen ideal zu dem Spektakel passte, das heute und morgen auf dem Gelände des *Grand* stattfand. Ich hatte mich nicht dagegen gewehrt, zu den Spielen zu kommen. Dort waren genug Leute, um Lyall in der Menge aus dem Weg gehen zu können, und trotz meines Kummers war ich neugierig auf das Event.

Als ich den Van verließ, stand Amy davor, in einen ähnlichen Rock wie ich gekleidet, nur, dass meiner rot-grün kariert war und ihrer blau-grün. Ich hatte ein dunkelgrünes Top mit kurzen Ärmeln dazu gewählt, sie trug ein Poloshirt.

»Steht dir ausgezeichnet.« Sie lächelte mich an. »Und, wie schottisch fühlst du dich auf einer Skala von 1 bis 10?«

Ich grinste schnell. »Solide 6,5. Der Rock macht davon aber ungefähr die Hälfte aus.«

Amy lachte. »Das war ja auch der Plan. Komm, gehen wir. Ich will den Anfang nicht verpassen.« Sie hakte mich unter und wir liefen zum hinteren Ausgang des Campingplatzes, der direkt zu der großen Rasenfläche führte, die normalerweise ungenutzt hinter dem Hotelpark lag. Schon gestern hatte ich gesehen, wie Zelte aufgebaut worden waren und Helfer ein riesiges rundes Areal abgesteckt hatten. Jetzt tummelten sich hier unglaublich viele Menschen, die um die Arena herumstanden oder sich an den Essensständen einen Snack holten. Amy zog mich mit zu einer kleinen Tribüne und stieg in die oberste Reihe. Von dort aus hatte man eine gute Sicht über das Gelände.

»Wie läuft das ab?«, fragte ich. »Gibt es erst Baumstammweitwurf und dann Tauziehen? Oder umgekehrt?«

»Erst einmal werden die Teams präsentiert«, sagte Amy mit wichtiger Miene. »Im Prinzip kämpft jeder für seine eigenen Punkte, aber es gibt auch einen Teamwettbewerb. Traditionell hat Kilmore mehrere Mannschaften am Start – in einer davon ist Drew –, aber es kommen auch einige aus anderen Städten Schottlands, und dann gibt es natürlich noch die Hendersons. Die haben immer ihr eigenes Team.« Sie spähte über die Menge hinweg. »Oh, die Teilnehmer marschieren auf. Das ist das Beste daran.«

Aus einem weißen Zelt am Rande des Areals kamen in diesem Moment zunächst zehn Dudelsackspieler in voller Montur, die ein traditionelles und sehr getragenes Stück spielten. Dann folgten fünf Schotten in rot gemusterten Kilts und Kniestrümpfen, einer größer als der andere und alle bester Laune. Es war ein imposantes Bild, als sie sich nebeneinander aufreihten und zu den Zuschauern sahen. Diesem ersten folgten noch sechs weitere Teams, in einem davon Drew, der das gleiche blaugrüne Schottenkaro wie Amy trug. Und dann verließen die Hendersons das Zelt. Mein Blick glitt über Finlay hinweg, der ganz vorne war, nur um Lyall zu suchen, der schließlich als Letzter herauskam.

Heilige Scheiße.

Bis zu diesem Tag hatte ich nicht kapiert, wieso sämtliche Frauen beim Anblick eines Schotten im Kilt fast ohnmächtig wurden. Jetzt verstand ich es.

Es war, als wäre er für diese Klamotten geboren worden. Für das Tragen des Henderson-Tartans, der in Dunkelgrün und Silber gehalten schlicht und elegant war. Lyall trug zu seinem Kilt ein schwarzes Shirt mit einem Wappen auf der Brust, wahrscheinlich das seiner Familie, und an den Füßen einfach nur grobe Boots. Als er neben Finlay zum Stehen kam und ernst in die Menge sah, bildete ich mir ein, dass ein Raunen durch die Reihen ging und ihn so ziemlich jede Frau auf dem Platz und sogar einige Männer anstarrten. Und ich konnte es verstehen. Er sah auch in allem anderen verboten gut aus. Aber dieses Outfit machte Lyall Henderson endgültig zum heißesten Typen auf dem Planeten.

Ohne mich von dem Anblick erholt zu haben, registrierte ich den Rest von Lyalls Team. Neben ihm stand Finlay, der sich für ein schwarzes Hemd entschieden hatte, und sein älterer Bruder Logan, der jetzt viel weniger seriös dreinschaute als auf dem Familienfoto. Aber wenn man glaubte, dass nur die Jungs die Hendersons repräsentierten – Fehlanzeige. Edina und Fiona waren ebenfalls mit von der Partie, genauso in Kilts, wenn auch schmaler geschnitten, mit dem Familienwappen auf dem Shirt, die Haare in einem geflochtenen Zopf. Alle fünf zusammen sahen aus wie bei einem Casting für die schottische Tourismusbehörde. Nein, eher wie nach dem Casting. Wenn man alle *nicht* umwerfend schönen Kandidaten bereits aussortiert hatte.

Aber egal, wie gut die anderen vier aussahen, mein Blick flog wieder zu Lyall, und mein Körper schmerzte, so schlimm war es, ihn dort stehen zu sehen und zu wissen, ich würde ihm nie wieder nahe sein dürfen. Und im nächsten Moment sah er ebenfalls zu mir, als hätte er mich in der Menge gespürt. Auch diesmal hielt ich die Luft an – obwohl er sich so schnell abwandte, dass ich nicht erahnen konnte, was er wohl dachte. Hatte er mich schon abgehakt? Bei unserer Begegnung im Wald hatte es nicht danach ausgesehen. Aber da war ich schließlich selbst sofort verschwunden, damit er mir bloß nichts anmerkte.

»Klapp den Mund zu, Kenzie«, riss mich Amy aus meinen Gedanken. Kein Wunder, sie wusste nicht, dass Lyalls Anblick mich viel heftiger traf als jeden anderen hier. »Du hast so lange durchgehalten, krieg jetzt in deiner letzten Woche bloß keinen Anfall von Lyallitis.«

Zu spät, dachte ich nur. Aber da stießen zum Glück Tamhas und Mara zu uns, sodass ich nicht antworten musste.

»Du machst nicht mit?«, fragte ich Drews besten Freund.

»Bist du wahnsinnig?« Mara lachte. »Tam würde mit dem Baumstamm nur irgendjemanden erschlagen. Seit er in der sechsten Klasse mal beim traditionellen Hochwurf seinen Sportlehrer mit dem Gewicht getroffen hat, darf er an nichts mehr teilnehmen, das mit den Worten *Highland* und *Games* zu tun hat.«

Der Geächtete hob die Schultern. »Ich kann eben echt gut zielen. Und ich mochte den Lehrer nicht besonders.«

Ich zwang mich zu einem Grinsen und versuchte mir einzureden, dass die Spiele eine gute Ablenkung wären. Es würde ein buntes, lautes, vielfältiges Spektakel werden, und ich wollte es wenigstens ein bisschen genießen. Also nahm ich mir vor, mich grundsätzlich auf die Teilnehmer zu konzentrieren, die gerade Gewichte warfen, ein Fass rollten oder an einem Tau zogen – und möglichst wenig zu Lyall rüberzuschauen.

Es war jedoch sehr schwer, ihn zu ignorieren, wenn er selbst an der Reihe war. Dann folgte ich jeder Bewegung seiner Muskeln, jeder Regung seines Gesichts, um mir einzuprägen, wie er aussah, für die Zeiten, wenn keiner von uns mehr hier sein würde. Mein Herz schmerzte dabei in jeder Sekunde, aber ich flüchtete nicht. Ich blieb und hielt es aus. Als wäre es die gerechte Strafe für das, was ich getan hatte.

Nach den ersten vier Disziplinen wurde die offizielle Mittagspause ausgerufen, und Amy machte sich mit Mara auf, um uns etwas zu essen zu besorgen. Tamhas dagegen wollte Drew gratulieren, der beim Hammerwerfen eine ziemlich gute Figur gemacht hatte. Ich stieg von der Tribüne und ging mit meinem Handy in der Hand ein Stück von der Szenerie weg, um für meine Schwestern ein Bild von dem Treiben zu machen.

»Hey, Kenzie.«

Ich zuckte zusammen, denn Edina Henderson war wieder einmal wie aus dem Nichts neben mir aufgetaucht.

»Hey«, sagte ich.

»Ich dachte schon, du wärst gegangen.« Sie sah mich aufmerksam an. »Wie geht es dir?«

Ich hob nur die Schultern. »*Furchtbar* trifft es ganz gut, schätze ich.«

»Ja, ich weiß, was du meinst.« Ihr Blick ging hinüber zu der Menge und zu Finlay, der in einiger Entfernung neben seinem Bruder stand. »Aber wir werden das schon überstehen, irgendwie«, sagte sie, als sie mich wieder anschaute, und lächelte schief.

Ich schnaubte unglücklich. »Redest du das gerade mir ein oder dir selbst?«

»Uns beiden, schätze ich. Aber –«

»Edie!« Wir sahen uns um und ich entdeckte Lyall neben dem Pie-Stand. Lyall in seinem Kilt, die dunklen Haare leicht wellig, weil er bei den Wettkämpfen geschwitzt hatte, das Gesicht noch ernster als vorhin bei der Parade. Mein Herz stockte für eine Sekunde, dann begann es, schmerzhaft schnell zu schlagen. Am liebsten wäre ich zu ihm gelaufen und hätte mich in seine Arme geworfen. Aber ich tat – nichts.

»Er denkt, ich mache dich fertig, weil du ihm wehgetan hast«, raunte Edina mir hastig zu. »Spiel mit, okay?« Sie drehte sich zu ihrem Bruder um und rollte genervt mit den Augen. »Ich unterhalte mich gerade, Lye. Was ist denn?«

»Dein Typ wird verlangt.« Er blieb stehen, wo er war, höchstens fünf Meter von mir entfernt. So nah war er mir nicht mehr gewesen, seit er mich im Krankenhaus zum Abschied geküsst hatte. Jetzt wich er meinem Blick allerdings aus, und ich war dankbar dafür, denn ich schaffte es nicht, das Gleiche zu tun.

»Geht das auch genauer?« Edina tat verärgert.

»Moira sucht dich«, sagte Lyall. »Mum sitzt immer noch in Paris am Flughafen fest, und man will, dass du für sie beim Mittagessen mit dem Bürgermeister einspringst.«

»Das kann Finlay genauso gut machen.«

»Nein, kann er nicht«, beharrte Lyall. »Moira will, dass du es übernimmst.«

Die Geschwister fochten den Rest nur mit Blicken aus, schließlich schnaubte Edina und ging, ohne mich auch nur anzusehen.

»Sorry«, murmelte sie leise. Dann verschwand sie mit ihrem Bruder, während die beiden zischend miteinander stritten. Als sie schon ein ganzes Stück entfernt waren, sah Lyall über seine Schulter zu mir. Der Blick fuhr mir wie ein Schlag in den Magen, obwohl er keinerlei Emotionen zeigte. Vielleicht auch genau deswegen. Weil ich wusste, er würde mich nie wieder anders ansehen als so.

Amy und Mara entdeckten mich, in den Händen Schachteln mit Pommes und etwas anderem Frittierten, das ich nicht identifizieren konnte. Aber ich schüttelte nur den Kopf und ging an ihnen vorbei. Ich hielt es hier nicht mehr aus. Ich konnte Lyall keine einzige Sekunde länger zusehen.

»Hey, wo willst du hin?« Amy schwenkte eine der Pappschalen. »Gleich geht es weiter mit dem Baumstammwerfen. Das ist ein Highlight.«

»Sorry, ich muss los.« Ich deutete in Richtung Campingplatz. »Kleiner Notfall zu Hause. Meine Schwester hat angerufen, sie brauchen meine Hilfe bei dem Kostüm, das Eleni bei der Aufführung in zwei Wochen tragen soll. Also muss ich ihnen einen Fernnähkurs geben. Ich wette, ihr schafft das mit dem Jubeln auch allein.«

»Aber du kommst nachher zum Loch, oder?«, fragte mich Amy. »Wir feiern Drews Sieg oder ertränken seine Niederlage.«

Ich rang mir ein Lächeln ab. »Klar. Das lasse ich mir nicht entgehen.«

Und dann flüchtete ich von der Tribüne, vom Gelände, weg von Lyall und meinen Gefühlen für ihn. Nur dass ich ihnen nicht entkam. Ich konnte lediglich hoffen, dass sie freiwillig verschwanden.

Eines Tages.

Beinahe hätte ich die Party mit den anderen sausen lassen. Aber nach mehreren Stunden des Verkriechens wurde mir Loki wieder einmal zu klein, und ich hatte nichts, wo ich hinkonnte, außer zu dieser Feier am Loch. Also ging ich, und es war ganz nett, denn es gab ein Lagerfeuer mit Marshmallows, und alle zogen Drew damit auf, dass er beim Baumstammwurf nicht mal ansatzweise 12 Uhr getroffen hatte, wie es sein sollte, sondern eher ein klägliches halb drei. Während sie spotteten, achtete niemand auf mich, und ich konnte stumm dasitzen, meinen Becher mit Scotch in der Hand. Aber als kurz darauf die Hendersons Thema wurden, die sich vor allen anderen Kilmore-Mannschaften auf Platz 2 gekämpft hatten, spannte ich mich an.

»Ich will gar nicht wissen, wie viele von den Weibern die

mit in ihre schicken Hotelzimmer nehmen«, lästerte ein Freund von Drew, den ich bis heute noch nie gesehen hatte. »Habt ihr bemerkt, wie die Mädels die drei Kerle angestarrt haben? Als gäbe es unter uns Normalsterblichen keine heißen Typen.«

Na, du bist jedenfalls keiner, du Idiot, dachte ich.

»Nicht die *drei* Kerle«, meldete sich Aaron Delaney, schon deutlich angetrunken. »Die meisten waren nur scharf auf Lyall, so wie immer. Vielleicht sollten wir endlich mal im Ort ans Schwarze Brett schlagen, was er mit Ada gemacht hat. Damit alle gewarnt sind.«

»Nee, selbst das hält sie vermutlich nicht ab.« Drew schüttelte den Kopf. »Es gibt schließlich auch Frauen, die Serienkillern Liebesbriefe in den Knast schreiben, wenn sie nur gut genug aussehen.«

»Immerhin hat Kenzie noch die Kurve gekriegt.« Aaron zeigte auf mich. »Sonst wär sie vermutlich schon längst nicht mehr hier.«

Wut stieg in mir hoch.

»Na, dann müsste ich immerhin nicht dein dummes Gelaber ertragen«, gab ich scharf zurück. Ich hasste es, wenn sie so über Lyall redeten. Als wüssten sie irgendetwas über ihn.

»Oho! Da ist aber jemand bissig heute.« Aaron lehnte sich vor. »Was ist los? Hat er dich etwa rumgekriegt und danach nicht mehr angerufen?«

»Nein, leider war da nichts«, sagte ich und ließ es bedauernd klingen. »Aber falls doch, wäre es sicherlich fantastisch gewesen. Wenn ihr mich fragt – ich für meinen Teil verstehe, warum sich ihm alle an den Hals werfen. Im Gegensatz zu vielen anderen haben die Hendersons nämlich Klasse.«

Manche lachten, weil sie meine Worte für einen Scherz hielten. Der Rest sah mich sensationsgierig an. Ich wusste, sie fragten sich schon länger, ob da was lief.

Aber weil ich keine Lust auf die Spekulationen hatte und sicher nicht auf irgendwelche dämlichen Fragen antworten wollte – geschweige denn noch mehr Lästereien über Lyall ertragen –, stand ich auf, sagte Amy und Mara, dass ich ins Bett gehen wollte, und verschwand dann vom Strand.

Der Weg vom Lagerfeuer am Ufer zurück zum Campingplatz war nicht beleuchtet und ich tastete mich eher durch die Dunkelheit statt etwas zu sehen. Als ich kurz vor der Zufahrt war, hörte ich Geräusche – ein dumpfes Aufkeuchen, einen Schmerzensschrei, ein »Halt ihn fest!« und daraufhin wieder einen Schlag. Schnell begriff ich: Da wurde jemand verprügelt. *Verdammt.*

»Hey!« Sofort setzte ich mich in Bewegung, dorthin, wo ich die Geräusche ausmachte. Es waren vier Typen, das konnte ich trotz des spärlichen Lichts erkennen. Mehrere gegen einen? Wie feige war das denn? Mein Puls schnellte weiter nach oben, und ich begann zu rennen, direkt auf sie zu. Oft war Überraschung die beste Option.

»Hört damit auf und verpisst euch!«, brüllte ich sie an.

Einer von ihnen ließ von seinem Opfer ab und kam auf mich zu – und für eine Sekunde hatte ich Angst, dass er nun mich angreifen würde. Dann zischte er den anderen dreien jedoch knappe Befehle zu und sie rannten zusammen davon. Am liebsten wäre ich ihnen gefolgt, um sie zu stellen, so sauer und voller Adrenalin war ich. Aber es war wichtiger, nach demjenigen zu schauen, den sie verprügelt hatten.

Ich lief eilig zu der Stelle und beugte mich über die verletzte Person, aktivierte meine Handy-Taschenlampe und sah nun das Gesicht des Opfers.

Ein Gesicht, das ich kannte.

Und Blut. Jede Menge Blut.

Großer Gott.

35
Lyall

»Auf Kilmore!«

Der Toast hallte durch den großen Speisesaal des *Grand*, in dem alle wichtigen Leute der Stadt versammelt waren. Das Abschlussessen nach den Highland Games war seit Jahrzehnten eine Tradition – und mein letzter Auftritt hier, bevor ich morgen um ein Uhr mittags in Richtung Bali abfliegen würde. Das Ticket hatte ich bereits vor einigen Tagen gebucht, und eigentlich hätte ich erleichtert sein müssen, Kilmore nach sieben langen Wochen endlich zu verlassen. Aber das war ich nicht. Im Gegenteil, es fühlte sich ziemlich beschissen an.

Früher hatte ich die Spiele gemocht, nicht nur den sportlichen Wettkampf, sondern auch das ganze Drumherum. Aber obwohl ich dieses Jahr besser in Form war als jemals zuvor, war ich doch froh gewesen, als die Wettkämpfe vorbei waren. Nicht nur wegen der Aufmerksamkeit, die ich dadurch auf mich zog, sondern auch wegen Finlay und Edina. Sich in der Nähe des jeweils anderen aufhalten zu müssen, hatte bei beiden sehr gegensätzliche Bewältigungsstrategien ausgelöst: Finlay war übertrieben gut gelaunt und Edina äußerst gereizt gewesen. Und mir war die dankbare Aufgabe des Prellbocks zugefallen. *Yay.*

Und dann war da natürlich Kenzie, die auf der Tribüne gesessen und zugesehen hatte. Zu der mein Blick immer wieder gewandert war, ohne dass ich es verhindern konnte. Vermutlich hätte ich sie nicht vor Edinas Zorn beschützen sollen. Aber meine Gefühle für sie waren immer noch stärker als meine Enttäuschung über unser Ende.

Plötzlich traf mich ein Ellenbogen in die Rippen. Empört wandte ich mich zu meiner Schwester um, die auf einmal neben mir saß. Hatte sie nicht noch vor einer Minute meine Grandma bespaßt?

»Spinnst du? Was soll das?« Ich rückte meine Weste zurecht, die Teil des Outfits jedes Henderson-Mannes im Raum war, genau wie der Kilt und das schwarze Hemd.

»Du guckst, als würde die Welt gleich untergehen. Und die Leute merken das. Also reiß dich zusammen.« Edina sah mich verärgert an und nahm einen Schluck aus meinem Glas. »Wie kannst du ihr auch noch nachtrauern, nachdem sie dich abserviert hat?«

Ich verengte die Augen. »Ich frage mich, warum *du* so wütend auf sie bist«, sagte ich leise. Wir saßen zwar an einer Ecke des Tisches unter Leuten, die sich lebhaft unterhielten, aber man konnte nie sicher sein. »Du hast schließlich genau das Gleiche getan.« Mein Blick ging zu Finlay, der am entgegengesetzten Ende der Tafel saß und gerade über einen Scherz der Vorsitzenden der *Scottish Highland Games Association* lachte. Manchmal beneidete ich ihn um sein schauspielerisches Talent.

»Ich habe *das Gleiche* getan?«, zischte Edina. »Ich habe etwas beendet, das von Beginn an zum Scheitern verurteilt war. Um ihn und mich zu schützen! Ich habe ihm nicht mutwillig wehgetan!«

»Ach nein? Dann hast du nur gesagt, dass eure Gefühle füreinander nicht normal sind, weil du ihn schützen wolltest?

Das hat ja echt super funktioniert, Gratulation. Er hat sich deswegen beinahe selbst auf die Abschussliste gebracht, verflucht!« Ich flüsterte, damit niemand etwas davon mitbekam.

Sie starrte mich an. »Er hat das in Paris mit Absicht getan?«

»Wundert dich das?«, fragte ich schroff. »Du weißt doch, was er für dich empfindet.«

Edina zerrupfte ein Stück Brot aus dem Körbchen vor uns. »Ich wollte doch nur einen Schlussstrich setzen, verdammt! Das Ganze geht jetzt seit Jahren, und auch wenn es noch Jahre so weitergeht, wird sich an der Situation nichts ändern. Also ja, vielleicht war ich unfair, aber dafür ist es jetzt endlich vorbei.« Sie sah zu Finlay hinüber, und ihr Blick verriet mir, es war alles andere als vorbei.

»Wem willst du das verkaufen?« Ich fragte es nicht unfreundlich. Eher müde.

»Vor allem mir«, gab sie zu und holte tief Luft. »Sag mal … was hältst du eigentlich von einem Geschwister-Urlaub, Lye?«

Der Umschwung war etwas zu heftig. »Geschwister-Urlaub?«

»Meine Einführungswoche in London startet erst Mitte September, und die Zeit bis dahin will ich irgendwo verbringen, wo es warm und schön ist. Auf Bali zum Beispiel. Dann hast du ein bisschen Abwechslung von dem Bauprojekt dort und du könntest dich von deinem Exil in Kilmore und dem ganzen Mist hier erholen.« Sie hatte etwas zu laut gesprochen und ein Mann in unserer Nähe sah sie pikiert an. Aber Edina schenkte ihm ihr liebenswürdigstes Lächeln und schon war er besänftigt. »Also, nimmst du mich mit?« Wieder huschte ihr Blick zu Finlay. »Ich kann es gar nicht erwarten, hier wegzukommen.«

Die Entscheidung fiel mir nicht schwer. Zeit mit meiner Schwester und meiner Mutter an einem der schönsten Orte der Welt zu verbringen, das war genau das, was ich nach den letzten Wochen brauchte. Vielleicht würde es dort in Gesellschaft von Edina leichter sein, nicht an Kenzie zu denken.

»Immer doch. Wir fliegen um eins von Edinburgh.«

Später am Abend ließ ich Edina mit der Leiterin der Wettkampfkommission allein und suchte meinen Cousin. Es dauerte ein bisschen, bis ich ihn schließlich in einem der Sessel in Moiras Kaminzimmer fand – ein Glas Scotch in der einen und eine Zigarre in der anderen Hand.

»Weißt du eigentlich, wie klischeehaft du manchmal bist?«, fragte ich zur Begrüßung und ließ mich lächelnd in den Sessel gegenüber fallen.

Finlay stieß den Rauch aus. »Natürlich. Aber die Klischees müssen ja irgendwo herkommen, damit Banausen wie du dagegen ankämpfen können. Gern geschehen.«

Ich sah ihn an. Wie immer war er das perfekte Bild eines Henderson – in Kilt, schwarzem Hemd und Weste noch mehr als sonst. Seine blonden Haare waren jedoch zerzaust, und sein verwaschener Blick sagte mir, dass ihm der Scotch nicht einfach nur schmeckte, sondern ihn auch betäubte. Ich konnte das so gut verstehen.

»Wo ist Logan?« Ich hatte beide zusammen rausgehen sehen.

»Im Bett. Er muss morgen um sechs raus, damit er den Flieger nach Princeton kriegt, wegen seiner Prüfungen. Dieser elendige Streber. Ich habe keine Ahnung, wie wir die gleichen Eltern haben können.« Finlay rutschte noch tiefer in seinen Sessel und lehnte den Kopf an das dunkle Leder.

»Sei froh, dass *er* den Streber gibt, dann muss das niemand von uns machen.«

»Ach, tu nicht so, Lye. Wir wissen beide, dass du genauso schlimm bist wie er. Du verkaufst es nur lässiger.«

Ich grinste, wurde aber schnell wieder ernst. »Wie geht's dir, Fin?«

»Fan*tas*tisch.« Er prostete mir zu. »Ich habe Whiskey, ich habe den zweiten Platz in einem völlig bescheuerten Wettbewerb gemacht, ich habe meinen besten Freund bei mir, wie könnte ich nicht total glücklich sein?« Dann hob er den Finger. »Ach ja, weil die Liebe meines Lebens das leider nicht sein will. Und ich mir deswegen unendlich leidtue.«

»Das kann niemand besser als du«, gab ich neidlos zu.

»Du sagst es. Ich denke darüber nach, die verdammte Uni zu schmeißen, damit ich das den ganzen Tag machen kann.«

Ich warf ihm einen langen Blick zu. »Und womit verdienst du dann dein Geld?«

»Keine Ahnung. Vielleicht mache ich irgendwo eine Strandbar auf. Oder eine Surfschule.«

»Du kannst nicht surfen, Fin«, erinnerte ich ihn.

»Aber ich sehe hervorragend in Shorts aus. Reicht das nicht?«

Er lachte, und ich stimmte mit ein, obwohl es echt nichts zu lachen gab. Dann stand ich auf und holte mir ebenfalls einen Scotch.

»Was ist mit dir?«, fragte Finlay. »Schon voller Vorfreude auf das Bauprojekt auf Bali?«

Ich setzte mich wieder und schwenkte mein Glas. »Ja, aber das wird wohl nicht nur Arbeit. Edie hat vorgeschlagen mitzukommen, damit wir ein bisschen Urlaub machen können.« Ich hob die Schultern.

»Mach das, es wird dir guttun.« Finlay lächelte. »Hauptsache, du kommst hier so schnell wie möglich weg. Je weniger du Kenzie siehst, desto weniger wirst du an sie denken.«

Ein trockenes Lachen entfuhr mir. »Das sagst ausgerechnet *du*?«

»Klar. Du warst schon immer schlauer als ich. Du wirst

meine Fehler nicht nachmachen. Und wenn doch, trete ich dir in den Hintern, verlass dich drauf.«

»Ich würde es nie wagen, daran zu zweifeln.« Wir ließen die Gläser aneinanderklirren, da klopfte es.

Finlay und ich sahen auf. Edina stand mit verschränkten Armen im Türrahmen, aber der Blick aus ihren hellen Augen war viel weicher als ihre Haltung. »Fin? Können wir reden?«

Ich stellte das Glas weg. »Das ist mein Stichwort.« Ich war zwar nicht sicher, ob Finlays Zustand der passende für ein klärendes Gespräch war, aber ich hatte gelernt, den beiden nicht in die Quere zu kommen. Und wenn ich den Ausdruck im Gesicht meiner Schwester richtig deutete, wollte sie sich entschuldigen und keinen Streit anfangen. »Ich geh mal ins Bett. Wir sehen uns morgen.«

Im Vorbeigehen lächelte ich Edina an, raunte ihr ein »Sei nett« zu und schloss dann die Tür hinter mir. Als ich jedoch über den Kiesweg von Moiras Haus zum *Grand* ging, hatte ich plötzlich Lust auf einen Spaziergang. Es war vielleicht merkwürdig, aber ich wollte mich von Kilmore verabschieden, denn ich wusste, so bald würde ich nicht zurückkehren.

Ich ging hinunter in Richtung Loch – dem Teil der Stadt, den ich immer am meisten gemocht hatte. Aber als ich in die Nähe des Ufers kam, sagten mir Gelächter und Musik, dass ich dort nicht in Ruhe Abschied nehmen konnte. Ich wollte den Pfad zum Nordufer einschlagen, um den Lärm hinter mir zu lassen, da zog etwas meine Aufmerksamkeit auf sich: mein Name. Ich blieb im Schatten der Bäume stehen und horchte.

»Die waren alle nur scharf auf Lyall, so wie immer. Vielleicht sollten wir endlich mal im Ort ans Schwarze Brett schlagen, was er mit Ada gemacht hat. Damit alle gewarnt sind.« Das war die Stimme von Aaron Delaney. Klar, dass der Idiot das Thema schon wieder aufwärmen musste. So viel dazu, dass man mich mittlerweile nicht mehr für den Stadtfeind Nummer eins hielt.

»Nee, selbst das hält sie vermutlich nicht ab«, antwortete Drew McCoy ihm. »Es gibt schließlich auch Frauen, die Serienkillern Liebesbriefe in den Knast schreiben, wenn sie nur gut genug aussehen.«

»Immerhin hat Kenzie noch die Kurve gekriegt«, sagte Aaron gönnerhaft. »Sonst wär sie vermutlich schon längst nicht mehr hier.«

»Na, dann müsste ich immerhin nicht dein dummes Gelaber ertragen.« Kenzies Tonfall war schneidend und ich verwundert. Verteidigte sie mich etwa? Ich machte noch einen Schritt nach vorne. Im Schein des Lagerfeuers sah ich sie neben Amy sitzen, den Blick mehr als ernst.

»Oho! Da ist aber jemand bissig heute.« Aaron lachte. »Was ist los? Hat er dich etwa rumgekriegt und danach nicht mehr angerufen?«

»Nein, leider war da nichts«, sagte sie. »Aber falls doch, wäre es sicherlich fantastisch gewesen. Wenn ihr mich fragt – ich für meinen Teil verstehe, warum sich ihm alle an den Hals werfen. Im Gegensatz zu vielen anderen haben die Hendersons nämlich Klasse.«

Ich konnte nicht anders – ich musste lächeln. Kenzie hatte einfach Eier, das war ein Fakt. Obwohl sie nicht mit mir zusammen sein wollte, konnte sie offenbar auch nicht ertragen, dass man diesen Mist über mich erzählte. Nicht der Abschluss für diesen Sommer, den ich mir gewünscht hätte, aber es war der beste, den ich kriegen konnte.

Mit dem Gedanken wandte ich mich ab, ohne noch einmal zu ihr zu sehen, und ging zurück zum Hotel. Ich war gerade an der dunkelsten Stelle des schmalen Pfades, der hinter dem Campingplatz entlangführte, als mich jemand ansprach.

»Hey, Henderson. Ganz allein hier? Das ist aber nicht sehr schlau.«

Langsam drehte ich mich um, vorsichtig, mit einem eiskalten Prickeln im Nacken. Alles in meinem Körper signalisierte Gefahr, Angst schoss mir in die Adern, genauso wie Adrenalin. Ich kannte den Menschen, der diese Worte sagte. Ich hatte ihn jedoch seit drei Jahren nicht mehr gesehen. Und gehofft, ich würde ihn nie wieder zu Gesicht bekommen.

»Sieht so aus, Freddie«, gab ich gespielt lässig zurück. »Du allerdings nicht. Habt ihr einen ruhigen Platz für ein Date gesucht?« Sie waren zu viert, das konnte ich trotz des Dunkels erkennen, vier stämmige Typen, die jetzt auf mich zukamen. *Hau ab*, riet mir mein Überlebensinstinkt, *du bist nicht stärker als sie, aber garantiert schneller. Verschwinde!*

Ich wusste, es war der richtige Impuls. Trotzdem blieb ich wie angewurzelt stehen, nicht fähig, auch nur einen Schritt zu machen.

»So sehen wir uns wieder, Lyall.« Freddie kam näher, bis er direkt vor mir stand. Wir waren gleich groß, aber ich konnte seine Augen nicht sehen – dazu war es zu dunkel. »Ich habe echt lange darauf gewartet.«

Das konnte ich mir denken, genau wie den Grund, warum er hier war.

»Was willst du?«, fragte ich dennoch.

»Als ob du das nicht wüsstest«, antwortete er. »Schönen Gruß von meiner Schwester.«

Dann schlug er zu. Direkt ins Gesicht.

Der Schlag knockte mich fast aus, so heftig war er. Ich taumelte zurück, stieß gegen seine Mitstreiter. Sie hielten mich fest, während Freddie sich vor mir aufbaute und mir in die Rippen hieb, wieder und wieder. Ich konnte nur meine Muskeln anspannen, die Wucht der Schläge so gut wie möglich abfangen. Aber es war sinnlos. Ich wusste, es war vollkommen sinnlos.

Die werden mich umbringen.

Das war der letzte Gedanke, bevor mir jemand auf den Kopf schlug und ich zu Boden stürzte. Ich hatte ihren Schlägen und Tritten nichts mehr entgegenzusetzen, ich konnte mich nicht schützen.

Und ich wusste eins: Sie würden erst zufrieden sein, wenn ich tot war.

36

Kenzie

»Bitte beeilen Sie sich!« Ich legte auf, nachdem ich der Notrufzentrale gesagt hatte, wo ich war. Sie hatten mir versprochen, so schnell wie möglich zu kommen, aber dass wegen der Veranstaltungen in der Stadt viel los wäre und es etwas länger dauern könnte. Seit ich auf ihre Anweisungen hin festgestellt hatte, dass Lyalls Puls fühlbar war und er atmete, waren sie vorerst beruhigt. Aber das galt nicht für mich.

»Lyall … verdammt, Lyall, bitte wach auf.« Zittrig drückte ich erneut meine Finger an seinen Hals und bemerkte erleichtert, dass sein Puls immer noch gegen meinen Daumen schlug. Seine Züge regten sich trotzdem nicht, egal wie sehr ich ihn anflehte, die Augen zu öffnen. Ich überlegte, Hilfe in der Nähe zu holen, aber ich wollte ihn nicht allein lassen.

»Kenzie, bist du das?« Durch die Dunkelheit kam jemand angelaufen. *Amy!* Vor Erleichterung hätte ich beinahe aufgeschluchzt. »Was machst du hier?«, sie kam zum Stehen und schien zu erkennen, dass ich bei jemandem auf dem Boden hockte. »Was ist passiert?«

»Ich habe keine Ahnung! Ich kam hier entlang, und da waren diese Typen, die ihn verprügelt haben! Ich konnte sie verscheuchen, aber er …«

Amy ging neben Lyall auf die Knie und zog eine Taschenlampe von ihrem Gürtel. »Meine Güte«, murmelte sie, als sie das ganze Blut sah. »Das musste ja irgendwann passieren.« Dann brachte sie ihn innerhalb von Sekunden routiniert in die stabile Seitenlage und wandte sich zu mir um. »Hast du den Notruf gewählt?«

»Ja, aber die haben wegen der Spiele so viel zu tun, dass sie zwanzig Minuten brauchen werden, bis sie hier sind.« Ich atmete ein. »Bitte tu irgendwas, Amy!« Schließlich studierte sie Medizin.

Amy stieß die Luft aus. »Hier, mitten im dunklen Wald? Ohne irgendetwas an Ausrüstung?« Sie stand auf. »Er atmet selbstständig, er kann seine Zunge nicht verschlucken, das viele Blut kommt von einer Platzwunde an der Augenbraue, die sich schon schließt. Also sollten wir auf die Ambulanz warten. Zieh deinen Pullover aus.«

Ich tat, was sie sagte, und sie schob meinen Pulli unter Lyalls Kopf, legte zusätzlich ihre eigene Jacke über seinen Körper. Da bewegte er sich plötzlich – und krümmte sich nur eine Sekunde später vor Schmerzen. Sein Fluch war jedoch laut und deutlich.

Amy ging wieder neben ihm in die Hocke. »Nicht bewegen, der Krankenwagen ist gleich da.«

»Nein«, stöhnte er, »kein Krankenwagen.«

Amy und ich wechselten einen Blick im Schein ihrer Taschenlampe. »Können wir ihn erst mal ins Hotel bringen?«, fragte ich, denn ich konnte mir denken, warum Lyall nicht in das örtliche Krankenhaus wollte. Trotzdem musste ihn jemand untersuchen. Vielleicht hatten die Hendersons einen Privatarzt für solche Fälle an der Hand.

»Ist das dein Ernst?« Amy sah zwischen uns hin und her, als frage sie sich, was da lief. Dann seufzte sie. »Okay. Ich hole Drew und Tamhas. Dann können wir ihn ins Hotel bringen und ich kann ihn genauer untersuchen.«

»Drew?«, sagte ich erschrocken. »Er hasst ihn!«

»Hast du eine bessere Idee?«, fuhr sie mich an. »Drew wird selbst Arzt, er hilft, wenn ich ihn darum bitte. Bleib du so lange bei Lyall.« Sie drückte mir ihre Lampe in die Hand, dann war sie auch schon in Richtung des Loch davongerannt.

Ich fiel wieder auf die Knie und strich Lyall die blutverklebten Haare aus der Stirn. »Amy holt Hilfe«, sagte ich leise. »Wie schlimm sind deine Schmerzen?«

Ein Ächzen drang an mein Ohr. »Nicht der Rede wert«, brachte er heraus.

»Du bist ein grauenhafter Lügner.« Ich lächelte, um mir nicht anmerken zu lassen, wie sehr es mich geängstigt hatte, ihn da liegen zu sehen. Wie sehr es mich immer noch ängstigte, nicht zu wissen, ob er stärker verletzt war als auf den ersten Blick sichtbar. Was, wenn es viel schlimmer war? Wenn ihm ernsthaft etwas passierte? Ich merkte, wie mir Tränen in die Augen schossen. »Es tut mir leid«, sagte ich leise. »Es tut mir so leid, was ich zu dir gesagt habe. Ich wollte nicht –«

»Da hinten sind sie!«, unterbrach mich Amys Ruf, und nur ein paar Sekunden später war sie mit Drew und Tamhas bei uns.

Es war so, wie sie gesagt hatte: Keiner der beiden Jungs verlor ein Wort über ihre Abneigung gegen Lyall. Stattdessen fragte Drew ein paar Sachen ab – wo er Schmerzen habe, wo die ihn getroffen hätten, ob ihm schwindlig oder schlecht sei – bevor er mit uns gemeinsam Lyall aufhalf und ihn stützte, bis wir am Hotel angekommen waren.

An der Rezeption vorbeizukommen war kein Problem, weil Amy mal in den Weihnachtsferien im *Grand* gearbeitet hatte und deswegen wusste, wie man durch den Personaleingang kam. Tamhas und Drew warteten mit Lyall im Schatten, bis wir meldeten, dass die Luft bis zum Aufzug rein war. Dann noch durch den Gang bis zu seiner Suite und wir hatten es geschafft.

»Wir legen ihn am besten aufs Bett.« Drew half mir, Lyall bis ins Schlafzimmer zu bringen, und ich sorgte dafür, dass er sich hinlegte. Beunruhigt sah ich in sein Gesicht, das unter dem Blut leichenblass war. Er hatte das Bewusstsein auf dem Weg nicht wieder verloren, aber jetzt wirkte er, als würde er jeden Moment erneut wegdriften. Sanft strich ich ihm über die Wange, es schien ihm jedoch Schmerzen zu verursachen, deswegen nahm ich die Hand wieder weg.

»Kenzie?« Amy holte mich aus meiner Sorge. »Kannst du im Bad ein Tuch nass machen? Wir müssen das Blut wegwischen.«

»Ja, mache ich.« Ich löste meinen Blick von Lyall und ging nach nebenan in das unanständig riesige Badezimmer. Auf dem Vorsprung neben den Fläschchen mit Duschgel und Shampoo lag ein Stapel kleiner Handtücher. Ich griff mit zittrigen Händen danach, tränkte eines mit warmem Wasser und nahm ein zweites trocken mit.

Als ich ins Schlafzimmer zurückkam, öffnete Amy gerade vorsichtig Lyalls Weste und danach sein Hemd, dann tastete sie seinen Brustkorb und den Rest seines Oberkörpers ab. Lyall atmete scharf ein, als sie seine Schulter befühlte und den Arm etwas bewegte. Ich setzte mich neben ihn aufs Bett und wollte ihm das Blut aus dem Gesicht waschen. Aber er nahm mir das Tuch aus der Hand. »Ich schaffe das schon selbst«, murmelte er, so als wäre es unerträglich für ihn, wenn ich ihn berührte.

Ich erhob mich und trat ein paar Schritte zurück, da kam Tamhas herein und gab Drew einen Koffer. »Hier, aus deinem Auto.« Ich hatte gar nicht gemerkt, dass er weg gewesen war.

»Danke, Mann.« Drew klappte den Deckel auf, und ich sah, dass es ein professionell bestückter Notfallkoffer war. Irgendwie beruhigte mich das ein bisschen. Amy und er wussten, was sie taten, oder? Sie würden ihm helfen.

»Drew?« Amy sah zu ihm hoch. »Sag mir, was du davon hältst.« Sie zeigte ihm die Stelle an Lyalls Schulter, wo er zusammengezuckt war, als sie ihn abgetastet hatte. Drew wiederholte das nun ebenso vorsichtig wie sie, aber Lyall stöhnte trotzdem durch seine zusammengepressten Zähne. Der Laut reizte jeden Nerv in meinem Körper, als wären es meine eigenen Schmerzen.

»Geprellt, nicht gebrochen«, war Drews Diagnose.

»Ja. Sehe ich auch so.« Amy nickte und desinfizierte die Platzwunde an der Augenbraue, um zwei Klammerpflaster draufzukleben. Danach richtete sie sich auf und sah Lyall an. »Du könntest trotzdem innere Verletzungen haben, die man nur auf einem *CT* erkennen kann. Es ist extrem leichtsinnig, nicht ins *Community Hospital* zu gehen, um dich durchchecken zu lassen.«

»Ist zur Kenntnis genommen«, sagte er, und es war klar, dass er bei seiner Meinung bleiben und sich nicht im Krankenhaus untersuchen lassen würde. »Danke, euch allen dreien. Ich weiß, dass ihr mir nicht helfen müsstet.«

»Doch«, widersprach Drew. »Wir helfen jedem, wenn es nötig ist. Sogar dir.« Er nahm etwas aus seinem Koffer und trat neben Lyall ans Bett. »Es sieht so aus, als hättest du Glück gehabt – die Rippen sind aller Wahrscheinlichkeit nach nicht gebrochen und die Platzwunde an der Augenbraue wird dir höchstens eine Narbe bescheren. Du kannst ein paar *Ibuprofen* einwerfen, wenn die Schmerzen zu schlimm werden.« Drew gab ihm eine Blisterverpackung mit Tabletten und sah dann mich an. »Es muss aber unbedingt jemand über Nacht bei ihm bleiben. Falls ihm übel wird, er stärkere oder andere Schmerzen hat als bisher, muss er sofort professionell versorgt werden.« Sein Blick sagte mir, dass besser nicht ich diesen Job übernehmen sollte.

»Ich werde sehen, ob ich Edina oder Finlay erreichen kann,

und bleibe solange hier«, sagte ich. Das war wohl das Beste für uns beide.

»Gut, dann gehen wir jetzt.« Drew lächelte mir zu und nahm seinen Koffer. Ich sah die Sorge in seinem Gesicht, aber er schien zu ahnen, dass er mich nicht überzeugen konnte, mitzukommen. »Wenn etwas ist – Krankenhaus, okay?« Er sah Lyall so streng an, dass der sogar nickte und sich noch einmal bedankte. Drews letzter Blick galt jedoch mir. »Wir sehen uns morgen, Kenzie.« Dann zog er die Tür der Suite hinter Amy, Tamhas und sich zu.

Und ich blieb mit Lyall allein.

37
Lyall

Die Stille zwischen Kenzie und mir war schlimmer als das dumpfe Pochen in meiner Schläfe oder der hämmernde Schmerz in der Schulter. Drew hatte zwar recht, ich hatte Glück gehabt. Warum auch immer Freddie und seine Freunde von mir abgelassen hatten … ich war glimpflich davongekommen. Aber ich spürte keine Erleichterung deswegen.

»Kannst du mir Edinas oder Finlays Nummer geben?«, fragte Kenzie mich. Sie stand zwischen Bett und Fenster, ihr Telefon in der Hand. Obwohl mein Körper an jeder Ecke schmerzte, bemerkte ich, wie unglaublich heiß sie in diesem Schottenrock aussah. Bis mir auffiel, dass sie eine Frage gestellt hatte.

»Ich rufe sie selbst an«, sagte ich und griff nach den Schmerztabletten auf dem Nachttisch, um zwei davon zu nehmen. »Du kannst ruhig gehen.«

»Dann warte ich, bis einer von ihnen da ist.«

»Nicht nötig.«

»Drew hat gesagt –«

»Ich weiß, was Drew gesagt hat«, unterbrach ich sie schroff. »Es ist das, was jeder Arzt in so einer Situation rät. Aber ich kenne meinen Körper und weiß, wann es ernst ist. Das hier sind nur Kratzer.« Ich setzte mich auf und zog umständlich die Weste und das blutverschmierte Hemd aus. »Alles, was ich brauche, sind frische Klamotten und eine Dusche. Du musst mich nicht babysitten.«

Ich stand auf und wollte zum Schrank, da wurde mir plötzlich schwindelig und dann auch schwarz vor Augen. Blitzschnell war Kenzie neben mir und packte mich an den Armen.

»Nur Kratzer, hm?«, sagte sie verärgert, während mein Kreislauf wieder ansprang. »Völlig egal, was du erzählst, ich lasse dich in dem Zustand nicht alleine. Also rufst du entweder jemanden an oder ich bleibe hier.«

Sie war mir so nah in diesem Moment, und obwohl ich immer noch gegen den Schwindel kämpfte, war mir das sehr bewusst – und Kenzie auch, das sah ich ihr an. Aber bevor die Spannung zwischen uns kritische Werte erreichen konnte, ließ ich mich wieder aufs Bett sinken.

»Ich will nicht, dass jemand aus der Familie etwas davon mitbekommt«, sagte ich.

Sie setzte sich auf den Sessel neben meinem Bett. »Warum, weil das Ärger gibt? Wer waren diese Typen, die dich zusammengeschlagen haben? Kanntest du sie?«

Ich schüttelte den Kopf. »Keine Ahnung, wer es war«, log ich. »Wahrscheinlich haben ein paar Leute aus Kilmore im Suff ihre Chance genutzt, mich allein zu erwischen.« Wenn ich Kenzie sagte, dass ich Adas Bruder Freddie sehr wohl erkannt hatte, würde sie mich drängen, zur Polizei zu gehen und ihn anzuzeigen. Und warum ich das nicht tun konnte, wollte ich ihr nicht erklären.

»Zum Glück waren sie nicht darauf gefasst, gestört zu werden.« Sie zupfte an dem Pullover von mir herum, der auf der Sessellehne neben ihr lag.

»Was meinst du damit?« Fragend sah ich sie an.

»Ganz einfach: Ich habe sie angeschrien und damit in die Flucht geschlagen.«

»Du hast sie vertrieben? Allein?« Wieder fuhr mir Angst in die Knochen. Freddies Mission war völlig klar gewesen, und er hätte genauso gut Kenzie etwas antun können. Sie hatte keine Ahnung, wie sehr sie in Gefahr gewesen war. Oder dass sie mir das Leben gerettet hatte.

»Ich kann sehr Furcht einflößend sein, frag meine Schwestern.« Sie hob lächelnd die Schultern, und ich spürte, wie Zuneigung mein Herz flutete. Diese Frau war wirklich unglaublich in jeder Hinsicht. Aber ich war zu verliebt in sie, um ihr das zu sagen.

»Das stimmt«, sagte ich stattdessen und konnte nicht verhindern, dass es bitter klang. »Wenn du jemanden abservierst, machst du das nicht gerade sanft.«

Kenzie senkte den Blick. »Es tut mir leid, Lyall.«

»Das muss es nicht«, antwortete ich. »Es war nicht sonderlich sensibel, wie du es beendet hast, aber es war dein gutes Recht, es zu tun.«

Sie atmete ein, Tränen stiegen ihr in die Augen, und ihre Nasenflügel weiteten sich, als wolle sie um jeden Preis verhindern, loszuheulen. Und dann war da dieser Blick, so traurig und verzweifelt, dass es mir das Herz brach. Aber im nächsten Moment stand sie auf und wandte sich ab, ging zum Fenster. Ich sah ihre Schultern beben und hasste es, dass ich nicht aufstehen konnte, ohne einen Zusammenbruch zu riskieren.

»Kenzie?« Ich brachte mich immerhin in eine halbwegs aufrechte Position und ignorierte den Schwindel. »Wenn ich irgendetwas gesagt habe, das –«

»Sei still, Lyall!« Sie drehte sich um. »Du hast nichts falsch gemacht, verstehst du das nicht?« Sie presste die Lippen aufeinander, und als sie mir für einen Moment in die Augen sah, bemerkte ich, dass sie das die ganze Zeit über vermieden hatte. Ich hatte gedacht, es läge daran, dass es ihr unangenehm war. Aber was ich jetzt sah, war keine Befangenheit oder ein schlechtes Gewissen. Es war *Sehnsucht*. So schlicht und klar, dass der Frust in mir überkochte.

»Dann erklär es mir, zum Teufel noch mal!«, rief ich, weil ich es einfach nicht verstand. »Wieso stehst du hier und weinst, obwohl *du* das mit uns beendet hast?!«

»Weil ich es nie beenden wollte!«, platzte es aus ihr heraus.

Ich starrte sie an.

»Was?«, fragte ich leise.

»Ich wollte das nicht! Ich wollte dir nicht sagen müssen, dass aus uns nichts wird! Im Gegenteil: *Du* bist alles, was ich je wollte!« Sie ballte die Fäuste. »Aber ich hatte keine Wahl. Verdammt noch mal, es ging um dein ganzes weiteres Leben! Wie hätte ich mich da weigern können?«

Mir kam ein grauenhafter Verdacht. »Bei was weigern?«

Kenzie schlang die Arme um ihren Körper. »Du würdest zu viel verlieren, wenn du mit mir zusammen bist. Deine Zukunft, deine Familie … alles. Und da konnte ich doch nicht … ich konnte nicht so egoistisch sein und an mich denken, verstehst du?«

Und plötzlich tat ich genau das. Mit einem Mal verstand ich ihr Verhalten in den letzten Tagen und auch die Wahl ihrer Gründe, als sie gesagt hatte, sie hätte keine Gefühle für mich. Sie hatte das genommen, was mir am meisten wehtat, damit ich gar nicht erst auf die Idee kam, sie deswegen zur Rede zu stellen. Wie hatte ich so dämlich sein und das nicht bemerken können? Ich war seit fast 22 Jahren ein Henderson. Ich wusste, was es bedeutete, ein Teil dieser Familie zu sein.

»Wer?«, fragte ich und konnte meine Wut kaum zurückhalten. »Wer hat dich dazu gezwungen?«

Sie schüttelte den Kopf. »Niemand hat mich gezwungen. Edina war bei mir und hat –«

»Edina?«

»Sie hat es nur gut gemeint«, sagte Kenzie hastig. »Deine Schwester hat mir erzählt, was du vorhast mit dem Rat und dass du deinen Aufenthalt hier in Kilmore nicht versauen darfst. Und dass es das in Gefahr bringt, wenn wir beide … du weißt schon.« Sie zögerte, und ich wusste, das war nicht alles.

»Was noch?« Ich fragte es leise, weil ich nicht wusste, ob ich es wissen wollte.

»Das kann ich dir nicht sagen. Du würdest was Dummes machen, wenn du es wüsstest.«

»Ich kann gerade nicht einmal aufstehen«, erinnerte ich sie. »Also besteht kein Risiko, dass ich losziehe und jemanden erwürge, wenn du es mir verrätst.«

Sie holte Luft, nur halb überzeugt. Aber dann sprach sie doch. »Wenn du deine Auflagen hier verletzt, bleibt dir nicht nur der Platz im Rat verwehrt. Sie werden dich ganz aus der Familie werfen, so wie Jamie. Edina hat das rausbekommen und mich deswegen gebeten, das mit uns zu beenden. Damit du dich nicht entscheiden musst. Und damit du in Sicherheit bist.«

Ich schluckte und wusste darauf nichts zu antworten. Fassungslos sah ich Kenzie an, die immer noch vor dem Bett stand, Tränen im Gesicht und Schuldgefühle im Blick. Und ich begriff, was sie da für mich auf sich genommen hatte.

»Dann … war *nichts* davon wahr?«, fragte ich. »Von allem, was du gesagt hast?«

Sie schüttelte nur den Kopf, und in diesem Moment aus Kummer und Verzweiflung wusste ich mit absoluter Gewissheit, dass es etwas gab, das stärker war als alle Intrigen dieser Welt: nämlich das zwischen uns. Alles war genau so echt und großartig gewesen, wie ich es gefühlt hatte. Wie *wir* es immer noch fühlten.

Ich stand auf, diesmal hielt das Adrenalin den Schwindel in Schach, und mit wenigen Schritten war ich bei Kenzie. Ich schloss sie endlich wieder in die Arme, drückte sie fest an mich, ignorierte den Schmerz, der mir dabei durch die Schulter fuhr. Er war nichts gegen das, was wir hinter uns hatten. »Es tut mir leid. So unendlich leid.« Ich wusste, dass Edina nur mein Bestes im Sinn gehabt hatte. Dass sie mich hatte beschützen wollen. Aber sie hätte das niemals auf Kenzies Kosten tun dürfen.

»Nein, mir tut es leid.« Sie schlang ihre Arme um meine Mitte und schmiegte ihr Gesicht an meine Brust. Aber dann ließ sie mich wieder los, und das Bedauern in ihren Augen wurde übermächtig. »Ich hätte mit dir reden müssen, ich –«

»*Schhhht.* Du musst nichts sagen.« Ich unterbrach sie, indem ich sie küsste, so zärtlich und liebevoll ich konnte. Es war, als hätte ich das jahrelang nicht mehr getan, so sehr hatte es mir gefehlt. »Sofern du nicht wieder einfach aus meinem Leben verschwindest. Ganz egal, was die dann mit mir machen.«

»Werde ich nicht.« Kenzie erwiderte den Kuss vorsichtig, und als sie mich danach losließ, sorgte die offene Zuneigung in ihrem Blick sofort dafür, dass ich mich besser fühlte. »Ich habe dich so vermisst«, sagte sie leise und die Erleichterung in ihrer Stimme war beinahe greifbar.

Ich streichelte ihre Wange und sah ihr in die Augen. »Nicht so sehr wie ich dich.«

»Das kann gar nicht sein. Zumindest nicht, nachdem ich dich im Kilt gesehen habe.« Sie grinste und ich spürte meine Rippen.

»Bring mich nicht zum Lachen«, bat ich.

»Okay. Dann bringe ich dich stattdessen ins Bad.« Sie umschlang mich vorsichtig mit einem Arm und stützte mich, bis wir nebenan waren und ich mich auf den Rand der Badewanne setzen konnte. »Ist dir noch schwummrig?«

»Nein, es geht schon, wenn ich mich nicht zu viel bewege.«

Ich griff nach meiner Trainingshose, die neben mir lag. Aber als ich die Schnallen des Kilts in Angriff nahm, schob Kenzie meine Hände weg.

»Keine Anstrengungen«, mahnte sie und machte sich selbst daran, den Kilt zu öffnen. Ich wollte ihr sagen, dass es meinen Puls nicht gerade beruhigte, wie sie da vor mir kniete. Aber da stieß sie schon einen frustrierten Laut aus, die Finger an der dritten Schnalle.

»Das Teil sieht verflucht heiß an dir aus«, sagte sie, »aber für eine schnelle Nummer ist es echt ungeeignet.«

»Bei einer schnellen Nummer lässt man ihn auch einfach an.« Ich grinste leicht, hatte die Schnallen trotz der Schmerzen innerhalb von Sekunden geöffnet und schlug den Stoff zurück. Kenzie zog die Augenbrauen zusammen. »Was?«, fragte ich.

»Du hast Boxershorts drunter.« Sie klang irgendwie enttäuscht.

»Natürlich.« Ich hob eine Augenbraue und zuckte zusammen, weil es die Seite mit der Platzwunde war. »Wir leben im 21. Jahrhundert. Hat dir das keiner gesagt?«

»Doch, aber …«

Ich musste lächeln, während ich meine Hose überzog und aufstand, prüfend, ob mein Kreislauf mitmachte. »Ich verspreche dir, bei der nächsten Gelegenheit trage ich den Kilt ganz oldschool. Deal?«

»Deal.« Ihr Lächeln wurde ein bisschen unanständig.

Ich stöhnte. »Bitte tu das nicht.«

»Was denn?«

»Du denkst an Dinge, zu denen ich heute Abend beim besten Willen nicht in der Lage bin.« Auch wenn das gewisse Teile von mir nicht interessierte, wusste ich, allein der Versuch würde enorm wehtun. Und Schmerzen waren alles andere als sexy.

»Das würde ich nie tun.« Sie beugte sich vor und ihr Kuss strafte ihre Worte Lügen. Aber dann griff sie nach einem frischen Handtuch. »Und jetzt sollten wir dringend das restliche Blut aus deinem Gesicht verschwinden lassen. Du siehst aus, als würdest du bei *Fight Club* mitspielen.«

Eine Viertelstunde später war ich halbwegs sauber und legte mich wieder ins Bett, lädiert, aber trotzdem so glücklich wie seit gefühlten Ewigkeiten nicht mehr. Kenzie zog sich schnell noch eines meiner Shirts über, damit sie nicht in ihren Klamotten schlafen musste, dann kam sie mir nach und zog die Decke über uns beide. Ich streckte mich aus und nahm sie in meinen unverletzten Arm, atmete den Geruch ihrer Haare ein, eine Mischung aus ihrem typischen Duft und dem Lagerfeuer, an dem sie gesessen hatte. Und erst in diesem Moment konnte ich mich wirklich entspannen.

»Eigentlich sollte ich gehen«, sagte Kenzie. »Wenn uns jemand erwischt …«

»Hier kommt niemand rein und es ist schon spät. Heute sind wir sicher.« Ich legte mich etwas bequemer hin und spürte, wie die Schmerztabletten langsam Wirkung zeigten. »Versprich mir, dass du das nie wieder tust«, murmelte ich leise, ohne zu erklären, was ich damit meinte. Sie verstand es auch so.

»Ich verspreche es«, flüsterte sie. Dann griff sie nach dem Lichtschalter neben dem Bett und es wurde dunkel im Zimmer. Aber trotzdem hatte ich das Gefühl, es wäre endlich wieder hell. Kenzie war bei mir. Wir würden uns nicht mehr auseinanderbringen lassen. Egal, was uns bevorstand: Alles würde in Ordnung kommen.

Wenn ich mir bei etwas sicher war, dann dabei.

38
Kenzie

Der Morgen kam mit Sonne und Erinnerungen, die mich alle auf einmal überfielen, als ich aufwachte und bemerkte, neben wem ich lag. Lyall schlief noch, und ich lächelte schief, als ich die geklammerte Wunde an der Braue sah. Sanft ließ ich meine Finger über seine Wange gleiten und atmete auf, als er die Augen öffnete.

»Hey, Miss Bennet«, murmelte er.

»Hey, Mister Darcy«, flüsterte ich. »Wie fühlst du dich?«

»Als hätte mich Lady de Burgh mit der Kutsche durch den Park geschleift.« Er bewegte probehalber die Schultern und verzog das Gesicht. »Aber keine Sorge, so schnell gehe ich nicht kaputt. Schon gar nicht, wenn es diese furchtlose Heldin gibt, die mich bei Bedarf rettet.«

Ich lächelte wieder und beugte mich vor, um ihm einen Kuss auf die Lippen zu drücken. Dabei fiel mein Blick auf seine Armbanduhr, die auf dem Nachttisch lag. »Ich sollte gehen«, sagte ich leise. »Wir haben kurz nach sieben, jetzt schaffe ich es vielleicht noch aus dem Hotel, ohne dass mich jemand sieht.«

»Vergiss es, du gehst nirgendwohin.« Er schlang die Arme um mich. »Die Zimmermädchen sind längst da, und ich kann dich jederzeit rausschleusen, ohne dass es jemand merkt. Also bleib hier, okay? Ich bin verletzt, ich brauche Betreuung.«

»Brauchst du nicht.« Ich schmiegte mich trotzdem wieder an ihn. Nach gestern wusste ich, dass ich mich nicht von ihm fernhalten konnte. Aber die Bedrohung war deswegen nicht verschwunden. »Sicher, dass du nicht zu viel riskierst?«, fragte ich. »Ich will nicht, dass du gezwungen wirst, dich zwischen deiner Familie und mir entscheiden zu müssen.«

»Vielleicht ist es ein Risiko«, gab er ehrlich zu. »Aber ich werde schon einen Weg finden, wie ich die alte Hexe davon abhalten kann, mich in die Verbannung zu schicken. Und wenn ich ihren Fahrer William bitten muss, sie nach Alaska zu kutschieren und dort auszusetzen.« Er strich mir eine Haarsträhne zurück und fuhr mit dem Daumen über meine Unterlippe. Fast brachte er mich dazu, ihn zu küssen. Aber nur fast.

»Das klingt nicht nach einem guten Plan«, kommentierte ich seinen Scherz. Die Angst davor, was passieren könnte, wenn wir unvorsichtig waren, ließ sich nur schwer abschütteln.

»Fürs Erste habe ich nur den Plan, dich daran zu hindern, dieses Bett zu verlassen«, witzelte Lyall und berührte meine Wange. »Und wie du siehst, mache ich das richtig gut.«

»Sei nicht blöd.« Ich stieß ihn gegen die Schulter und fuhr erschrocken zurück, als er zusammenzuckte. »Mist, tut mir leid! Alles okay?«

»Alles super«, ächzte er und hatte mich in der nächsten Sekunde wieder in seinen Armen. »Kenzie, meine Zukunft ist meine Sache. Es ist schlimm genug, dass Edina dir die Verantwortung dafür aufgeladen hat. Ich will nicht, dass so was noch einmal passiert.« Er berührte mit seiner Nase meine. »Ich will dich nicht verlieren. Nie mehr.«

Ich sah ihn an und da war es plötzlich: ein tiefes, echtes Gefühl von absolutem Glück.

»Nie mehr?«, flüsterte ich.

»Nie mehr.« Lyall lächelte und küsste mich sanft, aber dann räusperte er sich und seine Haltung veränderte sich plötzlich. »Oder wie Mister Darcy sagen würde: Vergebens habe ich dagegen angekämpft. Es geht einfach nicht. Meine Gefühle lassen sich nicht unterdrücken. Sie müssen mir gestatten, Ihnen zu sagen, wie glühend ich Sie verehre und liebe.«

Ich bemühte mich, ernst zu bleiben, und straffte meine Schultern. »Ich weiß Ihr Ringen zu würdigen«, sagte ich dann hoheitsvoll. »Und wenn Sie durch mich Schmerzen erlitten haben, tut es mir leid. Es war nicht meine Absicht und geschah in Unwissenheit.«

Lyall runzelte die Stirn. »Das ist aber aus dem Film, oder?«

»Aus dem Theaterstück meiner Schwester«, gab ich grinsend zu und hätte ihn wohl noch einmal geboxt, wenn nicht der schillernde Bluterguss an seiner Schulter mich daran erinnert hätte, dass ihm das ernsthaft wehtun würde. »Nicht jeder von uns war in Eton, du Snob.«

»Glaub mir, da hast du nichts verpasst.« Lyall streichelte mich, dann lehnte er seine Stirn an meine und sein Gesicht wurde sehr ernst. »Vertraust du mir, Kenzie?«

»Voll und ganz«, antwortete ich ohne Zögern.

»Dann vertrau mir, dass ich das regeln werde. Ich bin gut in so was.« Er lehnte sich vor und küsste mich, und in den nächsten Minuten gab es absolut nichts zu sagen. Aber als ich draußen im Park Geräusche hörte, hielt ich inne und lehnte mich in die Kissen, ganz benebelt davon, dass wir uns tatsächlich wiederhatten.

»Woran denkst du?«, fragte Lyall.

»Daran, wie es jetzt weitergeht«, gab ich zu.

»Ich hätte da ein paar Ideen«, grinste er. »Aber falls du meinst, wie es nach heute Morgen weitergeht … warst du mal auf Bali?«

Ich schnaubte belustigt. »Nein, noch nie.«

»Willst du mal hin? Edina und ich wollten dort Urlaub machen, weil Mum mich gebeten hat vorbeizuschauen. Sie hat sicher nichts dagegen, wenn du auch mitkommst.«

»Bist du irre?« Erschrocken sah ich ihn an. »Ich kann nicht mit dir in den Urlaub fahren. Wenn das jemand aus deiner Familie mitkriegt!«

»Ich lasse Mum dir einfach ein Praktikum anbieten. Dann sind wir safe.« Lyall vergrub sein Gesicht an meinem Hals. »Komm schon, Miss Bennet«, murmelte er. »Lass uns eine Woche abhauen, an einen Ort, wo sich niemand für uns interessiert. Das Resort auf Bali liegt einsam am Meer und ist komplett von der Außenwelt abgeschnitten. Außerdem können wir den ganzen Tag im Bett bleiben. Ich nehme sogar den Kilt mit, wenn du willst.«

»Wie könnte ich da Nein sagen?« Ich lachte und war plötzlich aufgeregt, als mir klar wurde, dass er das tatsächlich ernst meinte. Und immer, wenn ich aufgeregt war, verfiel ich in Aktionismus. »Ich müsste nur ein paar Sachen holen, Drew wegen Loki Bescheid geben und Paula eine Nachricht schicken, ob sie mir auch eine Bescheinigung gibt, wenn ich eine Woche eher verschwinde. Am besten mache ich das direkt jetzt.« Ich schlüpfte unter der Decke hervor und wollte aufstehen, da zog mich Lyall wieder zurück ins Bett.

»Eine Minute noch«, raunte er leise.

Dann küsste er mich erneut, und ich spürte sofort, dass keiner von uns es länger schaffte, sich zurückzuhalten – oder das, was in uns nacheinander verlangte. Lyalls Hände fuhren durch meine Haare, meinen Nacken, ich öffnete meine Lippen für ihn und er ließ sich nicht zweimal bitten. Ich strich über seinen Oberkörper, berührte dabei seine lädierte Schulter … und er konnte das schmerzhafte Keuchen nicht unterdrücken.

Sofort hielt ich inne.

»Hey, stopp, du bist verletzt. Wir sollten nicht …« Ich ließ den Rest des Satzes in der Luft hängen, während allein sein Körper, den ich deutlich spürte, meine Vernunft ernsthaft ins Wanken brachte.

»Doch, sollten wir«, sagte er rau. »Sollten wir unbedingt.« Er beugte sich vor und küsste mich wieder, diesmal tief und fordernd, sodass ich kaum noch widerstehen konnte.

Es ist so unvernünftig.

Das war mein erster Gedanke.

Aber so verdammt gut.

Das war der zweite und letzte.

In den Highlands waren wir hastig gewesen und ungeduldig, und auch diesmal zitterten meine Hände vor unterdrücktem Verlangen, weil ich Lyall zwei lange Wochen nicht auf diese Art hatte nah sein dürfen. Aber ich ließ mir dennoch Zeit, um jeden Zentimeter seiner Haut zu berühren, jeden Muskel unter meinen Fingern zu spüren, jede seiner Reaktionen in mich aufzunehmen. Nicht nur, weil ich ihm nicht wehtun wollte. Sondern weil ich mir vorgenommen hatte, das hier bis zum Letzten auszukosten.

Er atmete scharf ein, als ich versehentlich eine Stelle berührte, die gestern etwas abbekommen haben musste.

»Entschuldige«, flüsterte ich und küsste als Wiedergutmachung sein Schlüsselbein.

»Halb so wild«, murmelte er. Dann griff er nach dem Saum meines Shirts und schob es quälend langsam nach oben, während er mich ansah, in seinem Blick nichts außer der Gewissheit, dass er mich wollte. Jeder Kontakt seiner Finger mit meiner Haut schickte Schauer in die Mitte meines Körpers, wo sich bereits so viel Hitze gesammelt hatte, dass ich glaubte, eine weitere Berührung würde mich explodieren lassen. Also befreite ich uns von allem lästigen Stoff, der noch übrig war, ließ meine Finger über Lyalls nackte Haut nach unten wandern und sah ihm tief in die Augen, als er unter meiner Hand aufkeuchte.

Lange ließ er mich jedoch nicht gewähren. In der nächsten Sekunde war er über mir und stützte sich mit seinen Armen neben mir ab. Ich liebte diese Position, weil die Aussicht unbezahlbar war. Aber ich erkannte in Lyalls Gesicht, dass der Schmerz in seiner Schulter es fast unmöglich machte, sich so zu halten.

»Hey«, flüsterte ich dicht an seinen Lippen und schob ihn von mir, damit er sich auf den Rücken legte. »Lass mich mal.« Ich glitt rittlings auf ihn, strich mit den Händen über seinen Oberkörper und genoss den Blick, mit dem Lyall mich bedachte, diese Mischung aus rohem Verlangen und hingebungsvoller Sehnsucht.

Er zog mich zu sich herunter, holte nebenbei irgendwoher ein Kondom, und ich konnte es kaum erwarten, endlich wieder zu spüren, wie es war, wenn uns nichts mehr voneinander trennte. Und dann senkte ich mich auf ihn, bestimmte unseren Takt, und sorgte schließlich dafür, dass Lyall meinen Namen auf eine Art ausstieß, als hätte ich es in der Hand, ihn endgültig zu retten oder zu zerstören.

Dabei war die Entscheidung darüber doch längst gefallen.

39
Kenzie

Der Tag war irgendwie heller als alle anderen in der letzten Zeit, als ich eine Stunde später aus dem Personaleingang trat und den Weg hinunter in den Park nahm. Passend zu diesem mehr als nur perfekten Morgen begegnete ich niemandem aus Lyalls Familie, und das Personal interessierte sich nicht für mich – ich war schließlich in den letzten Wochen oft genug bei Mister Adair gewesen, um ihn wegen der Werkstatt etwas zu fragen. Also lief ich nicht nur beschwingt, sondern auch vollkommen unbehelligt durch den Park in Richtung Campingplatz. Im Kopf ging ich bereits durch, was ich alles mitnehmen musste für einen Trip nach Bali. Wahrscheinlich brauchte ich nur die kurzen Klamotten, meinen Badkram, vielleicht die zusätzlichen Sandalen … aber wieso eigentlich, wenn Lyall und ich das Bett doch gar nicht verlassen wollten? Bei dem Gedanken daran grinste ich breit. Wie glücklich konnte man wohl sein, bevor man ausflippte?

Ich war gerade am Zaun, als mein Handy klingelte. Umständlich schälte ich es aus der Rocktasche und sah *Anonym* auf dem Display stehen. Dennoch ging ich dran, vielleicht war es etwas Wichtiges.

»Hallo?«

»Spreche ich mit Kenzie Stayton?« Es war eine weibliche Stimme, nicht jung, aber auch nicht zu alt, die mich das fragte.

»Ja, das bin ich.« Ich klemmte das Handy zwischen Ohr und Schulter, um über den Zaun zu klettern, in Gedanken nur bei Lyall. Brauchte ich Sonnencreme oder gab es im Hotel welche? Hatte ich überhaupt eine Reisetasche im Camper? Eigentlich lud ich ja alles direkt ein. Aber irgendwo musste noch mein Rucksack sein …

»Die Kenzie Stayton, die gestern Abend verhindert hat, dass Lyall Henderson zusammengeschlagen wurde?«

Ich sprang vom Zaun und blieb stehen. Woher wusste sie das? »Wer sind Sie?«

»Jemand, der dich warnen möchte. Dein Freund ist nicht das, was er zu sein vorgibt. Und du tust gut daran, ihm nicht zu vertrauen, ganz egal, was er dir über sich erzählt.«

»Hören Sie«, sagte ich höflich, obwohl ich eigentlich total genervt war. »Ich verstehe, dass Sie denken, Sie müssten mich beschützen. Jeder in Kilmore denkt das. Aber ich versichere Ihnen, es ist nicht nötig. Ich weiß, wer Lyall ist. Und ich vertraue ihm vollkommen.«

»Dann sagt er dir also immer die Wahrheit? Über alles?«

Ich hätte auflegen sollen, weil es langsam wirklich bescheuert wurde. »Es geht Sie absolut nichts an, aber ja, er sagt mir die Wahrheit. Über alles.«

»Auch über Ada Warner?«

»Auch darüber«, beharrte ich, obwohl sich meine Nackenhaare aufstellten, als ich den Namen hörte. Er wurde voller Schmerz und Wut ausgesprochen, als hätte diese Frau am anderen Ende Ada sehr gut gekannt. »Ich weiß, was mit ihr passiert ist. Und es tut mir wirklich leid, dass sie spurlos verschwunden ist. Es muss furchtbar für alle sein, denen sie etwas bedeutet hat. Aber Lyall ist nicht daran schuld.«

»Dann hat er es dir also nicht gesagt«, stellte die Frau fest, und sie klang dabei nicht mehr wütend, sondern nur noch traurig.

Mein Überlebensinstinkt riet mir, das Gespräch zu beenden und so schnell wie möglich zu vergessen, dass sie mich angerufen hatte. Aber ich tat es nicht.

»Was meinen Sie?«, hörte ich mich stattdessen sagen.

»Ada ist nicht verschwunden … Sie ist *tot.* Meine Tochter ist tot. Und Lyall Henderson ist der Grund dafür.«

Tot? Kälte kroch mir in den Nacken, und ich fröstelte, obwohl es so ein warmer Tag war. Mein Hals war plötzlich sehr trocken, und ich musste schmerzhaft schlucken, weil ich das Gefühl hatte, ich könnte sonst nicht weiteratmen. »Sie ist tot?«, fragte ich so leise, dass man mich vermutlich kaum verstand.

»Sie starb am 24. August. Im Sommer vor drei Jahren.«

»Wie?«, flüsterte ich. Die Möglichkeiten, die mir durch den Kopf schossen, waren ebenso grausam wie vielfältig. *Nein*, sagte ich mir. *Lyall hatte damit nichts zu tun.* Wenn er daran irgendeinen Anteil gehabt hätte, dann wüsste ich das. Alle wüssten es.

»Sie hat … sich die Pulsadern aufgeschnitten«, sagte die Frau am anderen Ende und ihre Stimme brach. »In einem Waldstück ganz in der Nähe von Kilmore. Das Gelände gehört zum Hotel. Moira Henderson hat sie morgens bei einer ihrer Laufrunden gefunden.«

»Großer Gott …« Ada hatte sich umgebracht? Ich presste die Hand auf den Mund und fühlte mich in die Vergangenheit zurückversetzt. Plötzlich war ich wieder 14 Jahre alt und stand auf einer Eisenbahnbrücke im Wald von Wycombe, einen Fuß in der Luft, nicht sicher, ob ich mit der Verzweiflung in meinem Herzen weiterleben konnte. »Das tut mir sehr leid«, brachte ich erstickt hervor. »Es muss schrecklich für Sie sein.«

Sie stieß einen Laut aus, der so viel Kummer beinhaltete, dass er mir direkt in den Magen fuhr. »Viel schlimmer fühlt es sich an, wenn man weiß, dass der Schuldige sein Leben weiterlebt, als wäre nichts gewesen. Sich amüsiert, als wäre er nicht verantwortlich dafür, dass sie tot ist. Als hätte er sie nicht dazu aufgefordert.«

Aufgefordert?

»Das würde er nie tun«, sagte ich leise. Eine unbestimmte Angst griff nach mir. *Er hat dich eiskalt angelogen, hat behauptet, Ada sei einfach nur verschwunden, dabei ist sie tot. Warum hat er das getan, wenn er unschuldig ist? Was hat er damit zu tun?*

»Ja, es passt nicht, oder?«, sagte Adas Mutter bitter. »Zu dem gut aussehenden, intelligenten Jungen aus reichem Hause. Aber er hat es getan. Weil es ihm nicht gereicht hat, sich von ihr zu trennen. Er wollte sie loswerden. Für immer.«

Ich hielt den Atem an und fand keine Antwort.

Aber sie wollte auch keine. »Falls du mir nicht glauben willst: Ich schicke dir eine Datei, eine Aufnahme des letzten Telefonats zwischen beiden, bevor Ada eine halbe Stunde später … bevor sie es getan hat. Dann wirst du alles verstehen. Sieh zu, dass du verschwindest, Kenzie, bevor es zu spät ist. Du hast keine Ahnung, wer er ist. Wozu er fähig ist. Meine Tochter war ein wunderbares Mädchen und er hat sie zerstört. Ich will nicht, dass dir das Gleiche passiert.«

Damit legte sie auf, aber ich blieb trotzdem, wo ich war. Mein Kopf versuchte das Gespräch zu verarbeiten, scheiterte jedoch kläglich. Ada war tot und ich hatte es nicht gewusst. Ich hatte *nichts* gewusst. Was bedeutete das? Für mich, für Lyall? Für *uns*? Immer noch unter Schock drehte ich mich um und sah zum Hotel, zu dem Fenster, das zu Lyalls Suite gehörte. Der Suite, in der er darauf wartete, dass ich zurückkam. Ohne zu wissen, mit wem ich gesprochen und was sie mir erzählt hatte. Sagte Adas Mutter die Wahrheit oder war das alles ein abgekartetes Spiel? *Warum sollte sie lügen?*, fragte etwas in mir. *Sie hat keinen Grund dazu. Lyall schon.*

Eine Mitteilung erschien auf meinem Telefon, es war eine Textnachricht mit Dateianhang. Ich riss mich aus meiner Starre und lief los, rannte förmlich zu meinem Camper, stürzte hinein und schloss hinter mir ab. Dann sank ich schwer atmend auf Lokis Sitzbank und legte das Handy auf den Tisch, brachte es aber nicht fertig, die Datei anzuklicken. Noch hatte ich die Wahl. Ich konnte sie löschen, mit Lyall über das Telefonat reden, ihn fragen, warum er mich angelogen hatte. Ihn nach seiner Version der Geschichte fragen. Aber würde er mich dann nicht wieder anlügen? Er hatte behauptet, Ada wäre verschwunden. Er hatte gesagt, er hätte nicht mehr mit ihr geredet, nachdem sie weggelaufen war …

Nein, ich musste das hören. Ich musste die Wahrheit kennen. Vielleicht klärte es ja auch alles auf. Damit ich danach meine Sachen packen und mit Lyall nach Bali fliegen konnte. Und das hier vergessen.

Ich holte tief Luft und drückte mit klammen Fingern auf den Startbutton der Audiodatei. Es war kurz still, dann hörte ich eine unbekannte Stimme, die Ada gehören musste. Sie klang jung, nach den siebzehn oder achtzehn Jahren, die sie gewesen war, und sehr verzweifelt.

»Lyall, bitte, hör mir zu –«, flehte sie, wurde jedoch unterbrochen.

»Ich will dir nicht zuhören, Ada!« Lyall klang ebenfalls etwas jünger, aber so hart und abweisend, dass mein Frösteln zurückkam. »Ich will nicht hören, was du für Gründe hast, was für Erklärungen. Ich will einfach nur, dass Schluss ist, okay?«

Sie begann zu weinen, aber das konnte ihn nicht erweichen. Es machte ihn nur noch wütender.

»Hör auf zu heulen, Herrgott!«, schnauzte er sie an. Ich zuckte zusammen. Mit dem mitfühlenden Mann, der mich getröstet hatte, als ich wegen meiner Mutter verzweifelt gewesen war, hatte dieser Lyall nichts gemeinsam. Er erinnerte mich vielmehr an den Typen, der Drew in Edinburgh gedroht hatte. Der keine Skrupel hatte, alles zu tun, um seine Geheimnisse zu bewahren. »Heulen ist emotionale Erpressung, verdammt!«

»Können wir uns nicht treffen?«, bettelte Ada weiter. »Ich bin unten am Loch –«

»Ich will dich nicht sehen. Und außerdem bin ich beschäftigt.« Lyall ließ es so zweideutig klingen, wie sie es dann auch auffasste.

»Mit wem?«, presste sie hervor.

»Kennst du nicht«, gab er zurück. »Ich lege jetzt auf. Ruf mich nicht mehr an.«

»Nein, bitte leg nicht auf, bitte … Lyall, ich liebe dich!«, versuchte sie es ein letztes Mal. »Ich weiß, es gibt Dinge, die nicht gut gelaufen sind, aber ich mache es wieder gut, okay? Ich schwöre dir, ich mache es wieder gut. Ich liebe dich doch, ich –«

»Aber ich dich nicht!«, schnauzte er sie an. »Warum kapierst du das nicht? Das mit uns war nett, solange es gedauert hat, aber es war nie ernst. Und jetzt ist es vorbei. Endgültig!«

Ich hielt die Luft an. Hatte er mir nicht gesagt, dass er in Ada verliebt gewesen war? Dass er bei ihr darauf gehofft hatte, es wäre etwas Ernstes?

»Okay«, schluchzte Ada. »Dann verschwinde ich jetzt aus deinem Leben. Aus euer aller Leben. Für mich gibt es keinen Grund mehr zu bleiben. Also mache ich Schluss, ein für alle Mal.«

»Meine Güte, dann tu es doch endlich! Verschwinde, am besten für immer, damit würdest du jedem hier einen Gefallen tun. Vor allem mir. Ich bin froh, wenn ich dich nie wiedersehen muss!«

Man hörte Ada noch weinen, dann brach die Aufnahme ab. Das Display wurde dunkel, und ich merkte, dass ich keine Luft bekam, egal, wie oft ich einatmete. Lyalls Tonfall war so bösartig gewesen, so unglaublich gefühllos, und in meinem Kopf war nur ein Gedanke: *Was, wenn mir jemand so etwas gesagt hätte, als ich auf dieser Brücke stand?* Wäre ich gesprungen? Hätte ich Schluss gemacht? So wie Ada? Sie hatte vielleicht selbst die Entscheidung getroffen, sich das Leben zu nehmen. Aber Lyall hatte sie dazu gebracht. Mit seinen grausamen Worten ohne jedes Mitgefühl für dieses arme Mädchen, das so furchtbar in ihn verliebt gewesen war. Die Erkenntnis riss mir den Boden unter den Füßen weg, zerschmetterte mein Herz und ließ mich liegen, reglos, hilflos vor Schmerz. Mein Körper war taub, ich fühlte mich, als würde ich ersticken. *Das kann nicht wahr sein. Das kann alles nicht wahr sein.*

Aber dann schaffte ich es, einen anderen Gedanken zuzulassen: *Du musst hier weg. Sofort.* Ich musste verschwinden von diesem verdammten Ort, ich musste mich vor dem schützen, was hier passiert war. Vor Lyall.

Die Aufnahme von Ada und ihm kreiste in einer Endlosschleife durch meine Gedanken, unterbrochen von meinen eigenen Erinnerungen an den dunkelsten Moment meines Lebens. Meine Gefühle wollten an die Oberfläche, aber ich hinderte sie daran, drückte sie brutal beiseite, wischte die Tränen weg, um zu funktionieren. Erst einmal musste ich verschwinden. Zusammenbrechen konnte ich später.

Ich sprang aus dem Auto, riss die Abdeckung von Lokis Windschutzscheibe, zog das Stromkabel ab, warf beides ins Auto. Dann ließ ich den Wagen an und schoss aus dem Campingplatz, bog auf die Straße hinaus und gab Gas. Regen schlug gegen meine Scheiben, offenbar hatte das Wetter gedreht. Ich hasste den Gedanken daran, dass Regen mich ab jetzt immer an Lyall erinnern würde.

Ich trat das Gaspedal stärker durch, legte mein Handy auf die Ablage, schaltete das Navi ein. Wir hatten kurz nach zehn, wenn ich Loki ein bisschen quälte, konnte ich heute Abend in High Wycombe sein. Ich brauchte jetzt meine Familie. Sie waren die Einzigen, die vielleicht verhindern konnten, dass ich in den tiefen Abgrund stürzte, der sich vor mir auftat. So wie damals.

Das Telefon klingelte, *Mister Darcy* erschien auf dem Display. Für einen kurzen Moment war der Schmerz so übermächtig, dass ich langsamer wurde, aber dann drückte ich den Anruf weg. Tränen verschleierten meine Sicht, ich rieb mir mit der Hand über die Augen. Der Zusammenbruch kam näher, ich wusste es. Aber ich würde durchhalten. Das hatte ich immer getan.

Allerdings war ich noch nicht einmal an *Carson's Supermarkt* vorbei, da tauchte Finlays *Aston Martin* hinter mir auf. Das war bestimmt kein Zufall und sicher saß auch nicht Lyalls Cousin in dem Wagen. Er fuhr mir nach? Was bedeutete das? Er konnte doch gar nicht ahnen, was ich gehört und mit wem ich gesprochen hatte. Warum also folgte er mir?

Ich setzte den Blinker, ohne zu wissen, wieso ich das tat. Wahrscheinlich, weil ich Sicherheit wollte, wo es gar keine zwei Meinungen geben konnte. Aber trotzdem tat ich es, meine Gefühle verlangten danach. Sie trieben mich an den Rand der Straße und dann aus meinem Auto hinaus auf den nassen Asphalt, in den Regen. Auf Lyall zu, der in diesem Moment aus dem *Aston* stieg und sich die verletzte Schulter hielt.

»Kenzie, was ist los? Ist etwas passiert?« Er sah mich besorgt an. Wenn ich geglaubt hatte, alles bisher wäre schlimm gewesen, dann war es dieser Moment, der mich eines Besseren belehrte. Lyalls Blick, diese ehrliche Sorge, diese Zuneigung …

nichts davon war jetzt noch von Bedeutung. Er hatte das zwischen uns zerstört, schon vor drei Jahren und dann erneut in den Highlands, als er mich angelogen hatte.

Ich antwortete nicht, weil ich meiner Stimme nicht traute, und drückte nur den Startknopf auf meinem Handy. Wieder hörte ich Lyall aus dem Lautsprecher.

»Meine Güte, dann tu es doch endlich! Verschwinde, am besten für immer, damit würdest du jedem hier einen Gefallen tun. Vor allem mir. Ich bin froh, wenn ich dich nie wiedersehen muss!«

Er wurde leichenblass, als er die Sätze hörte. Völlig geschockt atmete er ein. »Kenzie, ich –«

»Ich will nur *eins* wissen«, fiel ich ihm ins Wort. Ich war noch nie so aufgebracht gewesen. Nicht an dem Abend, als er mich am Loch gefunden hatte, nicht nach Elenis Unfall. Wahrscheinlich nicht einmal damals, als ich zu der Brücke gefahren war. »Ist das deine Stimme? Hast du das gesagt?«

Er schwieg, vollkommen starr. Da hakte etwas in mir aus.

»Hast du das zu ihr gesagt, Lyall?!«, brüllte ich ihn an. »Hast du es gesagt und hat sie sich danach umgebracht?«

Er rang mit sich, wahrscheinlich legte er sich alle möglichen Antworten zurecht, um die richtige herauszusuchen. Aber dann war es nur ein Wort, das er aussprach. Schlicht, klar, ohne spürbare Emotion.

»Ja.«

Meine Knie wurden weich, mir wurde schwindlig, so als hätte ich bis zu diesem Moment noch darauf gehofft, es gäbe eine Erklärung. Eine Montage, ein Fake, es gab Software für so etwas. Aber dieses eine Wort ließ jede Hoffnung zerbersten, und es war, als würde auch die Welt in sich zusammenstürzen und mich unter ihren Trümmern begraben. Ich hatte ihm vertraut, mich in ihn verliebt, ich hatte alle Warnungen in den Wind geschlagen und mich auf mein Gefühl verlassen, mein ach so untrügliches Gefühl.

Und nun stand ich hier, vor ihm, im Regen, sah ihm in die Augen und wusste, es hatte mich getrogen. Lyall hatte mich belogen, mir etwas vorgemacht. Ohne dass ich es bemerkt hatte. Ich war sehenden Auges ins Messer gelaufen, in dieses wunderschöne und gefährliche Messer, dessen Stiche mich nun verbluten ließen.

Kein Wort kam mehr über meine Lippen. Wie in Zeitlupe drehte ich mich um, lief zurück zu meinem Wagen. Lyall sagte nichts, er sprach mich nicht an, hielt mich nicht auf. Das war mir Beweis genug. Ich schaffte es im Laufschritt zu Loki, stieg ein, schlug die Tür zu und war allein. Allein mit dem brennenden Kummer, mit meinem gebrochenen Herzen, allein mit dem Schluchzen, das meinen Hals hinaufstieg und mich zu ersticken drohte. Und mit diesem Messer in meiner Brust. Der Schmerz war so grauenhaft und so endgültig, dass ich ihn kaum ertragen konnte.

Trotzdem schaffte ich es, die Bremse zu lösen, trotzdem schaffte ich es, loszufahren.

Loki beschleunigte, ich hielt auf die Kurve zu. Das Letzte, was ich im Rückspiegel sah, bevor die Bäume ihn verschluckten, war Lyall, der im strömenden Regen auf der Straße stand und mir nachschaute. Ohne eine Regung in seinem schönen Gesicht oder seinem perfekten Körper. Wasser lief ihm aus den dunklen Haaren in seine schwarzen Augen, aber er zuckte nicht einmal. Als wäre er nicht von dieser Welt. Als wäre er tatsächlich das, was alle sagten. Als wäre er der Teufel.

Du hast keine Ahnung, wer er ist. Wozu er fähig ist.

Doch, nun wusste ich es.

Aber jetzt war es zu spät.

Dank

Es ist wirklich verrückt. Kaum habe ich begriffen, mit wie viel Begeisterung Ophelia Scale von den LeserInnen aufgenommen würde – da erscheint schon ein neues Buch von mir. Genauer gesagt drei Bücher, denn für Einzelbände fehlt mir irgendwie ein Gen. Auch in die Geschichte von Kenzie und Lyall ist viel Liebe und Arbeit hineingeflossen, nicht nur von mir, sondern auch von vielen anderen Menschen. Denen möchte ich an dieser Stelle danken.

Martina Patzer, meiner Lektorin für alle Fälle, bei der Sinn machen und Spaß haben nicht gern gesehen ist – nur sprachlich betrachtet natürlich. Wir haben uns bei diesem Projekt ganz neu zusammenfinden müssen, aber ich denke, das Ergebnis kann sich sehen lassen.

Ein großer Dank geht wie immer an den cbj Verlag unter der liebevollen Herrschaft von Susanne Krebs, der schon das Zuhause für Ophelia und Lucien war – und nun auch eines für Kenzie und Lyall ist. Danke für eure immer offenen Ohren und E-Mail-Postfächer, Julia, Verena, Sonja, Sina und Leonie!

Gerlinde, was soll ich sagen? Manche Superheldinnen brauchen keinen Umhang, ihnen reicht ein scharfer Verstand, ein großes Herz und Visitenkarten mit »Literarische Agentur Silke Weniger« darauf. Ich bin dir und natürlich auch Silke sehr dankbar für alles, was ihr für mich (aka die ungeduldigste Autorin in eurer Kartei) tut.

Meine liebe Kira, du hast dir vom ersten Gedanken bis zu den Druckfahnen alles geduldig angehört, was ich über Lyall und Kenzie loswerden musste, warst bei allen Schwierigkeiten an meiner Seite, hast mit mir geflucht und mehr als einmal einen guten Rat gegeben. You are the true KL to my LK.

Meinen Testleserinnen Jacky, Lena, Jana, Elly, Alisa und Janina für euer Feedback – und ganz besonders Beril, deren Engagement für meine Bücher von Beginn an weit über das hinausging, was ich mir erträumen konnte. Ihr rockt!

Ich danke meiner wundervollen Kollegin Nena fürs Testlesen und Lyall-Mögen, für aufbauende Worte und Motivation in allen Lebens- und Schreiblagen. Das Partner-Tattoo wartet auf uns.

Vielen Dank natürlich an meine Familie, meine Eltern und meine Schwester, die immer für mich da sind. An meine Schwiegereltern, die so cool drauf sind, dass ich mich getraut habe, ihnen die unzensierte Fassung zu geben. Und an Felix, der mich wirklich sehr lieben muss, denn er hat einen New-Adult-Roman gelesen, obwohl jeder andere Mensch auf der Welt eher zur Zielgruppe gehört als er. (Spoiler: Er mochte es!)

Ihr, liebe LeserInnen, die ihr dieses Buch gekauft und gelesen habt – ich hoffe, ihr mochtet die Geschichte, die Charaktere, die Gefühle, aber vor allem den Cliffhanger. Wenn es etwas gibt, bei dem ich euch nie enttäuschen werde, ist es das. Vielen Dank für alles und wir sehen uns hoffentlich zu Band 2 wieder!

Autorin

Lena Kiefer wurde 1984 geboren und war schon als Kind eine begeisterte Leserin und Geschichtenerfinderin. Einen Beruf daraus zu machen, kam ihr jedoch nicht in den Sinn. Nach der Schule verirrte sie sich in die Welt der Paragraphen, fand dann aber gerade noch rechtzeitig den Weg zurück zur Literatur und studierte Germanistik. Bald darauf reichte es ihr nicht mehr, die Geschichten anderer zu lesen – da wurde ihr klar, dass sie Autorin werden will. Heute lebt Lena Kiefer mit ihrem Mann in der Nähe von Bremen und schreibt in jeder freien und nicht freien Minute. Mit »Don't Love Me« startet sie nach dem Erfolg ihrer »Ophelia Scale«-Trilogie nun ihre erste New-Adult-Reihe.

Von Lena Kiefer sind bei cbj erschienen:

Ophelia Scale – Die Welt wird brennen (Band 1: 16542)
Ophelia Scale – Der Himmel wird beben (Band 2: 16543)
Ophelia Scale – Die Sterne werden fallen (Band 3: 16557)
Ophelia Scale – Wie alles begann (E-Short: 24246)

Mehr über cbj auf Instagram unter @hey_reader

Lena Kiefer

OPHELIA SCALE

Die Welt wird brennen,
Band 1, 464 Seiten,
ISBN 978-3-570-16542-3

Der Himmel wird beben,
Band 2, 496 Seiten,
ISBN 978-3-570-16543-0

Die Sterne werden fallen,
Band 3, 512 Seiten,
ISBN 978-3-570-16557-7

Die 18-jährige Ophelia Scale lebt im England einer nicht zu fernen Zukunft, in dem Technologie per Gesetz vom Regenten verboten ist. Die technikbegeisterte und mutige Kämpferin Ophelia hat sich dem Widerstand angeschlossen und wird auserkoren, sich beim royalen Geheimdienst zu bewerben. Gelingt das, wird sie als eine der Leibwachen in der Position sein, ein Attentat auf den Herrscher zu verüben. Doch schon bald werden dort ihre Gewissheiten infrage gestellt und Ophelia muss sich entscheiden zwischen Loyalität und Verrat, Liebe und Hass ...

20301_3

cbj

www.cbj-verlag.de